동혁, 세희

동화 혜화

은연필 장편소설

고즈넉이엔티

동화, 혜화

1쇄 발행 2022년 1월 17일

지은이 은연필
펴낸이 배선아
편 집 유민우
디자인 엄인경
펴낸곳 (주)고즈넉이엔티

출판등록 2017년 3월 13일 제2021-000008호
주소 서울특별시 중구 청계천로 40, 1203호
대표전화 02-6269-8166 **팩스** 02-6166-9199
이메일 gozknockent@gozknock.com
홈페이지 www.gozknock.com
블로그 blog.naver.com/gozknock
페이스북 www.facebook.com/gozknock
인스타그램 www.instagram.com/gozknock

ⓒ 은연필, 2022
ISBN 979-11-6316-235-3 03810

표지/내지이미지 Designed by Freepik, Getty Images Bank

차 례

몇 날 며칠, 몇 번 이상 꽃이 전달됐다. 이야기는 그 꽃들과 함께 시작되었다. 로비, 무대, 개인 로커에서 발견된 꽃다발에는 이런 문구들이 쓰여 있었다.

'공연 26일 전, 연습 또 연습.'
'공연 3주 전, 체력 안배.'
'공연 열흘 앞 카운트다운 시작, 컨디션 조절 필수.'

대극장에 드나드는 배우의 수를 감안하면 이곳에서 꽃이 발견되는 건 흔한 일상에 가까웠다. 문제는 정해진 장소가 아닌, 무분별한 곳에서 꽃이 오간다는 사실 하나였는지도 몰랐다.

차츰 꽃다발의 주인공인 혜화에 대한 물음표가 쌓여갔다. 공연을 얼마 남겨두지 않은 시점, 누구나 민감한 시기였다. 꽃이 있던 자리마다 수군거림이 뒤따랐다.

재벌 남자 친구라서, 유부남 애인이라서, 숨은 친아버지라서……. 그것이 하루도 거르지 않고 꽃다발이 발견됨에도 극단 동료들이 관용을 베푸는 유일한 이유인 듯 보였다. '꽃과 선물은 로비에 맡겨주세요'라는 상식적인 경고가 매번 무시되었으니 혜화 역시 반박하기를 포기한 지 오래였다.

일말의 부러움과 질시가 지나간 자리에는 이미 적의만 남았대도 과언이 아니었다. 선물의 의미는 '누굴까?'에서, '이 사람 뭐야? 도대체 어떡하려는 거지?'쯤으로 바뀌어갔다.

좀 더 시간이 지나서는 짜고 치는 고스톱, 즉 자작극이 아닐까 하는 소문까지 떠돌았다. 넘치는 애정을 주체 못 한 나머지, 주위를 의식 못 하고 열렬한 꽃의 세레나데를 뿜어대는 애인을 둔 난처한 입장, 그것이 혜화가 받아들일 수 있는 최선의 선택 사항일지 몰랐다.

있는 그대로의 사실을 알리는 일은 그처럼 어려웠다. 막상 당사자가 되고 보니 옴짝달싹할 수가 없었다. 드러내야 할 때와 그러지 말아야 할 때를 구분하는 것이 배우의 기본 자질이라는 사실을 거듭 확인한 셈이었다. 자기가 뭔데. 고작 단역 주제에. 어쩌면 그와 같은 말이 떠돌게 될까 봐 지레 겁을 먹은 것일 수도 있었다.

선배보다 후배가 더 많아진 때라 해도 군무의 일원이 된 이상, 우선은 모든 부분에서 조심스러울 수밖에 없었다. 정체불명의 꽃다발보다 더 두려운 것은 확실히 따로 있었다. 모두가 열과 성을 다해 역할에 몰입하고 있었고, 혜화는 그런 흐름이 깨지기를 추호도 원치 않았다.

굳이 따지자면 자신은 백여 명 중 하나인 군무 단원이었다. 매번 비중 있는 역할을 맡았던 것은 아니었지만 어쨌든 지금 현실은 단역이었다. 역할에 비해 이렇게까지 많은 노력을 기울이게 된 이유를 스스로도 잘 알지 못했다.

검무, 즉 칼을 휘날리며 춤을 춘다는 데 관심이 갔고, 열아홉, 스무 살이 된 신예 배우들과 같은 위치에 선다는 점에도 아무런 위화감을 느끼지 않았다. 어쩌면 곧 이십 대가 끝이 난다는 데서 위기감을 느낀 것인지도 몰랐다.

개인적으로 레슨까지 받아가며 검무를 익히는 중이었고, 연습용 가짜 칼이 몰입감을 빼앗아가는 터라서 실제 장검을 구매하기까지 한 상황이었다. 최선을 다하지 않으면, 맡은 역에 몰두하지 못하면, 주위의 분위기에 휘둘리면 언제 어디서든 사나운 짐승이 무시무시한 이빨을 들이밀 것만 같았다. 혜화는 포식자에게 노출되지 않으려 애쓰는 먹잇감처럼 분발하고 있었다.

이제 와서는 꽃에 대해서도 극단 동료들과 크게 다르지 않은 입장이었다. 처음에는 분명 설레었다. 장미, 백합, 바이올렛 등 매번 달라지는 일련의 꽃다발은 언제나 새하얀 종이 리본에 묶여 있었다. 응원의 문구들 역시 혜화의 사정을 자세히 모르지 않고서는 남길 수 없는 내용이었다.

얼마 만에 받아보는 응원일까, 혹은 관심일까. 한두 번쯤 꽃, 선물, 팬레터를 받아본 적은 있었지만, 이토록 꾸준한 관심을 접한 경우는 없던 터였다. 이름 모를 팬에 대한 고마움부터 느꼈다.

관객에게 최소한의 인상을 남길 만큼의 비중 있는 역할을 맡은 지가 워낙 오래된 터라 반가움이 클 수밖에 없었다. 꽃다발은 자신이 잊히지 않았다는 의미였고, 꿈과 열정에 충분한 힘을 보탤 상징 같은 것이었다.

나아가 본인을 드러내지 않는 방식의 접근 또한 다소간 반가웠다. 거울 앞을 하루에 수십 수백 번씩 오가야 직성이 풀리는, 자신을 드러내지 못해 안달 난 무수한 배우 사이에서 그처럼 수줍은 방식의 관심을 받는 일은 특별한 경험에 가까웠다.

친구일까, 극단 동료일까, 극장 관계자일까. 시간이 흐르자 알고 지내는 누군가가 아닐까 생각했다. 그저 팬이라기에는 석연치 않은 점이 없지 않았다. 한마디로 꽃은 의문이 됐다. 꽃의 양, 횟수가 특히나 그랬다. 어떤 의미를 지니지 않고서야 그렇게 매일같이 꽃을 두고 갈 수는 없는 노릇 아닌가. 순수한 관심은 아니라는 판단이 앞설 수밖에 없었다.

혜화는 연습실의 수군거림처럼 있지도 않은 애인을 떠올렸고, 배우 에이전트로 전향한 이전 동료이자 친구를 떠올렸고, 매일 전화를 주고받는 엄마를 떠올려보았다. 하지만 그들 모두 대극장의 규칙쯤은 알고 있을 테니 혜화를 마냥 곤욕스럽게 만들지는 않을 사람들이었다. 꽃다발은 말 그대로 아무 데서나 발견됐는데 판단하기에 따라 그것은 심각한 문제, 거의 두려움에 가까운 일이 될 수 있었다.

수줍고 조심스럽다 여겼던 꽃 전달 방식은 일종의 메시지처럼 변질돼갔다. 대개는 로비나 행정 사무실에 꽃을 맡기는 것이 이곳의 불문율이었다. 연습 기간에는 특히나 그랬다. 연출가, 대배우, 심지어 해외 스타들에게도 비슷한 규칙이 적용됐다.

한 달 남짓 지속적으로 발견된 혜화의 꽃다발은 수수께끼 내지는 숨은그림찾기와 다름없었다. 로비, 식당, 대기실, 객석 등에 하얀 종이 리본에 묶인 특유의 꽃이 아무런 전조 없이 발견되는 식이었다.

아무 곳에 놓인 꽃을 마냥 방치하거나 폐기할 수 없어 당사자에게 전달은 한다지만, 그 손길이나 꽃다발을 바라보는 눈길이 더는 곱지만은 않았다. 시한폭탄을 다루듯 모두가 조심스러워했다. 충분히 불길했다.

그렇게 고개를 끄덕이지 않을 수 없었다. 그리고 얼마 지나지 않아 상황은 걷잡을 수 없이 악화됐다. 혜화로서는 최악의 전개였다.

그날 아침, 혜화는 가벼운 걸음으로 대극장에 들어섰다. 또각또각, 구두 굽이 대리석 복도에 부딪히는 소리가 제법 경쾌했다. 공연이 바로 코앞이었다. 이번 연습은 여느 때보다 특별했다. 리허설을 맞아 무대 의상을 온전히 갖춰 입은 것 때문만은 아니었다. 혜화는 연습 중에 최초로 진검을 사용해보기로 마음먹었다. 위험했고 또 안 될 일이었지만, 연기의 실감을 위해서 한 번쯤은 거쳐 갈 수밖에 없는 과정이었다.

지금까지 거의 모든 군무 단원이 스티로폼 연습 검을 사용했고, 실제 공연에서도 플라스틱 재질의 칼이 사용될 확률이 높았다. 하지만 극장 밖에서 혜화는 진검을 이용해 훈련해왔고, 그런 과정에서 검무에 매료된 터였다.

몇 근의 칼이 주는 묵직함, 잘 벼려진 날의 서늘한 빛깔, 금속이 공기를 획획 가르는 쾌속의 감각. 자신뿐 아니라 몇몇 단원 역시 진검을 쥐고 따로 연습한다는 사실을 혜화는 모르지 않았다.

실제 칼이 주는 느낌을 피부로 체험해보는 것은 어쩌면 노력의 차원과 맞닿은 일이었다. 그것이 연습실로 가는 혜화의 발걸음이 가벼운 이유였다. 전통 복식 의상은 몸에 꼭 맞았고, 몰래 칼집에 숨겨온 진검은 어깨를 무지근하게 눌렀다. 걸음마다 흥분이 뱄다. 내쉬는 호흡마저 달콤했다. 연습실 문 앞에 서기 전까지 혜화의 사정은 그랬다.

시계를 보았다. 늦지 않았다. 연습 시작까지 충분한 여유가 있었다. 보름 넘게 이어오던 이삿짐 정리를 마무리한 날치고 시간을 잘 맞춘 편이라 혜화는 만족스러웠다. 집과 극장 사이의 이동 거리가 길어진 만큼 이제 시간 엄수는 필수였다. 자의에 의한 선택은 아니었지만 옮긴 집도 마음에 들었다.

엄마 친구의 소개로 어쩌다 4인 가족이 살아도 좋을 주상복합 오피스텔의 거주자가 된 셈이었는데, 넓은 공간이나 편의 시설보다 더 중요한 것은 안전이었다. 24시간 무장 보안요원이 상주하며 주차와 출입은 물론이고 엘리베이터 이용에도 확실한 제한을 두는 곳이었다.

그럼, 수고하세요. 누군가의 인사를 받고 혜화는 고개를 들었다. 잠깐 사이였다. 이미 인사를 건넨 사람은 저만치 등을 보이며 멀어져갔다. '365일 전국 꽃 배달 서비스'가 프린트된 초록색 조끼가 눈에 들어왔다.

체격이 건장한 남성이었다. 목소리는 해맑았다. 그런데 이곳은 외부인 출입이 허용되지 않는 구역이었다. 특별한 이유가 있어 배달 직원이 들어온 걸까. 전후 사정을 궁금해하며 연습실에 들어섰을 때는 이미 심각한 상황이 벌어진 뒤였다.

문을 열자마자 원을 그리며 모인 단원들이 눈에 들어왔다. 웅성거리는 소리가 실내를 가득 채웠다. 무슨 일이 벌어지지 않고서는 보기 힘든 장면이었다. 혜화는 우선 진검부터 내려놓았다. 어쩐지 그래야 할 것 같았다. 하필 연출가가 와 있을 때 일어난 일이었다.

지각은 아니지만 조급한 마음에 종종걸음을 쳤다. 자리로 가는데 바닥에 검붉은 액체가 점점이 그리고 촘촘히 떨어져 있는 게 보였다. 진한 빛깔로 미루어 핏방울 같았다. 아니나 다를까, 사람들이 만든

원의 중심에 연출가가 주인공 역을 맡은 후배의 손을 붙잡고 있었다. 자세히 보니 하얀 천으로 손가락을 감싸는 중이었다. 응급 상자 속 붕대였다.

그런데 혜화의 등장이 연습실 분위기를 변화시켰다. 갑작스레 소란이 그쳤다. 수십 개의 시선이 싸늘하게 혜화에게로 닿았다. 모두가 그녀를 기다리고 있었던 것처럼. 후배 아래쪽에 떨어진 꽃다발 하나가 그제야 시선에 포착됐다.

그것이 사건 현장의 유력한 증거물인 듯했다. 하얀 종이 리본에 묶인 문제의 그 꽃이었다. 장미였다. 시선들은 일제히 다시 주인공의 손을 감싸는 붕대로 돌아갔다. 혜화의 무릎에 힘이 빠졌다. 머릿속이 어지러워지기 시작했다.

연출가는 단호했다. 그러면서도 의례적인 일이라는 사실을 강조했다.

공연을 앞두고 인원 조정은 얼마든지 있을 수 있는 일이다. 알다시피 연습 단원 모두가 무대에 설 수는 없는 노릇이다. 누군가는 대기하고, 다른 누군가는 서브 연기자가 되어야 하지 않느냐. 이번 공연의 주최를 해외 에이전시에서 맡은 만큼 자신에게는 힘이 없다. 군무에서 빠진다고 서운해하지 말라. 손을 다친 후배 역시 공연에 매진할 수 없는 상황이니 그것이 공평하지 않겠는가. 대형 뮤지컬이니 계약 금액은 반드시 입금될 것이다. 잠시 집에서 쉰다고 생각해달라. 그런 말을 반복했다. 대극장 무대가 보이는 구석진 객석에서였다.

언젠가부터 좋지 않은 일이 일어나리란 불안이 있었던 게 사실이었다. 그러나 실제로 그런 순간을 맞는 것은 또 다른 문제였다. 당연했지만 혜화에겐 잘못이 없었다. 장미꽃에 장식처럼 박힌 무수한 바늘에 대해 그녀가 아는 건 아무것도 없었다.

매일 정체불명의 꽃다발이 오고 있다. 아무래도 수상한 사람이 극장 주위에 있는 것 같다. 요즘 들어 모르는 번호의 전화가 자주 오고, 집의 우편물들이 사라지고, 이유 없이 초인종이 울리는 경우도 더러 있었다. 그래서 얼마 전에 이사까지 해야 했다.

혜화는 자신의 사생활까지 들먹이며 연출가에게 무대에 대한 갈망을 호소했다. 얼마나 역할에 깊이 몰입하고 있는지, 현재까지 어떤 노력을 기울여왔는지 마치 열연을 펼치는 연기자처럼 목소리를 높여 항변했다.

연출가는 멋모르고 대바늘이 꽂힌 꽃다발을 어루만진 후배 역시 아무런 책임이 없기는 마찬가지라며 대화를 중단시켰다. 그리고 혜화가 춤 연습을 위해 준비했던 진검을 내밀었다. 동료 생각은 안중에도 없이 연습 중에 진짜 칼을 휘두르려는 배우를 어떻게 신뢰할 수 있겠느냐고 경고하는 듯했다.

어둑한 객석 한편에서 대본을 든 무대감독이 신호를 보냈다. 연출가 너머로 손짓하는 모양이 그쪽으로 와달라고 말하는 것 같았다. 공연이 얼마 남지 않았으니 모든 단원을 일일이 상대해줄 여력은 없다고 선언하는 것처럼 연출가는 곧장 자리를 벗어났다. 사실상 최후통

첩이었다. 실제 공연은 물론이고 더는 연습에 혜화가 참여할 수 없다는 뜻이었다.

시험 조명으로 무대는 환했고 객석은 조용했다. 그 자리에서 혜화는 혼자가 되었다. 동료 한 명이 기색을 살피며 문제의 꽃다발을 근처에 옮겨놓고 있었다. 다 끝난 전투의 잔해 같은 꽃. 대바늘이 반짝였다. 경찰 신고는 애초에 생각할 수 없는 일이었다. 지금 연기자들에겐 당장의 연습이 더 중요했다.

복도에서 음악 소리가 들려왔다. 연습실에서 춤이 시작된 모양이었다. 군무 단원들의 격렬한 춤 동작이 바닥을 울리는 소리가 어느 때보다 쩡쩡했다.

부들부들 몸이 떨렸다. 살얼음판 위에서 칼바람을 맞고 있는 것 같았다. 연기 활동을 지속하려면 연출가의 말에 무조건 따르는 수밖에 없었다. 혜화는 조심스레 꽃으로 손을 뻗었다. 안전하지 않다. 그것이 극장 밖으로 나와 문제의 꽃다발을 내팽개치는 혜화에게 남은 거의 유일한 감각이었다. 긴 하루가 시작되고 있었다.

2

아침 햇빛이 이마 위에 성큼 내려앉았다. 도심의 유리 빌딩들이 거대한 전시물처럼 반짝였다.

이 시각 빌딩 숲은 늘 그랬다. 30층 높이에서부터 펼쳐지는 햇빛의 연출은 건물을 하나의 예술 작품처럼 보이게 했다. 높이와 모양, 무늬가 각기 다른 대형 빌딩들 사이에서 빛살이 물결치는 모양을 감탄하며 바라봤다.

동화는 그렇게 대표 변호사의 말이 끝나기를 기다리는 중이었다. 휴가 첫날 회사에 다시 불려 나온 상황, 대표의 말을 경청하기란 쉽지 않았다. 전날 밤을 뜬눈으로 보낸 만큼 정신이 혼미했다. 벌써 40분째였다.

출근 시각이 어떻다느니, 의뢰인과의 관계가 어떻다느니, 승리하기 위해서 어떤 법조인이 되어야 한다느니 하는 식의 가르침과 조언이 끊이지 않았다.

동화는 엄숙한 표정을 짓고 적당한 때마다 고개를 끄덕였지만 대표 역시 그의 듣기 능력을 의심하고 있을 게 분명했다. 결과적으로 정신 차리라는 단순한 말을 저토록 길게 늘이는 지금이 그런 정황을 대변해주고 있지 않은가.

언제부터 남의 말이 잘 들리지 않았을까. 동화는 문득 자문해보았다. 사실 생각할 것도 없는 대목일지 몰랐다. 아마도 로펌에 입사한 직후, 특히나 그 사건의 피의자를 만나고 나서부터였을 것이다.

의뢰인의 주장이 사실이라는 전제하에 귀를 기울여 그의 말을 들어야 했지만, 쉽사리 그럴 수 없는 이상한 만남이었다. 세간에 꽤 알려진 사건이라 나름대로 전후 사정을 파악하던 차에 대면이 이루어졌는데, 입사 초기의 일이었다. 동화의 회사가 그 건을 맡게 되리라고는 예상치 못했을 땐 누구라도 그랬을 테지만 피의자의 만행에 경악했었다.

상황은 지극히 단순했다. 부잣집 장남이 채팅 앱을 통해 한 여중생을 만난다. 해외 유학파 출신의 부잣집 장남은 밀반입한 마약을 소지하고 있다. 클럽에서 그들은 함께 마약을 투여한다. 숙박업소에 들어가 다시 한번 마약을 투여한다.

성관계를 맺는 도중에 갑자기 한쪽에게 이상이 생긴다. 심장마비가 찾아온 것. 다른 쪽은 당황한다. 얼마쯤 시간이 흐른다. 옷도 챙겨 입지 못하고 알몸으로 숙박업소를 뛰쳐나온다. 그러다가 결심을 바꾼다. 숙박업소에 다시 돌아간다.

갑자기 이해할 수 없는 폭력이 시작된다. 얼굴을 알아볼 수 없을 정도로 주먹질을 해댄다. 사망에 이른 사람은 열여섯 여중생이었으니, 마땅히 피의자는 삼십 대 부잣집 장남인 그런 전개였다.

체포될 당시의 초기 진술을 바탕으로 사건은 기사화되었다. 하지만 그때쯤 피의자, 즉 회사의 의뢰인은 입장을 180도 바꾼 상황이었다. 한마디로 억울하다는 것이었다. 의뢰인은 여중생이 미쳐서 자기 얼굴을 벽에 마구 찧어댔다고 주장했다.

사건 변호사는 따로 있었고 초임에 지나지 않는 동화의 역할은 전반적인 전후 관계를 파악하는 정도였다. 수상한 점이 많았지만 크게 보면 회사로서는 불리할 게 없는 사건이었다는 것이 그때까지의 중론이었다.

진술 외 뚜렷한 증거가 없는 이른바 밀실 사건이었고, 직접적인 사인은 약물 과다 복용에 따른 심정지였으므로, 처음부터 살인죄와는 거리가 있었다.

의뢰인의 입장 번복이 가져올 파장에 대해서는 섣불리 예측하기 어려웠다. 동화는 오히려 판이 커질 가능성이 없지 않다고 생각했다. 문제는 역시나 계획성에 있었다. 정작 의뢰인 부잣집 장남의 혈액에서는 어떤 마약 성분도 채취되지 않았다는 사실이 가장 큰 난관이었다.

의도적으로 여중생에게만 약물을 투여해 납치하다시피 숙박업소에 데려간 후 성폭행과 폭행을 거듭했다는 식으로 초점이 맞춰진다면 살인에 버금가는 중죄가 내려질 확률이 높았다.

그러나 이 로펌에서 사건을 맡은 이상, 그런 쪽으로 사건이 전개될 확률은 지극히 낮다는 것이 업계 관계자들 대부분의 예상이었다. 여태까지의 사례를 살펴보면 불을 보듯 뻔하다는 얘기였다.

더욱이 의뢰인은 서류상 내국인이 아니라 외국인이었다. 얼마 지나지 않아 몇 차례 회의가 있었다. 회사는 부모 없이 자라 불량한 여중생이 자국의 사정을 잘 모르는 순진한 한국계 외국인 아저씨에게서 마약을 훔친 후 갑자기 약물 부작용으로 정신 착란을 일으켜 벽에 머리를 마구 찧어댔다는 시나리오를 참고하기로 했다. 그 주장이 사실로 받아들여진다면 의뢰인은 집행유예로 풀려날 수도 있었다.

짧은 시간 동안 비슷한 사건, 다르지 않은 해결이 몇 번 있었다. 차차, 조금씩, 서서히 회사의 전체 그림이 드러났다. 이 세상의 범죄자들, 그중 권력이나 자본을 등에 업은 나쁜 놈들은 모두 이 로펌을 거쳐 가는 것 같았다.

주로 정계와 재계의 거물급 인사들, 특히나 그 자녀들과 손주들이 일으키는 사건 사고의 뒷감당을 도맡는 때가 많았는데 매일 업무 폭주의 연속이래도 과언이 아닐 만큼 정신이 없었다.

사실 그랬다. 그즈음부터 동화에게 몇 가지가 달라졌다. 우선은 회사에 지각하는 때가 늘어났다. 아침에 눈을 뜨기가 이상스레 버거웠다.

근본적인 원인은 불면증에 있었다. 밤사이 잠을 이룰 수 없으니 제시각에 깨어나질 못했다. 초임 변호사로서 도무지 상상할 수 없는 일이었지만, 직사광선을 받아야 겨우 눈이 떠지는 것을 어찌할 도리가 없었다.

그러나 불면증은 사소한 문제였다. 모임원들 사이에 소문이 퍼져 자신을 두고 수군거리는 게 더 큰 괴로움이었다. 이미 로펌에 입사할 때부터 배신자, 변절자라는 낙인을 얻은 상황이었다. 연수원 시절 인권 변호사가 되고 싶다고 아무렇게나 떠들어댄 게 탈이라면 탈이었다.

왜 그랬는지 알 수 없지만 우선은 그 길이 괜찮고 멋져 보였다. 특별히 어울리는 무리도 없어 혼자만의 생각이 잔뜩 부풀었는지도 모른다.

약자의 편, 정의의 일원, 다수가 아닌 소수, 거대 자본과 기득권 세력에 대한 비판과 경계를 끼니처럼 일삼았던 '소수 및 인권 모임'에서 동화를 무작정 환영했다. 비록 비공식적인 평가였지만 전체 성적 1위를 고수해온 것도 환영받은 이유 가운데 하나였을 것이다. 이처럼 동화가 선택할 방향에 모두의 관심이 집중됐던 게 사실이다. 소식은 자연스레 돌고 돌았다. 호기심이 뒤따랐다.

그런 동화가 연수원을 나오자마자 굴지의 로펌에 입사하리라고는 누구도 예측하지 못했을 것이다. 이른바 호랑이를 잡으러 호랑이굴에 들어간다는 모양새였지만 동화 또한 스스로의 선택이 낯설 지경이었다.

어머니의 소개, 형의 권유, 돌아가신 아버지의 친구이자 어릴 적부터 알고 지낸 로펌의 대표 변호사의 환대. 몇 번의 간곡한 사정과 설득의 과정을 거친 결과 어느덧 로펌 직원이 돼 있는 자신을 발견했다.

　이곳에서의 몇 년 경력이 인권 단체로 뻗어갈 수 있는 통행증이 될 거란 생각도 없지 않았다. 아무런 경험과 성취 없이 누구를 돕기는 어렵다는 어머니와 형과 로펌 대표 변호사의 말에 우선 의지했다. 회사 직원으로서 소임을 다할 뿐 얼마 지나지 않아 원래의 자리로 돌아갈 테고, 모임원들과 다시 웃으며 얘기할 날이 오리라 기대했다. 그게 지나치게 순진한 생각이라는 사실을 당시에는 전혀 알지 못했다.

　직접 부딪친 현실은 생각과 한참이나 달랐다. 그런 괴리감을 결정적으로 증폭시킨 건 역시나 여중생에게 마약을 투여한 부잣집 장남 사건이었다. 회사는 의뢰인의 무모한 주장을 받아들여 마약을 훔친 여중생의 발작 쪽으로 실제 변론을 이어가고 있었다.

　몇 명의 파트너 변호사가 그 한 사건에 매달렸다. 최초 보고서를 작성한 건 동화 자신이었다. 보고서를 둘러싼 지원과 칭찬이 끊이지 않는데, 동화는 그게 의아할 지경이었다. 의뢰인이 단지 부잣집 장남일 뿐 아니라 거물급 정치인의 친족이자 어느 유명 재계의 자손이라는 사실이 밝혀진 건 그즈음의 일이었다.

　모임원 모두가 아는 사정을 입사 전에는 예측하지 못했다. 어머니와 형의 소개가 잘못됐을 리 없다고 마냥 믿었던 거였다. 어렵다는 시험을 모조리 통과해왔고, 성적은 언제나 최상위권이었대도 아직은 아무런 분별력이 없는 사회 초년생, 시험과 평가에만 최적화된, 고작 스물아홉밖에 되지 않은 애송이가 바로 자신이란 현실을 전혀 몰랐던 셈이다.

휴가 얘기를 먼저 꺼낸 건 대표 변호사였다. 회사에서 버텨보려고 노력하지 않은 것은 아니었다. 집을 옮긴 상황이 대표적으로 그랬다. 동화는 어머니와 형의 도움을 받아 동향인 집으로 이사를 했다.

같은 오피스텔 내 층간 이사, 다른 호수로의 이동. 아침에 직사광선을 받을 수 있다는 이유 하나 때문에 내린 결정이었다. 불면증이 사라진 것은 아니었지만 그 후 확실히 지각은 줄어들었다.

동화는 기다린 것처럼 덥석 휴가를 받아들였다. 그것은 명분이고 형식에 지나지 않았다. 이제 남은 것은 퇴사였다. 자연스러운 수순이었다. 그릇된 선택이 불러오는 큰 파장을 순순히 받아들여야 했다. 그러니 자신의 길을 찾아야 했다.

하지만 어딘가 모르게 그런 다짐들에 익숙한 것도 사실이었다. 그모든 것은 어디까지나 생각에 지나지 않을지 몰랐다. 회사원이라면 누구나 사표를 지니고 산다는 의미에서 지난 수개월 동안 동화의 머릿속에서 반복됐던 생각. 대표 변호사가 잊지 않고 그런 배경을 짚어주려는 것 같았다. 흘려듣는 와중에도 그 말들은 귀에 감기듯 잘 들렸다.

"결혼 예정일은 언제지?"

좀 전까지와는 사뭇 다른 목소리로 대표가 물었다. 갑작스러운 일격처럼 느껴졌다.

"설마 아직 아무것도 정해지지 않은 거야?"

약간의 사이를 두고 동화는 고개를 끄덕였다. 오래 서 있던 참이어서 목 언저리가 결렸다.

"약혼까지 한 마당인데 서두르지 그래."

대표가 책상 너머로 동화를 응시했다. 초점이 뚜렷한 눈빛이었다.

"혹시 둘 사이에 무슨 문제라도 있는 거야? 듣자 하니까……."

귀가 서서히 닫히기 시작했다. 어쩌면 오늘 호출의 결정적인 이유가 마지막 질문에 있는 듯했다. 어머니와 형 말에 의하면 대표 변호사는 예비 신부의 집안과 막역한 사이였다. 어쨌든 업무랑 무관한 얘기였다. 대화의 소재가 자신의 결혼까지 뻗어나가는 건 원치 않았다.

"모쪼록 자네 앞날을 신중히 생각하기를 바라네."

늙은 이리라는 별명처럼 대표는 상대의 기색을 곧바로 눈치챘다. 그는 동화에게서 눈길을 거두곤 책상 아래로 손을 뻗었다. 그것은 장광설의 마지막, 곧 대화가 끝난다는 의미였다. 서랍이 열렸다 닫히는 소리가 들렸다. 봉투 하나가 나왔다. 대표가 건넨 봉투를 얼결에 받아들고 동화는 굳은 표정을 바로 잡았다.

"필요한 데 요긴하게 써. 휴가는 어떻게 보내려고?"

휴가보다 퇴사를 원한다는 말을 갑자기 터놓고 싶어졌지만 생각이 뻗는 대로 말해서는 곤란할 거였다. 다시 한번 동화는 침묵을 택했다. 참을 수 없는 졸음이 밀려왔다. 어느덧 서늘한 기운이 실내를 감싸고 있었다. 늘어선 빌딩들이 만든 검은 그림자가 각진 모양으로 짙어졌다. 햇빛이 빌딩 사이로 몸을 숨긴 것이다.

"뭐 그리 대답하기 어려운 거라고. 요즘 젊은 애들은 정말 사회성이 제로야. 내가 네 아버지와 이 나라 검사로 근무하던 시절엔 말이야……."

그때 그 시절에 대한 이런저런 이야기들, 끝난 줄 알았던 대표의 레퍼토리가 다시 시작될 조짐을 보였다. 햇살이 다시 들어올 때까지 얼마나 시간이 걸릴까. 일정하게 모습을 드러냈다 감추는 빛의 띠가 해시계의 거대한 분침처럼 무겁게 여겨졌다.

도도한 시간의 흐름 속에 숨겨진 또 다른 시간이 이곳에 펼쳐지고 있는 듯했다. 어쨌든 동화는 이로써 4박 5일의 휴가 일정이 시작된다는 사실 하나에 생각을 모으려 애썼다. 아직 자신에게 일어날 일들에 대해 아무런 감이 없는 상태에서.

3

곧바로 집에 들어갈 수는 없었다. 그렇다고 낮술을 마신 것은 실수였다. 연습에서 해방되지 않았는가, 이제 마구 마시는 거다, 하고 기대했건만 정신은 점점 더 말짱해졌다. 속이 쓰렸고 화가 치밀었다. 혜화는 제 주변에 일어난 일들을 객관적으로 생각해보았다.

모르는 번호의 전화가 늘어난다. 개인 우편물이 사라진다. 초인종은 울렸는데 방범 카메라에는 아무도 잡히지 않는다. 무엇보다 정체불명의 꽃이 전달되기 시작한다. 누가 언제 어디서 어떻게 들여오는 것인지 전혀 알 수 없는 꽃다발이다.

상황 추론은 그리 어렵지 않았다. 거의 명백했다. 왜 이렇게 둔감했던가. 뒤늦은 후회가 치밀었다. 역할에 몰입하는 동안은 주위의 현실이 음 소거 되듯 잊히곤 했지만, 이 정도로 둔감해지긴 처음이었다. 누군가 자기를 응원해주길 바라는 소망이 그만큼 컸던 탓일까.

스토킹. 혜화는 처음으로 그 단어를 떠올렸다. 알 수 없는 그림자가 자꾸만 지켜보고 뒤따라온다는 생경한 느낌이 있었지만 지금까지 그 것은 느낌에 지나지 않았고, 그래서 신경증에 가깝다고 자가 진단했 었다. 그러나 현실적으로 바라본 상황은 사뭇 달랐다. 자신이 말로만 들어오던 스토킹의 대상이 되어 있을지도 모른다니. 직접 연락을 해 오거나 모습을 드러낸 적이 없었기에 일말의 가능성조차 염두에 두 지 않은 상황이었다.

누군지 모른다! 상황의 핵심은 거기 있었다. 상대는 드러나지 않는 곳에서 움직였다. 단 한 번도 모습을 보인 적이 없었다. 짐작해보면 상당히 오랜 기간이었다. 그 너머에서 어떤 생각으로 무슨 일을 꾸미 고 있을지 혜화로서는 가늠할 수 없었다. 그랬다. 그렇기에 위험했다. 결과적으로 스스로 이 일을 키워온 것이다.

어디선가 종소리가 울렸다. 어깨서부터 등허리까지 서늘해졌다. 살 결에 오소소 소름이 돋았다. 누군가 지켜보고 있다는 느낌이 들었다. 급하게 몸을 움직이자 테이블이 바닥에 끌리는 소리가 드르륵 일어 났다.

이곳이 어디였는지 잠시 분간되지 않았다. 마치 졸다가 퍼뜩 깨어 난 기분이었다. 잔잔한 피아노 소리가 들려왔다. 둘러보니 누군가 실 제로 혜화 쪽의 테이블을 훑으며 지나가고 있었다. 허탈했다. 온몸에 서 힘이 달아났다. 레스토랑 웨이터였다.

음식 접시를 다 비웠는지, 후식이 필요한지, 혹은 와인을 추가로 주문하지 않을지를 가늠하고 있는 것뿐이었다. 테이블을 끌 때의 진동 탓에 잔에서 튕겨 나온 와인이 혜화의 오른쪽 옷자락을 타고 흘러내렸다. 들키지 않으려고 서둘러 팔을 내려뜨렸다. 이미 술에 취해버린 것인지 몰랐다. 종소리는 정문이 열릴 때마다 울리고 있었다. 가까이서 자신을 노려보는 시선, 조금 전 서늘한 감각은 착각이었을까.

정오의 레스토랑은 한가로웠다. 혜화가 거주하게 된 주상복합 오피스텔 내 레스토랑으로 주로 입주민이 이용했다. 동네 레스토랑이지만 가격대는 비싼 편이었다. 거래처와 약속이 잡힌 오피스텔 직장인들, 입주한 의사와 약사, 은행 직원들, 고객들, 시간의 공백이 생긴 주부들이나 프리랜서들의 이야기가 조곤조곤 오가고 있었다.

낮술을 할 만한 적당한 곳을 찾다가 우연찮게 들어온 만큼 혜화의 모습은 다소 이질적이었다. 옆 테이블에서는 거의 노골적으로 혜화를 힐끔거렸다. 주부들 시선에는 젊은 여자가 샐러드 한 접시에 와인을 병째 곁들이는 대낮의 풍경이 충분히 낯선 것일지 몰랐다.

혜화는 큰마음 먹고 들어온 이상 사치를 좀 더 누렸으면 했다. 아직 집에 들어가고 싶지 않았다. 힐끔거림에 응수하듯 와인을 마저 들이켜고는 창밖으로 시선을 돌렸다. 2층 레스토랑 아래쪽으로 오피스텔 입구와 광장이 훤히 내려다보였다.

장바구니를 든 주민들, 엄마와 함께인 아이들, 카페와 빵집에 배달 물건을 내리는 사장님들, 자전거를 타고 오가는 사람들. 평범한 한낮의 풍경이 잔잔하게 펼쳐지고 있었다. 졸음이 밀려올 만큼 차분한 장면이었다. 오래 잊고 있던 조용하고 여유로운 모습이었다.

혜화의 시선이 스며들듯이 아래쪽 움직임을 따라갔다. 중앙 분수대의 물줄기만이 공중으로 확 펴졌다 급속히 좁혀지기를 반복하고 있었다. 이곳에서도 꽃 배달이 오가는지 초록색 조끼를 입은 직원이 광장을 지나고 있었다. 불현듯 혜화는 그 가운데 한 사람을 목격했다.

대략적인 몸짓만으로 누군지 쉽사리 알아차렸다. 또 그 사람이었다. 이맛살이 절로 찌푸려졌다. 혜화는 품 안에 뭔가를 잔뜩 든 그가 오피스텔 입구에서 나와 어딘가로 걸어가는 모습을 눈으로 좇았다. 평소 같았다면 하지 않았을 의심이 솟구쳐 올랐다. 이곳에 더는 살지 않는, 이미 이사를 떠난 사람이 반복적으로 집 주위를 맴도는 상황을 어떻게 해석해야 할까.

처음 봤던 그때 그는 예의가 바른 편이었다. 이삿날 분주한 상황이라 갑작스레 그가 집 앞에 나타났대도 어색할 건 없었다. 집 안은 아직 난장판이었다. 혜화에게 인사를 건네며 그는 수줍어했다.

안녕하세요, 어제까지 여기 살던 사람인데 놔두고 온 짐이 좀 있어서. 그렇지 않아도 그 짐을 두고 혜화는 고민하던 참이었다. 짐은 박스에 포장된 상태로 거실 한쪽에 잘 정리돼 있었다. 난데없었지만 그를 대하는 동안 혜화는 설레었다.

잘생긴 남자였고 무엇보다 안전해 보였다. 도심의 전문직 남성으로 아무런 손색없는 인상이었다. 섬세한 재질의 옷, 멀끔한 얼굴, 중저음의 안정된 목소리, 적당히 큰 키. 잠깐 바라보는 사이 이성으로서 호감마저 생기는 듯했다.

물론 거기에는 다른 이유도 없지 않았다. 소개를 받아 임시 거처를 구한 처지였는데 집에는 식탁, 장식장, 책장 등의 필수 가구와 괜찮은 인테리어 소품들이 남아 있었다. 언제 그곳을 떠나야 할지 모를 혜화에게는 다행스러운 일이었다.

여기 머물던 사람의 배려라 생각했고 기회가 된다면 나중에라도 고맙다는 표현을 건네야지 하던 참이었다. 그리하여 망설이던 끝에 혜화는 그에게 고맙다고 말했다.

첫 대면이 있고 나서 혜화는 자주 그를 떠올렸다. 누군가 살던 집에서 다시 생활하는 것은 신기한 일이었다. 전에 살던 사람을 직접 마주한 일이 상상력을 부추긴 게 틀림없었다. 혜화는 어느 소설에 나오는 장면처럼 집 안 곳곳에 배었을 누군가의 생활을 상상했다. 무슨 생각을 하며 누구와 어떻게 살았을지를 추측해보곤 하는 것이었다.

노을 진 바깥 풍경은 어떻게 보았을지. 먼 곳까지 흘러가는 강줄기는 하루에 몇 번이나 쳐다보았을지. 밤이면 도로를 가득 메운 차량의 빨강 후미등이 일렬로 저 멀리까지 이어지는 모습은 어떻게 바라봤을지. 주로 무엇을 하며 시간을 보냈을지. 거실 중앙에 걸린 클림트의 〈키스〉와 고흐의 〈별이 빛나는 밤에〉는 어디서 들여와 언제쯤 걸어놓은 것일지. 아침 6시마다 부엌에 내장된 라디오가 클래식 채널에 자동으로 맞춰지는 이유는 무엇일지. 애인과 함께 이 공간에 자주 머물렀을지, 대개 혼자 지내며 누구도 집에 쉽게 들이지 않는 타입일지. 생각이 뻗어가는 대로 자유롭게 연상했다.

물론 그게 재미와 환상만 있는 일은 아니었다. 집 안 곳곳에 일부러 스킨을 통째로 쏟은 건 아닐지 의심스러울 만큼 페로몬 향기가 지독했다. 특히나 화장실 파우더룸에서는 악취에 가까운 향이 배어 있었다. 화학제품을 아무리 써도 지워지지 않을 정도였다.

이 집 안에 어째서 그렇게까지 강한 향기가 필요한지 이해할 수 없어 답답했지만 조금 더 지나서는 생각이 바뀌었다.

예민한 건 자신의 코끝일지 몰랐다. 알 수 없는 자에게 감시받고 쫓긴다는 신경증에 시달려 여러모로 감각이 날 선 상태에서 억지로 감행한 이사가 아니던가, 하는 생각이 뒤늦게 들었던 것이다.

그래서였을까. 처음 몇 번 그와 마주친 일을 크게 신경 쓰지 않았다. 어쩌면 지금껏 계속 그랬다. 로비와 출입구는 누구에게나 개방된 장소였고, 음식점이나 병원 같은 델 드나들 가능성도 없지 않았다.

지나가듯 마주쳐 그가 이삿날 만났던 그 사람이 맞는지 아닌지도 확신이 없었다. 만약 그였대도 전에 살던 오피스텔에 와야 할 사정이 있었을 거란 생각이 들었다. 실질적으로 아직 그가 이 집의 거주자였다. 주민등록상으로, 관리사무소에 기입된 오피스텔 입주민 정보로도 그랬다.

그러나 돌이켜보면 수상쩍은 구석이 꽤 있었다. 자주 마주친 것은 둘째 치고 몇 번은 엘리베이터를 함께 탔고, 서너 번 정도는 집 앞을 기웃거리는 모습까지 봤던 것이다. 그런 곳에서 스칠 때마다 기겁하듯 그의 표정이 굳어졌던 것을 혜화는 기억했다. 하지만 그뿐이었다. 혹은 마주침의 의미를 다른 방향으로 판단했었다. 혜화가 나갈 시기를 예상하며 부동산에 집을 내놓기 위한 준비를 하고 있다는 식으로.

그것은 이번 이사의 또 다른 측면으로 혜화에게 집에 대한 아무런 권리가 없는 탓이었다. 6개월, 그 기간까지는 괜찮다, 하지만 다음은 어떻게 될지 알 수 없다, 언제든 나갈 준비를 해야 한다. 그와 같은 입주 조건을 떠올렸던 것이다.

어쩌면 모든 걸 떠나서 이사 첫날에 받았던 그의 수줍고 멀끔한 인상이 혜화의 다른 모든 의심을 흐트러뜨렸던 것인지도 몰랐다. 뒤늦은 생각이지만 확실히 혜화는 그와 관련해 밝은 면만 그리고 있었다. 이전에 이곳에 머물던 자라는 이유로 그를 호의적으로 여겼다. 지금까지, 상황을 구체적으로 생각해보지 않았던 바로 조금 전까지만 해도.

오피스텔 입구에서 광장 쪽으로 멀어지는 그의 뒷모습을 혜화는 계속 눈으로 좇았다. 이제 상황은 달라진 것일까. 가장 수상쩍은 한 사람 꼽아야 한다면 그를 가리켜야 할지 몰랐다. 더욱이 지금은 대부분의 사람이 직장에 있을 시각이건만.

'365일 전국 꽃 배달 서비스'가 쓰인 초록색 조끼 차림의 사람이 그를 지나쳐 오피스텔 입구 쪽으로 들어서고 있었다. 무수한 바늘이 꽂힌 꽃다발, 거기 찔려 피를 흘리는 후배, 연출가의 단호한 하차 통고. 가라앉지 않는 불안, 안전하지 않다는 느낌이 쏟아진 와인처럼 혜화의 내부에 빠르게 퍼져나갔다.

혜화는 싸움에서 지지 않으려는 듯 눈에 힘을 가득 주고 그의 등짝을 좇았다. 무슨 생각에라도 잠긴 것인지 답답하리만치 걸음이 느렸다. 가능하면 창밖의 그를 멀리 밀어내고 싶었다.

그런데 갑자기 그가 걸음을 멈추었다. 돌아서서 고개를 돌렸다. 두리번거리던 시선이 레스토랑 쪽에서 멈추었다. 정확히 혜화를 바라보는 것이었다. 서둘러 그에게서 눈을 거뒀지만 이미 시선이 마주친 뒤였다.

굳은 표정이었다. 사나운 눈빛이었다. 관자놀이에 총구가 와 닿은 것처럼 혜화는 일순간 얼어붙었다. 한 번 겨눈 시선을 결코 되돌리지 않을 기세였다. 걸렸다면 제대로 걸린 셈이었다. 어서 집에 들어가 문을 잠그고 싶었다. 무방비 상태의 알몸으로 어딘가에 노출된 기분이었다. 몸이 바들바들 떨려왔다.

아직 오전이었다. 잠깐 눈을 붙인다고 다시 누웠지만 잠은 오지 않았다.

휴가 첫날에 가장 먼저 할 일은 청소였다. 거실과 부엌, 침대 근처에 나뒹구는 잡동사니를 정리하는 데만 대략 한 시간이 걸렸다. 스티로폼, 플라스틱 받침, 공기 압축 비닐 등 대개는 택배 제품에서 나온 재활용품이었다. 맥주 캔과 패스트푸드 포장지도 자주 눈에 띄었다.

최근 들어 동화에게 생긴 습관 중 하나는 충동구매였다. 혼자 살기 전에는 경험할 수 없던 일이었다. 처음 몇 달은 DIY 가구나 인테리어 소품들이 주를 이루었고, 충동구매였던 만큼 이사 나오던 집에 고스란히 남겨두고 왔다.

구매 성향은 금세 바뀌어서 빨리 가거나, 멀리 가거나, 날아 움직이는 상품이라면 사족을 못 쓰게 됐다. 그간의 월급을 다 쏟아도 모자랄 지경이었지만 무절제하거나 무리한 일은 아니라고 생각했다.

우선 신형 드론 하나쯤은 누구에게나 필요한 것이었다. 어디로든 이동할 수 있는 최신 전동 휠, 전동 킥보드 또한 마찬가지였다. 겨울이 오지 않았대도 싸게 살 수 있을 때 스키와 스노보드 장비들을 마련해두는 것도 현명했다. 언젠가 바다에 나가게 될 때를 대비해 낚시용품과 스노클링 제품 역시 미리 사두면 좋았다.

구매는 시험이나 업무와는 성격이 다른 것이라 어떤 면에서 신이 났다. 퇴근 후 경비실에 맡겨진 택배 상자를 들고 엘리베이터를 타고 있자면 머릿속 상상은 요트, 경비행기, 카약, 크루즈 여행, 패러글라이딩 등으로 자연스럽게 뻗어갔다.

사야 할 것들이 늘어나면 늘어날수록 이상스레 안심이 됐다. 뭔가를 지향하고 동시에 선택한다는 기분은 삶을 능동적으로 꾸려간다는 착각을 일으키기에 충분했다. 가만히 주어진 상황에만 순응하는 인간이 되지 않으리라는 다짐들을 작게나마 실현해보려는 욕심에 가까웠다.

비록 과장이고 착각이었지만, 그것은 한편으로 삶의 구체적인 확장을 의미했다. 업무의 연장인 것처럼 동화는 구매 행위에 몰두했다. 잠 못 이루는 늦은 밤, 대개는 홈쇼핑 채널을 통해 이루어졌고, 모순되게도 맥주와 패스트푸드로 끼니를 때울 때의 선택이었다.

얼마 전부터 충동구매는 캠핑용품에 집중되고 있었다. 텐트, 랜턴, 침낭, 버너, 비상식량, 방한용 패딩 등 살림을 따로 차려도 좋을 만큼

양이 많았다. 동화는 마치 조난당하기 직전의 사람처럼 뭐든 사들였다. 전쟁이나 대재앙을 앞둔 것처럼 악착같이.

택배 박스만으로 거실과 부엌, 안방이 가득 찼다. 실크로드, 히말라야, 아마존, 세렝게티, 이 세상 어느 험난한 곳에 내던져져도 한동안 너끈히 버틸 수 있을 만큼의 용품들을 구비하지 않고서는 견딜 수가 없었다. 집 안 가구들을 야영 장비가 몰아낼 수준이 돼서야 비로소 안심할 수 있었다. 이상스러운 일이었다.

그날, 부잣집 장남이 그 사실을 물어오지 않았더라면 상황은 약간 달랐을지 몰랐다. 첫 만남이 있고 얼마 지나지 않아서였다. 공판을 앞두고 동화가 다시 파견됐다. 세 번째인가 네 번째 대면이었다. 언론상에 무분별하게 사건이 노출되지 않도록 각별히 유의해야 할 시점이었다.

기자단 브리핑을 비롯해 검사 측 예상 질문을 정리하는 와중에 의뢰인이 외국에서 비슷한 일이 한 번 더 있었다고 읊조렸다. 갑작스러운 고백이었다. 동화는 몇 번이나 전후 사정을 되묻고 상황을 재확인했다.

이전에도 미성년자를 숙박업소로 데려가 함께 약물을 투여하고 폭행한 적이 있었다는 얘기다. 의뢰인이 시민권자였던 데 반해 피해자는 불법 체류자여서 비교적 짧은 형을 받았다는 결론이었다. 의뢰인의 관심사는 과거의 전력이 이번 사건에 어떤 영향을 미칠지 모르겠다는 것이었다. 동화는 명쾌한 답을 주었다. 국적 구분 탓에 법리 적용은 애초에 불가능하다고.

설사 사람을 죽였다 한들 법원은 그 사실을 개의치 않을 거였다. 하지만 대답을 들려주고 보니 지나치게 간단하고 빠르게 그의 입장을 대변한 것이 아닌가 하는 불안이 치밀었다. 이어서 이 사건의 진범이 누구인지를 의뢰인이 손쉽게 밝혀왔기 때문이었다.

다소 느닷없지만 이렇게 된 이상 어서 변호사에게 진실을 터놓고 싶다는 투였다. 순간 획, 소리를 내며 날카로운 바늘이 동화의 귓가를 스친 듯했다. 결국 피해자를 죽인 건 의뢰인이었다.

실제로 한동안 귀가 멍멍했다. 물론 예상치 못한 일은 아니었다. 누굴 잔혹하게 살해했대도 회사 방침은 사건의 진실을 밝히는 것이 아니라 의뢰인을 보호하고 변호하는 것이었다. 직업윤리에 따른 마땅한 결과였다.

동화는 한숨을 한 번 내쉬었다. 대면 직전에 하필 범행 현장의 실제 사진을 보았다. 이제 볼 때가 됐다며 대표 변호사가 재판 증거 자료를 건네왔던 거였다.

가해자와 피해자 인적 사항, 사건 현장 사진, 사망 당시 피해자의 모습 등이 망라된 최종 자료였다. 대략적으로나마 내용을 훑어보지 않을 수 없었다. 사건 초부터 동화가 가장 꺼림칙하리라 예상했던 사진 한 장에 계속 눈이 갔다.

여중생의 얼굴은 피범벅이어서 형체를 알아볼 수 없었다. 코가 반쯤 뭉개졌고, 눈동자는 흐리멍덩하게 풀린 채였다. 표정이 허물어져 십 대의 생기는 조금도 찾아볼 수가 없었다. 사체 사진인 만큼 더욱 그랬다.

그에 반해 동화 앞에서 의뢰인은 눈에 띄게 생기를 되찾아가고 있었다. 풍부한 감정이 얼굴 가득 묻어났다. 마치 잃어버린 희망을 되찾은 자 같았다. 집행유예, 나아가 벌써 무죄 판결을 받은 것 같은 분위기였다.

변호사 역시 사람이다. 열여섯 소녀가 피해자다. 부모는커녕 장례를 치를 친척 한 명 없는 아이다. 그렇다면 사건의 뒷이야기는 조금 달라져도 되지 않을까. 아직 양심의 가시라는 것이 남아 있고, 가시에 찔려 따끔거리는 감각으로 본다면, 의뢰인이 개새끼라는 사실은 분명하지 않은가. 그런 생각이 차올랐지만 생각을 실천에 옮기는 것은 누구에게도 도움이 안 될 일이었다. 변호사로서 결코 상상할 수 없는 영역에서나 가능할 법한 일이었다.

그럼에도 내심 다른 길, 다른 방법은 없을까, 하고 머리를 굴렸다. 비록 분위기는 냉랭했지만 여전히 모임원들과 연락은 주고받고 있었다. 본격적으로 직업 전선에 들어서기 전, 한 번은 통과해야 할 딜레마가 눈앞에서 다가온 것인지도 몰랐다.

집 꼴을 어머니와 형에게 보이지 않은 건 다행이었다. 어림짐작으로 뜯지 않은 택배 상자만 열 개가 넘을 듯했다. 치우고 또 치워도 어딘가에서 새로운 상자들이 나타났다.

상자를 뜯어 제품들을 꺼내 한곳에 모으고 대용량 봉투 몇 개에 재활용품을 정리하기까지 다시 몇 시간이 걸렸다. 한 번에 다 옮길 수 없을 만큼 양이 많았다. 발에 채는 비닐 포장과 종이 박스, 스티로폼만 치웠을 뿐인데 집 안은 몰라보게 말끔해졌다.

그러는 사이 실내는 조금 어둑해졌다. 이전에 살던 남향집에 비하면 일조량이 확연히 줄어들었고 실내 역시 좁은 편이어서 이 동향의 집에는 특별한 장점이 없었다. 해가 뜨는 동시에 직사광선이 들이친다는 사실 하나를 제외한다면.

대충 정리가 끝났으니 이제 집 밖으로 나설 차례였다. 치우기 귀찮아 굴러다니는 캔맥주는 다 마셔서 비워버렸다. 대략 2리터는 되는 양이었다. 재활용 봉투를 양손에 들고 뒷발을 빼며 문을 닫으려는 순간 집 안쪽에서 익숙한 소리가 울렸다. 휴대전화였다. 전화를 받아야 할까 말아야 할까. 벨이 울리는 동안 고민했지만 망설임은 짧았다. 전화를 받고 싶지 않았다. 어쨌든 휴가가 시작된 것이다.

바깥은 환했다. 투명에 가까운 밝은 빛이 사선으로 길게 늘어나 건물과 땅 위를 천천히 가로지르고 있었다. 동화는 꽃잎 모양으로 물줄기가 모였다 흩어지는 대리석 분수를 지나 상가 주차장 쪽으로 걸음을 옮겼다.

매일 오가는 길이지만 어딘가 낯설었다. 자투리 공간에 들어선 잔디밭을 강아지가 꼬리를 흔들며 지나갔고, 조경용 나무 아래서 아이

들이 공놀이를 하거나 작은 자전거를 타고 돌아다녔다.

군데군데 놓인 벤치에서는 유모차를 끌고 나온 주부들이 장바구니를 들고 한담을 나누고 있었다. 나른한 정오, 예기치 않은 사고와 위험에서 한 뼘쯤은 비켜난 시간과 공간이었다.

외롭다. 동화는 문득 그런 생각을 떠올렸다. 어째서, 갑자기? 이유는 알 수 없었다. 캔맥주를 비워내다 취한 것인지도 몰랐다. 평소라면 좀처럼 하지 않을 법한 생각인 것은 분명했다.

품에 안다시피 한 재활용 봉투를 고쳐 들며 동화는 고개를 갸웃거렸다. 한 번 소리 내어 외롭다고 중얼거려보고 싶었다. 거울을 본다면 조금쯤 눈시울이 붉어져 있을 것 같았다.

동화는 생각했다. 어쨌든 크고 작은 변화에 직면한 게 사실이지 않은가. 로펌 대표 변호사와의 관계도 그렇고, 모임원들과의 불화도 그렇고, 불면증, 약혼, 결혼 역시 쉬운 주제는 아니었다. 생각을 이어나가면 짚이는 문제가 한둘이 아닐지 몰랐다. 몇 개월 후의 일이긴 했지만 서른을 앞두었단 사실도 가벼이 여길 수만은 없었다.

외롭다. 동화는 실제로 입 밖으로 그 단어를 꺼내보았다. 지금, 나는 외롭다. 중요한 것은 그 사실 하나인지도 몰랐다. 안전한 집이 있고 가족 모두 건강하다. 번듯한 직업을 가졌고 휴가를 맞았고 곧 결혼을 앞두었다. 그런데도 이상스레 혼자인 느낌이다. 무엇 하나 무게 있게 여겨지지 않는다. 휴가를 맞아 중요한 일이 있다면 재활용품 분리수거다. 하지만 그게 특별한 일이 될 수는 없다. 이제 서른인데 자기 뜻대로 한 일이 무엇이던가. 나는 도대체 누구인가. 조바심이 났다.

비켜라, 씨발!

누군가 소리쳤다. 쿵쾅쿵쾅, 거친 걸음이 다가오고 있었다. 동화의 반응이 조금 늦었다. 한 뼘 몸을 트는 순간 오른쪽 옆구리에 격한 통증이 느껴졌다. 초록색 조끼 차림의 사람이 동화를 치고 지나갔다.

꽃 수백 송이를 품에 안은 남자였다. 마치 전속력으로 밀려오는 수레바퀴에 부딪힌 기분이었다. 얼른 상황을 살폈다. 품에 안고 있던 재활용품이 바닥에 와르르 쏟아진 상태였다. 그 사이 장미 몇 송이가 섞여 있었다. 동화는 자신을 밀친 자를 찾았다. 등짝에 '365일 전국 꽃 배달 서비스'가 쓰인 조끼가 눈에 들어왔다. 벌써 저만치 멀어지고 있었다.

동화는 숨을 크게 내쉬었다. 곧장 뒤따라가 따져야 할지, 일단 화부터 내야 할지 알 수 없었다. 충돌과 반말, 욕지거리까지. 거칠고 무례한 작자를 그냥 두어야 하나? 곧바로 동화는 관두기로 했다. 오래 딴 생각에 빠져 있었으니, 자신이 부주의해 일어난 일인지도 몰랐다.

어서 하던 일을 마쳐야 했다. 분리수거하러 가는 길에 참으로 많은 생각을 떠올렸다. 갑자기 뒤통수 부근이 가려웠다. 누군가 지켜보고 있는 것만 같았다. 그것도 꽤 오래전부터 그랬던 듯싶었다.

동화는 걸음을 멈추고 재빨리 뒤돌아보았다. 오피스텔 입구 쪽에는 아무도 없었다. 주변의 풍경 역시 거의 달라지지 않았다.

반짝, 하고 눈가에 빛이 와 닿았다. 광장이 내려다보이는 오피스텔

2층 레스토랑 쪽으로 시선이 갔다. 그쪽에서 누군가 자신을 지켜보는 것 같았다. 눈을 크게 떠보았다. 그러나 전면 유리창에 반사되는 것은 정오의 햇빛이 전부였다. 광장으로 반사되는 밝은 빛줄기 외에 무엇 하나 눈에 들어오지 않았다.

5

엘리베이터 거울에 비친 제 모습을 보고서야 깨달았다. 옆 테이블의 유난스러운 힐끔거림, 웨이터의 잦은 시선, 계산대 직원의 긴장하는 모습. 모두 이유가 있었다. 거울 속 혜화는 무대 의상 그대로였다. 색채가 뚜렷한 전통 군무복 차림에 허리에는 장검까지 찼다. 지금껏 그러고 돌아다닌 것이다.

아무리 정신이 없었다고 해도 그렇지. 공연 하차의 충격이 그만큼 컸던 걸까. 어서 집에 들어가야 했다. 그나마 레스토랑 복도로 엘리베이터가 연결되어 있는 건 다행이었다.

엘리베이터에는 자신까지 네 사람이 타고 있었다. 혜화는 네 사람 중 첫 번째 혹은 두 번째 순서에 내리기를 바랐다. 그때까지 가능하면 누군가와 같이 있고 싶었다.

어김없이 나타나 레스토랑을 응시하던 그 남자의 사나운 눈빛. 이상스레 예감이 좋지 않았다. 그나저나 엘리베이터는 왜 이렇게 느린 걸까. 시간이 역행하는 것처럼 층수는 천천히 올라갔다.

한참 후에 첫 번째 도착음이 울렸다. 혜화가 내릴 층은 아니었다. 불이 켜진 버튼은 두 개가 전부였다. 하나가 꺼지고 좌우로 문이 열렸다. 약속한 것처럼 세 사람 모두 문 쪽으로 걸음을 옮겼다.

한 걸음, 두 걸음, 세 걸음. 셋은 등을 보이며 한꺼번에 사라졌다. 문이 열린 사이 타는 사람은 없었다. 천천히 문이 닫히는 모습을 혜화는 가만히 바라보았다. 어딘가에서 금속이 삐걱대며 마찰하는 소리가 들렸다. 덜컹, 하는 진동이 일었다. 엘리베이터는 다시 움직였지만 금방이라도 고장 날 것처럼 소음이 심했다. 더럭 겁이 났다. 아무래도 기분 탓일 것이다. 코끝에 어른거리는 낯선 향기 탓인지도 몰랐다.

혜화는 고개를 돌려 CCTV 위치를 확인했다. 노란색 비상벨 위치까지 파악했다. 시험 삼아 벨을 눌러보고 싶은 충동이 일었다.

딩동, 도착음과 함께 문이 열렸다. 이번에도 내릴 층은 아니었다. 덜컹, 바닥이 한 번 흔들렸다. 아무도 타지 않았다. 정적이 흘렀다. 혜화는 서둘러 닫힘 버튼을 눌렀다. 밖에서 복도가 쿵쾅쿵쾅 울리고 있었다. 문이 닫혔다. 혜화의 몸이 절로 뒤쪽으로 움직였다. 순간 발끝에서 뭔가가 미끈거렸다. 금속 재질의 무언가가 바닥과 마찰하는 소리가 났다.

생각할 겨를 없이 발을 들어보았다. 이쪽저쪽에서 뭔가가 반짝였다. 바늘이었다. 한두 개가 아니라, 여러 개, 열 개 이상의 대바늘이었다. 혜화는 호흡을 깊숙이 들이쉬었다. 코끝에 힘을 주고 냄새를 맡았다. 실내에 배어 있던 낯선 냄새 역시 꽃향기에 가까웠다. 딩동, 다시 한번 도착음이 울렸다. 마침내 내릴 층이었다. 혜화는 얼른 엘리베이터 밖으로 나섰다.

서두르는 바람에 두 번이나 도어록의 비밀번호가 어긋났다. 안전하지 않다. 이제 그 예감은 확신으로 바뀌었다. 그러나 이미 집 앞이었다. 혜화는 흔들리는 손가락을 다잡았다. 4, 4, 0, 7. 숫자 하나하나를 입 밖으로 내뱉으며 천천히 번호를 눌렀다.

간혹 오작동을 일으키는 도어록이 이번에는 문제없이 움직였다. 혜화는 성문을 사수하려는 문지기처럼 힘차게 현관문을 열고 닫았다. 띠리릭, 닫힌 문이 잠기는 소리가 경쾌하게 울려 퍼졌다.

나갈 때와 달라진 건 없었다. 다시 둘러보아도 집 안은 그대로였다. 혜화는 그 사실을 스스로에게 확인시키듯 고개를 여러 번 끄덕였다. 복도 바닥이 쿵쾅거리거나 갑자기 초인종이 울리는 일도 없었다. 그러니까 정말 아무 일도 없는 것이다.

현관 카메라를 통해 복도를 살폈다. 화면에는 아무도 비치지 않았다. 렌즈를 꼈다. 그럼에도 세 번, 네 번쯤 그 일을 반복했다. 그러고 나서 이중으로 된 현관의 유리문을 닫았다.

어쩌면 이 불안의 원인은 다른 데 있지 않을까. 혜화는 문득 생각했다. 와인에 젖은 옷자락에서 알코올 냄새가 스멀스멀 올라왔다. 어느덧 습기가 살갗까지 배어들었다. 옷을 벗기가 꺼림칙했지만 다른 방법이 없었다.

혜화는 장검을 내려놓고 무대 의상을 하나하나 벗어 던졌다. 맨몸으로 샤워부터 해야지, 하면서도 가까이 있는 소파에 눈이 갔다. 곧바로 그 위에 몸을 던졌다. 피곤했다. 우선은 좀 눕고 싶었다.

발가벗은 피부에 휘감기는 벨벳이 제법 따뜻했다. 스르르 잠이 밀려왔다. 공연이 코앞이니 잠깐만 눈을 붙인 다음 곧바로 옷을 빨아 말리고 진검을 들고 다시 연습실에 가서…….

마음이 조급해지자 눈이 떠졌다. 무대 하차 통고를 받았다는 사실이 여실히 기억났다. 혜화는 오늘부로 해고된 직장인이었다.

앞으로 무엇을 해야 할까. 실제로 갈 곳을 잃은 직장인처럼 눈앞이 캄캄했다. 그것이 자신의 현실이었다.

이제 진지하게 자신의 현실을 직시할 때가 온 것일까. 탁상 달력 한편에 적힌 언제 썼는지 모를 'Know yourself'라는 구절이 눈에 들어왔다. 이제 좀 더 객관적으로 상황을 따져봐야 했다.

혜화가 배우로 지내온 건 대략 10년이었다. 몇 번의 주연과 비중 있는 조연을 맡았다. 역할에 대한 찬사, 목소리와 행동으로 드러낸 인물에 대한 열렬한 호응도 있었다. 그러나 대부분은 단역에서 크게 벗어나지 못했다. 이유는 알 수 없지만, 1년, 2년, 시간이 지날수록 차츰 활동 반경은 제한되었고, 작금엔 불러주고 찾아주는 곳이라면 어디든 가리지 않고 고맙게 받아들이는 처지가 되고 말았다.

대학 진학을 포기하고 고등학교 졸업과 동시에 무대 연기를 시작할 무렵만 해도 혜화는 뭇 청춘들과 조금도 다르지 않았다. 열정, 도전, 꿈 등으로 완전무장돼 무엇이든 받아들일 준비가 돼 있었다. 곳간 가득한 열매처럼, 표현할 수 없을 만큼의 격한 카타르시스가 내면에서 어서 출하되기만을 기다리는 듯했다. 할 수 있다, 할 수 없다 그런 단순한 차원의 문제가 아니었다. 스무 살이었다. 솟구치는 열정에 자신을 맡기고 다른 많은 것들을 아무렇지 않게 포기할 수 있었다.

돌이켜보면 그 모든 것의 이면에는 자신만은 다르다는 막연한 우월감이 없지 않았다. 여타의 모든 어려움을 이겨내고 기필코 바라던 일을 이룰 수 있으리라는 확신으로 여기까지 온 것이다.

그러나 현실은 조금 달랐다. 이제 달라졌다. 급기야 백여 명 중 하나인 군무 단역에서조차 제외되고 말았다. 바로 오늘 그런 일이 벌어졌다. 꿈을 한가득 안고 처음 이 바닥에 들어설 때는 추호도 예상치 못한 길, 최악의 방향으로 상황이 흐른 셈이다.

실제 경쟁 대열에 서 있는 인원은 함께 군무를 추던 백 명보다 더 많다는 사실 역시 위협에 가까웠다. 수백, 많게는 수천, 어쩌면 그 이상의 사람들이 같은 목표를 이루기 위해 혜화에게 어깨를 부딪쳐오고 있었다. 선배와 동료들은 견고하게 자리를 지켰고, 후배들은 물밀듯이 정면에서 몰려들었다. 그 틈바구니에서 살아남아야 하는 상황인 것이다.

혜화는 누운 상태 그대로 몸을 엎드렸다. 얼굴을 소파 사이에 푹 파묻었다. 숨이 막혀왔다. 결국 이런 전개는 조금도 특별한 게 아니었다. 하루 이틀 일이 아닌, 새삼스럽지도 않은, 굳이 따지지 않아도 너무나 훤한, 이미 오래전에 기한이 종료된 낡은 패턴의 생각들.

혜화는 천장을 바라보고 똑바로 누웠다. 가느다란 한숨이 새어 나왔다. 차분히 상황을 살펴봐야 했다. 출발점은 어디쯤이었을까. 여기 이렇게 알몸으로 눕기까지의 첫 번째 단추는 무엇이었을까. 최초 이야기는 꽃다발에서 시작된 것이 아닐까. 그렇다면 꽃들에는 어떤 의미가 담겨 있었을까. 정녕 상대는 나를 응원한 것이었을까. 한 번도 모습을 드러내지 않은 이유는 무엇일까. 이 집에 살던 그가 바로 대바늘이 꽂힌 꽃을 보낸 자는 아닐까. 그래서 자주 마주치는 것이 아닐까. 머릿속이 의문으로 얽혀 들어갔다.

띠띠띠띠. 거기 호응이라도 하듯 전자음이 울렸다. 불쑥 튀어나온 소리는 순식간에 멎었다. 혜화는 귓가에 신경을 모았다. 실제로 들린 소리가 아닐 수도 있었다. 정적이 이어졌다.

으스스 몸이 떨려왔다. 혜화는 발가벗은 몸을 양팔로 감쌌다. 띠띠띠띠, 다시 한번 전자음이 울렸다. 띠릭띠릭, 뭔가 어긋났을 때 일어나는 경고음이 뒤따랐다. 고개가 현관 쪽으로 절로 돌아갔다. 입이 벌어졌다.

전보다 빠른 속도로 전자음 울렸다. 띠릭띠릭, 경고음을 내뱉는 것은 현관 도어록이었다. 철컥, 하는 소리와 함께 문손잡이가 한 번 돌아갔다. 안전하지 않다. 안전하지 않다. 안전하지 않다. 온몸이 얼어붙었다.

6

캔맥주를 다 비우는 바람에 속이 부글거렸다. 동네 도서관에 들렀을 때 화장실을 다녀올 걸 그랬다. 동화는 배 속이 출렁거리는 걸 느끼며 걸음을 재촉했다. 가슴에 안은 책이 딴에는 무게중심이 됐다.

도서 대출이 이제 습관이 되었다는 사실을 인정해야 했다. 재활용품 정리를 마치자 여지없이 도서관이 떠올랐다. 캔맥주, 홈쇼핑 충동구매의 연장선으로 생긴 새로운 취미였다.

하늘을 날아다니는 드론, 충전만으로 움직이는 전동 휠, 내리막으로 한없이 미끄러지는 스노보드와 이 책들은 다르지 않았다. 막상 변호사가 되고 보니 자신에게 아무런 취미가 없었다는 걸 알게 됐다. 그런 측면에서 그것은 새롭다기보다 뒤늦은 선호에 가까웠다. 마치 대출 카운터에 앉은 사서를 짝사랑하는 사람처럼 동화는 매일 동네 도서관으로 향했다. 무작정 도서관으로 가서, 빌릴 수 있는 한 많은 책을 대출해 들고 들어왔다.

도서관 안에 깃든 고요, 서가를 서성이며 이 책 저 책을 살피는 순간의 여유, 골라든 책을 대출대 위에 올려놓을 때의 알맞은 무게감, 띠릭, 바코드가 특유의 소리를 내며 책을 읽어내는 경쾌함, 이 책의 반납일은 몇 월 며칠까지입니다, 하고 말해주는 사서의 확인. 모든 것이 잘 정돈된 하나의 질서는 깊은 안정감을 덤으로 주었다.

신호등이 붉은색으로 바뀌었다. 동화는 걸음을 멈췄다. 어느덧 광장으로 들어서는 횡단보도 앞이었다. 여기서부터였다. 잠깐의 훑어보기가 시작되는 시간이었다. 제목부터 읽어보았다. 『춘향전』, 『폭풍의 언덕』, 『생의 한가운데』, 『젊은 베르테르의 슬픔』, 『파리의 노트르담』, 『첫사랑』, 『갈매기』, 『오페라의 유령』, 『콜레라 시대의 사랑』, 『전망 좋은 방』.

서가를 돌아다니다 고른 책도 있었지만, '첫사랑의 다른 이름'이라는 테마로 비치된 도서관 특집 코너에 놓인 책들이 더 많았다. 동화는 쓸어 담듯이 그 책들을 골랐다. 외롭다. 느닷없이 그런 생각이 들었던 날이기 때문일지도 몰랐다.

동화는 아주 오랜만에 예비 신부에 대해 생각해보았다. 약혼식을 한 뒤로 만남을 자제해오고 있다는 사실부터 떠올랐다. 굳이 말을 꺼낸 적은 없지만, 결혼 전까지 각자 시간을 갖고 자신과 주변을 충분히 살피자는 암묵적인 약속을 나누고 있는 셈이었다.

때때로 예비 신부에게 전화가 걸려왔고 간단한 안부를 주고받긴

했다. 잘 지내냐는 질문에 동화는 아무 문제 없다고 자신 있게 대답했다. 당신과 함께하게 될 앞날이 무척 기대된다고 했다.

하지만 그것은 내면의 목소리를 무시한 대답이었다. 머지않아 자신의 사생활을 비롯한 다른 모든 것이 상대방과의 공통분모 위에 올려진다. 이제 누군가의 남편이 된다. 그 사실이 쉽게 실감이 나지 않았다. 어쩌면 지나치게 오랫동안 어머니의 아들, 형의 동생 역할로 살아온 것인지도 몰랐다.

많은 시간, 수많은 것을 둘과 함께해왔다. 자라오는 동안 특별한 부침이나 큰 어려움 없이 의도하거나 목표하던 일들 대부분을 이룬 것은 모두 어머니와 형 덕분이래도 과언은 아니었다. 최종 선택을 내린 것은 언제나 동화였지만, 곁에는 항상 어머니의 철저한 준비와 상세한 안내가 있었고, 형의 냉정한 충고와 칼날 같은 사전 지시가 있었다.

사실상 그들이 동화였고, 반대의 경우도 크게 다르지 않았다. 국제중, 특목고, 명문대, 최상위 법학대학원, 대형 로펌에 이르기까지 그들 노력과 발품이 들어가지 않은 과정은 없대도 무방했다. 이번 예비 신부와의 만남 역시 가족 전체가 진행한 결과에 가까웠다. 그리하여 아무런 문제 없이 약혼에 안착했고, 결혼을 앞두게 된 것이다.

이 만남은 충분히 아름다웠다. 흔하디흔하다고 할 수 있지만 누구나 한 번쯤은 꿈꿀 만한 결혼이 아닐까 생각했다. 한 살 연상의 예비 신부는 정계 고위 인사의 외동딸이었다. 풍족한 집안에서 질 좋은 교육을 받으며 별다른 구김 없이 자랐다. 미국 영주권자로 고등학교 때까지는 뉴욕에서 지냈다. 귀국한 이후 대학 입시를 거쳐 5급 공무원 시험에 응시했다.

집안끼리의 소개가 먼저 오간 끝에 첫 만남을 가졌다. 이후 몇 차례 데이트를 했다. 서로의 조건과 배경을 알 만큼 안 상황에서의 만남이었지만, 남녀 사이에 오갈 법한 아기자기한 대화를 이어갈 수 있었다. 동화는 시험을 치르듯 매번의 데이트마다 최선을 다했다. 업무를 적절히 배분하는 것처럼 상대와의 관계를 효율적으로 이어갔다. 그리고 얼마 지나지 않아 약혼식이 있었다.

제법 성대한 약혼식이었다. 여느 결혼식만큼 많은 하객이 참석했다. 식장의 중심에 선다는 것은 의외의 일이었다. 이유는 알 수 없지만 동화는 수치심을 느꼈다. 알몸으로 수많은 사람 앞에 나선 기분이었다. 누군가와 혼인을 위한 과정을 밟는 것이 아니라, 마피아나 야쿠자의 조직원으로 신고식을 치르는 것 같았다.

검은 양복의 행렬이 그런 걸 연상시켰다. 신문, 뉴스 매체에서만 보아온 정치인, 정부 관료들이 자신을 지켜보고 있었다. 의원, 차관, 대변인 등 대개 속을 알 수 없을 것 같은 늙은이들이었다. 그들의 부모와 자녀들 또한 동화를 주시하고 있었다. 수십 명, 그 이상의 사람 모두 검거나 회색 계통의 양복을 입고 있었다.

그중에는 어머니와 형, 어릴 때부터 보아오던 동화의 친인척도 포함되었다. 그러나 그들 모두 한통속이며 자신만 외딴섬 한가운데 고립된 것 같았다. 여기서 흐트러진 모습을 보인다면 앞으로 어떤 일이 벌어질지 별안간 머리가 아찔해졌다. 그들의 사소한 눈짓, 손짓, 말 한마디가 가져올 수 있는 파장을 걱정했다.

강력한 우군을 얻으리라는 기대와 달리, 이제 옴짝달싹할 수 없게 된 기분이었다. 스스로 온몸에 쇠사슬을 두르고 있다는 두려움이 엄습했다. 짧은 교제 기간을 감안해 약혼식부터 올리자는 양쪽 집안의 결정이 천만다행으로 여겨졌다.

그리고 무슨 일이 있었던가. 순간 동화는 이맛살을 찌푸렸다. 지금껏 아무 일도 없었다. 그저 시간이 흘렀고, 결국 여기까지 왔다. 대형 로펌에 입사했고, 중간에 이사를 한 번 해야 했다. 부잣집 장남의 황당무계한 진술을 진실처럼 변호했고, 밤이면 불면증과 싸워야 했다.

약혼이 망친 시험이었다면, 결혼에서 그만큼의 점수를 만회하면 된다는 생각도 했다. 언제나 그래왔던 것처럼 시험이라면 자신이 있었다. 어머니와 형의 말대로 처음부터 아무 문제 없는 결혼이었다.

오피스텔에 도착했다. 딩동, 하는 소리와 함께 로비 층 엘리베이터가 열렸다. 동화는 한 번 더 이맛살을 찌푸렸다. 속을 부글거리게 만든 캔맥주가 이제 아랫배까지 출렁이게 했다. 엘리베이터 문이 열리는 사이 차분히 몸 상태를 가늠해보았다.

당장 급한 건 아니었지만 신호가 언제 찾아올지 알 수 없었다. 가까이 로비 화장실이 있었다. 어려운 결정이 아니었다. 동화는 발걸음을 돌렸다. 그때 반대편 로비 입구가 획 열렸다. 누군가 나타났다. 검은 슈트 차림이었다. 거리가 있었지만 멈칫거리는 모양새가 동화를 아는 사람인 것 같았다.

타이밍이 좋지 않았다. 아무래도 이 상황에서 인사는 무리였다. 몰골도 그렇고, 어차피 볼일이라면 집 안에서 해결하는 게 더 안전할 것이다. 동화는 가던 발걸음을 다시 되돌렸다. 예측은 틀리지 않았다.

얼마 지나지 않아 뒤쪽의 그자가 큰 소리로 말을 건넸다. 동화는 가슴에 안은 책을 다잡으며 엘리베이터로 걸어갔다. 거리가 먼 탓에 무슨 말인지 알아들을 수 없었다. 우선 급한 불부터 끄고 볼 일이었다.

7

붉은 잎사귀들이 먼저 보였다. 다음은 싱싱한 줄기. 그것을 내미는 두툼한 손. 서서히 빈 공간을 채우기 시작하는 꽃. 기억은 드문드문 끊어졌지만 그 이미지만큼은 또렷했다. 마치 공간을 찢고 나온 것 같은 붉디붉은 빛. 한 다발의 장미였다.

현관문이 스르륵 열리는 순간 혜화는 모든 것을 체념해버렸다. 알몸이 아니었더라면 상황이 달라졌을까. 그보다 방심했던 자신에 대한 경악이 더 컸는지 몰랐다. 현관 걸쇠가 있으니 우선 안심하자. 어서 휴대전화를 찾아 112를 누르자.

잠시 잠깐의 기대는 여지없이 무너져 내렸다. 걸쇠는 걸려 있지 않았다. 보란 듯이 현관문이 열렸고, 다음 순간 현관과 연결된 유리문까지 한쪽으로 완전히 개방됐다. 그쯤에서 혜화는 정신을 잃었다.

눈을 떴을 때는 다시 소파였다. 희미하게 텔레비전 소리가 들렸다.

혜화가 자세를 바꾸려고 하자, 다급한 목소리가 뒤따랐다. 검은 그림자가 시야를 가렸다.

"아직요. 쓰러지실 때 몸에 무리가 갔을 확률이 높아요. 우선 안정을 취해야 합니다."

동시에 이마에 찬 기운이 와 닿았다. 물수건이었다. 피부를 타고 소름이 올라왔지만, 몸은 움직이지 않았다. 대신 스르르 눈이 감겨왔다. 다시 눈을 떴을 때 위에서 누군가 내려다보고 있다는 사실을 알았다. 큰 덩치였다. 초록색 조끼, '365일 전국 꽃 배달 서비스' 문구가 차례차례 시야에 들어왔다. 설마, 했던 그 꽃 배달 직원이었다.

직원은 제 일을 하는 거라는 듯 세숫대야에 천천히 물수건을 짰다. 쪼르르륵, 물방울 떨어지는 소리가 뜻밖에 경쾌했다. 쓰러지고 나서 얼마나 시간이 지난 것인지 혜화로서는 알 수 없었다.

아직 해가 지지 않은 것으로 미뤄 많은 시간이 지난 것 같지는 않았다. 그사이에 침입자가 제집처럼 이곳을 누비고 다닌 건 분명했다. 화장실 문이 열려 있었고, 소파 아래쪽으로 세숫대야와 개켜진 수건 몇 장이 보였다. 테이블 위에는 꽃다발과 함께 여러 장의 신문지가 펼쳐져 있었다. 텔레비전에서는 뉴스가 흘러나왔다.

"남부 지방까지 태풍의 영향권은 이어질 것으로 보입니다. 다음은 사건 사고 소식입니다. 최근 인터넷 성폭력, 교제 폭력, 스토킹 등 여성을 상대로 한 강력 범죄가 기승을 부리고 있습니다. 여성뿐 아니라 아동, 노인, 장애인 등의 상대적 약자를 향한 일방적인 폭력과 학대는 비단 어제오늘 일이 아닐 텐데요. 근래 들어서는 아무런 이유 없이 가해지는 증오 범죄, 일명 묻지 마 폭력 사건이 늘어나는 추세라서 상황은 더욱 심각하다 할 수 있습니다. 오늘은 현장 일선 경찰분들과 함께 이 문제 짚어보겠습니다."

혜화의 이마 위에 다시 물수건이 얹어졌다. 눈가리개처럼 시야를 덮었지만 곁눈으로 주위를 살필 수는 있었다. 싸늘한 기운 탓에 살결이 으슬으슬 떨려왔다. 다행인지 아닌지 알몸에는 담요 한 장이 둘러져 있었다.

침입자는 물수건을 내려놓고 나서 테이블 쪽으로 몸을 돌렸다. 텔레비전을 보려고 그런 게 아닌 듯했다. 원래 하던 일을 하려는 것처럼 몸짓이 자연스러웠다. 곧이어 농밀한 장미 향이 실내를 채우기 시작했다.

고개를 약간 틀어서 시야를 조금 더 확보했다. 테이블 위에 꽃이 한 무더기 놓여 있었다. 어림잡아 백 송이는 될 것 같았다. 침입자의 손길에 따라 꽃다발에서 장미가 하나씩 빠져나왔다. 어디서 나타났는지 모를 꽃병에는 이미 수십 송이의 장미가 꽂혀 있었다.

붉고 탐스러운 꽃송이가 떼어져 나올 때마다 검은 전선들과 대바늘이 몇 개씩 쌓여갔다. 마치 격전지에 흩어져 있던 수백 개의 지뢰가 제거되는 것 같았다. 장미, 검은 전선, 바늘, 꽃병. 검은 전선, 장미, 바늘, 다시 꽃병. 침입자가 입을 열었다.

"누가 그랬잖아요. 장미가 아름다운 건 가시 때문이라고. 요즘은

품종 개량 때문에 가시가 유난히 약해요. 이 바늘이 그 대용이라 생각해도 괜찮을 정도죠. 오늘 꽃을 만지다가 손을 다치신 분이 있다고 들었는데 결과적으로 잘된 일이라 생각해요. 이 검은 전선을 잘못 건드려 폭발이 일어나지 않은 게 천만다행이죠. 아시다시피 이 꽃의 주인은 한 사람이니까요."

혜화는 가까스로 입을 열었다. 바늘이 꽂힌 것처럼 혓바닥이 잘 움직이지 않았지만 기어코 물어야 할 말이 있었다.

"누구세요?"

정적이 이어졌다. 침입자는 대답이 없었다.

"도대체 여기는 어떻게?"

혜화가 재차 물었다. 병에 꽃을 마저 꽂은 후에야 침입자가 입을 열었다. 짙은 화약 냄새가 코끝을 찔렀다.

"사실, 그냥 돌아서려다가 마음을 바꾼 거예요. 저 들으라고 하는 말이라 판단했거든요. 아, 내가 몰래 숨어서 지켜본 것처럼 저분도 알게 모르게 나를 기다렸구나. 그런 생각이 들었어요. 4407 말이에요."

침입자의 어깨가 들썩거렸다. 웃음을 터뜨리는 것 같았다.

"입에 담으려니 무척 어색해요. 단지 연습실 휴지통에 꽃다발을 내팽개쳐두고 가셨길래 다시 가져다주려고 온 것뿐이었어요. 대바늘과 정교한 폭발 장치가 꽂힌 특별한 선물이니까요. 그런데 때마침, 4407. 입으로 말하면서 비밀번호를 눌렀잖아요. 이름 없이 뒤에 서 있는 게 편했는데 초대에 응하지 않을 수 없을 것 같았어요. 오늘이 바로 그날이다 싶었죠. 4, 4, 0, 7. 띠띠띠띠."

가슴이 철렁 내려앉았다. 4407. 떨리는 손가락을 다잡는답시고 비밀번호를 말한 것은 혜화 자신이었다. 이자가 뭐든 알아내려 작심했다면 수단과 방법을 가리지 않았겠지만, 지금 상황을 자초한 거라 생각하니 미미한 충격이 온몸으로 뻗어갔다. 다행인 건 허리와 팔다리에서 반응이 전해져온다는 점이었다. 긴장한 탓에 몸이 일시적으로 마비된 것뿐이다. 제발 그러길 바랐다. 뉴스가 이어졌다.

"그만큼 개개인의 사회적 경제적 고립이 심해지고 있다는 방증인데요. 가해자들은 주거나 직업의 일관성이 없고, 혼자만의 단절된 세계 속에서 살아갑니다. 신분이 확실한 경우에도 주변 인간관계는 미미한 경우가 많습니다. 그러다 보니 공감 능력이 떨어지고, 일방적인 관계를 주장하기 십상입니다. 자신과 무관한 자에게 막무가내식 구애를 보내거나, 무차별 폭력을 일삼는 것은 동전의 양면과도 같은 행위지요. 말씀해주셨듯이 약자를 향한 폭력은 결국 살해라는 극단적인 형태로 드러나는 경우가 잦습니다. 정부와 경찰이 뚜렷한 대책을 내놓지 못하고 있는 동안 지금 이 순간에도 어딘가에서는 희생자가……."

이마 위 물수건은 무슨 바윗덩어리처럼 무거웠다. 하지만 섣불리 걷어낼 수는 없었다. 물수건은 상황을 저울질하는 하나의 무게추일지 몰랐다. 이것이 올려져 있는 한 침입자는 돌출 행동을 보이지 않을 것이다. 그런 확신이 들었다.

"공연 하차 되신 거 알고 걱정이 많이 됐어요. 누구보다 연습에 열심이셨잖아요. 모든 노력이 한순간에 물거품이 됐단 의미가 아니라, 그냥 어떤 마음일지 궁금했어요. 그렇다고 앞서서 걱정할 건 없어요. 오늘은 꽃대에 전선만 연결하고 돌아갈 계획이거든요. 갑자기 현관문이 열려서 놀랐다면 그저 재미있는 놀이라고 생각해주시면 될 거예요. 스타들에게는 가끔 그런 팬들이 있는 거잖아요. 일거수일투족, 눈짓, 고갯짓, 숨소리 하나하나. 이유 없이 모든 것을 함께하고 싶어하죠. 물론 알아요. 당신이 무슨 스타는 아니지요. 죽어라 연습만 하는 일개 단역 배우일 뿐이죠. 하지만 오히려 전 그런 점에 이끌렸어요. 연기에 혼을 담고 싶지만 좋은 역할은 이미 다른 배우들이 죄다 꿰차고 있죠. 그림자처럼 무대 주변을 기웃거리는 데도 이골이 나죠. 몇 년 동안 아무리 애쓰고 힘을 다해도 전혀 상황이 나아지지 않죠. 그런 분께 꽃을 전달해야 한다는 생각이 절로 들었어요. 왜냐하면 그 상황이 꼭 누구와 닮은 것처럼 익숙했거든요. 어릴 때부터 아무에게도 아무런 관심을 받지 못한 채……."

갑자기 침입자의 말이 끊겼다. 꽃송이 하나가 바닥에 떨어졌다. 손가락에서 핏방울 몇 점이 튀어 올랐다. 바늘에 찔린 듯했다. 침입자는 그런 데 개의치 않고 반대편으로 고개를 돌렸다. 혜화를 향해서가 아니라 현관 쪽을 쳐다보는 것이었다.

그쪽에서 무슨 소리가 났다. 유리문 너머 형체가 어른거리고 있었다. 언제부터였는지 알 수 없었다. 누군가 이쪽을 지켜보고 있었다는 사실은 분명했다. 정적이 이어졌다. 어른거리던 누군가가 뒤쪽으로 이동했다.

발걸음 소리가 다급했다. 어떤 물체가 바닥에 부딪히는 소리가 났다. 현관문이 닫혔다. 복도에서 미미한 소음이 울렸다.

그리고 적막이 뒤따랐다. 그것은 혜화로서도 예상치 못한 일이었다.

"누가 오기로 했나요?"

침입자가 얼어붙은 채로 말했다. 떨리는 목소리였다.

"그래서 기다리고 있었던 건가요? 곧 문이 열릴 거라는 사실을 다 알고서 말이죠."

시종일관 차분하던 침입자가 흥분했다. 무엇을 찾는 사람처럼 고개를 이쪽저쪽으로 돌렸다. 바늘이 꽂힌 꽃송이들을 움켜쥐었다. 순간 검은 전선에 연결된 화약이 미미한 불꽃을 일으켰다. 빨간 단추를 누른 것 같았다.

상황은 위험한 지경으로 치달을 게 분명했다. 혜화는 몸에 힘을 주었다. 팔다리에서 반응이 전해졌다. 어쨌든 이 틈을 타 뭔가를 해야 했다. 침입자가 혜화의 이마에서 물수건을 걷어냈다.

순간 시야가 밝아졌다. 불을 켠 것처럼 사방이 환해졌다. 침입자의 손가락에서 떨어진 핏방울이 혜화의 이마에 뚝뚝 얹혔다. 무대 의상 옆쪽으로 고스란히 놓여 있는 장검이 눈에 들어왔다.

$$/8/$$

엘리베이터 안에서 동화는 책들을 살펴보았다. 이 가운데는 반복적으로 빌리는 작품도 여럿 있었다. 선택된 책에 지속해서 이끌린다는 의미였지만 이유는 알 수 없었다.

'나에게도 그런 일이 일어날 수 있을까. 별안간, 우연히, 기적적으로. 누구나 해볼 법한 상상들. 마치 삶이 좋아지고 세상이 더 나아지리라는 막연한 기대처럼 언젠가 책 속에서와 같은 순간이 찾아올지도 모른다는 희망. 지구가 뒤집히고 우주가 뒤바뀌는 것처럼 거대한 운명의 파도가 밀어닥칠 수도 있다고. 그로 인해 모든 것이 환상적으로 탈바꿈될 거라고. 사랑 역시 그러할 수 있다고. 누군가 꼭 내 곁을 지켜줄……'

낭만적인 분위기의 글이었다. 책 속지에 연필로 쓰인 어느 문구였다. 이미 대출했던 누군가 남긴 흔적일 것이다. 미지의 그는 책 속 주인공의 삶을 갈망하고 있었다. 하지만 동화는 모르지 않았다. 책 속의 주인공들은 대개 자기 뜻대로 살아갈 수 없는 자들이었다.

시대의 격변이든, 가난과 신분의 제약이든, 신체적 혹은 관습적 결함이든 어떤 이유로든 그들 앞에는 오직 가시밭길만이 놓여 있었다. 다른 길은 없었으므로 모두가 그 가시밭길을 걸어가야 했다.

그들은 길을 헤매다 생채기를 입고 목숨을 위협받았다. 특히나 누군가를 사랑하는 일이라면 걸어야 하는 험로는 더 지독했다. 어느 인물을 막론하고 죽음이나 광기를 동반하는 치명적인 사랑의 소용돌이에 휩쓸렸다. 사느냐, 죽느냐. 미치느냐, 사랑하느냐. 복잡한 갈림길에서 모두가 한결같이 사랑을 선택한다는 점 역시 공통점이었다.

동화의 인생을 통틀어 지금까지 그 같은 일은 벌어지지 않았다. 단한 순간의 기미조차 보이지 않았대도 과언이 아니다. 물론 책을 끝까지 읽어야 알 수 있는 일이었다. 그러나 예측 가능한 부분 역시 없지 않았다.

동화는 '폭풍', '슬픔', '생', '사랑' 등과 거리가 있는 안전한 길을 밟아왔고, 앞으로도 그럴 가능성이 농후했다. 결혼이야말로 대표적인 현실이었다. 정혼자와 다름없는 이와 약혼을 한 마당이니 흐름을 거스르는 것은 불가능했다.

지금까지 쌓아온 모든 것을 다 내던져버리고 처음부터 인생을 다시 시작하는 것은 상상조차 할 수 없는 일이었다. 파혼을 하거나, 직업을 잃는다는 것은 치명적인 재앙을 맞이하거나 비행기 사고와 같은 천재지변을 당한다는 의미에 가까웠다.

순간 다리가 휘청였다. 그런데 꼭 그렇지만은 않을 것이다, 하고 동화는 스스로에게 반문했다. 책 속의 이야기는 누구에게나 벌어질 수 있는 현실의 일이기도 했다. 정확히 언제 어느 순간 자신에게 그런 일이 다가올지 예측할 수 없을 뿐이다.

종이 바깥의 세상과 종이 안쪽의 세상은 말 그대로 종이 한 장 차이였다. 실제 그런 일이 닥친다면 어떻게 할 것인가. 동화는 생각을 이어나갔다. 만약 이 며칠 내에, 혹은 몇 시간 뒤에 갑작스럽게 모든 것이 변화한다면. 전혀 상상하지 못한 일들이 연이어 눈앞에서 펼쳐진다면.

심지어 지금 엘리베이터가 멈추자마자 선택의 순간이 닥쳐온다면. 그럼 자신은 지키고 가꿔온 다른 모든 것을 내팽개칠 수 있을까. 새로운 운명에 도전하고 완전히 변화된 자신을 수긍할 수 있을 것인가. 어쩌면 한편으로 이미 그런 선택을 내린 것과 마찬가지인 상황은 아닐까. 바로 그날……

다시 아랫배가 부글거렸다. 문손잡이를 움켜쥐었다. 닫혀 있지 않았다. 누가 들어왔을 리는 없으니 나갈 때 미처 잠그지 않은 모양이었다. 재활용품을 들고 뒷발을 이용해 문을 닫으면서 실수했을 확률이 높았다. 지금 그게 중요한 건 아니었다. 화장실이 급했다.

동화는 한 뼘쯤 열려 있는 현관문을 열어젖혔다. 화장실은 몇 걸음이면 충분했다. 그런데 예상치 못한 것이 눈에 띄었다. 갑자기 머릿속이 어지러워졌다. 유리문이 보였다.

이사한 집의 현관은 이중문 없이 곧바로 거실로 이어졌다. 눈앞의 유리는 이곳이 동화의 집이 아니라는 의미였다. 왜 하필 이럴 때! 동화는 머리를 저었다. 부글거리던 배 속이 갑자기 폭발할 것처럼 뛰놀았다.

텔레비전 소리가 들려왔다. 투명한 유리문을 배경으로 실내가 엿보였다. 스테인드글라스처럼 군데군데 색채가 들어 있어 선명하게 안이 보이진 않았지만, 누군가 거실 테이블에 앉아 있다는 건 알 수 있었다.

벌써 몇 번이나 비슷한 일이 있었다. 같은 오피스텔 내에서의 층간 이사가 불러온 착각이었다. 그러나 이런 경우는 처음이었다. 한숨이 터져 나왔다. 엘리베이터가 다른 층에 서 있다는 걸 뒤늦게 알아차리거나, 현관문 앞에서 호수가 다르다는 걸 확인하는 정도였다. 무턱대고 남의 집 안까지 들어오다니, 평소라면 상상도 할 수 없는 일이었다. 더욱이 여긴 여자 혼자 사는 집인데.

주거 침입. 사생활 침해. 부동산 권리자의 행패. 예감이 좋지 않았다. 지금이라도 몰래 나가면 그만이지만 어쩐지 밀폐된 공간에 갇힌 기분이었다. 아니나 다를까, 몇 번을 눌러봐도 도어록 열림 단추가 제대로 작동하지 않았다.

동화는 다시 뒤돌아 조심스레 실내를 엿보았다. 벽에 걸린 클림트와 고흐의 그림, 창가 블라인드와 벽지까지 전에 살던 그대로였다. 이곳이 자신의 공간이기도 했었다는 사실이 새삼스러웠다. 충동구매했던 가구들도 보였다. 자주 오작동을 일으키는 도어록까지 그랬다.

공간이 주는 친숙함이 별안간 용기를 불러일으켰다. 지금은 무엇보다 화장실이 급했다. 예의 바르게 인사를 건네고 잠시 화장실을 쓴다고 하면 어떨까. 집을 착각했다면 이해해줄 수도 있지 않을까. 조금씩 가능성이 열리는 기분이었다.

한 발 움직이는 동시에 말소리가 들려왔다. 들렸다기보다 알아차렸다고 해야 옳았다. 텔레비전 소리에 섞여 잘 몰랐을 뿐 어떤 중얼거림이 지속되고 있었다. 아마도 현관문을 열기 전부터 그랬던 듯했다.

목소리는 낮고 부드러웠다. 마치 자장가를 들려주거나 방송용 멘트를 읽는 것 같았다. 이곳이 여자의 공간이며 자신이 침입자라는 동화의 생각에 갑자기 균열이 일어났다. 소리의 주인공은 여자가 아니었다. 해맑은 음성은 분명 남자의 것이었다. 그제야 테이블 옆 소파에 누워 있는 또 다른 사람의 모습이 눈에 들어왔다. 몸 전체에 담요가 덮여 있었고, 이마 위에 뭘 올려놓았는데 선뜻 알아보지 못했다.

뜻밖의 상황이 동화에게 다른 생각을 불러일으켰다. 색유리를 통과한 풍경이지만 조각을 맞추기란 어렵지 않았다. 집 안에서 데이트하는 남녀의 모습이 꼭 저럴 것이었다. 특히나 여자가 감기라도 앓게 된 경우라면 더더욱.

이를테면 한 여자가 한 남자, 즉 애인에게 전화를 건다. 잦은 과로에 몸살이 났다고 알린다. 얼마 지나지 않아 꽃을 든 남자가 애인의 현관문을 두드린다. 남자는 여자에 대한 걱정이 앞서 문을 제대로 잠글 수조차 없다. 여자 또한 남자를 맞이한 후에야 비로소 소파 위에 편안히 몸을 뉜다. 남자가 준비해온 담요를 몸에 덮어준다. 그러는 동안 여자에게 말을 건다. 첫 만남의 기억이나 서로를 연인으로 바라보기 시작한 순간, 앞으로 함께할 더 많은 미래의 나날에 대해. 남자의 손길에 따라 신문지 위에 펼쳐놓은 꽃다발에서 꽃이 하나씩 빠져나온다. 꽃병으로 옮겨지는 장미의 개수가 차츰 늘어난다.

왜 갑자기 그런 생각을 하게 된 것인지 동화는 알 수 없었다. 예상치 못한 낯선 감정, 질투에 가까운 적의가 솟구치는 게 사실이었다. 아직 화사한 오후의 빛이 집 안을 비추었다. 거기 풍성한 꽃을 꽂는 남자와 담요를 덮고 누워 있는 여자가 보였다. 연인과의 오붓한 시간, 밝고 아름답다고 하기에 충분한 풍경이었다.

어쩌면 자신이 이 집에서 원했던 풍경이 바로 그런 것일지 몰랐다. 지금 저들의 모습, 저와 같은 시간, 저런 장면을 한 번쯤은 꿈꾸었던 듯했다. 책을 읽듯이 낮고 가라앉은 목소리로 연인을 위무하는 남자가 자신이라면 어떨까. 꽃을 다듬으며 차분히 애인을 바라보는 남자. 스르륵, 남자 곁에서 달콤하게 감기는 눈꺼풀의 떨림을 느끼는 여자.

그러나 그것은 과도한 상상에 지나지 않았다. 저들은 부녀 혹은 남매이거나, 심지어 전혀 모르는 사람들일 가능성도 있었다. 그럼에도 눈앞의 남자를 향한 적의는 쉽게 가라앉지 않았다. 타인의 사생활을 훔쳐보면서 엉뚱한 생각을 이어나가고 있다니. 이곳에 들어선 순간 스스로에 대한 통제력을 잃어버린 것인지 몰랐다.

이쯤에서 돌아서는 것이 최선이었다. 진작부터 그랬다. 다행히 배 속의 부글거림은 잠시 멎었다. 하지만 어차피 잠시일 뿐이다. 신호는 곧 다시 찾아올 것이다. 동화는 조심스럽게 몸을 움직였다. 이전에 하던 대로 도어록의 배터리를 분리한 다음 다시 장착하기 시작했다. 초기화 후 몇 번의 오작동이 끝나면 이곳에서 나갈 수 있을 거였다.

막상 밖으로 나서자니 뭔가 내키지 않는 게 하나 있었다. 중얼거림을 듣는 동안 어떤 의문이 들었다. 남자의 음성이 어딘가 익숙했다. 언제 어디서였는지 기억나지는 않았지만 분명 들어본 목소리였다. 해맑은 음성이 특히나 그랬다. 그러나 어떻든 쓸데없는 호기심일 뿐이었다.

한 번 분리된 배터리는 잘 들어맞지 않았다. 어쩌다 볼일 하나를 해결하지 못해 이런 곤란을 겪고 있는지 알다가도 모를 일이었다. 모든 곤란은 역시나 책에서부터 시작된 것이 아닐까. 애초에 책을 들여다보는 게 아니었는지도 몰랐다. 동화는 바닥에 책부터 내려놓았다. 그 소리가 제법 컸다.

다음 순간 거실의 텔레비전이 꺼졌다. 덩달아 남자의 중얼거림 또한 끊어졌다. 정적이 빠르게 들어찼다. 동화는 배터리 장착을 끝냈다. 도어록이 초기화되는 동안 집 안으로 시선을 돌렸다.

검은 텔레비전 화면에 실내가 되비쳤다. 이상스러운 일이 일어났다. 믿기지 않았다. 꽤 먼 거리였지만, 소파 위에 누워 있는 사람의 눈빛이 꺼진 화면에 반사돼 단번에 동화 쪽으로 날아들었다.

일전에 인사를 나누었던 이 집 거주자였다. 연인에게 간호를 받는 사람의 눈빛과는 확연히 달랐다. 동시에 또 다른 자각이 일어났다. 어딘가 익숙한 목소리. 다분히 해맑은 음성. 그것은 얼마 전 광장에서 자신을 지나쳤던 목소리였다. 비켜라, 씨발. 그때 그 소리였다.

마치 동화의 속내를 알아차린 것처럼 남자가 몸을 일으켰다. 초록색 조끼가 눈에 들어왔다. 유리 너머 남자의 모습이 광장에서의 모습과 정확히 겹쳐졌다. 남자가 갑자기 한 손에 들고 있던 꽃송이를 내던졌다. 손가락에서는 핏방울이 떨어져 내렸다. 여기에서 무슨 일이? 순간 간담이 서늘해졌다. 띠리릭, 도어록이 정상적으로 작동하는 소리가 튀어나왔다.

9

누군가 비명을 지르고 있었다. 그 날카로운 소리가 혜화를 깨어나게 했다. 귀를 기울였지만 비명은 곧바로 멎었다. 잠시 이곳이 어딘지 알아차릴 수가 없었다. 고요했다. 흐릿한 시야가 초점을 되찾아갔다.

익숙한 천장이 보였다. 햇볕이 들이치고 있었다. 클림트 그림 윗부분이 눈에 들어왔다. 황금빛이 선명했다. 집 안 어딘가에 누워 있을 뿐이다. 여기는 아무 일 없다. 짧게 악몽을 꾼 것이다. 혜화는 안도했다.

공연에서 하차 통고를 받았다. 그래서 낮술을 마셨다. 그런 다음 집에 왔다. 옷을 벗고 샤워를 하기 직전에 잠시 몸을 눕혔다. 그러다 잠이 들었다. 다시 깨어났다. 그것이 지금까지 있었던 일의 전부다. 그 이상 아무런 변화는 없다. 혜화는 그렇게 생각을 그러모았다.

비록 일진이 나쁜 하루였지만 이제 또 시작하면 된다. 동료 배우이자 에이전트로 전향한 친구에게 전화를 걸어 다른 일정을 잡는다. 그래왔듯이 닥치는 대로 오디션에 참여하고, 공연이 잡히면 물불 가리지 않고 연습을 시작한다. 변한 것은 없다. 앞으로도 연기에 매진할 일만 남은 것이다.

혜화는 볼을 꼬집듯이 한 번 눈을 감았다가 다시 떠보았다. 바닥에 누워 있을 거란 예측과 달리 벽에 기대어 웅크린 채였다. 천천히 몸을 펴보았지만 잘되지 않았다. 으레 나쁜 꿈을 꾼 뒤에 느껴지는 찜찜함 탓인지 몸짓 한 번에 엄청난 힘이 소모됐다. 곧바로 숨이 가빠왔다. 식은땀이 살갗을 타고 삐질삐질 흘렀다. 몸에서 시큼한 냄새가 났다.

그나저나 비명을 지른 건 누구였을까. 급한 대로 앉은걸음을 옮기며 혜화는 생각했다. 별안간 코끝이 트였다. 시큼한 냄새에 섞여 향기로운 기운이 치밀었다. 시원한 바람이 콧속으로 빨려 드는 것 같았다.

잊고 있었다. 오늘 하루 내내 자신을 따라다닌 그 향기. 꽃에서만 풍기는 기운. 좌우로 고개가 돌아갔다. 거꾸로 뒤집힌 거실 테이블이 눈에 들어왔다. 전원이 나간 텔레비전, 깨어진 꽃병, 흩어진 장미와 신문지, 검은 전선 뭉치.

상황을 미처 알아차리기도 전에 눈물이 볼을 타고 줄줄 흘러내렸다. 현실을 회피하듯 혜화는 눈을 질끈 감았지만 일련의 장면들이 뇌리를 연이어 강타했다. 눈앞에서 플래시가 폭발하는 것 같았다. 또 한 번의 비명이 들렸다. 가슴 깊숙한 곳에서부터 비롯된 소리, 마치 누군가를 할퀴는 것처럼 날카롭기 그지없는 비명. 혜화 입에서 터져 나오는 소리였다.

　침입자는 이미 제정신이 아니었다. 혜화의 이마 위에서 걷어낸 물수건으로 흐르는 피를 닦으며 제멋대로 말을 이었다.

　"왜 날 기다리지는 않았나요. 알아요. 어차피 승자 독식의 세상이에요. 피땀 흘려 노력해도 안 되는 사람이 있죠. 배달 아르바이트 처지가 다 거기서 거기일 수밖에요. 그래도 세상에 순수함이 남아 있다고 믿었어요. 사랑하지는 못해도 지켜볼 수 있다고 생각했어요. 그래서 그러기로 결심했어요. 드러내지 않고 지켜보는 일이 얼마나 힘들었는지 아세요? 하지만 당신은 혼자 무슨 일을 꾸미고 있었던 거죠? 빤해요. 한두 번 속나요. 이렇게 발가벗고서 누구를 유혹하고 싶었던 거죠."

　침입자는 자신의 말에 도취되고 있었다. 세숫대야에 피 묻은 물수건을 내던진 후 흥분한 채 성큼성큼 주위를 걸어 다녔다.

　"지금까지 누구 한 사람 절 기다리지 않았어요. 그래요. 연예인, 아이돌, 스포츠맨, 정치인 할 것 없이 유명인이라면 수없이 쫓아다녔죠. 이제 당신 같은 무명 배우가 좋아요. 이루지 못할 꿈을 넋 놓고 바라보고만 있는 거죠. 보이지 않는 곳에서 팔짝팔짝 수없이 뛰어오르지만 남들 눈에는 굼벵이가 기어 다니는 모습과 다르지 않죠. 그런 사람이면 날 알아줄 거라 생각했어요. 감히 사랑하는 사람 앞에 나설 수조차 없는 마음을 말이죠. 세상에는 사랑이 들어설 자리가 있어야 해요. 그마저 허락되지 않는다면 이것들이 다 무슨 소용인가요."

침입자는 테이블 위의 꽃들을 움켜쥐었다. 혜화의 이마 위에서 꽃송이가 위태롭게 흔들렸다. 마치 냄비 가득 물이 끓고 있는 것 같았다. 그러다 갑자기 물이 넘쳐 혜화에게로 쏟아질 게 분명했다. 혜화는 곁눈으로 무대 의상과 함께 놓인 장검을 바라봤다. 일어서서 몇 걸음만 옮기면 되는 거리였다.

"이렇게 적당한 거리에서는 꽃을 주고받을 수 없나요? 알몸으로 누군가를 기다렸으니 저까지 꽃에 포함될 수도 있다는 뜻인가요? 설마 저더러 강제로 당신과 관계를 맺으란 말인가요? 난 그냥 당신이 좋았을 뿐이에요."

침입자가 움켜쥔 꽃송이를 손안에서 마구 짓이겼다. 꽃에 꽂힌 바늘이 그의 손가락과 손바닥을 재차 파고들었다. 피는 방울이 아니라 줄기로 흘러내렸다. 어딘가에서 벨이 울렸다. 인터폰에서 불이 깜빡이고 있었다.

별안간 악몽이 깨졌다. 상황은 더욱 격해졌지만 오히려 모든 것이 연극 속 한 장면 같다는 생각이 들었다. 침입자의 황당한 말투, 흘러내리는 피, 가만히 누워 있는 자기 자신까지. 혜화는 눕혔던 몸을 재빨리 세웠다. 당당히 침입자를 쳐다보았다.

"도망치려 하지 마요. 사실 처음부터 날 유혹하려는 거였잖아요. 알몸으로 일어서서 아무나 자길 봐달라는 의미였잖아요. 배우라는 것들이 죄다 그렇잖아. 보이지 않는 관객들을 향해 혼자 말을 하고

춤을 추는 거니까. 누가 보든 처음부터 상관없는 거잖아. 자기를 드
러내면 그뿐인 거지. 난 너처럼 그냥 찌그러져 있는 애들이 좋았어.
암만 자기를 드러내도 없는 거나 마찬가지거든. 꼭 장례를 치르듯 그
런 애들에게 꽃을 바치는 거지. 바로 내가 말이야."

　연극적인 상황이라 느끼자 없던 용기가 솟구쳤다. 혜화는 유연한
몸놀림으로 침입자에게서 몸을 피했다. 이렇게 간단한 일일 거라는
사실을 미처 몰랐다. 그동안 충분히 갈고닦은 몸짓, 혹독한 연습과
훈련의 결과였다.

　침입자 역시 그런 재빠른 몸놀림은 예상치 못한 듯했다. 이제 적
장과 맞닥뜨린 전사 역할을 맡을 차례였다. 그다지 두려울 건 없었
다. 혜화는 정면으로 장검을 겨누었다. 그러나 그것이 침입자에게 역
효과를 불러왔다. 침입자는 걸치고 있던 옷을 하나씩 벗기 시작했다.
초록색 조끼와 함께 상의를 벗고, 바지 지퍼를 내린 후 하의까지 벗
어 던졌다. 마치 준비했던 것처럼 순식간에 알몸이 됐다.

　"이 잡년아, 그럼 어디 한판 해보자. 아무도 진정한 사랑의 의미
를 모르고 있어. 그런 세상에서라면 차라리 누가 날 죽여주면 고마
울……."

　침입자가 혜화에게 달려들었다. 혜화는 현관 유리문으로 시선을
던졌다. 거기 누가 있기를 바랐지만 시야는 흐릿하기만 했다. 기름기
가 번드르르한 살갗이 덩어리째 밀려들었다. 누르스름한 육체의 빛
깔이 눈앞을 가득 채웠다.

사람의 몸이 분명했지만 그토록 기괴한 형체는 전에 본 적이 없었다. 단순한 스토커라기보다 악귀에 가까운 모습이었다. 형체가 차츰 검은 얼룩으로 번져나가 공간을 가득 메워갔다. 전혀 생각지 못했던 말이 입에서 쏟아졌다.

"사, 살려주세요. 제발."

스르르 혜화의 온몸에서 힘이 달아났다.

번쩍, 눈앞에서 플래시가 꺼졌다. 역했다. 온몸을 타고 땀이 흘러내렸다. 마치 피처럼 끈적이는 진한 땀이었다. 어서 씻어내고 싶었다. 하지만 그 자리에서 한 걸음도 옮길 수가 없었다.

시선을 다른 쪽으로 돌리는 게 두려웠다. 구토가 치밀었다. 어쩌면 이대로 영영 시간이 흐르지 않았으면 했는지 몰랐다. 이곳에 자신 말고 다른 사람이 또 있었다. 하지만 지금은 아무런 움직임이 느껴지지 않았다. 그 뜻은……

갑작스러운 소리가 터져 나왔다. 인터폰이 울렸다. 무엇을 먼저 해야 할지 알 수 없었다. 울고 있다는 사실을 깨닫지 못했을 뿐 눈물은 계속 쏟아져 내렸다. 장검의 손잡이를 쥐고 있던 감각이 손가락 사이에서 되살아났다.

손에 있어야 할 칼은 어디에도 보이지 않았다. 재차 인터폰이 울렸다. 곧이어 현관문을 두드리는 소리가 들렸다. 인터폰이 아니라 초인종 소리가 났던 것일까. 혜화는 화들짝 놀라 화면으로 다가갔다. 문을 두드리는 소리가 마치 하늘을 무너뜨리는 것처럼 크게 들렸다.

"계세요? 시설 보안팀에서 나왔습니다."

복도 화면에는 'Security' 마크가 찍힌 옷을 입은 남자 두 명이 서 있었다.

"이웃집에서 괴상한 소리가 난다는 민원이 들어와 잠시 점검 나왔습니다. 안에 아무도 안 계신가요?"

벨은 계속 울렸다.

보안요원들이 되돌아가기까지 대략 5분이 걸렸다. 문을 두드리던 기세와 달리 상황은 맥없이 끝이 났다. 몇 번 무전기가 지직거렸고, 그들 사이에 알 수 없는 이야기가 오갔다. 비밀은 없다. 이제 끝이다. 모든 것이 들통나버렸다. 그런 생각이 들었지만, 그건 그들이 안으로 들어올 때나 벌어질 일이었다.

보안요원들은 이쪽의 사정을 전혀 알지 못했다. 조바심을 내며 복도를 서성일 뿐이었다. 문에 귀를 가져다 대기도 했지만 아무 소리도 들리지 않을 것이다.

일시에 긴장이 풀렸다. 바깥에서 무전기가 또 지직거렸다. 어딘가에서 다른 호출이 온 것 같았다. 보안요원들은 다시 방문한다는 말을 남기고 화면에서 곧장 사라졌다.

위액이 역류했다. 살갗이 끈적거렸다. 시큼한 땀 냄새가 진동했다. 혜화는 샤워실로 걸어갔다. 뜨거운 물줄기를 맞으며 가만히 서 있었다.

수증기가 안개처럼 온몸을 감쌌다. 정성 들여 세안을 하고, 샤워젤과 샴푸를 이용해 몸과 머리를 깨끗이 씻었다. 욕실의 따스한 향이 부드럽게 코끝을 자극했다. 별안간 차오르는 생각은 생에서 이토록 행복한 순간은 다시없을 것 같다는 확신이었다. 시간 감각이 사라질 만큼 오래 샤워실 안에 있고 싶었다.

샤워를 마친 다음에는 익숙한 습관을 따랐다. 가만히 기다리느니 차라리 나서서 움직이는 편이 나았다. 무엇보다 침입자의 알몸이 가까이 있다는 사실이 겁이 났다. 거실 전체를 메우고 있는 비릿한 땀냄새 역시 견디기 힘들었다.

혜화는 외출 차림을 하고 가벼운 화장을 했다. 세면도구와 수건 같은 몇 가지 짐을 챙겼다. 짧은 여행을 나서는 기분이었다. 문을 열기 전 휴대전화를 들어 실내를 촬영했다.

침입자의 모습이 화면에 들어왔다. 움직임이 없었다. 마네킹처럼 경직된 채였고 배에는 장검이 꽂혀 있었다. 장미 이파리들이 둥그런 카펫처럼 침입자 주변에 흩어져 있었다.

화면상으로는 마치 한 편의 행위 예술극이 벌어진 것 같았다. 침입자가 살아 있는지 그렇지 않은지조차 알 수 없었다. 문득 떠오르는 것은 검은 얼룩이 번져나가던 머릿속의 기억이었다. 혜화의 몸은 알고 있었다. 어서 이곳에서 벗어나야 한다는 걸.

나서는 발걸음에 뭔가 차였다. 도서관 대출 바코드가 붙어 있는 책들이었다. 혜화는 별다른 생각 없이 그 책들을 가방 안에 넣었다. 열림 버튼을 눌렀다. 단번에 도어록이 작동했다. 시계를 보았다. 마음으로 느끼는 시간은 오래전부터 밤이었지만 바늘은 갓 오후 3시를 가리키고 있었다. 기나긴 하루가 아직 더디게 흘러갔다.

/10/

차창을 열자 바람이 밀려들었다. 맑은 공기가 가슴 깊숙한 곳까지 단번에 들이찼다. 어서 정신을 차려야 했다. 아침에 보았던 햇빛은 한층 부드럽게 변해 있었다. 몇 분쯤 운전해 나왔더니 벌써 번화가였다.

드넓은 도로가 햇빛을 반사했다. 전면이 유리로 이루어진 빌딩들이 8차선 도로 양옆으로 줄을 지어 뻗어나갔다. 각종 브랜드숍과 경찰 지구대, 스타벅스, BMW 매장 등이 차례로 차창을 스쳐 지났다. 대형 스크린에서는 값비싼 명품 시계와 보험 상품 광고가 흘러나왔다.

아침과 오후, 하루 두 번의 외출이 시간 감각을 흔들어놓았다. 매번 오가던 길이었지만 어쩐지 낯설었다. 문을 열고 익숙한 곳에서 빠져나온 것뿐이었는데, 새로운 문이 열리고 이전과는 전혀 다른 세계로 들어선 기분이었다. 이상스레 호흡이 가빴고, 평소보다 심장이 빨리 뛰고 있었다.

타인의 공간에 침입해 정체를 들켜버린 탓이기도 했지만, 그 공간 안에서 심상치 않은 일이 벌어지고 있다는 조짐이 더욱 심장을 자극했을 것이다. 엘리베이터와 로비에서 예기치 않은 이들과 마주치기까지 했으니 혼란을 느끼는 것은 자연스러웠다. 동화는 전방을 주시하며 상황을 정리해보았다.

한동안은 꿈꾸듯 몽롱했다. 얼결에 문밖으로 나오긴 했으나 그 직후 이미 후회가 치솟았다. 중요한 뭔가를 놓친 기분이었다. 아무래도 거주자와 눈빛을 마주친 일이 마음에 걸렸다. 마치 곁에 있는 상대를 두려워하는 듯 눈동자가 떨렸다. 사나운 표정을 짓고 현관으로 다가서던 조끼 차림의 상대를 두려워하고 있는 것만 같았다.

그러나 정체를 들켜버렸고, 현관 밖으로 나선 후였다. 또 한차례 신호가 찾아왔으니 부풀어 오른 속부터 해결해야 했다. 떠나기 직전, 망설이다 초인종을 한 번 누르기는 했다. 호각을 불어 안쪽에 경고를 보내는 심정이었다.

그러고 나서는 곧장 집으로 향했다. 동화는 볼일부터 해결했다. 그리고 화장실에서 나오자마자 인터폰을 들었다. 그 집에서 수상한 일이 벌어지는 것 같으니 보안 담당자에게 상황을 확인해달라고 요청했다.

'실례지만 거주자와는 관계가 어떻게 되시나요?' 하고 담당자가 물어왔다. 어떤 대답을 건네야 할지 몰라 망설이는 사이 내버려뒀던 휴대전화가 울리다가 멈추기를 반복했다. 동화는 인터폰을 잠시 내려놓고 전화기를 집어 들었다.

기기를 만지는 순간 델 듯한 열기가 전해졌다. 액정을 켜자 수십 통의 전화와 문자가 와 있었다. 주로 대표 변호사에게서 온 연락이었다. 이유는 하나밖에 없었다.

마음이 다급해졌다. 다시 울려대는 휴대전화보다 이전 거주자의 사정이 걱정되었다. 짐작건대 그녀는 예기치 않은 상황에 빠져 있었다. 처음 가졌던 예감은 확신으로 분명해지고 있었다. 가만히 있자니 불안감만 커져갔다. 아직 볼일을 다 끝내지 못한 기분이었다. 아무래도 그 집 앞에 다시 가봐야 할 것 같았다.

가볼 이유도 생겼다. 현관 바닥에 내려놓았던 책을 그대로 두고 온 것이다. 이 정도면 적절한 핑곗거리였다. 책을 찾으러 간다. 그뿐이다. 다른 이유는 없다. 동화는 엘리베이터에 다시 올랐다.

모든 것은 착각에 지나지 않을지 몰랐다. 아무 일 없는데 혼자 부산을 떠는지도 몰랐다. 실은 그 집에 발생하고 있는 일보다 거주자, 그녀에 대한 관심이 더 앞서는 것은 아닐까, 하는 의문이 고개를 들었다.

뒤늦은 자각이었지만 첫 만남 이후 그녀에게 관심이 생긴 것은 사실이었다. 그저 인사만 주고받았다기에는 나름 인상 깊은 만남이었다.

이사 탓에 복도와 실내는 엉망이었는데 흐트러진 짐 사이로 셰익

스피어, 체호프, 브레히트의 희곡과 뿔피리, 고양이 가면, 반짝이는 모자, 기나긴 칼 같은 소품이 눈에 띄었다. 스타니슬라브스키 책자라든지 몇 장의 공연 사진도 볼 수 있었다. 얼핏 그녀가 배우라는 얘기를 전해 들은 기억이 사진을 보는 사이에 떠올랐다.

그런데 배우라니, 동화는 잠시 헷갈렸었다. 눈앞에서 인사를 건네던 여자는 공연 사진 속 인물과는 다른 사람 같았다. 머리칼을 한 가닥으로 묶은 채 빨간 장갑을 끼고 땀 흘리는 모습은 이삿짐센터 직원에 가까웠다. 적당히 마른 체형에 단정한 인상이었지만 어디에서도 배우의 은근한 분위기는 풍기지 않았다. 차라리 기억에 선명치 않은, 오래전 알고 지냈던 게 분명한 어느 동창생이 떠오를 정도로 친숙했다.

하지만 몇 마디 말을 나누는 사이 동화의 판단은 달라졌다. 잠깐 짓는 미소나 표정을 밝게 빛내는 순간이 사진 속의 이미지와 생생히 겹쳐졌다. 눈짓이나 몸짓 또한 예사롭지 않았다. 저쪽에 동화의 짐이 있다고 가리키는 손가락에도 많은 의미가 담긴 것만 같았다. 동화는 배우를 마주하고 있다는 사실을 실감했고, 조금 설레었다. 게다가 이전에 가까웠던 그 실제의 동창생이 환기되기도 했다.

동화에게 배우는 특별한 직업이었다. 머나먼 세계를 동경하는 측면에서였다. 아주 짧은 시기, 동화 역시 무대 위에 서보고 싶었던 적이 있었다. 학창 시절 연극 관련 프로그램에 참여했던 그때, 잠시뿐이었지만.

준비된 무대가 힘차게 펼쳐지고 순식간에 막을 내리는 과정은 가히 환상에 가까웠다. 이국의 다채로운 배경, 아름다운 공주님, 방패를 든 기사와 익살스러운 시종, 공중을 날아다니는 황금빛 마차와 화려한 군무의 행렬, 눈을 멀게 할 만큼의 변화무쌍한 색채들이 머나먼 곳에서 나타나 한순간을 완벽히 수놓고 갑자기 어디론가 사라져버리는 것이었다.

객석에서 바라본 세상은 우주를 가득 채운 별세계처럼 특별한 곳이었고, 어딘가 새롭고 다른 장소에 대한 약속이었다. 셰익스피어, 브레히트, 괴테, 입센, 아서 밀러, 사뮈엘 베케트 등의 희곡을 동화가 탐독한 것도 그즈음이었다.

물론 모든 것은 한때의 일이었다. 발을 제대로 담그기도 전에 마치 불온서적을 품은 어린 학생을 대하듯 어머니와 형이 설득을 이어갔다. 아버지가 돌아가신 이후 가세가 기우는 와중이니 정신을 똑바로 차려야 한다는 것이었다. 동화는 무대 위의 세계가 얼마나 헛된 것으로 채워진 곳인지 곧바로 자각했다. 특별히 가족의 뜻을 어겨본 적이 없었던 터라 동화에게 그것은 자연스러운 일이었다.

아마도 그때 어머니는 몸져누웠다. 형 역시 전에 없는 난폭한 말을 쏟으며 동화를 더 이상 자신의 동생으로 인정할 수 없다고 윽박지르기도 했다. 그런 이후에 동화는 두 번 다시 무대를 동경하는 일은 없을 것처럼 단념했다.

모두 그따위 광대 짓은 나중이라도 얼마든지 할 수 있다 했지만 곧

서른인 지금까지 그런 계기는 찾아오지 않았다.

　배우가 직업이라는 그녀에 대한 관심 역시 그때뿐이었다. 첫 만남과 어색한 인사를 제외하곤 더 이상의 접점도 없었고, 일이 바빴다. 무엇보다 예비 신부와 혼담이 오가던 때였다. 얼마 지나지 않아 그 끔찍했던 약혼식이 있었다.

　다급하게 그 집 앞으로 향하는 지금에 이르기까지 자신이 그녀에게 나름의 관심을 유지해왔다는 사실조차 알아차리지 못했다. 로비, 엘리베이터, 층수를 착각한 집 앞에서 간혹 마주쳤지만, 반가움이나 설렘을 감추기에 급급했던 것도 사실이었다.

　어디까지나 낯선 사람이었다. 시험이나 업무와도 무관한, 도움을 주고받을 일이 전혀 없는 관계였다. 그런 만큼 그녀의 상황과 상태를 확인해야 한다는 이 순간의 조바심이 어디서 비롯된 것일지 동화로서는 알 수 없었다.

　단지 이웃으로서 거주자가 무사하다는 사실을 확인하면 그뿐인 걸까. 혹은 무대를 만들어가는 자를 향한 뒤늦은 관심일까. 정작 초인종을 누른 후 무슨 말을 해야 할지도 알지 못했다.

　딩동, 하고 엘리베이터 문이 열리고 한 사람이 올라탔다. 그 발걸음이 다급하게 느껴졌다. 곧바로 문은 닫혔고 얼결에 동화는 내릴 층을 놓치고 말았다.

　미미한 장미 향이 좁은 내부에 들이찼다. 동화는 서서히 곁에 오른 사람이 누구인지를 알아차렸다. 방금까지 소파 위에 누워 있던 그녀는 아무 일 없던 것처럼 밖으로 나서고 있었다. 막 샤워를 마쳤는지 머리는 물기에 젖어 있었고, 작은 가방을 든 채 어디 여행이라도 떠나는 것처럼 가볍고 편안한 차림이었다. 두려운 눈빛 역시 온데간데 없었다.

마치 다른 사람을 마주하는 듯했지만 그녀가 분명했다. 티셔츠 앞면과 뒷면이 바뀐 것이 조금은 의아했다. 하지만 패션에 가까웠다. 동화의 초조가 기우로 손쉽게 밝혀진 셈이었다. 아무 일 없다. 거주자는 무사하다. 확인 끝. 상황 종료.

싱거운 결말이었다. 도입부에서 갑자기 페이지가 끊겨버린 책을 읽은 기분이었다. 한 가지 의아한 것은 그녀가 주위를 전혀 의식하지 않는다는 점이었다. 누군가 곁에 있는지조차 모르는 듯 골똘히 생각에 잠긴 모습이 그랬다.

단지 밀폐된 엘리베이터에서 시선을 돌리기 힘든 것일지 몰랐다. 혹은 동화를 겁내고 있을 수도 있었다. 엘리베이터는 멈추지 않고 아래로 내려갔다. 어색한 분위기 속에서 함께 도착한 곳은 로비 층이었다.

딩동, 도착음이 울리고 문이 열렸다. 앞쪽에 서 있던 탓에 동화는 먼저 문밖으로 나서야 했다. 뒤에 그녀를 두고 다시 등을 돌리기란 불가능한 일, 적당히 거리를 둘 때까지 내쳐 걸을 수밖에 없었다. 바깥으로 걸음을 내딛는 찰나 어떤 예감이 차올랐다. 표정 자체가 나타나지 않은 얼굴, 문득 그녀가 민감하게 동화를 의식하고 있을지도 모른다는 생각이 들었다. 내면의 어떤 일과 투쟁하느라 여념이 없는 것이다.

방금 자신의 집에 침입한 자가 앞에서 걸어가고 있다며 그녀가 돌연 바깥에 도움을 요청하지는 않을지 조금은 불안했다. 다행히 그런 일이 일어나지 않았고, 엘리베이터 문이 닫혔다. 그쯤에서 모든 것이 일단락되는 듯했다.

어디로 가면 좋을까. 동화는 잠시 생각했다. 곧바로 뒤돌아설 수는 없었다. 집에 다시 들어가려면 그녀로부터 한참을 되돌아가야 했다. 그런데 문제는 따로 있었다. 저 앞에 뭔가가 보였다. 동화의 등장이 로비 한구석에 미미한 변화를 일으켰다. 전혀 예상치 못한 일이었다. 검은 슈트 차림의 사람들이 여럿 모여 있었다.

"어, 저기 오네."

"여태껏 그냥 집에 있었다는 건가?"

"그 정신 나간 짓을 하고도. 대단한 배짱이네."

여럿이 동화를 알아본 것처럼 동화 역시 여럿을 한눈에 알아보았다. 대표 변호사를 앞세운 로펌의 파트너 변호사들이었다. 모두 부잣집 장남 사건과 관련된 선임자들이었다. 회사 내 연수원 동기생까지 보였다. 얼마 전에 동화가 만났던 몇 명의 기자도 시선을 힐끔거렸다.

회사 직원은 그렇다 쳐도 기자들이 왜 여기에 나타났는지는 도통 알 수 없는 일이었다. 어쨌든 분위기가 심상치 않았다. 저들이 있는 곳까지 가면 안 되리라. 전화가 빗발칠 때부터 어쩌면 상황을 짐작했어야 했다. 동화는 지하 주차장으로 발길을 돌렸다.

"어, 저기 도망간다."

"이미 엎질러진 물이라 이거야."

"뭐 하자는 거야. 대형 사고 치겠다는 얘기잖아."

"미친놈, 이 바닥에 발붙이기를 완전히 포기한 것 같은데요."

대리석에 맞닿는 구둣발 소리가 등 뒤로 밀려왔다. 웅성거리는 소리가 로비를 채워나갔다. 오피스텔을 벗어나는 것이 급선무였다. 동화는 앞으로 내처 걸었다.

그것이 무작정 차를 몰아 밖으로 나선 지금의 배경이었다.

바깥 하늘은 구름 한 점 없이 투명하고 드높았다. 바람이 불 때마다 가로수가 푸르게 나풀거렸다. 쇼핑백을 들거나 선글라스를 낀 이들이 상점가를 거닐었다.

동화는 횡단보도가 보이면 차를 세우고, 푸른 신호등이 들어오면 액셀을 밟았다. 마침 좌회전 신호를 받아 방향을 바꾸었다. 버스 정류장이 보일 때는 차선을 갈아탔다. 그러는 사이 휴대전화는 계속 울렸다. 문득 어머니와 형이 떠올랐다.

동화는 진동으로 해두었던 휴대전화를 무음으로 바꿨다. 버튼을 꾹 누르는 것만으로 주도권이 자기 쪽으로 넘어오는 듯했다. 어쨌든 휴가 아닌가. 누구를 만나든, 전화를 받지 않든, 언제 어디를 어떻게 벗어나든, 그것은 오직 자신이 선택할 일이었다.

이전에는 상상할 수 없는 일이었다. 그녀 집에 잠깐 들어섰다 나온 게 마치 시간과 공간을 변화시켜버린 듯했다. 무대 위 커튼이 올라가고 조명이 켜지면서 새로운 연극이 펼쳐지는 것도 같았다.

출퇴근길에만 이용했던 벤츠 CLS는 힘차게 엔진을 그르렁거렸다. 어딘가 멀리 가보고 싶은 생각이 들게 하는 진동이 차체를 흔들었다. 회사, 집. 집, 회사. 출근, 업무, 회의, 보고, 출근, 업무, 회의, 보고. 다시 회사, 집. 집, 회사. 여느 직장인들처럼 동화 역시 그 패턴의 생활에서 벗어나지 못했다. 시험과 시험의 연속이던 때에 비해 나아졌다 싶었지만 외형은 똑같았다. 지금 당장 하고 싶은 일은 무엇인가. 언제, 어디로, 누구와 함께 떠나면 좋을 것인가.

별안간 헛구역질이 올라왔다. 배 속이 따갑게 찌릿했다. 몇 시간 전에 비워버린 맥주의 남은 기운이 식도를 타고 솟구쳤다. 연속적으로 트림이 터졌다. 알코올 냄새가 입안과 코끝에 맴돌았다. 그리고 검은 그림자가 차량 앞으로 튀어나왔다. 급히 브레이크에 발을 옮겨 디뎠지만 동화의 반응은 무척 느렸다.

/11/

머릿속이 멍했다. 저 선을 넘는 순간 많은 것이 달라진다. 지금까지와는 다른 인생을 살게 된다. 더는 평범한 일상을 지속할 수 없게 될지도 모른다. 극에서는 익숙했던 상황이 현실의 일이 되자 도리어 시간이 낯설어졌다. 몰입하려 해도 좀처럼 몰입되지 않는 배역 하나를 억지로 떠맡은 기분이었다.

경찰서 앞에 와 있다는 게 도무지 실감 나지 않았다. 얼마나 오래 이곳에 서 있었는지조차 알 수 없었다. 혜화는 가만히 경찰서 입구를 쳐다보다가 고개를 돌리기를 반복했다. 가까운 곳에 편의점과 프랜차이즈 음식점, 헤어숍, 은행, 도서관, 피시방이 보였다.

이렇게 평범한 곳에 경찰서가 있다는 사실이 조금은 의아했다. 그러고 보니 경찰서를 찾아온 것은 살면서 처음이었다.

아니다. 열 살 무렵 도로에 멈춰 서 있던 경찰차에 다가갔던 적이 있었다. 우리 꼽슬이를 못 보았느냐고, 발견하면 꼭 연락해달라고 순찰 중인 경찰관 아저씨에게 전단지를 내밀었다. 전단지를 건넨 건 혜화였지만 말을 건 것은 함께 있던 엄마였다.

한쪽 어깨가 성가실 정도로 무거웠다. 혜화는 가방을 내려뜨렸다. 그 참에 휴대전화를 찾아보았다. 매일 통화하는 시각이 일정했으니 엄마에게 이 시각의 전화는 갑작스러울지 몰랐다. 그러나 경찰서 문을 열고 들어서기 전에 서로 얘기를 나누어야 했다. 여느 부모처럼 엄마도 혜화만을 바라보며 사는 존재였다. 하지만 무슨 이야기를 나누어야 할까.

유일한 혈육이 사람을 죽였을지 모르니 마음을 단단히 먹으라고 해야 할까. 만약 집에 들를 일이 있거든 시체가 있는지 없는지 확인해달라고 해야 할까. 행여나 뉴스에서 자신이 나오더라도 절대 놀라지 말라고 해야 할까.

엄마는 전화를 받지 않았다. 최근 시작했다는 일당 아르바이트가 끝나지 않은 모양이었다. 무릎이 아파 곧 다른 일을 해야겠다더니 여태 버티고 있는 듯했다.

무심코 휴대전화 화면을 들여다보았다. 동료 배우이자 사실상 혜화의 매니저인 친구에게서 제법 많은 연락이 와 있었다. 통화 버튼을 터치하려는데 갑작스레 사이렌 소리가 귀를 때렸다.

경찰서 정문 출입구의 경계 시설이 해제되고 있었다. 곧이어 순찰차와 승합차 몇 대가 청사 안 마당으로 들어섰다. 행차 소리가 요란했다. 정복을 입은 경찰과 평상복을 입은 형사들이 현관 쪽에서 대기 중이었다. 차량들이 멈춰 섰다. 승합차 문이 열리고 수갑을 찬 사람들이 내리기 시작했다.

조금 떨어진 곳에서 바라보기에도 상황은 험악했다. 차 안에서 내리는 자들은 거구의 덩치들이었고, 아예 웃통을 벗은 자들도 있었다. 한결같이 역도 선수나 씨름 선수처럼 우람했다. 건들건들 걸음을 옮길 때마다 살들이 출렁였다. 피부를 따라 핏자국이나 시퍼런 문신이 드러나기도 했다.

무어라 마구 악을 쓰는 아주머니도 한두 명 섞여 있었다. 수갑을 찬 덩치들 사이에서는 욕설이 끊이지 않았다. 스무 명 남짓한 모두가 청사 안으로 꾸역꾸역 들어갔다. 마치 이곳이 어떤 장소인지를 보여주는 상징적인 장면 같았다. 대조적으로 차분한 음성이 들려온 것은 다음 순간이었다.

"저, 혹시 신고하기가 꺼려지세요?"

제복 차림의 경찰이었다. 어쩌면 한동안 혜화를 지켜보았는지도 몰랐다.

"청사 앞까지 와서 망설이는 분들이 더러 있거든요. 그래서 혼자 오시는 경우에 저희가 도와드리곤 합니다. 입구에서 신분 확인한 다음 들어가시면 돼요."

경찰은 부드러운 표정을 하고 혜화에게 다가섰다.

"고소장 작성하시려거든 민원실에 먼저 들르시고요. 강력 범죄의 경우는 형사팀이나 강력팀에서 충분히 도와주실 거예요. 여성 경찰관 분들도 많으시니까 요청하시면 따로 인원을 배정해주기도 합니다."

말을 건네는 경찰은 조금씩 흥분했다. 제대로 짚었다. 그런 표정이었다. 묵묵히 듣고 있는 혜화를 어떻게든 설득하고 싶은 것 같았다.

"정 힘드시면 제가 직접 도와드릴까요? 어차피 곧 근무가 끝날 시간이거든요. 자, 안으로 들어가시죠."

경찰이 살며시 혜화의 팔 언저리를 두드렸다. 몇 걸음 앞이 경찰서 내부였다. 발걸음에 따라 차츰 거리가 좁혀졌다. 경계선을 넘는 순간 벨이 울렸다. 혜화는 휴대전화를 꺼냈다. 전화가 걸려오고 있었다. 매니저였다. 그녀는 큰소리부터 쳤다.

"야 이 기집애야, 대체 전화 안 받고 뭐 하고 있었던 거야."

경찰은 전화기를 드는 혜화의 행동을 눈으로 좇았다. 이 상황에 전화를 받는 것을 납득하지 못하겠다는 표정이었다.

수화기 너머에서 매니저는 목소리를 계속 드높였다. 때아닌 흥분이 터져 나왔다.

"됐어. 드디어 연락이 왔어. 오디션 통과야."

경찰이 혜화의 옷깃을 부여잡았다. 혜화는 그 손을 밀쳐내며 자리를 벗어났다. 옷깃이 부욱 찢어지는 소리가 들렸다. 경찰의 음성이 뒤따랐다.

"그렇게 얘기를 해도. 여기 이상한 데 아니라니까, 제기랄."

그것이 무슨 신호인 것처럼 혜화는 뜀박질을 시작했다.

눈앞이 흐릿했다. 볼을 타고 흐르는 건 눈물 같았다. 어디를 얼마나 달렸는지 몰랐다. 배우의 꿈을 접고 에이전시를 차리면서 친구는 흥분하지 않는 사람이 됐었다. 지극히 조용한 사람이 됐대도 과언이 아니었다. 만족할 일이 생기더라도 차분히 박수를 치거나 입가에 미소를 한 번쯤 떠올릴 뿐이었다.

그런 그녀가 흥분한다는 것은 보통 이상의 일이 일어났다는 뜻이다. 혜화는 휴대전화에 귀를 바짝 붙였다. 끊어진 줄 알았던 통화는 계속되고 있었다. 노래처럼 이야기가 이어졌다.

"그러니까 감독님이 널 보고 싶대. 캐스팅될 확률이 높아. 알아, 나도 이게 도대체 무슨 일인지 모르겠어. 그게 다가 아니야. 이제 물꼬가 트인 거야. 앞으로 동료 배우 추천까지 받아줄 수 있대. 그렇게 되면 캐스팅은 따놓은 거나 마찬가지야. 너뿐 아니라 우리 모두 길이 열리는 거고. 알지? 말했듯이 문제는 시간이야. 곧 해외로 떠나야 하니까 여유가 얼마 없으시대. 약속 장소는 해운대고, 시간은 9시야. 내가 메신저로 주소하고 호텔 지도 보내놨으니까 확인해봐. 거기서 세계적인 제작자랑 감독님이 너 하나만 기다리고 있는 거야. 지금 바로 출발해야 할 거야. 나도 곧 뒤따라갈 테니까 먼저 서둘러. 우리 자랑스러운 대배우님, 내 말 듣고 있는 거지? 여보세요?"

어찌 된 일인지 눈물이 멈추지 않았다. 우선 어디에 좀 앉아서 진정하고 싶었다. 누군가 곁에 있어주면 더 좋을 것 같았다. 친구가 말하는 감독님은 바로 그 감독님일 확률이 높았다.

도로 건너편에 벤치가 보였다. 액정을 확인했다. 해운대 어느 호텔의 주소가 찍혀 있었다.

약속 시간은 지금으로부터 5시간 30분 후였다. 혜화는 액정에서 눈을 떼지 않은 채 내쳐 걸음을 옮겼다. 마침 반대편에서 한 대의 차량이 들어서고 있었지만, 보지 못했다.

12

심장이 쿵쾅거리는 소리가 귓전에 맴돌았다. 다행이다. 다행이다. 그 생각만 들었다. 불쑥 나타난 그림자는 갑작스러웠어도 속도가 워낙 느렸다. 핸들을 트는 것만으로도 충돌을 피할 수 있었다. 차체 옆이 가드레일에 긁히긴 했지만.

한데 느닷없이 나타났던 그림자는 어디에도 보이지 않았다. 동화는 호흡을 가다듬은 후 천천히 운전석 문을 열었다. 어디선가 볼멘소리가 들려왔다.

"이봐요, 어디 사람 죽일 일 있어요."

차체 뒤쪽에 한 사람이 주저앉아 있었다. 발목을 부여잡은 채 동화를 노려보았다.

"갑자기 차도에 뛰어든 사람이 누군데요."

동화는 맞받아쳤다. 눈길이 부딪쳤다. 선수를 빼앗기면 안 될 것 같았다. 사고 직전의 아슬아슬한 상황에 정신없기는 자신 또한 마찬가지였다.

"제가 차를 피했길래 망정이지. 정말 끔찍하네요."

"눈을 어디다 두셨길래. 차 바퀴를 보세요. 핸들을 저만큼이나 틀었잖아요. 애꿎은 차 옆구리만 긁혀버린 상황입니다."

"아, 발목 아파. 완전 접질린 것 같아. 저기, 휴대전화 좀 찾아봐요."

"무슨 휴대전화요."

"제 전화요."

"그쪽 전화를 제가 왜 찾아요."

"댁의 살인 행위를 피하다가 날려버린 거니까요. 싫으면 가방이라도 좀 줘요."

"사람 살려놨더니, 황당하게 살인이라니."

동화는 우선 앞쪽에 떨어진 가방부터 주워들었다. 책 몇 권과 수건, 세면도구가 나와 있었다. 조금 떨어진 곳에 휴대전화가 보였지만 그것까지 주워주고 싶지는 않았다.

그나저나 이런 식으로 마주하다니. 이상스러우면서도 조금은 반가웠다. 이미 상대방이 이전 살던 집의 거주자, 즉 동화가 방금까지 만나기를 바라던 그녀라는 사실을 알아차렸다.

불만스러운 말투와 달리 그녀의 어깨는 눈에 띄게 떨렸다. 뺨에는 눈물 자국 같은 얼룩이 있었다. 사고의 여파일까. 모종의 충격을 받은 것일까. 동화는 상의를 벗어 그녀 어깨에 덮어주었다.

"일어설 수 있으시면 병원으로 안내해드릴게요."

그러는 사이 서로의 눈길이 또 한 번 부딪쳤다.

어깨를 덮은 상의에서 익숙한 향기가 났다. 하지만 그런 것을 신경 쓸 때가 아니었다. 벨이 울리고 있었다. 혜화는 몸을 일으켜보았다. 발목에 무리가 갔지만 서는 데 지장은 없었다. 문제는 걸음을 제대로 옮길 수 있느냐는 것이었다.

한 걸음 내딛자마자 몸이 휘청거렸다. 현기증이 일었다. 곁에 있던 상대가 재빨리 몸을 부축했다. 지나가던 차량 몇 대가 비상 깜빡이를 켜며 도로 위에 멈춰 섰다. 무슨 일이 일어났는지 상황을 살피는 듯했다.

"그냥 가세요."

이목이 쏠리는 게 부담스러워 혜화는 몸을 떼어내며 그에게 말했다. 생각과 달리 부축에서 팔을 풀어내기가 힘들었다. 그래도 목소리는 한결 부드럽게 흘러나왔다.

"차에 부딪히지는 않았나요?"

동화가 대답 대신 물었다.

"모르겠어요. 아무튼 괜찮을 것 같아요."

"네?"

"아무렇지 않으니 가던 길 마저 가시라고요."

"병원 안 가봐도 되겠어요?"

혜화는 고개를 끄덕거리며 휴대전화를 찾았다.

"나중에 딴소리 안 들으려면 다른 방법이 없을 것 같군요. 그럼 제가 가는 데까지 태워드릴게요."

휴대전화가 놓인 곳으로 혜화를 이끌며 그가 말을 이었다. 혜화는 그의 얼굴을 힐끗 올려다보았다. 움직이는 방향으로 체중이 기울었다. 어디서 본 듯한 얼굴이었지만 어쩐지 정신을 차릴 수가 없었다. 동화가 먼저 휴대전화를 주워 들었다.

"'친구와 매니저'가 누굽니까?"

혜화는 빼앗듯이 전화를 건네받았다. 우려대로 액정은 깨졌지만 화면은 살아 있었다. 다행이었다. 약속 장소의 주소를 확인할 수 없을지 모른다는 조바심이 다소간 사그라들었다. 통화 버튼을 눌렀다.

"어디야? 설마 아직까지 출발 안 한 건 아니지?"

친구가 소리쳤다. 뒤쪽에서는 경적이 울려 퍼지고 있었다. 도로에 멈춰 선 차량들이 조금씩 늘어나고 있었다. 전화 속과 전화 밖의 말들이 귓가에서 섞여 들었다.

"저기, 119에 전화해드릴까요?"

"도로에서 농성할 거 아니면 앞에 차부터 좀 빼주세요. 예의를 지키셔야죠."

"명심해. 망설이거나 뭉그적거리다가는 큰일 난다고. 어떻게 잡은 기회인지 알지. 서울역이나 공항으로 지금 가면 시간 안에 도착할 수 있어. 얼른 차 타고 출발해. 빨리."

순간 혜화는 엉뚱한 사실 하나를 알아차렸다. 코끝을 맴도는 익숙한 향기는 집 안에 배어 있던 스킨 향이었다. 눈에 익은 얼굴에 큰 키, 중저음의 음성까지. 남자는 자신이 스토커라고 오해해왔던 오피스텔의 이전 거주자가 분명했다. 혜화는 그 사실을 확인하려는 듯 얼굴을 차분히 바라보았다. 또 한 번 서로의 눈길이 부딪쳤다.

"어차피 저는 휴가 기간이에요. 해외만 아니면 어디라도 같이 가드릴 수 있으니 걱정 말고 일단 타세요."

팔과 어깨를 부축하는 그의 손길에 한층 힘이 들어갔다.

13

가까이서 보니 차체는 그저 긁힌 수준이 아니었다. 막연히 견적을 떠올리자 혜화는 등골이 서늘해졌다. 찌그러진 굴곡이 결합 부위의 모서리를 비틀어 제대로 문이 열리지 않았다. 몇 번 힘을 주자 금속이 맞부딪는 날카로운 소리가 울렸다. 이러다 문짝이 떨어져 나가는 건 아닐지 불안할 정도였다. 그 사실을 들켜서는 안 됐다.

동화가 머뭇거리는 사이 혜화는 재빨리 조수석에 올라탔다. 차에 오르는 순간 후회막급이었다. 하지만 다시 문을 열 엄두가 나지 않았다. 워낙 정신없는 와중이었다. 몇 가지 일들이 연이어 터졌고, 하나같이 감당할 수 없는 사건에 가까웠다.

일정한 흐름에 따라 차는 가다 서기를 반복했고 그런 규칙성이 차츰 혜화의 마음에 안정감을 주었다. 잠시 동안이었지만 어쨌든 갈등에서 벗어날 수 있게 된 것이다.

하지만 이 도시의 차량 밀도와 교통 체증을 곧바로 절감해야 했다. 도로 위는 순식간에 초대형 주차장으로 변모했다. 이런 흐름대로라면 역까지 가는 데만 하루 이상이 걸릴지 몰랐다. 라디오에서는 아무 일 없는 것처럼 일기예보가 흘러나왔다.

"남해 먼바다는 이미 태풍의 영향권에 접어든 것으로 보입니다. 북동쪽 경로를 따라 내륙까지는 진출하지 않으리란 예측이 있었으나 또 다른 태풍이 간섭하는 기상 이변으로 인해……."

약속까지는 채 다섯 시간이 남지 않았다. 지금은 운전자가 가장 큰 난관이었다. 그는 관광이라도 온 것처럼 여유롭기 그지없었고, 뒤쪽 급해 보이는 차들에게 먼저 앞서라고 신호를 깜빡이고 있었다. 혜화는 손목시계를 거듭 바라보았다. 시한폭탄의 바늘이 째깍거리는 것만 같았다.

갑작스러운 소리에 귀가 따가웠다.

"좀 서둘러주시겠어요. 지금 제가 좀 급해요."

무슨 소리인지 알 수 없었다.

"그게 어디 제 탓인가요?"

동화는 눈짓으로 앞쪽에 늘어선 차량들을 가리켰다. 당황스러웠다. 급하니까 서둘러달라니. 충격을 받았을지 몰라 그녀를 보호한답시고 조심스레 운전에 임하는 중이었다. 우선은 안정이 최선 아닌가, 하고 판단했기 때문이다.

"그나저나 이 차 리스 기간이 얼마나 남은 줄 아세요. 그쪽만 아니었다면, 기차역은커녕 정비소에 들를 일도 없을 거라고요."

혜화는 어깨를 으쓱해 보였다. 얼굴을 찡그린 채 자신의 발목을 어루만졌다.

동화는 한 걸음 물러서듯 도로 위로 시선을 돌렸다. 마치 시간이 정지된 것 같았다. 어디서 무슨 일로 이렇게 많은 차가 밖으로 나섰는지 의아할 지경이었다.

이윽고 신호가 바뀌었다. 두 번째 푸른 신호였지만 차는 일 미터 정도를 전진했을 뿐이었다. 벌써 붉은 등이 들어와 있었다. 기다림과 움직임이 정확히 반비례했다. 가까운 곳에서 응급차의 사이렌이 소리가 들려왔다.

경적을 울리는 차량이 늘어났고, 앞다퉈 차선을 옮기느라 부산한 움직임이 일어났다. 유턴 신호를 받아 돌아서는 차량까지 가세하며 도로는 아수라장이 됐다. 혜화는 반대편 차선을 한 번 바라보았다. 아무런 막힘 없이 차들이 휙휙 지나갔다. 위쪽에 공항 표지판이 보였다.

"잠깐만요."

"네?"

"방향을 좀 바꿔주시겠어요?"

"갑자기 그게 무슨?"

"가는 데까지 태워준다고 말하셨잖아요."

"네, 그래서 기차역으로 가고 있는 게 아닌가요."

"그런데 차가 저렇게나 늘어서 있잖아요."

"낸들 어떻게 하겠습니까?"

"역 말고 공항으로 가주세요."

"공항이라면 비행기가 막 날아다니는 그 공항을 말하는 건가요?"

"……."

"캐리어를 든 조종사와 승무원들이 지나다니는? 관광이나 출장 가는 사람들이 잔뜩 멋을 내고 줄을 서 있는?"

동화가 맞받아쳤지만 혜화는 결심을 굳힌 듯 더 이상 말이 없었다.

"나 참, 이건 택시가 아니라고요."

차체가 공기를 가르는 소리가 제법 시원했다. 탁 트인 길을 따라 차는 쭉쭉 뻗어나갔다. 동화는 적당히 액셀에 힘을 주고 다시 빼기를 반복했다. 룸미러에 시선을 둘 때마다 차량 한 대가 뒤쪽에서 일정한 간격을 두고 따라붙는 게 보였다. 아마도 동화의 차를 페이스메이커처럼 여기고 뒤따라오는 모양이었다. 엄격하게 속도를 준수하는 이유는 여전히 혜화가 받았을지 모를 충격 때문이었다. 조금 전 운전에 부주의했단 사실을 인정해야 했다.

혜화는 이 남자가 '양보 운전' 2탄을 찍고 있는 것은 아닌지 답답했다. 어쨌든 이대로만 가면 곧 공항이었다. 시간 안에 활주로 위에 오르면 나머지는 일사천리였다. 이변이 없는 한 비행기는 목적지에 안착할 테고, 터미널에서 택시를 타면 금방 약속 장소에 이를 터였다.

혜화는 땀을 흘리며 운전에 몰두하는 동화를 새삼스럽게 바라보았다. 교통 체증에 시달릴 때와는 완전히 딴판인 모습이었다. 그러고 보니 그에 대해 아는 게 거의 없다는 사실을 인정해야 했다.

첫인사 말고는 별다른 대화 한 번 나누지 못했던 그의 옆에 앉아 공항으로 향하고 있는 지금의 상황이 오히려 의아했다. 다른 상황에서 이 남자와 마주했더라면 무슨 이야기를 나누었을지 새삼 궁금했다.

드넓은 주차장 너머로 공항 청사가 보였다. 초현대식으로 지어진 유리 건물이 빛을 잔뜩 머금고 있었다. 연속적인 곡선과 기하학적인 패턴들, 여행이나 모험을 환기하기에 부족함이 없는 화려한 이미지가 펼쳐졌다.

옆에 앉은 이는 무슨 일로 비행기에 오르려는 것일까. 동화는 문득 생각해보았다. 한 번쯤 사정을 묻고 싶었다. 그 정도라면 물어도 되는 것이 아닐까. 옆자리의 기색을 살펴보았다. 어쩔 수 없이 그 자리에 몇 번 앉았던 예비 신부의 옆모습과 그녀의 옆얼굴이 비교됐다. 어딘가 많이 달랐지만 마땅히 설명할 자신은 없었다.

그녀는 혼자서 비행기를 타는 것일까. 오피스텔에서 함께 있던 남자와는 연인 사이였을까. 둘은 정말 휴식을 취하고 있던 것일까. 망설이는 사이 경적이 울렸다. 뒤쪽에 차량이 늘어서 있었다. 청사 입구가 코앞이었다.

혜화는 고민했다. 그럼 이만, 하고 말할까. 다시는 신세 지지 않겠다고 해야 할까. 고맙다고 인사해야 할까. 막상 내릴 때가 다가오자 망설임이 앞섰다. 갑자기 그에게 제 속을 열어 보이며 무엇이든 고백하고 싶은 충동이 일어났다. 이 상황에 대한 특별한 현실감이 없는 탓인지 몰랐다.

혜화의 뇌리를 떠나지 않는 것은 유리문 너머로 어른거리던 이미지였다. 헛것을 보지 않았다면 실루엣의 주인공은 그 집에 대해 아는 사람이 분명했다. 옆에 앉은 운전자가 그 실루엣과 관련됐을 확률은 없는 걸까.

그것이 과도한 추측인지 아닌지 혜화는 확인하고 싶었다. 혹시 아까 유리문 너머 서 있던 사람을 아느냐고. 아무것도 보지 못했느냐고. 순간 체중이 앞으로 쏠렸다. 자동차가 급정거했다. 청사 입구였다.

그들은 속엣말들을 밖으로 꺼내지 않았다. 서로에 대해 아무것도 묻지 못했다. 동화는 운전석에서 내려 재빨리 조수석 문을 열었다. 비틀린 문짝은 격한 소음을 내뱉었다. 신경 쓰지 않으려고 했지만 찌그러진 곳을 보자 절로 표정이 구겨졌다.

혜화는 공항으로 안내되는 손님처럼 눈을 내리깔았다. 발목이 찌릿했지만 걷지 못할 수준은 아니었다. 동화가 청사 입구까지 그녀를 부축했다. 출입구 부근이 가까워질수록 캐리어를 끄는 사람들의 숫자가 늘어났다. 이곳이 공항이라는 사실을 알리듯 조종사와 승무원 복장을 한 사람들도 섞여 있었다.

유리문 앞에서 혜화는 말없이 고개를 한 번 숙였다. 동화를 향해서.

인사를 받은 동화는 지갑에서 명함을 꺼냈다. 혜화는 명함을 받지 않았다. 그와 더는 만날 일이 없을 게 분명했다. 대신 아직 어깨 위에 걸쳐진 상의를 되돌려주었다. 그리고 또 한 번 생각했다. 다른 상황에서 그를 만나면 좀 전보다는 더 재밌는 대화를 나누지 않았을까.

혜화의 자연스러운 몸짓은 무척이나 친밀한 사람과 인사를 나누는 분위기를 자아냈다.

동화는 한쪽 손에 상의를 모은 다음 얼굴에 미소를 한번 지어 보였다.

그렇게 간단한 인사를 주고받은 후 한 사람은 공항 안쪽으로, 다른 사람은 공항 바깥으로 걸음을 달리했다. 그들 모두 걸음이 무척 느렸다. 한 걸음, 두 걸음, 세 걸음. 차츰 사이는 멀어졌다.

14

걸어 나오는 길에 동화는 뜻밖의 사람과 마주쳤다. 큰 눈을 가진 사람이었다. 원래 눈이 컸다기보다 어떤 계기로 갑자기 얼굴 전체가 확장된 기색이었다. 시선이 저절로 그쪽으로 가닿았다.

그 사람이 어떻게 이곳에 나타났는지 알 수 없었다. 동화는 예비 신부를 바라보았다. 닮은 사람이라고 생각하고 싶었지만 못 알아볼 리 없는 얼굴이었다. 예기치 않은 마주침에 숨이 턱 막혀왔다. 언제, 어디서부터 동화를 지켜보았는지 알 수 없었다.

주위 사람들은 바삐 오갔다. 동화가 무어라 말을 걸기 전에 신부는 등을 돌렸다. 긴가민가 싶을 만큼 순식간의 일이었다. 잘못 읽지 않았다면 아까 어깨동무를 했던 그 여자는 누구냐고 묻는 눈빛이었다. 걸음을 틀었지만 뒤따르기에는 이미 늦었다. 무엇보다 시간이 촉박했다.

도로 위에서 공항 직원과 멈춰 선 차의 운전자들이 소리쳐 싸우고 있었다. 사방의 불만스러운 경적을 들으며 동화는 차에 올랐다. 그 순간 일평생 얼굴을 맞대고 살아온 또 한 사람이 눈앞에 나타났다. 형이었다. 신부와 형이 이곳까지 어떤 일일까. 지금까지 둘이 함께 있었단 의미일까. 머릿속이 복잡했다.

차를 앞쪽으로 이동시킨 후 걸어서 원래의 자리로 돌아오리란 생각이었다. 그러나 터미널 구조상 중간에 차를 세우는 것은 아예 불가능했다. 결국 다른 장소에서 신부와 형을 만나는 수밖에 없었다. 동화는 전화기에 손을 짚었다. 무음 모드의 램프가 반짝이고 있었다. 어머니였다.

공항은 누구에게나 열린 장소였다. 아는 사람, 모르는 사람, 누구든 마주칠 수 있었다. 하지만 그 순간 그 장소에서 서로가 만나게 되리라고는 예측하지 못했다. 어머니와 형, 동화 모두 마찬가지일 거였다.

그런데 이 익숙한 느낌은 무엇일까. 하늘 위로 몇 대의 비행기가 치솟는 모습을 동화는 가만히 바라보았다. 창공을 가르며 동체는 높이 또 멀리 날아갔다. 왜 그런지 알 수 없지만 비행기가 떠가는 모습을 한동안 지켜보고 싶었다. 어머니의 얘기가 계속됐다. 공항 주차장에서였다.

"사돈어른 배웅하러 나온 길에 이게 무슨 일이니. 새애기 얼굴 보기가 얼마나 민망하던지……."

이미 한바탕 눈물 바람이 있었다. 그러고도 어머니의 눈물은 마르지 않을 기세였다. 다른 반응을 보이기 어려웠다. 동화는 마치 성적표 같은 모양의 청첩장을 가만히 바라보았다. 새하얀 코팅지에 자신의 이름과 결혼식 날짜가 금박으로 새겨져 있었다. 언제 이 모든 것이 준비됐는지 전혀 알 수 없었다.

"그분들과 연결되려고 얼마나 애를 썼었는지 잘 알잖니. 아가, 너하나 잘되라고 지금까지 모두가……."

비슷한 말이 반복되고 있었다. 답답했다. 더 많은 말이 이어졌지만 거의 들리지 않았다. 어머니의 차에서 내리고 싶었다. 바로 앞에 자신의 차가 있지 않은가. 그러나 차창 밖에는 형이 있었다. 예비 신부의 모습은 보이지 않았다. 어머니가 준비한 결혼반지가 신부를 대신하는 것 같았다.

동화는 청첩장과 반지함을 주머니에 챙겨 넣은 후 차창을 내렸다. 형에게 눈짓을 했다. 문을 열어달라는 뜻이었다. 차에서 내리자마자 찰싹, 하는 소리가 들렸다. 형의 얼굴이 노기로 가득했다.

"너, 그 여자 대체 누구야?"

잠시 아무 생각도 나지 않았다. 형에게 뺨을 맞은 것이 얼마 만의 일인지 알 수 없었다. 뒤이어 차에서 내린 어머니가 동화의 팔을 붙잡았다.

"이번 주 주말로 결혼식을 앞당겼으니 그렇게 알아. 다 너를 위한 일이니까. 알았지, 아가?"

팔을 붙잡은 어머니의 손길이 점점 더 간곡해지고 있었다. 이 힘을 거스른 경우는 지금껏 단 한 번도 없었다.

"회사에서 무슨 일이 있었는지 본인이 모르진 않겠지. 어쩔 수 없어. 꼭 그날 결혼식 올려야 해."

두 사람의 기세를 피하는 것은 불가능하다. 모든 것이 결정돼 있다. 앞으로도 뒤로도 옴짝달싹할 수 없다. 그런 생각이 머릿속을 채웠다. 돌아가신 아버지에게 누가 되지 않아야 하고, 형만큼 올곧은 길을 걸어야 하고, 어머니의 말을 절대로 거슬러서는 안 되었다. 남들 눈에 책을 잡히거나 정해진 룰에서 벗어나는 일은 절대 없어야 했다. 어렸을 때부터, 어쩌면 태어나기 전부터 그랬다.

"명심해. 너는 지금 위험에 처했어."

"대표 변호사님이랑 다 통화했다. 회사에 막대한 손실을 입혔지만 괜찮으시대. 지금이라도 늦지 않았으니 대표님한테 용서 빌고, 새애기랑 결혼하자. 아가, 그럼 다 끝나."

아무 일 없었던 것처럼 다시 회사로 돌아간다. 주말에는 배우자를 맞이해 결혼식을 올린다. 이전과 다름없는 생활이 이어진다. 모든 것이 안정적인 상태에 맞춰진다. 어머니와 형 그리고 신부, 신부의 가족, 집안 어른, 대표 변호사와 회사 사람, 새벽 기상과 불면증, 업무와 소송과 재판.

머릿속이 어지러웠다. 그 그림 안에 있는 자신의 모습이 좀처럼 그려지지 않았다. 마치 지워진 제 자리에 다른 누군가의 일상이 덧입혀

지는 기분이었다. 불안했다. 누가 누구의 인생을 사는 것인지 정녕 알
수 없었다. 입에서 뜻밖의 큰 소리가 터져 나왔다.

"아, 씨발! 제발 좀 냅둬!"

시간이 정지됐다. 다른 누군가가 내뱉은 말을 들은 것처럼 귓속이
멍해졌다. 어머니와 형의 표정이 점점 굳어갔다. 두 사람이 양쪽에서
동화의 팔을 완강하게 부여잡았다. 고장 난 라디오처럼 냅둬, 냅둬
하고 동화는 계속 소리쳤다.

"누구와 결혼하든 내가 하는 거야. 섹스든 뭐든 전부 다! 스스로!"

어머니는 곧 실신할 것처럼 게거품을 물었다. 다시 한번 뺨으로 손
길이 날아들기 전에 동화는 형을 힘껏 밀쳐냈다. 두 사람을 이길 수
없다고 생각한 탓에 몸짓이 격렬했다. 덫에서 풀려나려고 발악하는
짐승처럼 몸부림을 쳤다. 먼저 형이 쓰러졌다. 곧이어 어머니가 저만
치 멀어졌다. 동화는 바깥의 문을 세차게 닫아거는 심정으로 재빨리
차에 올랐다.

무슨 일을 저지른 것일까. 한동안 정신을 차릴 수 없었다. 시선을
들자 하늘 가득 노을이 내려앉는 중이었다. 어머니와 형에게서 빠져
나오는 데 성공했지만 더 이상 무엇을 해야 할지 몰랐다.

공항 너머로 차를 움직이는 순간 많은 것이 달라질 게 분명했다.
숨이 막혔다. 코끝이 찡했다. 노을 진 하늘 위에 비행기가 떠다닌다는
사실이 의식의 빈자리를 메우고 있었다. 이착륙의 궤적은 폭죽의 마

지막 줄기들처럼 아련했다.

"너는 지금 위험에 처했어."

귓가에서 형의 말이 메아리쳤다. 망설임이 전신을 뒤흔들었다. 치명적인 일을 저지른 것은 아닌지 조바심이 났다. 이마에서 땀이 떨어져 눈동자가 따가웠다. 되돌아가는 방법밖에는 없는 것일까.

문제가 더 커지기 전에, 어서. 지금이라도 가. 어머니의 목소리가 들리는 듯했다. 도대체 혼자서 무얼 할 수 있단 말인가. 그러나 붉게 타오르는 하늘을 바라보는 동안 이상스러운 일이 일어났다.

지금껏 가져보지 못한 어떤 에너지가 상승했다. 몸에 점점 힘이 붙고 있었다. 최초의 저항에 성공한 혁명당원의 심정이 이러할 것 같았다. 먼 하늘로 날아가는 비행기의 궤적을 동화는 계속 눈으로 좇았다.

별안간 '소수 및 인권 모임'이 떠올랐다. 모임원들이 지금 무엇을 하고 있을지 궁금했다. 국가 기관, 대기업 혹은 대형 로펌 등을 애초에 고려치 않은, 거대한 질서에서 이탈한 그들이 어떤 방식의 생활을 꾸려가고 있을지, 각자의 궤적을 따라 하늘을 오르내리는 비행기들처럼 나름의 꿈과 목표를 좇아가고 있는 것은 아닐지, 그들이 향하는 곳이 게으름이나 성적 미달의 결과가 아닌 땀과 희망으로 펼쳐지는 길에 가깝진 않을지 알고 싶어졌다. 중요한 것은 아직 휴가가 끝나지 않았다는 사실일지 몰랐다.

주차장이 꽤 넓었으므로 밖으로 나가기까지 제법 시간이 걸렸다.

지그재그를 그리며 몇 번 길을 헤매던 끝에 동화는 택시 승강장 쪽으로 들어섰다. 실수였다. 수많은 여행객이 다른 곳으로 이동하기 위해 줄을 서 있었다.

사실 별다른 휴가 계획이 없었다. 본격적으로 결혼을 준비해야 했고 밀린 잠을 푹 자면 그만이었다. 이제까지 쭉 그런 식이었다. 도서관을 가거나 방구석에서 잠을 자거나. 휴식은 그 같은 수준이 전부였다.

그러나 이제 뭔가가 바뀌었다. 누군가의 아들이나 동생, 약혼자, 수험생, 연수원생, 로펌 직원이 아닌 자기 자신을 찾을 수 있는 길은 어디에 있을까. 이대로 한번 떠나보는 것은 어떨까. 어차피 차 안에는 의미 없이 사 모았던 전동 휠과 킥보드, 캠핑 장비가 잔뜩 실려 있지 않은가.

그 순간 차창 너머에서 누군가 손을 흔들었다. 손길이 이만저만 절절한 것이 아니어서 동화는 곧바로 시선을 치켜들었다. 아마도 동화의 차를 택시로 착각한 것 같았다. 생각하기에 따라서는 어서 모험을 떠나보라고 재촉하는 손짓처럼도 여겨졌다.

지금까지와 다른 길을 택한 동화의 결정을 지지해주려는 것처럼 움직임에 힘이 넘쳤다. 다급하게 뛰어오는 상대의 윤곽이 차츰 뚜렷해졌다. 누군지 알아차리기란 어렵지 않았다. 덜컥, 하면서 문이 열렸다.

"해운대까지 가주실 수 있으세요?"

동화는 문밖의 사람을 바라보았다. 하루 사이에 무척이나 익숙해진 얼굴이었다. 하지만 의아했다. 설마 자신이 무척 그립거나 보고 싶어 뒤쫓아 온 것일까. 정해진 스케줄을 미루고 함께 남아 있기로 결정한 것인가. 아니면 끈덕지게 달라붙어 책임을 요구하는 상황일까. 어쨌든 비행기를 탔어야 할 사람 아닌가.

"대답해주세요!"

"나 참, 아까 말하지 않았던가요. 이건 택시가 아닙니다."

그녀였다. 또!

15

"해운대까지 가주실 수 있으세요?"

다행히 차는 혜화를 지나치지 않았다. 도약에 가까운 몸짓으로 도로 위로 올라섰다. 정신 나간 사람처럼 보이더라도 어쩔 수 없었다. 중요한 건 체면이 아니었다. 친구의 말처럼 극단 동료 모두의 커리어가 이 한순간에 걸려 있었다.

운전자가 고개를 돌렸다. 이건 또 무슨 경우입니까, 하는 표정이었다. 혜화는 그를 간절히 바라볼 뿐이었다.

비행기를 타지 못한 것은 사고에 가까웠다. 분명 혜화 잘못은 아니었다. 무사히 공항에 도착했으니 잠시 마음을 내려놓은 것은 사실이었다. 탑승권을 손에 넣기만 하면 항공사 측에서 나머지를 책임져줄 테니 일 하나를 끝낸 심정이었다.

혜화는 청사 안을 한 바퀴 둘러보았다. 탁 트인 내부 공간이 막혔던 숨통을 틔워주는 듯했다. 수많은 여행객이 오가고 있었다. 가벼운 옷차림, 선글라스, 밀짚모자, 트렁크와 비행기 티켓, 연인, 아이와 엄마, 노부부, 작별 인사와 포옹.

그동안 무얼 하며 살았을까. 문득 그런 생각이 들었다. 얼마 만에 타보는 비행기인지 알 수 없었다. 다시는 공항에 못 올 것 같은 예감이 주위의 풍경을 보다 선명하게 보이도록 만드는 것일지 몰랐다. 노을이 내려앉은 바깥은 비행기가 뜨기에는 최적의 날씨였다.

감독님과의 미팅에서 어떤 이야기가 오갈지를 머릿속으로 미리 그려보라는 친구의 말을 곱씹으며 혜화는 발권 창구 앞에 섰다. 그때부터 어딘가 심상치 않았다. 웅성거리는 사람이 늘어나면서 주위가 어수선했다.

모두가 한 곳을 바라보고 있었다. 시선을 따라간 곳에 대형 화면이 있었다. 비바람이 몰아치는 장면이 지나갔다. 우비를 입은 기자가 카메라를 향해 무어라 말하고 있었다. 무슨 일일까. 혜화는 화면이 보이는 쪽으로 다가섰다. 일기예보가 흘러나오고 있었다.

"보시는 바와 같이 애초에는 한반도를 비껴 지나갈 것으로 예측이 되었는데요, 북동쪽으로 향하던 태풍의 경로가 이렇게 갑작스럽게 바뀐 것입니다. 이와 같은 일이 일어난 것은 하나의 태풍에 또 다른 태풍이 간섭하는 이른바 후지와라 효과 때문입니다. 지금의 경우는 보다 세력이 큰 태풍이 비슷한 시기에 생성된 다른 태풍을 만나면서 일어나는 과정으로, 한반도에서는 좀처럼 찾아볼 수 없는 기상이

변이라 할 수 있습니다. 서로 다른 태풍은 마치 댄스 플로어의 남녀가 왈츠 리듬 타는 것처럼 반시계 방향으로 서로에게 얽히고설켜 결국 하나의 태풍으로 거듭날 것으로 추측됩니다. 남해 먼바다가 태풍의 영향권 아래 접어들면서 현재 제주를 비롯한 인근 해안 도시에는 극심한 비바람이 불고 있습니다. 항공 운항의 지연이 예상되고, 높은 파고로 인해 선박의 출항 역시 금지될 예정입니다. 시민 여러분께서는 바깥출입 시 각별히……."

분위기가 술렁여도 혜화는 별다른 자각을 갖지 않았다. 화면 속 비바람에서 시선을 거두자 노을빛에 물들어가는 서쪽 하늘이 눈에 들어왔다. 남해안 지역의 날씨가 이곳까지 무슨 영향을 미칠 것 같지 않았다. 발권을 앞두었을 때야 비로소 심각해졌다. 순간 다리에 힘이 풀렸다. 문제는 출발지가 아닌 도착지였다. 두 곳의 날씨가 이렇게 극단적으로 다르다니. 왜 하필 출발하려는 타이밍에.

그래도 아직 발권 창구의 업무는 무리 없이 진행되고 있었다. 확인 전까지 섣부른 판단은 금물이었다. 대체로 이곳의 날씨가 양호하다면 비행기는 정상 운행되는 것이 자연스럽지 않은가 싶었다. 몇 시간 이상의 넓은 지역 이동이 아니라, 고작 서울에서 부산까지였다.

정상 운행을 기대하며 혜화는 차례를 기다렸다. 그러나 창구에서 들리는 대화는 대부분 발권 취소에 관한 것이었다. 아니나 다를까, 스피커에서 운행 지연 및 결항 안내 방송이 나오기 시작했다.

조금 떨어진 스크린에서는 결항 표시가 줄줄이 이어지고 있었다.

그럼에도 혜화는 차례를 지켜 직원에게 발권 문의를 해보았다. 한두 시간 후에는 사정이 달라질지도 몰랐다. 그러나 상황은 더욱 나빠졌다.

"조금만 일찍 오시지요. 5분 전까지는 운행이 정상적으로 이루어졌거든요. 태풍이 동해상으로 물러난다면 모를까 현재로서는 마땅한 방법이 없습니다. 탑승 안내 메시지 못 받으셨나요?"

안내 직원은 이미 수십 번 반복한 내용을 또 한 번 뱉어내듯 빠르게 말을 이었다. 목은 쉬었고 두 눈은 충혈돼 있었다. 자신이 발권 예약조차 하지 않았단 사실을 혜화는 그제야 깨달았다. 사전에 충분한 안내가 있었을 텐데. 결국 스스로 기회를 차버린 꼴이었다. 어떻게 해야 할까? 창구에서 물러나자 미아가 된 기분이었다.

혜화는 악착같은 심정으로 주머니를 뒤적여보았다. 무엇 하나 잡히는 것이 없었다. 후회가 치밀었다. 그의 명함을 받았더라면 어땠을까.

상황의 절박함이 제멋대로 신기루 같은 기대를 자아냈다. 혹시 그가 이 근방을 떠나지 않았을 가능성은 없는 것일까, 자신을 기다린다기보다 다른 볼일을 보고 있을 수도 있지 않을까.

은행에 들른다거나, 식사할 곳을 찾거나, 우연히 입구에서 아는 사람을 만났을 확률은 없는 걸까. 친구와 마주칠 수도, 직장 동료 혹은 가족과 대면할 수도, 나아가 사뭇 대화가 심각해진 나머지 이제야 공항 밖으로 나설 수도 있지 않은가.

망설일 때가 아니었다. 혜화는 청사 밖으로 달려 나갔다. 가장 빠르고 효율적인 방법은 택시였다. 그러나 이미 승강장에는 줄이 가득 들어차 있었다. 운항 지연과 취소의 여파였다. 몇 분 지나지 않아 상황은 명확해졌다. 줄은 결코 줄어들지 않을 것이다.

혜화는 근처 주차장 쪽으로 시선을 던져보았다. 그 순간 이상스러운 일이 일어났다. 어딘가에서 고함을 치는 소리가 들렸다. 누군가 씨발! 냅둬! 섹스! 하고 말했다. 섹스, 소리가 가장 컸다.

거리가 꽤 멀었지만 그 장소가 또렷하게 눈에 들어왔다. 영화 속한 장면처럼 선명하게 상황이 포착됐다. 발돋움하여 시선을 멀리 던졌다. 주차장에서는 세 사람이 삼각형 모양으로 서 있었다. 한 사람을 가운데 두고 양쪽 사람들이 무언가를 간곡히 설득하는 것 같았다. 거의 협박과 강요가 오가는 분위기였다.

가운데 사람이 냅둬! 하고 고함을 지르자 오른쪽에 섰던 남성이 다가와 팔을 붙잡았다. 다 큰 성인끼리였지만 폭력배처럼 손을 들어 뺨을 내리칠 기세였다. 그보다 나이가 많아 보이는 여성은 위협적으로 무슨 말을 반복했다.

잠시 후 삼각형에 균열이 생겼다. 가운데 사람이 마치 속박을 풀어내듯 양쪽 사람을 밀어냈다. 한쪽은 몇 번 뒷걸음을 치다가 엉덩방아를 찧었고, 다른 쪽은 제자리에서 소리를 지르며 머리를 부여잡았다. 주차된 차들과 구조물에 가려 이후 상황은 확인할 수 없었다.

그런 다음 익숙한 차량 한 대가 주차장 안을 헤매는 게 눈에 띄었다. 저쪽으로 멀어지는가 하더니 다시 이쪽으로 가까워졌다. 불안한 움직임이었다. 사고라도 날 것처럼 지그재그를 그리며 공간을 휘저어댔다.

잠깐의 시간이 흘렀다. 혜화가 선 승강장의 줄은 여전히 줄어들지 않았다. 그사이 차는 주차장 쪽으로 되돌아왔다. 그러나 급격히 방향을 바꿔 택시 승강장 쪽으로 들어섰다. 한동안 넋을 놓고 있던 혜화는 그제야 다급해졌다. 혹시 이 상황을 아는 것일까. 멀리서 혜화의 존재를 눈치챈 것일까. 다시 한번 황당한 생각이 차올랐다.

길을 잘못 든 만큼 자동차는 택시 승강장을 그대로 빠져나갈 것 같았다. 혜화는 차를 향해 손을 흔들기 시작했다. 함께 줄을 이루고 있던 사람들이 눈으로 혜화를 뒤따랐다. 자동차가 별다른 반응이 없자 몸이 더 크게 반응했다. 혜화는 힘을 다해 자동차 앞으로 뛰어갔다.

"나 참, 아까 말하지 않았나요. 이건 택시가 아닙니다."

그가 볼멘소리를 뱉어냈다. 혜화는 두려운 심정으로 시계를 쳐다보았다. 남은 시간을 헤아릴 자신이 없었다. 그러나 계산은 무척 간단했다. 3시간 45분. 이미 늦은 거나 마찬가지였다.

하지만 운전을 어떻게 하느냐에 따라 이동 시간은 달라지지 않을까. 그것이 비행기와 기차와 다른 자동차의 이점이 아닐까. 더욱이 이와 같은 종류의 스포츠형 자동차라면.

"가는 데까지 태워준다고 했잖아요. 더 이상 발을 움직일 수가 없어요."

혜화는 발목을 어루만지며 괴로운 표정을 지었다. 운전석에서 한

숨이 터져 나왔다.

"여기까지는 어떻게 뛰어오셨나요?"

"사정을 설명할 시간이 없어요."

"그러니까 가는 데가 해운대? 서울에서부터?"

"비행가가 갑자기 운항을 멈춰서……."

"와, 사고 안 났으면 도리어 그쪽이 큰일이었겠네요."

"부탁드릴게요."

혜화는 고개를 숙였다. 짧은 침묵이 흘렀다. 그가 말했다.

"조수석 문부터 좀 닫아주시죠."

혜화는 옆으로 고개를 돌렸다. 승강장에 줄을 선 사람 대부분이 이쪽을 힐끔거리고 있었다. 웅성거리는 소리가 차 안까지 밀려왔다. 열린 문을 통해 혜화는 조수석에 올랐다. 찌그러진 문짝은 잘 닫히지 않았다. 문이 닫히자마자 그가 말을 뱉어냈다.

"두 가지 조건이 있어요."

"뭐든지요."

혜화가 대답했다.

"하나는 좀 전의 사고에 대해 더 이상 책임을 묻지 않는다는 겁니다. 민형사상 어떤 이의도 제기하지 않는 거죠. 그 발목까지 포함해서."

혜화는 고개를 끄덕였다.

"나머지 하나는 질문이에요. 솔직하게 대답해주리라 기대합니다. 그래도 되겠죠?"

더욱 세차게 고개를 끄덕였다. 서로의 눈이 마주치자 그가 천천히 입을 열었다.

"대체 오늘 그쪽의 신상에 무슨 일이 생긴 겁니까?"

/16/

꽝음을 울리며 차량들이 추월선을 지나갔다. 노을이 사라진 자리에 빠르게 밤이 내려앉았다. 바깥의 어둠으로 인해 차내의 공간은 작은 방처럼 변해갔다. 엔진의 움직임이 편안한 진동을 만들었다.

잔잔한 FM 라디오가 흘렀고, 계기판이나 조정 버튼에서 번져 나오는 조명은 실내에 안온한 분위기를 더했다. 혼자 있을 때는 미처 몰랐는데, 동화는 난로의 불빛을 쬐는 것 같다고 생각했다.

눈을 감고 잠에 곤히 빠진 그녀가 조금은 이해가 갔다. 한차례 소나기가 지나간 것처럼 제법 긴 이야기가 오갔다. 또렷한 목소리의 울림이 여전히 메아리치고 있었다. 한 시간이 훌쩍 흘렀다.

어느새 차량은 눈에 띄게 줄어들었다. 앞차와의 간격이 늘어나면서 점점 시야가 넓어졌다. 멀리 지평선이 보이기 시작했다. 동화는 앞으로의 시간을 가늠해보았다. 지도상으로 목적지까지는 수백 킬로미터나 남았다.

몇 개의 광역권, 다시 수십여 개의 도시를 거쳐 남쪽 끝자락까지 이어지는 긴 여정이었다. 비행기가 기차라면 달랐겠지만, 걷거나 뛴다고 하면 상상할 수 없을 만큼 먼 거리였다.

걷거나 뛰어가다니. 다소 엉뚱했다. 그녀가 들려준 이야기가 잠시나마 그런 생각을 부추겼다. 맨몸으로 부딪쳐왔다는 그녀의 과거는 동화의 지난날들과는 사뭇 상반되는 것이었다.

동화는 혜화에게서 시선을 거두었다. 운전대를 잡은 손에 힘을 주었다. 이제 막 여정에 첫발을 내디딘 셈이었다.

Jai guru deva om, Jai guru deva om……. 라디오의 음악 소리가 차츰 멎어 들고 아나운서의 나긋나긋한 목소리가 들려왔다.

"Jai guru deva om, 이라는 산스크리트어 격언을 쓴 것으로 잘 알려진 비틀즈의 곡이죠. 그 뜻은 여러 갈래로 해석되고는 하는데 인간의 간절한 소망이 담긴 주문인 것만은 틀림없는 사실입니다. Jai guru deva om. 오늘은 선지자여, 깨달음을 주소서, 라고 해석해보면 어떨까 합니다. 우주 너머까지 그 소망이 닿기를 기대하고 싶어지는 날이니까요. 갑작스러운 태풍 소식에 전국이 뒤숭숭합니다. 서로 다른 두 개의 태풍이 부딪쳐 하나의 거대한 태풍이 탄생되었다고 하네요. 부산국제영화제의 야외 상영 및 각종 행사가 취소되고 있다는 안타까운 사연도 함께 전달됐습니다. 머지않아 남해안 일대가 태풍의 영향권에 접어들 것으로 예상된다고 하니 청취자 여러분께서도 운전이나 외출에 주의하셔야겠습니다. 마지막으로 들려드릴 곡은 스타랜드 보컬 밴드의 'Afternoon Delight'입니다. 57분 교통 정보 이어집니다."

"네, 교통 정보입니다. 서해안 고속도로 상황부터 전해드리겠습니다. 이 시각 폭주 차량 주의하셔야겠습니다. 동종 차량 수십여 대가 톨게이트를 통과해 도로 점거에 가까운 불법 질주를 벌이고 있다는 소식입니다. 순찰대가 출동했으나 수습에 조금 시간이 걸릴 것 같다고 합니다. 해외 수입 차종으로 보이는 집단 차량 행렬은 불쾌한 소음과 괴성을 내뿜으며 제한 속도를 어기고……."

혜화는 잠을 자고 있는 게 아니었다. 부끄러워 눈을 감고 있었다. 급박했던 상황에 자신을 빼앗긴 것인지 한꺼번에 너무 많은 이야기를 쏟아냈다. 스스로가 낯설 지경이었다. 아무래도 사람을 해친 것 같다고 말하지는 못했다. 그 말을 하려고 입을 열었으나 다른 이야기가 쏟아졌다.

느닷없이 연기자가 되겠다고 다짐했던 순간, 과감했던 서울 상경, 그 후 지금까지 연습과 훈련에 매진해온 기나긴 과정, 수없이 도전해온 오디션과 서브 출연했던 소극장 연극, 대역을 맡았던 단편 영화, 길거리 공연, 군무의 일원이 된 대형 뮤지컬.

쏟아지는 이야기를 입과 혀가 제대로 받아내고 있는지 의심해야 할 만큼 말이 많고 또 빨랐다. 아마도 뜻밖에 찾아온 오늘의 기회에 대해서 이야기하고 싶은 거라고 혜화는 판단했다. 유명 감독님과의 인연은 특별한 것이었다.

언제, 어느 무대였을까. 길거리 공연에서였을까. 아무튼 감독님이 다녀갔다는 소문은 극단 내에 이미 퍼져 있었다. 평소 대학로를 홀로 돌아다니는 일이 취미라고 했지만 그때까지는 그저 기사나 인터뷰에서 떠도는 말에 불과했다.

몰래 소극장 공연을 감상하거나, 잘 알려지지 않은 장단편 독립 영화, 대형 공연의 엑스트라 출연자 등을 잊지 않고 챙겨 본다는 것이었다. 기존의 톱배우들과도 곧잘 작업하지만, 의외의 배우들을 그렇게 깜짝 캐스팅하는 것으로도 유명하긴 했다.

오디션이 가질 수밖에 없는 한계, 자연스럽고 생생한 연기를 놓치게 되는 상황을 꺼린다고. 길거리 혹은 선술집 같은 곳에서 배우가 아닌 이에게까지 출연을 제의하는 경우도 더러 있다고.

그렇지만 그와 같은 캐스팅 대상이 자신이 되리라고는 상상하기 힘든 일이었다. 배우로서 그런 순간을 맞는다는 것 자체가 극적인 일에 가까웠다.

배우들의 작가. 혹은 배우 위의 배우. 외신에서는 주로 그렇게 엄미라 감독을 표현했다. 작품과 배우의 숨겨진 가능성을 발견하는 것으로 호평을 받았기 때문이었다. 매번 관습을 깨부수는 새롭고 파격적인 캐스팅으로 누군가를 점찍었고, 배우는 연기 변신에서 한 걸음 더 나아가 재탄생에 가까운 순간을 어김없이 맞이하는 것이었다.

해외 영화제의 연이은 수상 이후 출연을 고대하는 기성 배우들이 줄을 섰고, 제작자와 스태프들 역시 꼭 한 번은 함께 작업하기를 바라마지않는 상황. 기사나 인터뷰에서 표현된 것처럼 한반도가 낳은 세계적인 연출가였다. 모두가 그녀의 예술적 시도에 탄복하는 중이었다. 여성 감독이었기에 더욱 주목받았다.

이런 반짝, 하는 순간에 대한 이끌림이 혜화가 배우가 된 이유래도 과언이 아니었다. 만남의 순간, 우연의 찰나, 전혀 예상치 못한 곳에서 날아드는 메시지 같은 것들. 나와 배역의 만남, 역할과 다른 역할 사이의 조화, 시대와 이야기의 맞물림, 새로운 기술이 덧입혀진 무대와 극의 구성. 그중에서도 배우와 연출자 사이는 특별했다. 연출자와의 만남을 통해 새로운 전기를 맞은 배우는 여럿이었다.

봉준호 감독에 의해 재발견된 배우 변희봉, 연기 인생 절정에서 이창동 감독을 조우한 전도연, 페데리코 펠리니와 〈길〉에서 호흡을 맞춘 그의 아내 줄리에타 마시나, 〈티파니에서 아침을〉의 오드리 헵번, 〈아멜리에〉 오드리 토투, 〈타이타닉〉 케이트 윈슬렛과 레오나르도 디카프리오 등등.

숨겨진 가능성을 조우한다는 것, 또 다른 자아와 마주하는 순간, 최적의 캐릭터와 만나고 있다는 실감은 살면서 몇 번 맛보지 못할 희열과 카타르시스를 선사할 게 분명했다. 친구의 말에 따르면 해외에서 촬영 예정인 이번 작품에 점찍힌 배우는 다름 아닌 혜화였다.

설마, 싶었다. 현실감이 없었다. 생각하면 도무지 믿기지 않았다. 그러나 이야기를 듣는 것만으로도 눈물이 흘러내렸다. 스스로를 다잡았지만 흥분을 참지 못해 몸이 떨려왔다. 기다려왔던 기회가 드디어 찾아온 것만 같았다.

그런 과정을 동화에게 이야기하는 내내 혜화는 어딘가 절박해졌다. 의미가 제대로 전달되지 않을까 조바심이 났다. 말을 할수록 목소리는 커졌다. 첫 대화치고는 지나치게 앞선 내용이었고 사실상 실수에 가까웠다.

이야기에 도취하고 만 것이다. 말을 멈췄을 때 두 뺨은 델 것처럼 붉게 타올랐다. 누구 앞에서도 그랬던 경험이 없는 터여서 더욱 당황스러웠다. 고스란히 치부를 드러내 보인 셈이었다.

"부탁이니 안전벨트 좀 매주세요."

대형 화물차 여러 대가 곁을 스치듯이 지나갔다. 차체가 이리저리 흔들렸다. 혜화가 쏟아내는 말을 꼭 부산까지 데려가달라는 설득으로 그는 받아들인 듯했다. 구매의 장점을 장황하게 늘어놓는 쇼핑 호스트를 대하는 것처럼 졌다 졌어, 하고 주문번호를 누르는 기색이었다. 부산까지 가줄 테니 제발 안전벨트를 매달라는 것이었다.

한편 그것은 혜화의 오해였다. 동화가 듣기에 그녀의 봇물 터진 고백은 전혀 어색한 것이 아니었다. 하나를 위해 많은 것을 거는 삶, 간단히 열심히 산 것이란 생각이 들었다. 안전벨트를 강조한 것은 대꾸할 말을 찾지 못해서였다.

이미 동화로서는 어디든 가자는 마음이 생겼다. 그녀의 사연이 어떻든 떠나고 말 것이었다. 바깥으로, 먼 곳으로, 지금껏 가본 적 없는 장소로. 혜화가 이야기를 시작하자 곧장 무대가 만들어졌다.

그녀의 목소리, 표정, 손짓의 변화는 한 편의 연극처럼 동화를 이끌었다. 익숙한 전개 같았지만 이야기에 빠져드는 것을 막기 어려웠다. 그런 자신이 이해가 되지 않아 내내 두근거렸다. 낯선 곳으로 떠나는 상황 탓일까. 무턱대고 고속도로로 들어서고 보니 동화는 혼자서 서울을 벗어난 경험 자체가 처음이라는 걸 깨달았다.

바야흐로 태풍이 오는 방향으로 차는 달려가는 중이었다. 아무런 계획이나 준비 없이 떠나는 상황, 이 길 끝에 무엇이 있을지, 무사히 목적지에 도착할 수 있을지, 둘 사이에 어떤 변화가 있을지 아직 아무것도 알 수 없었다. 서울에서 멀어질수록 점점 미지의 세계가 드넓어졌다. 두근거림은 격렬했다.

잠깐 눈길이 닿은 틈에 혜화의 티셔츠 한 부분이 반짝이는 걸 발견했다. 겉과 속이 뒤집혔고 옷이 찢겨 허리 부위의 살결이 드러나 있었다. 한바탕 싸운 흔적 같았다. 그녀에게 정말 아무 일이 없었던 것일까. 다시금 저간의 사정이 궁금해졌다. 동화는 조수석 서랍을 조심스레 열었다. 타월을 찾아내 티셔츠의 찢겨나간 부위를 덮어주었다.

바로 그 순간 혜화는 우연히 몸을 틀었다. 운전석을 향해 자세를 바꾼 것이다. 손난로가 얹힌 듯 갑작스러운 온기가 혜화에게 내려앉았다. 살결에 또 다른 살결이 휘감기는 느낌이 선명했다.

눈을 감고서도 어느 정도는 상황을 예측할 수 있었다. 화들짝 놀란 동화가 내뻗었던 손을 빼내는 장면이 그려졌다. 그가 자신을 살펴본 다는 사실을 혜화는 벌써부터 느끼고 있었다. 잠을 방해받는다거나 꺼림칙한 기분이 들지는 않았다.

의심이나 경계심이 섞인 시선이 아니라 이제 한동안 함께다, 그때까지 우리가 같은 편이다, 그런 확인에 가까운 응시일 것 같았다. 혜화는 새삼 자신의 옷차림을 상상해보았다. 경찰서를 벗어날 때 티셔츠가 찢겨나갔지만 이런 상황을 예측하지 못했을뿐더러 누가 어떻게 쳐다보든 개의치 않을 작정이었다.

하지만 동화의 그 사소한 행동 하나가 혜화의 뇌리를 다르게 자극했다. 살결에 온기가 내려앉는 순간 뭔가가 확 바뀌었다. 타월의 부드러운 결이 피부 한쪽을 뒤덮고 있는 동안 어떤 의구심이 솟구쳐 올랐다. 이토록 은밀한 공간, 또 이만큼 가까운 거리에서 남자와 단둘이 있어본 것이 언제인지 알 수 없었다. 어딘가 모르게 편안했고 뜻밖의 예감이 안개처럼 서서히 피어났다.

아무래도 지금은 누군가를 의식해야 할 순간이 아니었다. 더욱이 남자라니. 최악의 시나리오 중 하나였다. 역시 비행기를 탔어야 한다는 후회가 치밀었다. 차 안에서 보내는 이 한가한 시간은 자기 것이 아닌 듯했다. 갓 출발한 신혼여행에서 잠에 빠진 신부의 역할을 떠맡은 기분이었다.

옆 차선의 차량들은 보란 듯이 동화와 혜화를 앞질러 가고 있었다.

쌩쌩, 그때마다 바람을 가르는 날카로운 소리가 일어났다. 동화가 급히 차선을 바꾸는 타이밍에 혜화는 눈을 떴다. 라디오가 교통 방송 채널로 바뀌어 있었다. 차량들의 간격과 속도로 미루어보면 이제 수도권에서 완전히 멀어진 것이 분명했다. 가로등의 주홍빛이 주기적인 간격으로 눈앞을 환하게 밝혔다.

먼저 눈에 들어온 건 면바지에 감싸인 동화의 다리가 액셀과 브레이크 사이를 오가는 모습이었다. 기나긴 다리의 굴곡이 조금씩 모습을 달리했다. 하지만 얼마 지나지 않아 혜화는 고개를 갸웃했다.

동화의 몸이 지나치게 뻣뻣했다. 액셀을 밟은 다리와 운전대를 잡은 팔이 마치 다른 박자로 움직이는 느낌이었다. 부드럽게 자신을 바라보리라는 예상과는 한참 동떨어진 모습이었다. 혜화가 깨어났다는 걸 알아차렸는지 동화가 천천히 고개를 돌렸다. 창백한 표정은 마치 구토 직전의 모습 같았다.

"어디 불편하세요?"

시간을 두고 혜화가 물었다. 동화는 달리 대답이 없었다. 그때쯤 혜화 역시 뭔가를 체감했다. 주위가 조금 어색했다. 도로 어딘가가 낯설었다. 바닥에 찍힌 방향 표시라든지 반복적으로 나타나는 도시 이름 또한 예상과는 달랐다.

동화는 이미 그 사실을 알아차린 상태였다. 뼈저린 일이었다. 경부고속도로가 아닌 서해안 고속도로를 달리고 있었다니, 이런 방심이 또 있으랴 싶었다. 내비게이션 목적지 설정 착오 한 번에 모든 게 뒤틀린 셈이었다. 그렇지 않아도 빠듯한 시간이었다. 다른 쪽에 정신이 팔린 나머지 가장 핵심적인 부분을 놓치고 말았다. 이 길은 해운대를 향하지 않았다.

뒤쪽에서 경적이 한 번 울렸다. 번쩍, 빛이 났다. 광택이 선명한 차량 몇 대가 추월선을 지나갔다. 가까운 휴게소로 들어가는 길목이었다. 동화는 서둘러 방향을 틀었다. 힘을 다해 운전에 집중했다. 급선무는 따로 있었다. 우선 차를 멈춰야 했다. 혜화의 표정이 당황스럽게 굳어가는 동안 동화가 말했다.

"아무래도 길을 잘못 든 것 같아요."

서로의 시선이 허공에서 얽혀 들었다. 그 사실을 말하는 순간 심장의 두근거림이 어느 때보다 격렬해졌다. 운전대를 더 이상 붙잡고 있지 못할 수준이었다. 예감은 틀리지 않았다. 혜화와의 가까운 거리가 모든 것을 변화시켰다. 휴게소 주차장에 차가 멈춰 섰다.

/17/

다행히 큰 갈림길을 지난 것은 아니었다. 몇 번의 속도 조절 끝에 차는 순항했다. 오랜만의 운전치고는 나쁘지 않았다. 무면허라는 사실은 굳이 밝히지 않았다. 급한 것은 시간을 맞추는 일이었다.

이것저것 따지면 복잡해진다. 운전대를 넘겨받은 이상 운전에만 집중하자, 하고 혜화는 생각을 그러모았다. 의자 위치를 조정한 다음 FM 라디오를 껐다. 눈앞을 똑바로 응시하자니 어떤 결전이 임박한 기분이었다. 속도위반을 거듭하고, 앞을 가로막는 차들을 과감히 물리치고, 어떤 장애물이 닥쳐와도 목표를 향해 나아가야 하리.

조수석에 있을 때는 몰랐는데 도로 위의 시간은 예상외로 단조로 웠다. 동화가 어째서 운전대를 양보했는지 조금은 이해할 수 있었다. 길에 대한 집중이 머릿속의 다른 생각을 앗아갔다.

목적지를 부산이 아닌 광주로 잘못 설정한 것은 치명적인 실수였다. 달리 사과할 방법도 떠오르지 않는다는 듯이 동화가 먼저 혜화를 설득했다. 시간이 촉박하니 목마른 자가 우물을 파라는 식인 것도 같았다.

밤이 제법 깊어졌지만 불을 밝힌 가로등이 점점이 도로에 빛을 던져둔 덕에 운전이 불편하지는 않았다. 바람이 지나가는 소리가 적막처럼 차를 감쌌다. 라디오가 꺼진 실내에는 엔진 소음, 타이어가 지면을 스치는 소리만이 간간이 들려왔다.

어디선가 갑자기 전화벨이 울렸다. 익숙한 벨 소리였다. 혜화는 엉겁결에 휴대전화를 꺼내 들었다. 그렇지만 제 것은 켜져 있지 않았다. 벨은 조수석에서 울리고 있었다. 동화와 벨 소리가 같다는 사실을 혜화는 그제야 깨달았다. 동화는 전화를 받지 않았다. 인터넷 검색을 하던 그대로 손에 쥔 전화 화면을 바라볼 뿐이었다. 형으로부터 문자 메시지가 와 있었다.

어머니 쓰러지셨다 …… 네가 어떻게 우리한테 …… 늦기 전에…….

그런 글자들이 액정을 스쳐 지나갔다.

무사하고 싶으면 …… 절대 용서할 수 …… 당장 병원으로…….

동화는 얼른 휴대전화를 닫았다. 그러고는 공연히 혜화를 바라보았다. 한동안 검색한 끝에 얻은 생각을 제멋대로 늘어놓기 시작했다. 우선은 감독에 대해서. 그의 영화를 몇 편 보았고, 나름의 감상을 받았었다. 그러니까 그 감독을 만나는 일이 그녀에게 어떤 의미인지 짐작해볼 정도는 됐다. 무엇보다 열심히 매진한 만큼 반응을 얻었다는 점을 강조했다.

그리고 약속 시간을 지키기 위해서는 페이스를 조절하는 마라토너처럼 특정 지점마다 구간을 나누는 식으로 시간을 조율해야 한다고도 말했다. 무작정 빠르게 달리기보다 단기적인 목표와 중장기적인 목표를 같이 세워야 효율적이라는 뜻이었다.

혜화는 동화의 말을 새겨듣지 않았다. 광주와 부산을 구분하지도 못하는 이에게 무얼 더 기대할 수 있을까. 길이 어긋나는 바람에 앞으로 네 개의 고속도로를 더 갈아타야 했다. 속도는 낼 수 있을 때 최대한 내줘야 했다.

이렇게 가든 저렇게 가든 지금은 속도가 중요했다. 그게 가장 효율적인 방법이었다. 그리고 신경 쓰이는 건 어둠 속 좁은 시야가 아니라 옆자리에 앉은 동화의 존재 자체였다. 그가 몸을 뒤척일 때마다 익숙한 스킨 냄새가 코끝을 간질었다. 은은하고 강렬한 그 향기를 맡을 때마다 집에서 맡았던 감각이 떠올랐고, 친밀한 누군가와 함께 있다는 느낌이 들었다. 조수석에 앉은 동화와 함께 집으로 가고 있단 착각마저 슬며시 일어났다.

혜화가 별다른 반응을 보이지 않자 동화는 반복적으로 같은 말을 했다. 실수를 만회하려는 것인지, 운전대를 넘겨준 일에 자존심이 상한 것인지 안내 역할을 자임했다. 아무튼 무턱대고 달리다가는 지친다는 것이다. 혜화는 문득 이 남자를 어딘가에 내버려두고 혼자서 이동하는 게 빠르고 편하지 않을까, 하는 생각에 빠졌다.

두 사람이 탄 차량은 막힘없이 고속도로를 질주해나갔다. 하늘 위에서 바라본다면 하나의 유려한 곡선이 이어지는 그림에 가까울 것이다. 한 대의 자동차는 선으로 변해 도로 위를 길게 수놓았다.

움직임은 속도를 느끼지 못할 만큼 자연스러웠다. 무턱대고 시작했고, 뒤늦게 출발했지만 지금의 음악 같은 흐름이 지속된다면 제시간 안에 도착할 수 있을지도 몰랐다. 정해진 약속에 맞춰 시간마저 늘어나는 느낌이었다.

의식하지 못하는 사이에 도로 상황이 조금씩 달라졌다. 주위에 특이한 형태의 차들이 늘어난 것이다. 눈이 따가울 만큼 반복적으로 룸미러가 번쩍였다. 스포츠형 자동차가 하이빔을 쏘아대며 뒤쪽을 어슬렁거리고 있었다.

얼마 지나지 않아 또 다른 일군의 차량 행렬이 이어졌다. 대부분 신형 차량이었다. 엔진의 울림은 소음에 가까울 만큼 컸다. 갓길과 추월선을 마구 넘나들며 속도를 높이는 게 저희끼리 경주라도 벌이는 분위기였다. 말로만 듣던 불법 레이싱 동호회, 교통 방송에서 언급한 폭주 차량의 등장이었다.

벤츠를 발견한 이상 그냥 넘어갈 수는 없다는 분위기였다. 하찮은 외부의 적을 만들어 내부의 결속을 강화한다. 수십 대의 폭주 차량은 그런 뭉침 효과를 누리려는 것 같았다. 운전자가 여성이라는 사실을 안 다음부터는 물 만난 고기처럼 기탄없었다.

연이어 경적을 울리는가 하면 창문 밖으로 상체를 내밀며 야유와 욕설을 쏟아내기도 했다. 왜 하필 이 시간에. 동화는 잘못 걸려들었 다는 생각에 짜증부터 느꼈다.

혜화는 달랐다. 자칫 잘못 추돌하면 대형 사고로 연결될 것이었다. 속도를 줄여 폭주 차량을 먼저 보내는 것이 나았다. 그런데 일이 그 렇게 간단치가 않았다.

혜화의 속도에 맞춰 뒤쪽 차량들은 일사불란하게 움직였다. 속도 를 줄이면 덩달아 속도를 낮췄고, 액셀러레이터를 밟으면 거기 맞춰 다시금 추격을 시작했다. 도로는 돌아설 길 없이 앞으로만 쭉 뻗어 있었다. 생수통을 가득 실은 트럭 한 대가 폭주 차량 뒤쪽으로 멀찍 이 물러서는 모습이 눈에 들어왔다. 뒤따르던 소형차도 마찬가지였 다. 판단이 필요한 시점이었다.

혜화는 어렵지 않게 판단을 내렸다. 우선 덮개 모양의 버튼을 눌렀 다. 예상대로 차 위쪽의 지붕이 차체 뒤로 밀려나기 시작했다. 차가운 밤공기가 순식간에 전신을 휘감았다. 바람이 머리칼을 뒤흔들었다. 한순간 차는 오픈카가 됐다. 바깥으로 노출된 혜화는 보란 듯이 선글 라스를 꼈다. 그리고 본격적으로 속도를 높이기 시작했다. 긴 생머리 가 부채꼴로 드넓게 흩어졌다.

성능으로 따지면 폭주 차량보다 부족할지 몰랐지만, 규정 속도를 준수하는 다른 차량들 사이를 헤집고 들어가야 했으므로 그게 전부 는 아니었다. 혜화는 가속과 감속을 거듭하며 람보르기니와 페라리 들로부터 도망치기 시작했다. 정해진 시간 안에 목적지에 도착해야 한다는 일념, 그 한 점에만 집중하고 싶었다.

동화는 혜화를 감탄하면서 바라봤다. 자신의 차가 오픈카라는 사실을 지금에서야 알게 됐다. 어디서 그런 운전 실력과 용기가 나왔는지 알다가도 모를 일이었다. 자신 또한 그만큼은 할 수 있어야 하지 않을까, 하고 자문했다.

혜화가 용기를 잃는 순간 언제든 운전대를 잡을 준비를 해야 했다. 주위의 폭주 차량도 위협이었지만, 그녀만큼도 못 한다는 생각 역시 이상스레 하기 싫었다. 혜화에게 운전석을 넘겨준 다음부터 마음 한 구석이 편치 않은 것이 사실이었다. 자존심을 되찾자는 의지도 있었지만, 예정된 일정이 있는 그녀가 안정적으로 목적지에 이르길 바랐다. 동화는 또 다른 갈림길을 찾기 위해 지도를 검색하기 시작했다.

레이싱은 곡예에 가까웠지만 순식간에 끝을 맞았다. 시작이 무색할 만큼 경주는 싱거웠다. 터널 몇 개를 통과하자 갈림길이 나타났다. 동화가 찾던 그 갈림길을 통해 대부분의 폭주 차량이 모습을 감췄다.

자연스레 혜화와 동화가 탄 차의 속도가 줄어들었다. 그리고 긴 곡선 주로를 지나는 찰나였다. 아직 길을 벗어나지 않은 폭주 차량 한 대가 가드레일을 들이받으며 충돌을 일으켰다. 추월선을 넘어설 때부터 움직임이 심상치 않았다. 차에서 곧바로 연기가 피어올랐다.

심각한 일은 다음 순간 벌어졌다. 멀쩡히 곡선 주로를 달리던 생수통 트럭이 연기가 나는 차량과 충돌을 피하기 위해 급회전을 했다. 차가 한쪽으로 설핏 기우는 순간, 뒤쪽에 실려 있던 20리터들이 통들이 짐칸 밖으로 튕겨 나갔다.

순간적이고 생생한 사고였다. 우당탕탕, 수십 수백 개의 생수통이 사정없이 굴러떨어졌다. 시간이 늘어난 엿가락처럼 천천히 흘렀다. 소리와 진동이 사방을 뒤흔들었다. 폭발의 잔해물인 양 깨어진 통 일부가 서서히, 느리게 혜화와 동화 앞으로 밀려들었다. 지붕이 개방돼 있었으므로 통에서 비어져 나온 물줄기와 플라스틱 조각들이 먼저 둘을 덮쳤다. 생각할 겨를이 없이 동화는 몸을 날렸다. 혜화를 향해서였다.

저릿했다. 등 쪽에 충격이 가해졌다. 하지만 앞쪽에서는 뜨거운 기운이 와락 밀려들었다. 거의 동시에 혜화 또한 동화 쪽으로 몸을 틀었다. 한 번, 다시 한번, 도합 세 번의 충격이 연이어 동화를 내리쳤다. 거대한 주먹이 등을 흠씬 두들겨대는 것 같았다. 하지만 더 이상의 파도는 밀려오지 않았다. 다음 순간 사방이 고요해졌다. 차창 위에 물이 왈칵왈칵 내려앉고 있었다.

상황은 위급해 보였지만 정작 큰일은 벌어지지 않았다. 요란하게 생수통이 흩어지고 물줄기가 쏟아진 것이 전부였다. 등에 저릿한 충격이 느껴졌지만 크게 다치지도 않은 것 같았다. 물이 빠져나간 생수통은 단순한 플라스틱 용기에 지나지 않았다.

내가 왜 이렇게 과한 행동을 한 거지?

멈춘 차 안에서 동화는 그런 생각을 곱씹고 있었다. 난감한 자세였다. 발과 다리는 조수석에 걸쳐 있었고, 상체는 운전석의 혜화와 겹쳐진 상태였다. 언뜻 바라본다면 차 안에서 뜻밖의 행위를 하고 있는 연인 같아 보일지도 몰랐다.

혜화도 사고나 생수통보다 동화의 과감한 행동에 놀란 참이었다. 마치 야생 동물을 연상시키는 움직임이었다. 그의 팔과 어깨 근육이 아직까지 자신을 감싸 안은 채 움찔거리고 있었다. 익숙한 스킨 향이 코끝을 스쳤다. 이런 식으로 동화가 몸을 던지리라고는 전혀 예상치 못했다.

그를 향해 어깨의 방향을 튼 이유는 단지 어느 한쪽이 일방적이기를 바라지 않아서였다. 혜화 역시 동화를 위해 행동에 나설 수 있는 동등한 관계라는 걸 드러내고 싶었다. 자세는 불편했지만 도리어 그 편이 마음이 편했다. 한마디로 동화를 보호하고 싶었다. 그것이 마치 포옹에 응하는 연인 같은 장면을 연출하리라고는 예측하지 못했지만.

먼저 상체를 뗀 것은 동화였다. 등짝의 상태를 확인해야 했기 때문이다. 혜화가 그의 등을 살펴주었다. 하얀 옷 위에 몇 개의 선홍색 줄이 그어진 게 눈에 들어왔다. 플라스틱 조각에 긁혀 옷감과 살결에 생채기가 난 것 같았다.

손이 저절로 동화에게 가닿았다. 자신에게도 뜻밖의 일이었지만 혜화는 망설이지 않고 티셔츠를 들추었다. 예상대로 등에 상처가 나 있었다. 동화는 통증을 전혀 느끼지 못하는 것처럼 가만히 자세를 유지했다.

급한 대로 화장 솜을 꺼내어 상처 부위를 닦아주었다. 그런 상황을 눈치챈 동화가 조수석에서 구급함을 꺼냈다. 심장이 빨리 뛰는 이유가 좀 전의 위험했던 상황 탓인지 혜화의 손길 탓인지 구분할 수 없었다.

"거기, 일회용 반창고가 있을 거예요."

제법 깊은 상처여서 반창고 정도로 해결될 것 같지 않았지만 혜화는 동화의 말에 따랐다. 자신이 이러한 과정에 더 깊이 관여하게 된 이후의 상황을 감당할 자신이 없었다. 조금씩, 서서히, 차츰차츰. 처음의 예상과 다른 방향으로 지금의 여정이 이어지고 있는 것은 분명했다. 그 사실이 다소간 불편했고 그 이상으로 불안했다. 호흡이 가빠오고 심장이 두근거리기는 혜화 역시 마찬가지였다.

자리를 바꾼 동화가 막 액셀에 밟을 옮겨 딛으려 할 때였다. 경찰차 한 대가 어지럽게 널린 생수통들을 지나 모습을 드러냈다. 파랗고 붉은 등이 규칙적으로 반사됐다.

폭주족들은 순찰 정보를 먼저 알고 자리를 피한 것 같았다. 그것이 레이스가 싱겁게 끝난 이유였다. 도로 위에 온전히 남은 것은 혜화와 동화가 탄 차뿐이었다.

"5555 차량, 정차 상태 유지하세요. 다시 한번 말씀드립니다. 5555 벤츠 차량, 정차하세요. Number 5555, Pull over the car, Please!"

스피커에서 기계적인 음성이 이어졌다.

혜화는 긴장한 것 같았다. 좀 전 동화가 그랬듯이 온몸이 뻣뻣해졌다. 능숙하게 과속 운전을 하던 사람치고는 지나치게 경색되었다. 갈수록 촉박해지는 마음 탓일까. 그런 거라면 동화도 공감했다. 이런저런 절차를 밟는 동안 필요 이상의 시간이 소요될 공산이 컸다.

하지만 일을 간단히 처리할 방법이 있었다. 변호사라는 직업은 이런 순간에 매우 유리했다. 사고에 대해서 떳떳한 입장이었고, 과속을 제외한다면 달리 문제가 없는 상황이었다. 이제 자신이 나설 차례였다.

"경찰을 겁내는 거예요?"

재킷을 갖춰 입으며 동화가 말했다. 혜화는 대답이 없었다.

"과속에 대해서만 책임지면 그만입니다. 뭘 조사한대도 먼젓번 폭주 차량에 대해 물어보는 정도가 다일 겁니다. 그건 거부해도 상관없죠. 저희는 제3자, 참고인일 뿐이니까. 면허증 가지고 오셨죠?"

동화는 제법 저음의 목소리로 설명하며 안심시키려 했다. 혜화의 표정은 더욱 굳어졌다. 다른 생각을 하느라 자신이 무면허라는 걸 까맣게 잊고 있던 것이다. 한 영화에서 맡은 단역을 연기하는 데 필요했기에 급하게 친구에게 배운 어설픈 운전 지식, 불법으로 익힌 운전 실력이 전부인 상황이었다. 이론 시험만 가까스로 합격하고 실기 시험은 아예 치르지도 않았었다.

"죄송해요, 저 사실 면허가 없어요."

우선 그 말부터 해야 했다. 동화의 눈이 차츰 커졌다. 그러는 사이 뒤쪽에 경찰차가 멈춰 섰다. 스피커가 켜지는 순간 특유의 잡음이 들렸다. 라이트와 시동을 꺼달라는 요청이 흘러나왔다.

혜화는 얼어붙은 것처럼 꼼짝을 못 했지만 동화는 크게 당황하지 않았다. 더한 경우를 얼마든지 보아왔으니까. 사람을 해치고도 태연자약한 이 또한 없지 않았다.

동화는 혜화를 대신해 라이트와 시동을 껐다. 그리고 종이 한 장을 찾아 급하게 뭔가를 휘갈겼다. 경찰이 다가오는 사이 혜화에게 그 종이를 내밀었다.

'고속도로 운행 교육과 관련해 불가피하게 …… 불법 사실을 인정 …… 깊이 반성하며 민형사상 책임을 다할 것을…….'

이런 문구들이 쓰여 있었다. 날짜, 장소, 주민번호, 지장란 등이 차례로 작성됐다.

순찰차 문이 열렸다. 경찰이 움직이기 시작했다. 혜화가 별다른 반응을 보이지 않자 동화가 손을 내뻗어 혜화를 한쪽으로 끌어당겼다.

"당황하지 말고, 지금부터 내 말대로 해요."

동화가 말했다. 워낙 순식간의 일이어서 혜화는 기계적으로 동화의 말을 따랐다. 손 글씨로 공란을 채우고 립스틱을 꺼내 지장을 찍었다. 동화가 혜화의 떨리는 손을 마주 잡아주었다. 경찰이 그들이 탄 차에 다가설 때쯤 공란이 모두 채워졌다.

혜화는 펜과 함께 손난로처럼 뜨거워진 동화의 손을 꼭 붙잡고 있었다. 뺨이 붉게 달아올랐다.

종이를 받아 든 동화가 자연스러운 동작으로 차에서 내렸다. 다가

오는 경찰은 걸음걸이가 건들건들했다. 폭주 차량으로 도로가 몸살을 앓는 동안 받아야 했던 스트레스가 이만저만이 아닐 것이다. 결코 호의적이지 않을 것 같은 태도였다. 동화는 예의 바르게 인사를 건넨 후 로펌 변호사 명함을 건넸다. 회사 이름을 확인한 경찰의 표정이 미미하게 달라졌다. 다음부터는 일사천리였다.

우선 음주 측정과 혜화의 신원 확인이 진행됐다. 혜화는 안내에 따라 신분증을 제시한 다음, 음주 측정기에 입바람을 내뱉고 경찰 마크가 찍힌 전자 기기에 지장을 찍어 본인 확인 절차를 마쳤다.

그러자 모든 것이 원점으로 되돌아갔다. 동화는 종이를 건넨 후 경찰에게 인사를 했다. 명함 한 장의 위력은 그만큼 컸다. 혜화는 동화에게 어깨를 감싸인 채 조수석으로 몸을 옮겼다. 문을 여닫을 때마다 문짝이 더 심하게 찌그러지는 것 같았다. 곧이어 차는 갓길에서 벗어났다. 마치 아무 일이 없었던 것 같았다. 어떻게 된 영문인지 몰라 혜화는 동화를 가만히 바라보았다.

"변호사를 통해 불법 사실을 인정하는 경위서를 제출했고, 신원 확인이 됐으니 조사는 나중에라도 얼마든지 받을 수 있습니다. 우리에게 급한 건 시간이잖아요. 안 그래요?"

동화는 제법 환한 미소를 띠고 혜화를 바라봤다. 자기가 일 처리를 잘하지 않았냐는 표정이었다. 운전대를 잡은 자세 또한 전보다 자연스러웠다. 덮개 모양의 버튼을 누르자 오픈된 지붕이 차체 위쪽으로 닫혔다.

백미러로 보이는 경찰은 무슨 일이 벌어진 것인지 실감이 안 되는 모양으로 아직 이쪽을 바라보고 있었다. 손에 명함을 든 채였다. 동화는 자신만만하게 액셀을 밟기 시작했다. 얼마든지 속도를 높일 수 있을 것 같았다. 혜화는 방금 동화가 쓴 우리, 라는 말에 대해 잠시 생각했다. 급한 건 확실히 시간이었다. 우리에게.

/18/

차체는 경쾌하게 바람을 갈랐다. 예상치 못한 일이 일어난 것은 채 5분도 지나지 않아서였다. 뒤쪽에서 난데없는 사이렌 소리가 들려왔다. 파랗고 붉은 등이 어지럽게 룸미러에 반사됐다. 다시금 순찰차가 모습을 드러낸 것이었다.

가까운 곳에 사고라도 난 걸까? 그만큼 다급해 보였다. 속도를 줄여보았다. 다른 방향으로 지나가겠거니 예상했는데 그게 아닌 모양이었다. 동화는 백미러를 자세히 응시했다. 차체를 들이받을 것처럼 경찰차가 가까워지고 있었다. 갓길에 멈춰 세우자 경찰차가 따라 섰고 곧바로 문이 열렸다.

차창을 두드린 경찰은 선글라스를 끼고 있었다. 풍기는 분위기부터가 먼젓번 경찰과 확연히 달랐다. 창을 내려달라는 손짓은 무성의했고 목소리는 권위적이었다. 전달한 내용은 지극히 단순했다.

"과속에 대한 벌점과 범칙금을 무르셔야 합니다. 오래 걸리지 않을 겁니다."

동화는 혜화를 바라보았다. 헛웃음이 나올 만큼 간단한 요청이었다. 혜화 역시 동화를 바라보았다. 한동안 서로를 응시했다. 그의 눈빛을 읽은 혜화가 떨리는 손으로 가방을 뒤적였다. 그러나 워낙에 동작이 느렸다. 연이은 경찰의 등장으로 혜화는 흔들리고 있었다.

결국 동화는 자신의 면허증을 혜화에게 내밀었다. 혹시 몰라 신용카드까지 함께 건넸다. 나중에 계좌이체를 해달라고 요구하고 싶었지만 말을 걸 상황이 아닌 듯했다. 혜화의 표정은 헝클어질 대로 헝클어져 있었다.

신용카드와 면허증을 가져간 경찰은 꽤 오래 무전 연락을 이어갔다. 폭주 단속을 나선 이상 어느 정도의 성과를 내야만 한다고 생각하는 것일까. 선글라스 경찰뿐 아니라 함께 이야기를 주고받는 먼젓번 경찰까지 뭔가가 심상치 않았다.

차창을 내리고 바깥 공기를 들이마시던 혜화가 조수석 문을 열고 밖으로 나섰다. 한두 걸음 차에서 떨어진 후 바닥을 향해 허리를 굽히며 깊은숨을 내쉬었다. 자세가 조금 이상스러웠다. 자신만만하게 폭주 차량을 상대하던 모습과는 판이했다. 실내 공기가 답답했거나 시간이 촉박한 탓에 속이 탄 것인지도 몰랐다.

조바심을 느끼긴 동화 또한 마찬가지였다. 선글라스 경찰은 여전히 무전을 주고받았고, 다른 경찰은 혜화와 동화가 탄 차의 사진을 찍고, 태블릿 피시에 뭔가를 기록했다.

갑자기 무슨 일일까. 어떤 상황이 벌어지고 있는 것일까. 불안감은 커져갔다. 정해진 약속 시각이 다가오고 있었다.

바깥에 선 혜화는 가슴께에 손을 얹은 채 고개를 숙이고 있었다. 속에 있는 것을 밖으로 쏟아내는 몸짓이 꼭 그러할 것 같았다. 동화는 차에서 내려 혜화 곁으로 갔다. 그 순간 혜화가 기다렸다는 듯 헛구역질을 했다. 아무것도 입 밖으로 나오지 않았지만 이마와 목 언저리에 땀방울이 가득 맺혀 있었다. 동화는 등을 두들겨주었다. 티셔츠 아래쪽으로 동글동글 솟은 등뼈가 느껴졌다. 예상보다 야위었다는 생각이 그 와중에 떠올랐다.

그때 선글라스 경찰이 이쪽으로 고개를 돌렸다. 함께 모호한 자세를 취하고 있는 동화와 혜화의 모습을 선글라스 사이로 흘깃, 쳐다보는 것이었다. 둘은 마치 경찰의 처분을 기다리는 용의자의 모습에 가까웠다. 금방이라도 손에 수갑이 채워질 것처럼 온몸을 바들바들 떨고 있는 혜화의 모습이 꼭 그랬다. 동화가 혜화를 부축했다. 어깨와 허리를 감싼 채 조수석 쪽으로 이동했다.

그사이 10분 이상이 흘렀다. 벌써 10분이라니, 마치 시간이 싹둑싹둑 잘려나가는 것 같았다. 동화는 내비게이션상의 예상 도착 시각을 확인했다. 105분 후였다. 서울에서부터 꽤 먼 거리를 달려온 셈이었지만 안도하긴 한참 일렀다.

약속까지 실제로 남은 시간은 대략 1시간. 아무런 방해 없이 시속 140킬로미터 이상의 속력으로 직진했을 때야 비로소 시간 맞춰 약속 장소에 도착할 수 있을 터였다. 이미 늦었으니, 더 시간을 끌어서는 안 되었다.

어서 여길 벗어나야 했다. 어느새 다가선 경찰이 다시 차창을 두드렸다. 선글라스로 가려진 눈은 여전히 의도를 알기 힘들었다. 동화는 갑자기 어머니와 형을 떠올렸다. 이럴 때 그들에게 전화를 건다면 금방 해결될 텐데, 하고 생각했다.

"차에서 내려주시죠."

경찰이 말했다. 동화는 잠시 귀를 의심했다. 그럴 이유가 없지 않은가.

"과속 벌금을 무는데 갑자기 왜?"

동화가 항의했다.

"같은 말 반복하지 않겠습니다. 운전자분, 차에서 내리세요."

"그래야 할 이유가 없을 것 같은데요."

"다 알면서 귀찮게 왜 이러실까?"

"알다니요, 뭘?"

"마지막 요청입니다. 어서 차에서 내리세요."

경찰이 주먹으로 차체를 콩콩 두드렸다.

"그러니까 왜?"

"빨리 내려."

쿵쿵, 두드리는 소리가 조금 더 커졌다.

"왜냐고 묻잖아요."

"왜는 무슨 왜? 변호사라더니 카드는 분실 신고된 거고, 차량까지 방금 도난된 걸로 확인됐잖아."

경찰이 선글라스를 벗었다. 큰 들창코, 주름진 눈가에는 적의가 가득 묻어 있었다. 잠시 그 얼굴에 시선이 멎었다. 마치 어느 전직 대통령을 연상시키는 눈빛이었다. 혹은 오피스텔의 그 꽃 배달 직원을 연상시켰다.

"그게 무슨 말도 안 되는 소리입니까?"

동화가 소리쳤다. 동시에 문 잠금 버튼을 눌렀다. 혜화는 휘둥그레진 눈으로 동화를 바라보았다. 짤깍, 하는 소리와 함께 모든 문이 일시에 잠겼다. 차창까지 닫으려 했지만 선글라스 경찰이 다급히 막아섰다.

"제기랄, 협조에 불응할 경우 무조건 공무집행 방해야. 야, 여기 운전자 연행할 준비해."

선글라스 경찰이 주위 동료를 향해 목소리를 높였다. 그 말과 동시에 전기 충격기가 동화의 눈앞에 들이밀어졌다.

평소 누군가와 몸싸움을 한다거나, 마땅한 절차에 이의를 제기하는 건 동화 스타일이 아니었다. 그런데 갑자기 그런 결정을 내리고 말았다. 모든 상황의 중심에 어머니와 형이 있다는 생각이 떠오른 탓이었다. 집을 제외하면 카드나 차량 등은 아직 어머니 명의였다. 다른 건 신경 쓰지 말고 오직 공부와 일에만 몰두하렴. 그런 흐름에서 가능했던 일이었다.

주위를 좁혀드는 경찰의 분위기는 어수선했고 무엇보다 선글라스를 벗은 경찰의 고압적인 얼굴이 마음에 들지 않았다. 전기 충격기가 눈앞에서 흔들리자 경계심은 배가 됐다. 멱살이 잡히는 순간 금방이라도 전기 충격이 가해질까 조바심이 일었다. 그보다 더 중요한 것은 혜화였다. 그녀의 시간을 지켜주어야 했다. 남은 시간마저 지체된다면 돌이킬 수 없는 상황이 벌어질 게 분명했다.

차창 너머 팔을 집어넣으려는 경찰을 매단 채 차를 몰아 약 2미터가량을 내달렸다. 결국 전기 충격기가 안면부를 스쳤다. 잡힌 멱살을 풀어낼 방법은 한 가지밖에 없을 듯했다. 속도를 높였다. 액셀을 밟은 것과 동시에 선글라스의 몸이 바닥으로 철퍼덕 미끄러졌다.

단지 차에서 밀려났을 뿐이었지만 해석하기에 따라 큰 오점이 될 수 있는 일이었다. 감히 경찰을. 빗나갔대도 전기 충격기의 공격 탓에 정신이 얼얼했다. 포위망을 제때 벗어나야 한다는 목표에 동화는 모든 신경을 집중시켰다. 머지않아 뒤쪽에서 사이렌이 울릴 테고, 추격이 시작되겠지만 그것은 그것대로 충분히 각오한 일이었다.

이미 1차 조사에서 할 수 있는 모든 일은 했다. 경위서까지 제출한 마당이니 도주가 성립되지는 않는다. 개인 카드 분실이나 친족 간 차량 도난은 형법으로 다스릴 사안이 아니었으므로 말을 잘 맞추면 과도한 공권력의 개입이 될 수도 있다. 동화는 그런 식으로 머리를 굴려보았다.

갑자기 한쪽 어깨가 묵직했다. 동화는 아차, 하고 고개를 돌렸다. 언제부터였을까. 혜화가 오른쪽 어깨에 손을 짚고 있었다. 무슨 일인지 알 수 없었다. 그녀의 의견을 듣지 않고 너무 독단적으로 일을 진행한 것일까. 하지만 감독님과의 약속이 더 중요한 것이 사실 아닌가.

어쩌면 동화의 선택에 동의와 응원을 보내는 손길인지도 몰랐다. 안면을 타고 흐르던 전기 충격기의 따가운 자극이 일순간 부드럽게 흩어졌다. 충격이 마지막 잔상을 남기며 착 가라앉았다. 동화는 좀 더 과감해졌다. 어깨 위에 올려진 혜화의 손을 고스란히 움켜쥐었다. 손바닥을 맞잡았고 무언의 눈길을 보냈다. 경찰에게 절대 곁을 허락하지 않으리라는 약속이었다. 혜화의 창백한 표정이 무언가를 자꾸만 환기시켰고 그녀의 시간을 지켜주고 싶었다.

동화의 생각과 달리 조수석에 앉은 혜화는 차에서 내리지 않은 걸 후회하고 있었다. 머릿속은 이미 오래전부터 캄캄했다. 두 번째 경찰이 다가서자마자 온몸이 얼어붙은 나머지 모든 생각이 멈춰버렸다.

공권력으로부터 도망친 일은 혜화의 주저를 상징하는 결정적인 오점에 가까웠다. 이렇게 무책임할 수가.

또 한 번 헛구역질이 일어났다. 그를 범법자의 길에 내몬 것은 물론이고 앞으로 더 많은 것을 잃게 될 가능성마저 짊어지게 했다. 혜화는 원점으로 생각을 돌려보았다. 만약 그 사건이 밝혀지면 어떻게 될까. 비로소 자신이 저지른 일의 무게가 실감 났다. 지금까지 경찰이 보인 행동은 모두 핑계일 확률이 높았다. 사체유기라는 죄목을 숨긴 채 용의자를 효과적으로 제압하려는 술수라는 해석이 오히려 납득하기 쉬웠다.

오피스텔에서 있었던 일이 서서히 머릿속을 채우고 있었다. 꽃향기. 한 다발의 장미. 새카만 어둠. 문이 열리고 스토커가 성큼 집 안으로 들어선다. 정신을 차린 혜화는 다급히 진검을 찾아서 손에 쥔다. 그런 다음, 그 이후에……. 이맛살이 절로 찌푸려졌다.

정말 아무런 기억이 떠오르지 않았다. 드라마 주인공처럼 갑자기 말도 안 되는 기억상실증에 걸린 것 같았다. 그러나 행동과 결과의 절대 법칙에서 자유롭기를 바라는 것은 애초에 무리였다. 경찰의 추적은 턱밑까지 닥쳐왔고 이제 체포가 코앞까지 다가와 있었다.

혜화는 운전대를 잡은 동화를 응시했다. 손등과 이마에 땀방울이 송골송골 맺혀 있었다. 눈, 코, 귀, 입을 가만히 바라보았다. 땀을 닦아주고 싶었다. 아마도 오피스텔 앞에서 쑥스럽게 인사를 건네던 그의 첫 모습이 떠오르는 것인지도 몰랐다. 지금까지 어떻게 대해왔는지를 떠나서 새로운 시선으로 진지하게 그를 바라보지 않을 수 없었다.

오늘 우연하게 자신과 만나지 않았다면 지금쯤 대단히 평온한 시간을 보내고 있지 않았을까. 경찰의 추격을 따돌리느라 정신없는 대신 해가 저물어갈 무렵부터 연인과 함께 저녁 식사를 즐기거나, 하루 일을 끝내고 샤워를 마친 후 맥주 한 캔과 함께 즐겨보는 TV 프로그램을 보고 있지는 않을까. 여기까지 올 이유라고는 전혀 없는, 멀쩡하게 일상을 잘 지내오던 한 사람이 자기 자신으로 인해 뜻하지 않은 일을 겪게 된 것만은 분명했다. 이 모든 것이 자기 탓이었다.

서둘러 처리해야 할 일이 생각나 혜화는 전화기를 꺼내 들었다. 매니저인 친구에게 연락해서 감독님과의 미팅에 나갈 수 없다고 미리 알려야 했다. 친구의 실망에 생각이 미치자 머릿속이 한층 더 캄캄해졌다. 여러 통의 부재중 전화와 문자만으로도 기대가 여전하다는 것을 짐작할 수 있었다.

그러나 약속보다 더 중요한 것은 동화였다. 더는 그를 곤란에 빠지게 해서는 안 됐다. 어서 차에서 내려 동화와 헤어져야 했다. 멀리 떨어져 다시는 보지 말아야 했다. 처음부터 그랬어야 했다. 생각이 거기까지 이르는 순간 알 수 없는 감정이 훅 치밀어 올랐다. 잠시 동안이었지만 아쉬움에 가까운 낯선 느낌, 가슴을 적시는 온기를 떼어내는 통증이 느껴졌다. 친구는 전화를 받지 않았다.

혜화는 고민했다. 동화에게도 자기의 선택을 직접 말해야 했다. 하지만 쉽게 그 얘기가 입 밖으로 나올 것 같지 않았다. 아무래도 미안하다는 생각이 앞섰다.

조심스레 기색을 살펴보았지만 동화는 도로 한가운데를 주시할 뿐 주위에 둔감했다. 눈빛에 피로가 묻어났다. 지친 기색이 역력한데도 맡은 역할에 놀라운 집중력을 발휘했다. 이만큼 충실한 사람이 또 있을까 싶었다. 차량은 엄청난 힘에 끌어당겨지는 것처럼 힘차게 뻗어가고 있었다.

그런 그가 갑자기 정신을 잃으면 곤란했다. 빗나갔대도 전기 충격기가 얼굴을 스친 상황이었다. 어느 순간 혜화는 동화의 어깨에 손을 짚었다. 언제, 어느 결에 그런 과감한 행동을 했는지 스스로조차 알지 못했다.

동화가 갑자기 어깨 위에 올려진 손을 맞잡았다. 그리고 아무 문제 없다는 듯이 힘찬 눈길을 보냈다. 평상시였어도 남자의 급작스러운 눈빛 변화가 낯설게 느껴졌을 것이다. 하물며 이와 같은 상황에서라면. 혜화는 손을 빼내지 못했다. 동화의 오른손에 자기의 왼손을 잠시 포개는 것으로 여러 말을 대신할 수 있기를 기대했다.

동화는 8차선으로 쭉 뻗은 도로를 바라봤다. 이제 얼마 후면 목적지였다. 약 45분 내에 모든 게 판가름 난다. 혜화가 무사히 감독님을 만나느냐, 이 모든 것이 수포로 돌아가느냐. 어쩌면 한 사람의 인생이 걸린 문제였다.

상황은 다급했지만 평소라면 하지 않을 선택을 내린 스스로가 신기해 가슴이 뛰놀았다. 드넓은 바깥 하늘을 마주하는 순간 어떤 카타르시스가 밀려와 오히려 기분이 상쾌해졌다. 어머니와 형을 뒤로 한 채 공항을 벗어나던 때와 흡사한 느낌이었다.

지금은 차에 올라 달려야 할 때다. 그것이 이전보다 나은 길이다. 많은 걸 잃고 더 큰 손해를 보더라도 상황은 좋아질 게 분명하다. 시간이 지날수록 열의가 샘솟았다. 이제 이 여정에 더 깊이 관여된 사람은 혜화보다 동화 자신인 것만 같았다.

눈앞을 거스르는 것은 아무것도 없었다. 고속도로의 무법자라 불리는 대형 화물 트럭이나 건설 기기들까지 멀찍이 물러나며 길을 터주었다. 레이스 상대가 폭주족에서 실제 경찰로 바뀌었다는 것은 많은 걸 의미했다.

위기감이 드는 와중에도 경찰의 호위를 받으며 고속도로를 질주한다는 착각이 들었다. 그만큼 운행은 부드러웠다. 지평선이 차체 앞으로 성큼성큼 밀려왔다. 도착지까지 남은 거리가 단축되는 것이 피부로 느껴졌다.

바람에 구멍이라도 낼 것처럼 동화는 속도를 마구 높여댔다. 엔진이 파열될 때까지 극한으로 차체를 내몰고 싶었다. 그러던 중 떠오른 것은 언젠가의 한 소녀, 다름 아닌 그때의 그녀였다. 몇 배속으로 빠르게 돌아가는 영상을 대하는 것처럼 주위의 풍경이 허물어졌다.

중학생을 대상으로 했던, 예술 관련 공공기관에서 기획한 어느 연극 프로그램에서였다. 십수 년 전이었다. 그때 자신을 포함해 30여 명의 학생이 참여했는데, 그 가운데 유난히 눈에 띄는 아이가 있었다.

어딜 가든 한두 명의 특출한 녀석들이 있기 마련이지만, 그 애가 빛나는 순간은 평상시가 아니라 누군가와 대화를 나누거나 웃음과 같은 호응을 주고받을 때였다. 만남, 부딪침, 교감, 함께하는 움직임

등에 의해 생생히 피어나는 모습은 여간 낯선 것이 아니었다. 한마디로 전혀 다른 세상의 일에 가까웠다.

프로그램이 진행되던 일주일 남짓, 동화는 그 애의 열정에 델 것처럼 어지러웠다. 부산에서 올라왔다던 소녀, 처음 맛보는 아리스토텔레스의 시학, 소포클래스의 오이디푸스왕, 셰익스피어의 비극, 체호프의 장막극, 브레히트의 희곡 모두를 독학으로 익혀왔다던 그 아이. 단지 대본 몇 장, 좁은 연습실, 리허설할 무대, 상대 역할과 함께하는 몇몇 친구가 주위에 있었을 뿐이었다. 다들 무엇이 그렇게 신이 난 것인지 동화는 도무지 가늠되지 않았다.

이윽고 나름의 역할 연기자로서 합을 맞춰보는 시간이 다가왔다. 그 당시에도 이런 기회가 쉽게 찾아오지는 않을 것이다, 하고 동화는 예상했었다. 프로그램에 참여한 모두가 그 애와 대본 리딩이나 실제 리허설을 함께 하기를 바라고 있었다.

동화는 연극에 매료됐다기보다 소녀의 열정과 도전 정신에 이끌렸다. 대본에서도, 나뭇잎에서도, 밥숟가락에서도 그 애의 얼굴이 묻어났다. 어쩌면 이성을 향한 최초의 감정을 제 안에서 바삐 저울질하느라 현기증이 난 것인지도 몰랐다.

리허설에서 둘은 살며시 손을 맞잡았고 포옹까지 나누었다. 그 순간이 사춘기의 절정과 겹쳐졌다. 긴장 속에 마치 꿈결을 헤매는 듯했는데 어느 순간 느닷없이 뺨이 얼얼해졌다. 〈갈매기〉의 대사를 주고받는 사이였다. 엉뚱한 데 혼이 팔린 것이 아니냐고, 그만 정신을 차리라고, 네 한가로움이 연극의 전체 흐름을 망친다고. 소녀는 잔뜩 화가 나 있었다.

어머니와 형이 동화를 뜯어말린 것은 어쩌면 그 혼을 빼앗긴 듯한 격한 느낌 탓이었는지 몰랐다. 계획대로라면 보름 동안 진행될 프로그램이었는데 일주일 만에 동화는 하차했다. 어머니와 형이 무슨 경시대회를 준비해야 한다며 그만 되돌아오라고 연락을 해왔다는 것이다. 그러니까 연극 프로그램은 가서 머리나 좀 식히라는 의도였다.

공교로운 것은 그 시기 소녀가 맞닥뜨린 안타까운 현실이었다. 소녀 역시 프로그램에서 중도 하차해야 했다. 행정상의 착오가 있었는지, 다른 사정이 있어서였는지 동명이인인 같은 지역의 학생이 선발됐고, 그 탓에 소녀는 정식 프로그램에 등록하지 못하게 됐다는 사연이었다. 결국 외부로 데려다줄 인계자가 나타날 때까지 대극장 입구에서 동화와 소녀는 함께 시간을 보내게 되었다.

웅장한 극장 건축물의 아치 그늘 아래 서늘한 공간에서 서로를 마주한 채였다. 허탈함을 감추지 못한 것은 오히려 동화였다. 자신이 그만두는 마당이니 소녀에게 자리를 양보할 수 있길 기대했다.

열정이라고는 전혀 찾아볼 길 없는 겉핥기나 하는 자신 대신 누구보다 열심인 다른 친구에게 기회를 주는 것이 더 타당해 보였다. 결코 어렵지 않을 합리적인 일 같았다. 세상이 복잡다단한 구조로 얽기설기 얽여 있다는 사실을 그때는 알지 못했다.

헤어지던 순간 소녀는 동화를 안아주었다. 뺨을 때리는 것이 아니었다고, 미안하다고 말했다. 그 공격적 행동이 원인이 돼 프로그램에서 하차당했을 가능성이 높다고 여기는 것 같았다. 동화는 괜찮다며 그녀의 이마에 제 이마를 맞댔다. 왜 그런 행동을 했는지 스스로도 알 수 없었다. 자기 안에서 어떤 힘을 발견한 기분이었다.

그날 헤어지기 직전 소녀가 보낸 눈빛을 동화는 쉽사리 잊지 못했다. 대화를 나누던 때의 생생한 목소리, 표정의 변화 또한 마찬가지였다. 엉뚱하게도 그때 동화가 건넸던 말은 나중에 부산에서 다시 보자는 것이었다. 어쩌면 그때 말하고 싶었던 것은 너에게 반했다는 단순한 한마디였는지도 몰랐다.

그 시기부터 예기치 않은 이 만남을 기대했다고, 지금껏 소녀인 너를 잊은 적이 없다고, 그때 기회를 빼앗긴 네가 지금 곁에서 좋은 배우가 되길 소원하는 바로 그녀가 아니냐고 동화는 말해보고 싶었다. 어쩌면 함께 있는 그녀가 그때의 그녀가 아니래도 괜찮았다.

동시에 떠오르는 것은 부잣집 장남이었다. 자신의 힘으로 새로운 앞길을 개척하려는 소녀와는 전혀 다른 성격을 가진, 그런 만큼 거칠 것도 무서울 것도 없는. 어차피 그것은 밝혀질 일이었다. 결심 공판 이전, 아니면 그 이후일 것인가의 문제에 지나지 않았다.

동화는 부잣집 장남 같은 부류에 익숙했다. 주위의 보호와 거듭에 길들여진 사람, 뭐든 시키는 대로 살면 되는 이들을 모르지 않았다. 의도적으로 의뢰인을 내몬 것이냐면 그렇지는 않았다. 간단한 메시지를 건네본 것이 전부였다. 언제나 그렇듯 선택은 당사자의 몫이었다.

의뢰인에게 개인적인 유감이나 적의가 있는 것도 물론 아니었다. 이 세상에 태어나자마자 무조건적인 보호를 약속받고, 온 사방에 깔린 방어막을 무한히 재활용해가며 일평생을 안락 속에서만 머무르려는 이른바 반쪽짜리 삶에 대한 불만이 있을 뿐이었다. 휴가 첫날 로펌 대표 변호사가 오피스텔에 찾아온 것의 의미는 단 한 가지였다. 결국, 최종 판결이 연기된 것이다.

그날 동화가 건넨 메시지는 단순했다. 결국 거짓은 벗겨지고 그 자리에 진실은 드러나기 마련이니 이렇게 된 바에야 스스로 발 벗고 나서는 편이 낫지 않겠느냐, 무죄를 증명해내기 위해서라면 양심적인 태도가 훨씬 유리할 것이다, 하고 상대를 시험해보는 수준에 지나지 않았다.

진범이 바로 자신이라는 의뢰인의 고백 아닌 고백을 들은 직후의 일이었다. 엇비슷한 과거의 이력 역시 한 건이 아니었다. 결국 사건이 벌어질 때마다 돈을 들여 국적을 세탁한 것이다. 일이 불거지기 전에 재빨리 이민 자격을 취득하거나, 시민권 자체를 사버리는 식이었다.

지극히 단순한 하나의 암시가 의뢰인의 내면에서 어떻게, 어떤 모양으로 자라날지는 아무도 알 수 없는 일이었다. 어쩌면 누구라도 헛웃음을 터뜨릴 만큼 허황된 궤변일 뿐이었다. 왜 그런 말을 했는지 스스로도 납득할 수 없었다.

하지만 동화 역시 누가 하라는 대로 해나가는 데 익숙했고, 의뢰인에게 자신의 허언이 통하지 않을까 하는 막연한, 아니 확실한 예감이 있었다. 일반적인 의미에서라면 아무도 진지하게 생각하지 않을, 이 세상에 단 한 명도 귀 기울이지 않을 메시지였지만 당사자에게는 다르게 전해질 것이라고.

돌이켜 살피면 이미 경찰 초기 진술에서 모든 사실을 발설한 이후의 상황이었다. 의식을 잃은 피해자를 마구 구타한 이가 바로 자신이었다고 말한 것이다. 실질적인 폭력의 과정을 자백한 바와 마찬가지였으니 의뢰인이 다시 한번 진술을 뒤엎을 리는 만무했다.

그러한 일이 불러올 결과에 대해서라면 동화 역시 두려운 게 사실이었다. 자신의 경력 대부분이 그 사건에 걸려 있는 상황인 만큼 재판이 어떻게 끝나는가의 문제는 무척이나 중요한 것이었다.

살인 혐의를 받고 있는 피의자에게 집행유예 판결을 가져다줄 것이냐, 어디로 튈지 모르는 피의자를 제어하지 못해 재판을 원점으로 되돌릴 것이냐. 그것은 회사로서도 사활을 걸다시피 한 중차대한 과업 중 하나였다.

과연 의뢰인은 어떤 선택을 내렸을까. 여전히 웃음 짓고 있을까. 아니면 얼어붙은 표정으로 주위를 두리번거릴까. 사람을 해치고도 태연스럽던 모습 그대로일까 혹은 그 반대일까. 어떤 이유로든 피해자와 피의자가 동등한 상황이 되었다면 향후 재판은 어떻게 달라질까.

로펌 변호사들은 어떻게 대응했을까. 오피스텔에서 봤던 몇몇 기자들은 동화를 인터뷰하기 위해서 대기 중이었을까. '너는 지금 위험에 처했다'는 어머니와 형의 말처럼 최종 판결 연기의 직접적인 책임이 이제 동화를 향하고 있는 것일까. 머릿속이 빠르게 지나가는 주위 풍경처럼 이지러져 들어가고 있었지만 의문에 대한 답을 찾는 것은 의외로 간단한 일일지 몰랐다.

혜화는 휴대전화 화면을 응시하고 있었다. 동화가 한눈을 파는 사이 통화 버튼을 누를지 말지 골똘히 고민했다. 검색을 부탁하기 위해 동화는 혜화에게 눈짓을 보냈다.

"휴대전화 꺼낸 김에 기사 하나만 검색해줄래요?"

동화가 다소 큰 목소리로 말했다. '판결 연기'라고. 한동안 아무런 대답이 없었다. 정지 화면이 이어지는 듯했다. 혜화의 얼굴은 여전히 창백했다. 이 얼굴을 오래 바라보고 싶다. 이 사람과 계속 함께하고 싶다. 갑자기 그런 생각이 솟구쳤다.

다시 살피자니 아무래도 혜화는 멀미를 하는 것 같았다. 폭주 차량과의 레이스와 생수통 트럭과의 사고, 연이은 경찰의 출현, 가속에 치중한 나머지 바깥 풍경이 어떻게 지나는지조차 알 수 없었지만 한 가지 사실은 분명했다. 움츠러든 몸을 아직 풀지 못한 혜화에게 안심과 안정을 줘야 했다. 도주하는 차의 움직임이 심히 불안정한 것은 분명했다.

"저기, 미안해요."

대답 대신 혜화가 말했다. 마치 깊은 한숨처럼 천천히 입 밖으로 스며 나오는 말이었다.

"네?"

"차를 좀 세워주시겠어요."

"지금요? 여기에?"

동화가 대답했다.

"서울로 돌아가야겠어요."

기필코 해야 할 그 말을 혜화는 이윽고 내뱉었다.

19

한동안 동화는 주춤거렸다.

"돌아가다니. 그게 무슨 말이에요?"

"그만 내리고 싶단 뜻이에요."

"멀미가 나요? 약속을 지키려면 이 정도 속도는 불가피한데."

"그게 아니라……."

"그게 아니라면 감독과의 약속이 취소라도?"

"아니, 그보다……."

"그럼 갑자기 왜?"

"그게……."

"경찰에게 쫓기는 상황이 두려워서요?"

속도계 눈금이 가파르게 상승했다. 가속도에 도취된 탓인지 동화
는 자기 페이스를 잃어버렸다. 쉽게 말을 멈출 수가 없었다.

"방금 경찰 때문에 차를 세웠죠. 그 전에 또 무면허로 인해 멈춰야 했죠. 사고도 날 뻔한 데다가 휴게소에도 한 번 들렀죠. 이 짧은 시간에 몇 번 차를 세웠는지 아세요. 벌써 수백 킬로미터를 달려왔잖아요. 서울에서부터 여기까지."

"그러니까 그게……"

"그러니까 그게 어쨌다는 겁니까. 지금 얼마나 다급한 상황인지 본인이 더 잘 알잖아요."

"아, 어쩌면 좋아."

"약속까지 얼마나 시간이 남은 줄은 알아요?"

"맙소사. 지금 그보다……"

"이제 30분이 채 안 남았어요. 운전에 집중할 수 있게 돕지는 못할망정……"

"중요한 건, 오늘 제가……"

"시간을 맞출 수 있을지 없을지도 모르는 상황인데 갑자기 서울이라니. 여기 고속도로 한가운데예요. 왜 말을 못 하세요. 이 모든 게 다 하나의 이유 때문에 벌어진 일이잖습니까."

"여기 오기 전에 어떤 일이 있었어요. 그게 그러니까……. 오피스텔에서……"

"누가 먼저 해운대까지 가달라고 했는지, 감독님과의 인연이 어째서 중요하며 왜 제가 그 약속에 개입된 건지, 무고한 교통사고 피해자인 척은 혼자 다 하시더니, 이렇게 대책 없는 사람인 줄 알았다면 내가 뭐하러 지금까지…….”

“젠장, 말을 할 틈을 주세요, 좀.”

혜화는 소리쳤다. 그 순간 무언가가 차체를 뒤흔들었다. 휘청, 하고 바퀴가 한차례 요동쳤다. 동화는 빠르게 룸미러와 백미러를 살펴보았다. 아차, 싶었다. 벌써 따라잡힌 것일까. 추격 중인 경찰차들을 제법 떨어뜨렸다 예상한 만큼 당황스러움이 앞섰다. 여기서 붙잡히게 된다면 일은 터무니없이 우스워질 거였다.

흔들림은 곧바로 사라졌다. 한동안 뒤를 살폈지만 도로 위는 텅 비어 있었다. 고개를 들자 먼 하늘이 눈에 들어왔다. 구름이 꿈틀거리는 모양이 예사롭지 않았다. 어둑어둑한 대기에서부터 극심한 비바람이 몰아치고 있었다. 운전에 열중하느라 바깥 날씨를 잊고 있었다. 동화가 말했다.

“그 오피스텔 일도 그래요. 혼자 살면 문단속부터 제대로 해야 하는 것 아닌가요. 무슨 사연이 있었는지는 모르지만 그때 그 시각에…….”

잘못 들었다. 그 생각부터 솟구쳤다. 혜화로서는 도무지 이해하기 힘든 말이었다. 동화가 오피스텔에서의 일을 알 수 있을 리 없지 않은가.

“세우지 않으면 뛰어내릴 수도 있어요.”

다급해진 혜화가 말했다. 우선은 동화의 입을 막아야 했다.

“아까 문 잠그는 소리 못 들었어요? 아무 소용 없을걸요.”

동화가 오피스텔 일을 언급하자 혜화의 가슴이 급격하게 뛰놀았다. 숨이 가빠왔고 알 수 없는 불안이 치밀었다. 그때 그 시각에 동화는 어디에 있었던 것일까, 하고 생각하는 순간 유리문 너머로 어른거리던 형체가 떠올랐다.

손잡이를 당겨보았지만 소용없었다. 이상스레 오기가 치밀어 혜화는 문을 밀어붙였다. 한 번, 두 번, 세 번. 더 강하게 어깨를 부딪쳐보았다. 다음 순간 입에서 비명이 터져 나왔다.

갑자기 낯선 느낌이 어깨를 스쳐 지났다. 쿵, 하고 뭔가가 떨어져 나갔다. 혜화와 동화는 또다시 서로를 바라보았다. 경쟁하듯 눈동자가 커지고 있었다. 문이 열리지 않는다면 결코 나지 않을 소리였다.

아니나 다를까, 고개를 돌리자 혜화의 옆은 휑하니 비어 있었다. 상황은 간단했다. 실제로 조수석 문짝이 사라졌다. 처음 가드레일에 부딪혔을 때부터 심상치 않았지만 이 정도로 망가졌을 줄은 몰랐다.

쉽사리 믿기가 어려워 팔을 옆으로 내뻗었다. 문이 있어야 할 자리에 공백이 흐르고 있었다. 누군가 뒤에서 바지를 끌어 내렸대도 이렇게 당황스럽지는 않을 것 같았다. 차의 앞뒤를 훑어보았다.

문짝은 사라졌다기보다 차체 앞 이음새 부분에 간당간당하게 매달려 있었다. 떨어져 나간 정도를 따질 사이도 없이 차 안으로 비바람이 몰아치기 시작했다. 동화는 급하게 라디오를 켰다.

"……두 개의 치명적인 태풍이 만나 점점 세력을 확장, 한반도 전역에 800킬로미터 이상의 초대형 태풍이 북상 …… 도로, 철도, 전

기, 통신 등 도시 주요 기간망과 생활 기반 시설이 붕괴하거나 마비
…… 현재 해운대 바닷가에는 해일에 필적할 만큼의 높은 파도가 일
어나……."

또 한 번 차체가 뒤흔들렸다. 모래가 뒤섞인 바람이 회오리처럼 차
안을 휘저어댔다. 문짝은 바람결을 타고 조수석에 붙었다 떨어지기
를 반복했다. 이음새 부분에서부터 반원을 그리듯 날갯짓을 했다.

빗줄기가 실내로 쏟아졌다. 느닷없이 판도라 상자가 열린 것 같았
다. 우선 비바람부터 막아야 했다. 혜화는 조심스레 차체 앞으로 손
을 뻗었다. 자칫 몸을 잘못 기울이면 곧바로 도로 위에 고꾸라질 게
분명했다. 바람이 계속해서 차체를 넘나들었다. 동시에 금속이 마찰
하는 날카로운 소리가 일어났다. 문짝이 조수석 쪽에 가까워지는 순
간 두 손을 내뻗어 손잡이를 꼭 붙잡았다.

"더는 팔이 버티질 못해요. 자동차를 세워주세요."

혜화가 말했다.

"문을 때려 부순 게 누군데요."

"나더러 어떡하라는 얘기죠."

"아직 대답을 듣지 못했어요. 왜 갑자기 서울로 돌아가려는 겁니까?"

"말했잖아요. 할 수 있는 만큼 한 것 같아요."

"첫 질문으로 되돌아가야겠군요. 오피스텔에서 무슨 일이 있었던
거죠? 그 남자 대체 누굽니까?"

혜화는 약간의 시차를 두고 질문을 이해했다. 순간 피붓결을 따라

소름이 돋아났다. 띠띠띠띠. 느닷없이 도어록이 열리는 소리가 들렸다. 스토커가 집 안에 들어서는 순간 이상의 충격이 밀려왔다.

이 남자야말로 누구인지 의아해지기 시작했다. 설사 유리문 너머에서 어른거리던 이미지가 눈앞의 상대였대도 이건 지나친 처사였다. 온몸의 맥이 풀렸다. 무엇보다 동화에게 자기의 치부를 보이고 싶지 않았다.

"무슨 말씀인지 전혀 알 수가 없군요."

혜화가 겨우 대답했다.

"아까 얘기했잖아요. 오피스텔에서 어쩌고저쩌고. 여기 오기 전에 어떤 일이 있었다면서요."

"실수로 내뱉은 말이겠죠."

"그 꽃 배달 조끼를 입은 사람, 애인인가요?"

혜화의 머릿속이 새하얘졌다. 겨우 붙잡았던 문짝이 다시 요동치려 했다.

쾅, 하고 천둥이 대기를 내리쳤다. 구름은 먼 방향으로 빠르게 흘러갔다. 와이퍼의 움직임에 따라 차창 앞에서 물줄기가 갈라지고 모이기를 반복했다. 빗물의 양이 늘어나 마치 물속을 지나가는 것 같았다.

어디서 날아왔는지 모를 쓰레기 조각과 커다란 나뭇잎들이 운전석 창에 내려앉았다. 문을 붙잡은 혜화의 팔은 이제 거의 한계에 도달했다. 유리에 나뭇잎이 들러붙을 때마다 와이퍼는 엇박자를 그리며 시야를 가렸다. 동화는 아랑곳하지 않고 대화를 계속했다.

"이야기 하나 해드릴까요? 제가 맡은 소송 중에 밀실에서 일어난 사건이 있었어요. 오직 두 사람, 당사자들 외에는 아무도 사건의 진실을 알지 못하죠. 이런 경우는 피고와 원고의 진술을 토대로 재판이 진행될 수밖에 없어요. 쉽게 말해 물증이라고는 전혀 없는 치열한 법정 공방이 벌어지는 거죠. 그런데 둘 중 한 사람은 진술을 하지 않는 경우가 더러 있어요. 한 사람이 조사를 거부하거나 이미 이 세상 사람이 아닌 경우가 그렇죠. 그런 상황에서 재판은 한쪽에게만 유리하게 흘러가기 마련이죠. 그런데 때마침 어딘가에서 목격자가 나타난다고 생각해봐요. 그럼 사건은 어떻게 될까요?"

동화는 잠시 뜸을 들였다. 혜화는 이끌리듯이 동화의 입가를 바라보았다. 다음 말이 진심으로 궁금했다.

"목격자의 증언이 곧 사건의 진실이 되는 거예요. 투명하고 유일하고 절대적인."

동화가 속삭이듯 이야기를 마무리했다. 무엇을 염두에 두고 하는 말인지 분명하지 않았지만 혜화는 정신을 잃을 것 같았다. 머릿속이 어지럽게 핑 돌았다.

"중요한 만남을 앞둔 사람은 다름 아닌 당신이에요. 그런데 갑자기 모든 일을 되돌리려고 한다면 제가 어떻게 해야 할까요. 무슨 사연 때문인지 몰라도, 아무리 심각한 일이 있었대도 지금 이 순간 당신의 발목을 잡을 것은 아무것도 없어요. 그 어떤 이유로든 당신은 감독님을 만나야 해요. 무면허 운전에 대한 조사를 받아야 하니 어차피 경찰을 피할 수는 없어요. 이미 신상이 다 그쪽으로 넘어간 상태니까요. 그 전에 할 수 있는 일은 다 하자는 겁니다."

혜화는 깊은숨을 내쉬었다. 이 남자가 무엇을, 얼마나, 어디까지 알고 있는지 가늠이 되지 않았다. 유리창 위에 내려앉은 초록 잎이 장미의 줄기를 연상시켰다. 거실 풍경이 떠올랐다. 발가벗은 스토커가 알몸을 들이밀었다. 어딘가에서 꽃향기가 뿜어져 나왔다. 뭔가를 답할 차례였지만 대꾸할 말이 떠오르지 않았다. 현관 유리문 너머에 있었던 사람은 다름 아닌 그였다. 코끝이 찡해지고 있었다. 마치 꿈을 꾸는 기분이었다.

정적을 깨뜨린 것은 벨 소리였다. 휴대전화가 울리고 있었다. 허겁지겁 전화기를 찾았지만 고개를 돌리기 어려웠다. 문을 붙잡은 탓에 제대로 된 자세가 나오지 않았다. 서로의 벨 소리가 같다는 사실을 알아차린 동화가 혜화를 넌지시 바라봤다.

시선이 마주치자 혜화는 부끄러움에 가까운 감정을 느꼈다. 뺨이 뜨거워졌다. 심장이 벌떡였다. 둘 사이에 얕은 침묵이 자리했다. 빗물과 나뭇잎 탓에 아직 시야는 불분명했다. 와이퍼의 움직임에 따라 이파리가 하나둘 떨어져 나갔다. 잎이 사라진 차창에서 뭔가가 반짝였다. 별안간 기시감이 들어 혜화는 먼 곳으로 시선을 보냈다. 길 끝에 어떤 형체가 있었다. 전혀 예상치 못한 일이었다.

"차를 돌려야 할 것 같아요."

"네?"

"어서요."

"나 참, 대체 지금까지 뭘 들은 거죠. 이 상황에서 가장 최선의 선택은……."

"그만 그만! 앞을 보라니까요."

"앞이라니. 지금 보고 있는 게 앞이잖아요?"

"맙소사, 눈을 좀 더 크게 떠보시라고요!"

"운전하는 사람이 눈을 크게 뜨지 작게 뜨나……."

순간 익숙한 빛깔이 동화의 시야를 밝혔다. 시선이 절로 길 저편으로 가닿았다. 차창에 흐르는 물줄기 너머로 붉고 파란 등이 보였다. 몇 시간 사이에 제법 가까워진 사람들, 기어이 전달되고야 마는 요금청구서와 다름없는 존재들이 두 사람을 기다리고 있었다.

차분히 상황을 가늠한 동화가 혜화를 향해 미소를 한번 지어 보였다. 눈앞에서 순찰차 여러 대가 밀려들었다. 뒤를 쫓던 경찰이 언제 자신들을 앞질렀는지 알 수 없었다. 오늘 하루 벌써 세 번째 만남이었다.

진퇴양난, 앞으로든 뒤로든 도망갈 구석은 보이지 않았다. 동화는 짐짓 여유로운 몸짓으로 운전대에서 양손을 떼어냈다. 브레이크를 디딘 발까지 빈 곳으로 옮겨 디뎠다. 도로 자체가 봉쇄된 상황이었다. 자동차가 어디로 튕겨나더라도 무방했다.

"여기까지 함께 와줘서 정말 고마워요."

혜화가 동화를 바라보며 말했다. 진심이었다.

/20/

자동차는 갓길 벽을 들이받으며 멈춰 섰다. 헤어져야 할 시간이었다. 이후의 순서가 어떻게 되는 것인지 동화로서는 예측하기 어려웠다. 검문검색을 뚫고 그냥 앞으로 돌진해버릴 수도 있지 않을까, 하는 생각이 잠시 솟구쳤다.

지금까지의 동행은 즐거웠다 할 수 있었다. 스스로가 다른 성격의 소유자가 된 듯했다. 옆자리에 혜화가 타고 있는 동안 이상스럽게 가슴이 벅찼다. 적절한 사람과 괜찮은 장소로 이동하는 기분이었고, 그 느낌을 잃고 싶지 않았다.

혜화는 기뻤다. 알게 모르게 조금씩, 어쩌면 그 이상으로 동화에게 의지해온 게 사실이었다. 짧은 시간이었지만 오래전부터 잘 알고 있는 사람과 함께하는 기분이 들었다. 상대방의 의사를 거의 존중하지 않는 태도에도 어느 정도 익숙해진 상황이라 그의 자기중심성과 비아냥거림마저 친숙하게 다가왔다.

그러고 보니 한두 번 마주친 사이는 아니었다. 집 앞에서의 첫인사, 반복되던 복도에서의 조우, 우연한 사고와 갑작스러운 이동, 공항에서부터 다시 시작된 동행, 예기치 않은 고속도로 질주와 두 번의 연이은 도주까지.

어쩐지 이유가 있을 것 같은, 뭔가 의미를 두고 싶은 만남이 아닐 수 없었다. 하지만 언제까지 떨어질 듯한 문짝을 잡고 달릴 수는 없는 노릇이었다. 동화에게 향할 오해와 억측이 해소되리라는 점 또한 기꺼웠다. 자신으로 인해 그가 범죄의 위험에 빠지는 일은 더 이상 없을 것이다. 헤어짐은 자연스러웠다. 처음부터 둘은 무관한 사이였다. 자백의 과정에서 모든 사실이 밝혀질 것이다.

차는 검문검색이 벌어지는 장소에서 조금 떨어진 지점에 멈춰 서 있었다. 포위망을 친 이들이 어차피 이쪽으로 달려오지 않겠는가, 하고 동화는 판단했다. 이제부터 시간의 흐름에 일을 맡기면 그만이었다. 다만 기다리는 것이었다.

이윽고 어떤 평온함이 내려앉았다. 피로가 엄습했다. 최소한 하루 이상은 유치장 신세를 져야 한다는 데 생각이 미쳤다. 1분이어도 좋으니 잠시 눈을 감고 싶었다. 지금까지 무리해서 달려왔으니까.

혜화는 비로소 문에서 손을 뗐다. 고개를 돌려 동화의 얼굴을 바라봤다. 눈을 감은 모습이 평온해 보였다. 준수하다, 잘생겼다, 그렇게 기억하고 싶었다. 실제로 그랬으니 어렵지 않은 일이었다.

혜화는 동화의 뺨에 손바닥을 얹는 시늉을 해보았다. 뺨의 미세한 오르내림이 손끝으로 전해지는 듯했다. 손을 위쪽으로 옮겨 머리칼을 쓰다듬어본다고도 상상했다. 부드럽고 따스한 촉감이었다. 상상과 현실의 격차는 금세 좁혀졌다. 어느 순간 용기를 내어 실제로 머리칼을 어루만졌다. 어쩌면 처음 동화의 얼굴을 마주했을 때부터 바랐던 일에 가까웠다. 그가 푹 쉬기를 바랐다.

지극히 짧은 잠이었다. 누군가 창문을 두드리는 소리에 동화는 눈을 떴다. 주위는 시끌벅적했다. 올 것이 왔구나, 생각하고 차창을 내렸다. 얼마나 시간이 지났는지 알 수 없었다. 여전한 빗줄기가 차창 앞을 어지럽게 흘러내렸다.

조금 떨어진 곳에서는 경찰과 차량 들이 뒤섞여 무척이나 부산한 움직임을 보였다. 난데없는 방송국 중계 차량까지 등장했다.

모두 이쪽에는 별다른 관심을 두지 않는 것이 약간 이상했다. 먼저 멈춰 선 다른 차량들 역시 검문검색을 받는 모습이 아니었다. 특정한 쪽을 향해 줄줄이 방향을 틀 뿐이었다. 마치 신속한 교통 안내가 이뤄지는 현장 같았다. 뜻밖의 일이 벌어진 것은 다음 순간이었다. 경광봉을 흔들며 창문을 두드린 경찰은 그 경찰이 아니었다. 다만 귀찮은 일을 반복하고 있다는 표정으로 특정 방향을 가리켰다.

"거참, 여기서 주무시면 어떡합니까. 저기 저쪽에 설치된 임시 안내 표지판 보이시죠. 폭주 차량들이 14중 추돌사고를 낸 데다가 태풍으로 인해 고속도로가 전면 폐쇄될 예정입니다. 우측 톨게이트로 곧장 우회해주세요."

무전기 특유의 삐빅, 삐비빅, 하는 소리가 울렸다. 큰 목소리를 내어야 말이 전달되는 상황인 만큼 안내는 그것으로 끝이었다. 되돌아가는 경찰의 뒷모습을 동화는 멍하니 눈으로 좇았다.

언제 등장했는지 모를 만큼 빠른 퇴장이었다. 태풍이 검문검색의 우선순위를 뒤바꿔버린 게 분명했다. 어느 순간 건설 중장비가 현장에 합세했다. 거대한 크레인이 '부산'이라고 쓰인 글자를 매단 채 고개를 움직이고 있었다.

전화벨이 울렸다. 혜화의 휴대전화였다. 그런데 전화를 받아야 할 사람이 보이지 않았다. 조수석 문은 활짝 열린 채였다. 동화는 주위를 두리번거렸다. 도로 한편에서는 형광색 우의를 걸친 의경 몇 명이 비바람과 투쟁하듯 안내 표지판을 붙잡고 낑낑거렸다. 나머지 경찰들은 자신들이 타고 온 수송 차량에 급히 오르는 중이었다. 전원 철수 명령이 내려진 듯했다. 방송국 차량 역시 촬영을 종료하고 이동 준비를 하고 있었다.

다음 순간 익숙한 누군가가 도로 위에 나타났다. 한 걸음 두 걸음 앞으로 나아가는 품새가 심상치 않았다. 뭔가를 다짐한 것처럼 발걸음이 비장했다. 혜화였다. 정복을 입은 경관과 함께였다.

언제 어느 결에 저곳까지 이동한 것인지 알 수 없었다. 이미 일정

시간이 지난 모양으로 머리칼과 옷이 빗물에 흠뻑 젖은 채였다. 어깨는 축 처져 있었다. 경관과 대화를 나누는 분위기로 미루어보면 무슨 사고를 치려는 게 분명했다. 이미 그렇게 한 다음인지도 몰랐다.

쾅, 천둥소리가 울렸다. 의경들이 든 안내 표지판이 풍속에 휩쓸려 다른 쪽으로 쓰러졌다. 전선이 엉킨 나머지 스파크가 파팍 튀었다. 의경 한 명이 표지판과 같이 바닥을 나뒹굴었다. 상황을 파악한 다른 경찰들이 차에서 내리기 시작했다.

비바람을 맞으며 혜화는 홀로 서 있었다. 순찰차에 붙어서 자기 차례를 기다리는 듯했다. 위험하다. 안전하지 않다. 그 생각이 먼저 들었다.

전화벨은 계속 울렸다. 서울까지 되돌아가야 한다는 데 생각이 미치자 머릿속이 아뜩해졌다. 어머니와 형이 떠올랐다. 의뢰인과 로펌 대표 변호사의 얼굴이 생각났다. 혜화의 망설이는 눈빛이 망막에 어른거렸다. 깊숙한 홍채의 떨림, 미묘한 표정의 변화, 동그란 눈썹의 움직임, 다소곳한 광대와 이마의 흔들림.

만약 그녀를 좋아한다면, 좋아하게 됐다면, 그러면 어떻게 되는 것일까. 문득 그런 질문이 뇌리에 떠올랐다. 마치 인생에서 처음 맞닥뜨리는 난해한 수수께끼 같았다. 가슴 언저리에서 뜨거운 기운이 치솟았다. 좌석을 뒤로 젖혔다. 자세를 편히 잡았다. 그 순간 끊어졌던 전화벨이 다시 울렸다. 동화는 혜화의 휴대전화를 가만히 바라보았다. 전화 주인의 부재가 반복적으로 귀를 때리고 있었다.

갑작스러운 부산함 탓에 혜화는 정신을 차렸다. 어느덧 사방이 경찰이었다. 혜화의 눈빛을 읽은 경관은 안쪽에서 기다리라며 순찰차 뒷문을 열어주었다. 그러고 나서 재빨리 현장 쪽으로 다가섰다.

빗물에 젖은 경광등이 어지러운 조명을 흩뿌렸다. 순찰차의 문이 열리자마자 더럭 겁이 났다. 현장에서 무관한 존재는 혜화가 유일했다. 무엇을 어떻게 하면 좋을지 몰랐다. 처음 경찰서 앞에서 느꼈던 공포와는 또 다른 두려움이 밀려왔다. 그때는 혼자였고, 지금은 그렇지 않다는 점에서 특히 그랬다.

외면하려 애썼지만 자꾸만 걸어온 쪽으로 고개가 돌아갔다. 동화에게 미안했다. 모든 일이 중간 부분에서 황급히 잘려나갔다. 결국 그가 들인 노력과 시간은 아무런 결실을 보지 못했다. 되갚거나 보상해줄 길이 없다는 점이 혜화로서는 가장 아쉬웠다.

지금껏 보여준 성격대로라면 동화의 후회와 실망이 짐작되고도 남았다. 혜화의 빈자리를 향해 어쩌면 저주에 가까운 분노를 퍼붓고 있을지도 몰랐다. 사정을 설명한다면 상황이 좀 달라질까, 최소한 작별 인사 정도는 나눌 수 있지 않았을까. 두서없이 그런 생각이 차올랐다. 그때 그 시각 그 오피스텔에서 동화가 무엇을 보았는지도 궁금한 게 사실이었다.

누군가를 신고하고 싶다고 정복을 입은 경관에게 말한 다음이었지만 어쨌든 지금은 혼자였다. 일정 거리 내에는 아무도 없었다. 그렇다면 다시 돌아가지 못할 이유가 무엇인가. 옷 전체가 비에 젖은 데다

으슬으슬 몸이 떨리고 발목까지 다시 아파왔다. 안 돼! 더는 그만!

스스로에 대한 짜증이 치밀었다. 짜증이 지나쳐 눈시울이 붉어졌다. 어딘가에 고함을 내지르고 싶었다.

그 순간 한 떼의 빛 뭉텅이가 혜화의 얼굴 위로 쏟아졌다. 눈앞이 새하얘졌다. 잠시 정적이 이어졌다. 정신을 차리자 낯선 누군가가 마이크를 들이밀고 있었다.

"안녕하세요. 혹시 저희와 잠깐 인터뷰 가능하시겠습니까?"

얼굴에 내리쬐는 빛 무더기는 다름 아닌 방송용 조명이었다. 기상 캐스터 같은 여자가 서 있었다. 우비를 갖춰 입은 채 혜화를 바라보고 있었다.

"오시는 길 태풍 상황은 어떠셨나요? 시청자 여러분께 기상 상황을 전해드리는 중입니다."

비닐을 뒤집어쓴 카메라와 촬영 기자가 뒤를 지키고 서 있었다. 갑작스러운 일이었지만 모두 혜화의 대답을 기다리는 기색이었다. 머뭇거리는 와중에 눈에 들어오는 것은 문이 열린 순찰차뿐이었다.

다음 순간 엔진이 으르렁거리는 소리가 뒤따랐다. 순식간의 일이었다. 마치 혜화를 치받을 것처럼 자동차 한 대가 성큼 앞으로 다가섰다. 다른 차원에서의 등장처럼 갑작스러웠다. 멈춰 선 차에서 누군가가 내렸다. 혜화의 팔을 붙잡았다. 동화였다.

정신이 번쩍 들었다. 긴가민가 싶어 혜화는 좀 더 차분히 얼굴을 응시했다. 불가해한 감정이 솟구쳤다. 동화를 좀 더 오래, 더 자세히 바라보고 싶었다. 마치 입맞춤 직전인 것처럼 가슴이 콩닥였다.

하지만 상황을 더 복잡하게 만들어서는 곤란했다. 얼굴을 확인하자마자 혜화는 동화를 외면했다. 깊숙한 숨을 내쉰 후 재빨리 팔을 풀고 순찰차 안으로 들어서려 했다. 동화가 문짝을 착, 하고 부여잡았다.

"오나가나 이놈의 문짝이 문제네. 이대로 그냥 가면 어떻게 합니까. 전화기를 두고 갔잖아요. 벨 소리가 울려대는 통에 머리가 지끈거릴 지경이라고요. 나중에 그걸로 또 제 발목을 붙잡지 않는다는 보장이 어디 있나요. 계산할 것도 있잖아요. 안 그래요? 톨비, 기름값, 과속 범칙금. 또 부서진 문짝은 어떻게 하실 건가요. 이건 완벽히 재물 손괴와 사기 미수에 해당합니다. 당신 같은 여자는 정말이지 처음입니다. 지금까지 무슨 생각으로……."

동화가 소리쳤다. 눈빛이 마치 혜화의 몸이라도 들어 올릴 것처럼 강렬했다. 여하튼 이 남자는 성격이 분명하다, 입을 틀어막지 않는 한 도무지 말을 끊을 수가 없다, 하고 혜화는 생각했다. 비바람이 뼛속까지 스며들고 있었지만 살결을 타고 뜨거운 기운이 훅 치밀어 올랐다. 온몸이 데워지고 있었다.

뒤늦게 모습을 나타낸 경관이 무슨 일인가 하고 혜화와 동화를 들여다보았다. 주위의 시끌벅적한 사태에 비추어 본다면 투명한 막 하나를 사이에 둔 것처럼 이질적인 장면이었다.

사막의 오아시스, 해안에서 동떨어진 하나의 섬, 영화나 드라마에서도 다시없을 로맨틱한 구도였다. 비가 내리고 바람이 부는 가운데 한 남자와 한 여자가 마주 보고 있다.

조금만 몸을 움직여도 서로에게 안길 듯 거리는 가깝다. 한 걸음 내지는 반걸음 사이다. 카메라와 조명이 그들을 뜨겁게 비추고 있다. 두 사람 모두 젊고 어여쁘다. 마치 애정 싸움을 하는 것처럼 서로의 눈빛이 뜨겁다.

상황은 둘 중 하나다. 여자는 이별을 고하고, 남자가 매달린다. 혹은 남자는 고백하고, 여자가 망설인다.

방송팀에 이어서 무리 지어 이동하던 다른 경찰까지 하나둘 합세했다. 긴급한 철수가 아쉬웠던 참에 그것은 좋은 구경거리였다. 아무래도 조명과 카메라가 결정적인 역할을 한 듯했다. 의경들이 탄 버스에서는 때아닌 환호성이 터졌다. 머리를 다친 줄 알았던 의경이 소란스러운 분위기에 가장 앞장 서 있었다.

태풍이 휘몰아치는 일촉즉발의 위기 속에서 이상스러운 공감대가 만들어졌다. 모두 한편의 연애 프로그램, 영화 속 극적인 조우를 바라보듯 눈앞에서 벌어지는 상황에 열중했다. 하지만 단 한 사람, 순찰차까지 혜화와 동행했던 경관의 태도는 달랐다. 마지막 해후까지 그들을 기다려줄 의사는 없는 듯 시선이 냉정했다. 동화와 혜화 모두 필요 이상으로 시간을 지체하고 있다는 사실을 간과하고 있었다.

혜화의 머릿속은 가물가물했다. 동화는 방금 자신이 무슨 일을 저질렀는지, 이러한 선택의 의미가 무엇인지 결코 알지 못하리라고 판단했다. 혜화로서는 공연 중에나 느끼는 낯선 감정에 몸을 떨었다. 애타는 가슴, 눈앞의 사람에게 향하는 반가움과 호감을 내면 어딘가에 꼭 붙들어 매야 했다. 이제 동화와 헤어지기가 불가능했다.

그것이 오늘 처음 만난 사이에 가당키나 한 걸까. 지나치게 뜬금없는 전개는 아닐까. 이럴 때 누군가와 상의할 수 있었다면 얼마나 좋을까. 어디선가 익숙한 멜로디가 들려왔다. 전화벨이 울리고 있었다.

알 수 없는 일이었다. 혜화는 선뜻 자동차에 올랐다. 다른 이유는 전혀 없었다. 우선 전화를 받았으면 해서였다. 통화야말로 일평생 의지해온 몇 안 되는 의지처 중의 하나였다. 엄마일 수도 있었고, 친구래도 좋았다.

"몇 번 전화한 줄 알아? 전화가 왜 이리 안 돼. 그사이에 약속이 취소됐어. 내 말 듣고 있어? 어디야? 지금 해운대가 태풍 때문에 난리가 났대. 글쎄, 바닷물이 넘쳤다는 거야. 해변에 자리 잡은 호텔들까지 모조리 수해를 입었대. 여보세요, 무슨 말인지 알아? 그런데 약속이 깨어진 건 아니야. 믿기지 않지만 감독님과 직접 통화했어. 아, 통화만으로도 얼마나 환상적이던지. 이번 영화에 널 꼭 캐스팅하고 싶으시대. 좋은 소식은 그것뿐이 아니야. 제작자와도 통화했는데, 앞으로 우리 극단 동료들 프로필을 마음껏 보내도 된대. 오디션은 물론이고 출연 기회를 얼마든지 주고 싶다는 거야. 그러니까 내일 아침 7시에 해운대역에서……."

친구에게서 걸려온 전화였다. 손가락 사이로 스르르 전화가 떨어졌다. 더 이상의 응대는 불가능했다. 모든 긴장의 끈이 풀렸다. 친구의 마지막 말이 잔상처럼 이어졌다.

"그런데, 얘. 아까 전화받은 그 남자 대체 누구야?"

뒤늦게 폭주 단속 차량이 현장에 도착했다. 먼저 모습을 나타낸 것은 사라진 줄로만 알았던 선글라스 경찰이었다. 차에서 내리는 자세가 완강했다. 독 안에 든 쥐를 향해 걸어가듯 걸음이 빨랐다.

다음의 구경거리 또한 놓칠 수 없다는 듯 더 많은 경찰이 혜화와 동화에게 몰려들었다. 순찰차를 비롯한 여타의 시설물들이 그들을 중심으로 재배치되고 있었다.

정신없는 와중에도 차적 및 신원 조회가 이루어졌다. 사실을 전달받은 누군가가 해당 경관에게 현재 혜화와 동화가 처한 상황을 보고했다. 폭주 사고, 카드 도용, 차량 절도, 변호사 사칭, 경찰을 매달고 도주, 동승자 납치 의심, 긴급 수배. 도로 위에서 일어날 법한 대부분의 범법 사항이 포함된 내용이었다.

경관은 그 즉시 신고할 사람이 있다던 혜화의 말을 떠올렸다. 눈앞에서 영화의 한 장면을 연출하고 있던 두 사람은 연인이기는커녕 범죄자와 인질에 지나지 않았다. 그 사실을 깨닫자마자 번쩍, 하고 하늘에서 번개가 내리쳤다. 범죄자와 인질범을 향해 다가서는 선글라스 경찰의 눈빛 또한 타오르듯 이글거리고 있었다.

동화는 주위 상황에 전혀 개의치 않고 있었다. 신경 쓰이는 유일한 존재는 혜화밖에 없었다. 그녀를 설득한다면 다른 모든 일 또한 수월히 풀릴 것 같았다. 지금껏 자신 이외의 다른 누군가를 위해본 기억은 없었다.

시험과 평가가 전부인 기계적인 삶에는 늘 소중한 무언가가 빠져 있었다. 위험을 감수하기는커녕 무엇 하나 벗어던진 적이 없다. 조수석에 올라 혜화가 전화기를 든 순간 모든 것이 출발점으로 돌아왔다고 동화는 판단했다.

그녀를 위해, 또한 자신을 위해 할 수 있는 분명한 일 하나가 아직 남아 있었다. 마지막 힘을 다해 해운대에 도달하면 그만이었다. 누가 어떻게 막아서든 모조리 물리쳐버릴 생각이었다.

운전석에 올랐을 때야 주위 상황이 시야에 들어오기 시작했다. 눈동자가 따가웠다. 호흡을 길게 내쉬어야 했다. 피아노 건반처럼 연속적인 파랗고 붉은 불빛이 앞을 가득 메우고 있었다. 순찰차의 도열이 도로를 빈틈없이 막아선 상태, 갓길 옆으로 고작 경차 한 대 정도 지나갈 여유가 보이긴 했지만 그 또한 바리케이드에 가려져 있었다.

그런데도 동화는 시동을 걸었다. 갑자기 이 모든 포위망을 뚫어낼 수 있으리라는 자신감이 샘솟았다. 그것은 누군가를 진정 갈망하게 되는 순간 일어나는 절실한 감정 같은 것인지도 몰랐다.

결정을 내리기까지 오랜 시간이 걸리지 않았다. 동화는 어린 시절 신나게 범퍼카를 들이밀던 놀이동산의 추억을 떠올렸다. 현재 상황에 비추어 본다면 순찰차 또한 길을 막아선 하나의 범퍼카에 지나지 않았다.

하지만 조수석의 혜화가 곧바로 눈에 들어왔다. 멍한 눈빛으로 앞을 응시하는 모습은 무방비 상태와 다름없었다. 내쉬는 호흡마저 달큼하게 다가오고 있었다. 역시 그녀뿐만 아니라 누군가를 다치게 하지 않는 것을 최우선으로 고려해야 했다.

순간 하늘이 대낮처럼 밝게 타올랐다. 번개였다. 전과는 비교할 수 없는 격렬한 번쩍임이 주위를 드넓게 수놓았다. 절로 눈이 감겼다. 눈을 뜨자 뭔가가 낯설어졌다.

그들을 제지할 경찰의 모습이 보이지 않았다. 전원이 끊어진 것처럼 모든 것이 새카만 어둠 속으로 픽 빨려 들어갔다.

'부산'이라는 글자를 매단 표지판이 강풍에 휩쓸려 바닥에 나뒹굴었다. 동시에 길을 막은 시설물들까지 한쪽으로 고꾸라졌다.

기회가 왔다고 동화는 생각했다. 모두가 혼란한 그 틈을 타야 했다. 전조등을 켜자 차 앞쪽이 부분적으로 밝아졌다. 액셀을 밟으려는데 어떤 형체가 눈에 띄었다. 모든 난리 통에도 불구하고 선글라스 경찰이 차 앞을 가로막고 서 있었다.

넘어질 때의 영향인지 얼굴 한쪽이 상처로 붉게 돋아났다. 모자는 벗겨지고 웃옷 자락은 찢어져 바람에 나풀거렸다. 가슴 앞쪽에 검은 물체 하나를 내세운 자세마저 범상치 않았다. 물체의 굽은 모양이 마치 총을 연상시켰다. 타앙, 하는 기이한 소리가 곧바로 울려 퍼졌다. 무슨 일을 저지르려는 거지? 동화와 혜화의 입이 벌어졌다. 진짜 총이었다.

영화 속에서나 일어날 법한 비현실적인 일에 가까웠지만 이번에는 혜화와 동화의 정면으로 총구가 들이밀어졌다. 경고 사격이 끝났으니 이제 선택을 내리라는 메시지 같았다. 공포탄까지다, 설마 사람을 향해 실탄을 쏠 수는 없을 것이다, 하고 동화는 단정했다.

선글라스가 정신 나간 상태가 아니라면. 홀로 미치지 않고서야. 타아앙. 그 생각을 비웃기라도 하듯 곧바로 다음 총성이 이어졌다. 피슝. 총알이 금속을 뚫고 지나가는 소리가 뒤따랐다.

순간 동화의 호흡이 막혔다. 총격 때문이 아니었다. 갑자기 부드러운 무게가 무릎과 어깨 위에 얹혔다. 생각하기도 전에 몸이 먼저 반응했다. 심장이 두방망이질 치기 시작했다. 혜화가 앞을 가로막고 있었다. 생수통이 밀려들 때와 마찬가지로, 혹은 그 반대로 운전을 하는 동화에게 자신의 몸을 포갠 것이었다.

"이건 신경 쓰지 말고 운전에 집중하세요."

혜화가 동화의 귓바퀴에 입을 대고 말을 이었다. 이번에는 하체까지 운전석으로 온전히 옮긴 상태였다. 총알이 지나갈 수 있는 위험 면적을 줄이는 동시에 운전 중인 동화를 보호하기 위해 선택을 내린 듯했다. 단순히 겁을 먹은 것인지도 몰랐다.

또 한 번 번개가 내리쳤다. 삽시간에 사방이 밝아졌다. 동화는 앞으로 나아가는 대신 뒤쪽으로 차를 빼냈다. 그런 다음 곧바로 가드레일 쪽을 향해 방향을 틀었다. 혜화에게 곁에 더 바짝 붙어달라고 한 후 서로의 몸을 하나의 안전벨트로 동여맸다. 그리고 차체 옆쪽을 가드레일에 마구 긁어대기 시작했다. 금속이 찌그러지는 소리와 함께 스파크가 파팍, 튀었다. 한 발, 두 발, 세 발. 총성이 다시 울렸다. 망설일 것 없이 속도를 높였다.

가드레일과의 밀착이 차체의 너비를 조금쯤 변모시켰다. 길이 한층 넓어졌다. 총알이 떨어지자 선글라스 경찰이 분을 이기지 못하고 운전석을 향해 총을 내던졌다. 열린 문을 타고 들어와 차 안 어딘가에 권총이 떨어졌다.

동화와 혜화의 몸이 함께 흔들렸다. 결국 끝자락의 순찰차를 비켜나는 데 간신히 성공했다. 빈틈에 들어선 바리케이드는 한쪽으로 거꾸러져 있었으니 차체의 힘으로 밀어버리면 그만이었다. 어서 현장을 벗어나야 했다.

선글라스 경찰을 제외한 뒤쪽의 순찰차들은 아직 우왕좌왕하는 중이었다. 엉망진창이 된 현장을 정리하고 쓰러진 동료들의 상태를 살피는 일이 우선인 듯했다. 그러나 상황이 재정비되는 것은 시간문제였다.

이제 남은 것은 톨게이트 입구뿐이었다. 모든 차단기가 내려지고 있었다. 속도를 높여 그 또한 밀어붙이거나 부숴버릴 작정이었지만 뜻대로 되지 않았다. 어찌 된 일인지 차단기는 꿈쩍조차 하지 않았다. 뒤쪽으로 적당히 물러선 위치에서 다시 속력을 높여보아도 아무런 소용이 없었다. 한 번, 두 번, 세 번. 결과는 마찬가지였다. 네 번째, 다섯 번째도 다르지 않았다.

문득 한 가지 방법이 떠올랐다. 통행료를 지불하면 뭔가 달라지지 않을까. 누구라도 불러내고 싶었지만 톨게이트 창구 직원은 보이지 않았다. 동화는 하이패스 전용 카드를 정산 기기에 대어보았다. 빗물 탓에 카드가 제대로 반응하지 않았다.

차에서 내려 요금 정산소 안으로 들어갔다. 카드를 내부 기기에 가져다 댄 후 올림 단추를 찾아내 손가락을 뻗었다. 성공이었다. 차단기가 올라갔다. 뒤쪽에서 엔진 소음과 함께 사이렌 소리가 들려오기 시작했다. 그러나 눈앞은 망망대해처럼 텅 비어 있었다. 넓디넓은 도로를 향해 동화는 속도를 드높였다.

21

총알이 스치는 소리가 아직 동화의 귓가에 생생했다. 총격이라니. 눈앞에서 일어난 일이었지만 도무지 실감이 나지 않았다. 가슴과 팔 언저리에 혜화의 온기가 남아 있었다. 혹시 그 때문일까. 갑자기 혜화가 다쳤을지 모른다는 강한 의구심이 들었다.

운전석으로 몸을 포개왔을 때 이미 한차례의 총격이 있은 다음이었으니, 설마 그녀가 총상을 입은 걸까. 그러자 몹시 견딜 수 없는 상태가 됐다. 고개를 돌려 혜화의 안부를 물으려는 찰나 또 한 번 번개가 내리쳐 사방을 환하게 밝혔다. 혜화는 아무렇지 않은 표정으로 앞을 바라보고 있었다.

길은 곧바로 국도 변으로 이어졌다. 순간 어떤 냄새가 코끝으로 훅 밀려들었다. 미간을 찌푸리게 할 만큼 강한 향기였다. 무슨 냄새지? 판단하기도 전에 뭔가가 눈에 띄었다. 가까운 곳이었다.

계기판의 움직임이 조금 이상했다. 기름 표시기 눈금이 초침처럼 빠르게 떨어져 내리고 있었다. 아뿔싸. 동화는 머리를 절레절레 휘저었다. 점점 넓게 퍼지는 냄새는 아무래도 휘발유 그것이었다. 총알이 관통한 곳이 기름통이라는 의미였다.

혜화가 안전하다는 사실에 우선 안도했지만 자동차가 멈춰 서는 것은 시간문제였다. 심지어 차체가 폭발하는 사태가 일어날 수도 있었다. 바야흐로 약속 장소만을 남겨둔 상황이었다. 이미 한참 늦어버린, 정시 정각이 아니어도 괜찮을 가능성 하나에 매달릴 수밖에 없는 이때, 왜 하필.

그러나 문제는 그것만이 아니었다. 내비게이션이 반복적으로 경로 이탈을 알려왔다. 금세 도심에 들어서리라는 예측과 달리 배경은 점점 변두리에 가까워지고 있었다. 들판과 야산이 늘어나는가 하면, 1차선으로 도로의 폭 또한 줄어들었다.

가로등 불이 꺼진 깜깜한 도로 위에서는 어디가 경계선인지조차 쉽게 구분되지 않았다. 표지판을 살피는 일 자체가 불가능했다. 경찰의 추격 외 다른 문제는 생각하지 않은 게 탈이라면 탈이었다. 이런 식의 난관은 한참 예측 밖이었다.

무엇보다 이전부터 우려하고 있던 결정적인 문제가 남은 상황이었다. 기어코 떨어져 나간 조수석 문짝 탓에 혜화 옆은 낭떠러지와 다름없었다. 휑하게 비어 있는 공간을 통해 바깥 공기가 고스란히 밀려오고 밀려 나가고 있었다.

정작 혜화는 그런 건 걱정하고 있지 않았다. 생각은 엉뚱한 곳을 맴도는 중이었다. 지금과 같은 상황에서 얼토당토않은 감각이 온몸을 휘감았다. 꼬르륵. 배 속에서 소리가 울렸다.

난데없이 배를 졸이다니. 스스로가 한심했다. 이제 경찰을 적으로 내몬 상황이었다. 무모하게 저지른 일들을 어떻게 감당해야 할지를 고민하는 게 우선인 시점이었다.

그런 생각을 비웃기라도 하듯 같은 소리가 연이어 울려 퍼졌다. 꼬르륵, 꼬르륵. 혀 밑으로 침이 샘솟았다.

혜화는 언뜻 친구와의 통화를 떠올렸다. 감독님에게 전화를 받았다는 친구의 말을 거의 흘려들었었다. 하지만 아침 7시로 약속이 미루어진 것은 분명했다. 결국 그사이 시간이 텅 비게 된 셈이었다. 잠깐, 하고 혜화는 호흡을 가다듬었다. 그렇다면 지금 향하고 있는 곳은 어디인 걸까. 호텔까지 바닷물이 밀려들었다니 목적지는 이미 사라진 것이 아닌가.

순간 아직 동화가 그 소식을 듣지 못했다는 사실을 혜화는 깨달았다. 왜 그가 통화 내용을 미리 알고 있을 거라 지레짐작했을까. 총알이 난무하는 와중에 서로 협력하는 사이가 돼버렸으니 뭐든 공유하고 있다는 착각이 든 것일까.

도로는 어두웠고 내비게이션이 경로 이탈을 반복해서 외쳐댔다. 앞을 주시하고 있는 동화가 무슨 생각을 곱씹고 있는지 혜화로서는 알 수 없었다. 선뜻 말을 걸기가 어려웠다. 더욱이 갑작스레 몸을 포개었던 것이 마음에 걸렸다.

동화가 그 행동을 어떻게 받아들였을지 불안했다. 정녕 동화를 보호하고 싶었던 걸까. 차의 흔들림에 따라 동화 쪽으로 신체의 중심이 기울었고, 이후에는 그저 이끌리는 대로 몸을 움직였을 뿐이었다.

평소의 우유부단함이나 망설임은 씻은 듯이 사라지고 새로운 제3의 자아, 좀 더 과감하고 용기 있는 인물이 제 안에서 부각되고 있는 것은 분명했다. 이 길 위에 선 이후로, 나아가 동화를 만난 전후로 다른 사람이 되어버린 듯했다. 온기가 남은 가슴은 아직 뜨거웠다.

자동차가 곡선 주로에 접어들자 몸이 다시 한쪽으로 기울었다. 무심결에 손잡이를 향해 팔을 내뻗었다. 하지만 아무것도 만져지지 않았다. 차량 밖으로 더럭 몸이 내려앉았다. 바닥을 스치고 올라온 사나운 바람이 얼굴을 때렸다.

동화가 오른손을 내뻗어 혜화의 왼팔을 붙잡았다. 아찔한 순간이었다. 가까스로 중심을 되돌렸다. 더는 망설이면 곤란했다. 어떻게 말해야 할까. 입을 여는 순간 눈앞의 세계가 푹 꺼져버리는 것은 아닐까. 여기까지 함께한 모든 것이 곧바로 사라지지는 않을까. 동화와 헤어지게 되면 또 어떻게 해야 할까. 어디로 향하면 좋을까.

가까스로 입가에 힘을 주었다. 말을 꺼내려는 순간 갑자기 차가 뒤흔들렸다. 바람 빠진 고무풍선이 따로 없었다. 덜덜덜, 경운기처럼 차체가 떨리면서 급격하게 속도가 줄어들었다. 반대로 몸은 점점 긴장으로 굳어갔다. 그제야 혜화는 코끝으로 밀려드는 휘발유 냄새를 맡았다. 그리고 모든 것이 정지되었다.

캄캄했다. 여기가 어딘지 아무런 감이 없었다. 주위에는 무엇 하나 보이지 않았다. 확실한 것은 자동차가 멈췄다는 사실 하나였다. 실내 등이 자동으로 켜졌다. 둘은 서로를 바라보았다.

"저기, 사실 약속이 취소됐어요."

혜화는 재빨리 말을 이었다. 자신부터 안심시키기 위한 말이기도 했다.

눈앞에 보이는 것이라고는 들판과 야산이 전부였다. 조금 떨어진 곳에서 흔하디흔한 버스 팻말 하나가 목이 기울어진 채 바람에 흔들 릴 뿐이었다. 대피할 곳을 찾으려는 시도는 애초에 접어두어야 했다.

동화는 반복적으로 시동을 걸어대고 있었다. 무척 화가 난 사람처 럼 몸짓이 격렬했다. 기름이 떨어진 이상 다시 시동이 걸릴 리가 만 무했지만 언제까지고 같은 행동을 반복할 것처럼 보였다. 비어 있는 공간, 들떠버린 시간 속에 남은 것은 혜화와 동화 단둘이었다. 꼬르 륵. 다시 한번 혜화의 배 속에서 시계가 울렸다.

꼬르륵. 그 소리에 동화는 정신을 차렸다. 귀가 쫑긋 설 만큼 자극 적인 소리였다. 시동을 거는 일을 곧바로 멈췄다. 꼬르륵. 동화의 배 속에서도 같은 소리가 울렸다. 동시에 급격한 굶주림이 온몸을 휘감 았다.

배를 움켜쥐고 차 안을 살펴보았다. 바깥쪽도 두리번거렸다. 주위에 인가는커녕 그 흔한 편의점조차 보이지 않았다. 꼬르륵, 다시 꼬르륵. 난감한 시간이 흘렀다.

혜화가 전한 대로라면 아침 7시로 시각이 미뤄졌을 뿐 약속이 완전히 취소되지는 않은 상황이었다. 육체적, 심리적 안정이 필요한 사람은 자신이 아니었다. 그때까지 컨디션을 회복해야 할 사람은 다름 아닌 그녀였다.

동화는 그제야 뭔가를 떠올렸다. 캠핑 장비였다. 집에 보관하기 힘든 장비들이 차 뒷좌석과 트렁크에 실려 있었다. 거기에 비상식량이 옵션으로 포함되었을지도 몰랐다. 기름이 떨어졌으니 자체 배터리의 전원도 머지않아 꺼질 것이다. 서둘러야 했다. 우선 랜턴부터 확보해야 한다.

작은 방이던 공간은 좁은 동굴이 됐다. 입구가 열린 만큼 언제 어떻게 비바람이 몰아쳐 차량 내부를 엉망진창으로 만들지 알 수 없었다. 아무튼 횡재한 느낌이었다. 달리 생각 없이 구매해뒀던 캠핑용품들이 제 위력을 발휘했다. 이 여정에서 최초로 동화의 얼굴에 가득한 미소가 피어올랐다.

초콜릿, 에너지 바, 물만 부으면 곧바로 취식이 가능한 특수 식량. 숨겨진 보물이라 해야 할 만큼 극적인 발견이었다.

문이 떨어져 나간 자리에 2인용 텐트를 덧대어보았다. 억지로 연결해보니 땜질이 빈약했지만 어느 정도는 공간에 들어맞았다. 이제 다

종다양한 장비를 활용할 때였다.

　이윽고 자동차 배터리가 나갔다. 차 안은 완전한 어둠에 잠겼다. 동화와 혜화는 자리를 넓힌 차 안에 어설프게 마주 앉아 있었다. 텐트의 천과 폴대가 문짝 역할을 대신했다. 그것으로 당분간은 임시 공간이 안전하게 유지될 것이었다.

　천천히 랜턴을 밝혔다. 혜화의 얼굴이 빛의 테두리 안으로 환하게 들어왔다. 십수 년 만에 되찾은 단짝을 마주한 것처럼 미소가 완연했다. 물을 붓자마자 화학처리 된 특수 식량이 비닐 팩 안에서 보글보글 끓기 시작했다. 김이 올라와 차 안을 하얗게 휘저었다. 둘은 자장과 카레 하나씩을 든 채 끓는 물을 가만히 바라보았다.

　혜화는 동화가 하는 양을 지켜보았다. 꼬르륵. 처음에는 배 속 소리가 창피스럽기만 했다. 어디까지나 낯선 남녀 사이였다. 조금도 배가 고프지 않다고 주장할 참이었다. 그러나 갑작스럽게 등장한 캠핑용품이 많은 것을 뒤바꿔버렸다.

　침낭이며, 방수 패드, 산소 흡입기, 밧줄, 망원경, 낚싯대, 버너와 다기능 드라이버 등 제품 행렬은 끝이 없었다. 전동 휠과 전동 킥보드, 스노클링 제품, 휴대용 산소통과 구명조끼까지 구비돼 있었다. 많은 양의 장비가 위급한 상황에 대처해나갈 수 있을지 모른다는 안정을 주었다.

　혜화는 안도의 한숨을 내쉬었다. 알 수 없는 그림자가 차 안에 드리운 것은 바로 그때였다. 그림자의 움직임은 제법 격렬했다. 모양이 무슨 생명체 같았다. 급기야 그 움직임이 문을 막은 텐트 천을 들추었다. 놀라웠다. 날갯짓을 파닥이는 그것은 한 마리 새였다. 은신처가 필요했을까. 비바람을 타고 우연히 여기까지 날아오게 된 것일까.

그새 새가 차 안으로 들어왔다. 동화와 혜화는 서로를 바라보았다. 살아 움직이는 진짜 새라니. 보면서도 쉽사리 믿기지 않았다. 난데없는 일이었다. 웃음이 흘렀다. 피난처를 찾기로는 누구와 다를 바가 없는 듯했다.

곧이어 또 다른 새 한 마리가 등장했다. 새초롬한 눈으로 차 안을 훑어보았다. 혜화와 동화를 거쳐서 먼젓번의 새에게 시선이 가닿았다. 아는 사이인 게 분명했다. 만나자마자 황금빛의 깃털을 서로에게 비비는 꼴이 제법 가관이었다. 이런 상황에서 저렇게 적극적으로 친밀감을 드러내다니. 잠시 차 안이 새들의 둥지가 된 것 같았다.

혜화와 동화의 뺨이 붉게 물들어갔다. 맛있게 드세요, 해야 할까. 자, 먹어요, 혹은 어서 먹읍시다, 할까. 동화는 고민했다. 하지만 새들의 등장이 무슨 신호인 것 같았다. 혜화가 에너지 바를 손으로 자잘하게 만들었다.

얼마 지나지 않아 혜화가 손바닥 위에 올려둔 종류별 곡물을 새들이 부리 안으로 가져갔다. 동화 역시 비상식량을 입안에 털어 넣었다. 쩝쩝, 냠냠, 후루룩. 먹고 마시고 씹는 소리가 서로의 귀를 자극했다.

혜화도 뒤따라 일회용 수저를 들었다. 음식의 뜨거운 열기가 가슴 깊숙한 곳으로 곧장 내리꽂혔다. 알 수 없는 기쁨이, 부드러운 만족이 서로의 얼굴에 어렸다. 새들도 지저귐 속에서 먹이를 바쁘게 쪼아대고 있었다.

금빛 새 두 마리와 함께하는 어느 이름 모를 국도 변의 고장 난 차 안 풍경. 연극 무대에서나 마주칠 비현실적인 모습. 광활한 검은 화폭에 점 찍힌 단 하나의 밝은 불빛. 바깥에는 여전히 태풍이 몰아치고 있었다.

천천히, 꼭꼭. 다시 꼭꼭. 혜화와 동화는 에너지를 제 안으로 받아들였다. 그러는 동안 자연스레 포만감이 차올랐다. 이미 첫술을 넘기는 와중에 눈이 감겨오고 있었다. 정신 차리자, 잠들면 안 돼, 하고 혜화는 되뇌었다.

하지만 그녀가 오늘 밟아온 과정은 결코 호락호락하지 않은 것이었다. 온기가 혈관을 타고 돌며 몸을 녹여대고 있었다. 비록 비바람이 후두둑 차체를 때려대고, 열린 틈을 막아선 텐트의 천이 휘리릭 흔들리는 와중이었대도 차 안은 조용하고 아늑했다. 집에 가까워진 기분이었다.

동화는 잠을 청하는 혜화 곁을 지켰다. 문에 덧댄 텐트 천이 언제 떨어져 나갈지 몰랐다. 딱히 다른 할 일이 있는 것도 아니었다. 피곤했지만 이상스럽게 머릿속이 맑아졌다. 이 여정은 물론이고 지금까지 거쳐온 모든 나날이 지금의 시간 속에 무게를 내려놓고 자신을 쉬어가게 한다는 느낌마저 들었다. 그러니 그녀가 좀 더 편히 잠들 수 있도록 곁을 지켜야 했다.

왜? 역시 혜화가 자신에게 분명한 존재가 되어버린 탓일까. 하지만 그것만으로 모든 것이 설명되지는 않았다. 오늘 동화가 저지른 선택과 행동 대부분은 스스로도 이해할 수 없는 성질의 것이었다.

가꾸고 지켜온 것들 대부분이 단 몇 시간 안에 온전히 다른 모습으로 탈바꿈되고 있었다. 어쩌면 혜화에게 자기의 일부를 이입하게 된 순간부터였는지 몰랐다. 어떤 특별한 관계가 시작된 것이다.

동화는 좌석 등받이를 뒤쪽으로 조심스레 기울인 다음 혜화를 바라보았다. 호흡에 따라 티셔츠가 부풀어 올랐다 내려앉고 있었다. 따뜻한 음식 탓인지 눈을 감은 얼굴은 제법 붉은 편이었다. 뺨은 상기됐고 목 언저리에는 땀이 배어 있었다.

미미한 숨소리가 규칙적으로 차 안에 퍼졌다. 이제 깊은 잠에 빠져든 것일까. 동화는 랜턴의 빛을 혜화 반대편으로 조심스레 옮겼다. 빛에 노출된 금빛 새들이 화들짝 놀라 몇 번 날갯짓을 하다 이내 랜턴을 꺼뜨렸다.

어둠은 한층 진해졌지만 불안한 기분이 들지는 않았다. 오히려 마음이 충만했다. 키가 자란 느낌이었고 몸이 튼튼해진 기분이었다. 동화에게도 포만감이 찾아들었다. 가슴에서 시작된 온기가 온몸을 타고 손끝, 발끝까지 전해졌다. 머릿속이 가물가물해졌다. 눈꺼풀이 무거워졌다. 잠이 드는 것은 시간문제 같았다.

추웠다. 눈앞에 아른거리는 것은 장미였다. 텐트 천을 뚫고 검은 얼굴이 불쑥 튀어나왔다. 이마에 장미 이파리가 더덕더덕 붙어 있었다. 비명을 내지르며 혜화는 깨어났다. 몽중의 일인지 실제로 깨어난 것인지 알 수 없었다.

눈을 치떠서 검은 얼굴이 있던 쪽을 바라보고 싶었지만 엄두가 나질 않았다. 자칫 잘못 고개를 돌리는 순간 끔찍한 재앙이 다시 시작될 것 같았다. 새들의 모습이 보이지 않는 것부터 불안했다.

이렇게 추운 곳에서 생명체가 버티는 것은 불가능했다. 한밤중, 기온이 뚝 떨어진 차 안은 냉장고나 다름없었다. 바깥은 고요했다. 천둥도, 번개도, 비바람도, 나뭇가지의 흔들림도, 차량의 삐걱거림도 모두 다 정지된 채였다. 스산한 달빛과 미미한 별빛이 창가에 내려앉아 기묘한 빛깔로 얼룩졌다.

오들오들, 온몸이 사시나무처럼 떨렸다. 피부를 타고 격렬한 소름이 돋아났다. 내쉬는 호흡이 자기의 숨이 아닌 것처럼 서늘했다. 배 속의 따뜻한 기운은 온데간데없이 사라지고 마치 독감에 걸린 양 지독한 오한이 전신을 휘감았다. 오직 한 곳, 혜화의 어깨 위를 다잡은 무게만이 따스함을 발했다.

그 온기만이 혜화에게 안정을 주었다. 이곳이 현실이며 자신이 잠자리에서 멀리 있지 않다는 감각을 일깨웠다. 혜화는 지푸라기를 부여잡으려는 듯 어깨 위쪽으로 손을 내밀었다. 만져지는 모양은 다름 아닌 또 다른 손이었다.

살결이 익숙했다. 동화일까. 어쨌든 추위를 이겨낼 길은 하나였다. 혜화는 그 손을 마구 어루만져댔다. 뜻밖에도 양쪽 손 모두 차가웠다. 온기가 차오를 때까지 혜화는 꼭 쥔 손을 놓지 않았다. 데워지는 것이 제 손인지 어깨 위의 손인지 알 수 없었다.

자장, 자장, 우리 아가. 누구의 입에서 나왔는지 모를 멜로디가 흘렀다. 손으로부터 시작된 따사로운 에너지가 온몸을 통해 퍼져나갔다. 바로 그때 누군가가 또 한 번 비명을 내질렀다. 이번에는 혜화 안에서 터진 소리가 분명 아니었다.

자장, 자장, 자장. 다른 몸이 한 몸을 격렬히 부여잡았다. 안전하다. 이렇게 함께 있는 한 이 시간을 무사히 넘어갈 수 있다. 그런 확신에 찬 몸짓이었다. 어느 순간 차가운 살결과 차가운 살결이 부드럽게 닿았다.

꼭 안고 있는 외에 추위를 버텨낼 다른 방법은 없다는 듯이 어깨와 어깨가, 가슴과 가슴이, 허리와 허리가, 아랫배, 겨드랑이, 무릎과 무릎, 쇄골과 혀끝, 다리와 다리가 얽혀 들었다. 자장, 자장, 자장. 같은 멜로디가 뒤따랐다. 손끝과 손끝이, 발끝과 발끝이, 이마와 이마가, 입술과 입술이 맞부딪쳤다. 온기는 열기로 뒤바뀌었다. 포근했다. 더 이상 포근할 수 없을 만큼 포근했다.

입 밖으로 어떤 함성이 터져 나왔다. 육체가 산산이 해체되어 다시금 재창조되고 있었다. 영혼의 밑바닥이 일시에 뒤집혔다. 전 존재가 뿌리째 뒤흔들렸다. 알 수 없는 물기가 눈에서 비어져 나왔다. 입가를 타고 흐르는 눈물이 너무도 달았다. 아아, 지금 이 순간 서로가 아니었더라면…….

　머릿속은 점점 아뜩해져갔다. 동시에 두려움이 엄습했다. 무엇이 두려운 것인지 알 수 없었지만 손끝은 떨렸고, 머리칼이 쭈뼛 섰다. 다시는 이전과 같아질 수 없으리라는 사실은 분명했다. 여전히 주위는 어두웠다. 어느 순간 큰 충격이 대기를 뜯어댔다. 천둥이었다.

　태풍의 눈이 물러간 것일까. 거센 폭풍우의 조짐처럼 구름이 요동치기 시작했다. 곧이어 차체가 삐걱거렸다. 온몸이 뒤흔들렸다. 동화와 혜화는 감은 눈을 얼핏 떠보았다. 비바람 속에서 번개가 번쩍였다. 다시 혼곤한 잠 속으로 빠져들 때까지 서로의 환한 얼굴을 바라보았다.

22

새벽 햇살이 잠을 깨웠다. 오랜 겨울잠에서 깨어난 것처럼 머릿속이 해맑았다. 주위는 낯설었다. 무심결에 히터 스위치를 돌렸지만 아무런 반향이 없었다. 당연했다. 기름 자체가 떨어졌으니 애초에 히터를 데우는 것이 불가능했다. 간밤 내내 그랬으리라는 데 생각이 미쳤다. 하지만 추운 감은 전혀 없었다. 가뿐한 몸이 그 사실을 다시 말해주었다. 시간이 어떻게 지나갔던 것일까.

제법 익숙해진 간지러움이 한차례 동화의 가슴께를 스치고 지나갔다. 목덜미와 머리칼까지 곧바로 훈훈함이 전해졌다. 몸의 마디마디마다 차오르는 뜨거움, 품에 안겨 있는 존재를 의식하지 않기 어려웠다. 역시 간밤의 일은 꿈이나 환상이 아니었다.

동화는 차오르는 눈꺼풀을 가까스로 다잡아 내렸다. 이 모든 것이 증발해버리지는 않을지. 지금의 떨리는 느낌과 감각을 다스려야만

했다. 두 눈을 온전히 떠버리는 순간 마법이 깨어질 것만 같았다. 이토록 뜨겁고 절절한 기분은 전혀 예상치 못한 것이었다.

어쩌면 그녀를 처음 마주한 그때부터 지금을 예감해야 했는지도 몰랐다. 운명이랄지, 정해진 인과의 질서랄지 아무튼 가까운 모든 별이 일렬로 배열된 순간에야 일어날 법한 신비한 현상 속에 들어와버린 것만 같았다.

부끄럽지 않아. 동화는 몸을 뒤척였다. 낯선 두 사람, 여자와 남자, 매력적인 이성, 젊음과 열기, 벌거벗은 몸. 이제 두 사람은 하나의 이름으로 규정되지 않을 수 없는 관계가 되고 있었다. 확실한 것은 어느 사이가 되더라도 더는 스스로가 부끄럽지 않다는 사실이었다.

반짝, 하고 눈가에 빛이 밀려들었다. 아침을 깨우는 새들의 지저귐이 귓가에 내려앉고 있었다. 팔에 가벼운 마비가 일었다. 동화는 혜화의 머리를 조심스레 어루만지며 제 어깨를 이동시켰다. 혜화의 입에서 끄응, 하는 잠투정이 흘러나왔다. 이제 나는 어떤 선택을 내린 것이다, 하고 동화는 판단했다. 늘 함께해왔던 수치감의 그림자가 이윽고 종적을 감춰버렸다.

그 순간 '시작'이라는 단어가 머릿속에 차올랐다. 수면 위를 스치는 파문처럼 '어른'이라는 글자가 떠올랐고, 연이어 '사랑'이라는 낱말이 뒤따랐다. 비로소 해야 할 일을 찾은 듯했다. 막상 눈을 뜨게 된다면 무엇이라 말해야 할까, 문제는 그것이었다. 가장 크게 소리쳐해야 할 말은 무엇일까.

새들의 지저귐이 단 하나의 선택을 독려하려는 듯했다. 어느덧 호흡이 가빠지고 있었다. 동화는 숨을 들이쉬고 내쉬었다. 마땅한 일을 했고, 앞으로의 모든 과정을 자신의 운명으로 맞이할 것이었다. 그러나 그것은 어디까지나 한쪽 판단일 뿐이었다. 혼자서는 아무것도 할 수 없는 법, 이 순간 그 어느 때보다 혜화의 머릿속을 들여다보고 싶어졌다.

'나에게도 그런 일이 일어날 수 있을까. 별안간, 우연히, 기적적으로. 누구나 해볼 법한 상상들. 마치 삶이 좋아지고 세상이 더 나아지리라는 막연한 기대처럼 언젠가 책 속에서와 같은 순간이 찾아올지도 모른다는 희망. 지구가 뒤집히고 우주가 뒤바뀌는 것처럼 거대한 운명의 파도가 밀어닥칠 수도 있다고. 그로 인해 모든 것이 환상적으로 탈바꿈될 거라고. 사랑 역시 그러할 수 있다고. 누군가 꼭 내 곁을 지켜줄…….'

혜화는 언젠가 책 속에 끄적였던 문장들을 머릿속으로 되뇌고 있었다. 남몰래, 그리고 어쩌면 오랫동안 생각했었다. 누군가 곁을 꼭 지켜줄 것이라고. 필히 그러할 것이라 믿어 의심치 않았다. 하지만 소소한 바람에 지나지 않았다.

온전히 홀로인 시간에 도서관에서 대출한 책 안쪽에나 남몰래 끄적일 법한 비밀스러운 내용이었다. 오로지 배우로서의 꿈에 몰두하는 동안, 다른 일, 다른 누군가에 대한 이끌림은 상상해본 적조차 없었다.

연기에 대한 갈망 외 나머지 다른 요소들은 철저히 무시하며 살아왔다. 어쩌면 몸을 지나치게 무시해왔던 것인지도 몰랐다. 마음과는 일치하거나 불일치하는 몸의 이야기가 따로 있다는 사실을 간과했다. 그 이야기를 일깨운 것은 다름 아닌 곁에 있는 이의 벌거벗은 육체였다.

그 향기, 그 부드러운 힘, 아련한 두근거림. 혜화로서는 동화에게 고마움을 느껴야 할 지경이었다. 잃어버린 몸의 자리를 되찾게 해준 것. 한 사람, 특히 한 남자를 향한 갈망이 제게 없지 않았다.

그런데 이 수줍고 간지러운 예감은 무엇일까. 혜화를 점점 크게 감싸는 단어는 다름 아닌 창피함이었다. 혜화는 계속 동화에게 안겨 있길 바랐다. 평범치 않은 하루 사이를 훌쩍 건너오고 말았다.

절대 떨어지고 싶지 않아, 단 한 시간도, 지금 이 순간조차. 따사롭고 드넓은 품 안에서 혜화는 제 의지에 반하는 생각을 아프게 곱씹었다. 이렇듯 그녀의 육체는 자신과 전혀 다른 결정을 내렸다.

혜화는 부끄러워요, 하고 되뇌었다. 꼭 동화가 들어주기를 바라는 것처럼 실제로 그런 생각을 입 밖으로 꺼내기까지 했다. 내 곁에서 나의 전부를 지켜줄 사람을 기다렸다고. 이름을 부르면 꼭 달려와주기를 바란다고. 언제나 함께 있어달라고. 제발 저 멀리 가지 말아달라고. 꿈결인지, 잠결인지, 진짜 이야기인지 알 수 없었다.

혜화는 잠결과 꿈결에 취해갔다. 이 순간 동화가 제 자리를 내어준 것처럼 혜화의 입가에서도 무언의 노래가 흘러나왔다. 혜화는 동화를 온전히 제 연인으로 받아들인 기분이었다. 조금 더, 조금만 더 이렇게.

사방에 환한 빛이 차오르고 있었다. 빛의 조각들이 두 사람의 알몸 위를 반짝이며 지나갔다. 잠에서 깬 것은 그러고도 한참이 지나서였다. 바람이 불었고, 익숙한 향기가 치밀었다. 설마, 설마. 실눈을 뜨고 천천히 시간을 확인했다. 아침 9시, 투명한 햇살이 가득한 시간이었다.

숨결을 따라 폐부에 스며드는 바깥 공기가 더없이 상쾌했다. 순간 어떤 힘찬 기운이 동화를 자극했다. 가슴께에서 몸을 뒤척이고 있는 혜화였다. 현실의 일을 떠올리게 하는 벅찬 감각이었다. 어서 하늘을 바라보고 싶었다. 동화는 눈을 떴다. 그런데 이 축축함이 느낌은 무엇일까. 시큼한, 다소 진득거리는, 기시감이 어린.

동화는 혜화를 바라보았다. 그리고 한 번 더 세차게 끌어안았다. 추위와 한기가 그녀의 온기를 앗아가는 중이었다. 혜화 역시 눈을 떴다. 눈앞에 보이는 것이 정녕 동화의 얼굴일까. 따스한 눈길, 포근한 가슴, 듬직한 어깨. 하지만 예상치 못한 일이 있었다. 동화의 이마를 따라 축축한 뭔가가 흘러내리는 중이었다.

"어머, 꼴이 그게 뭐예요."

혜화가 말했다.

"하지만 당신도 만만치 않은 것 같은데요."

동화가 대답했다.

"지금 피가 나요."

"네? 어디서요?"

혜화의 입가에서 미소가 번져나갔다.

"이마 위를 봐요."

실소에서 점차 크게 번지는 환한 웃음이 뒤따랐다.

"정말이죠?"

멋쩍은 듯 동화가 눈을 깜빡였다. 두 사람은 탁하게 갈라진 목소리로 웃음을 내뱉었다. 혜화는 자신도 모르게 동화의 머리를 제 가슴 쪽으로 향하게 했다.

"아프지 않아요?"

혜화가 말했다. 동화의 상처에 입술을 가져다 대고, 호호, 하고 숨을 불어댔다. 순간, 부끄러움의 불길이 번지는 듯했지만 뜻하지 않은 판단이 더 크게 차올랐다. 동화의 상처를 무엇으로든 감싸야 했다.

이마 위에 붕대를 붙인 다음 동화는 주위를 둘러보았다. 언제 어디서 생긴 상처일까. 부러진 나뭇가지와 검은 비닐 봉투, 정체를 알 수 없는 갖가지 조각들이 차 안에 흩어져 있었다. 그리고 보니 누군가와 격투라도 한 것처럼 실내가 어지러웠다.

군데군데 꽃잎이 흩뿌려져 있었고, 검은 전선이 어지러이 엉킨 작은 뭉치도 발견됐다. 마치 간밤에 누군가 찾아와 두 사람이 잠든 풍경을 들여다본 것 같은 낯선 느낌이 공간 전체를 수상쩍게 수놓았다.

우리만의 흔적이라기에는 확실히 어딘가 석연치 않았다. 날림으로 설치한 임시 문짝은 사라진 채였다. 어떻든 비바람이 공간을 오래 휘저어댄 것이었다.

그렇다면 혹시, 하고 혜화는 생각했다. 그 꿈 또한 단지 꿈만이 아니었던 것일까. 차창을 통해 꽃다발을 내밀던 검은 얼굴이 불길한 신호처럼 눈앞에서 빛을 번쩍였다. 더욱이 가늠할 수 없이 조마조마한 냄새 또한 실내를 떠도는 와중이었다.

동화는 판단했다. 총알에 관통된 기름통이 줄줄 새고 있었다는 사실이 떠올랐다. 차량 내부 장치들이 이미 기름에 흠뻑 젖어 있는 상태에서 자칫 작은 정전기라도 튀어 오른다면? 그렇다면, 이 모든 것이 순식간에 폭발해버리지 않겠는가.

불을 보듯 뻔한 일을 저만치에 제쳐두고 있었다. 어째서 그토록 무감했을까. 다음 순간 어디선가 지직, 하는 잡음이 울렸다. 사이렌 소리와 함께 스피커 특유의 이탈음이 두 사람의 귀를 때렸다.

"아아, 마이크 테스트, 마이크 테스트, 아아, 여러분 간밤에 안녕하셨습니까. 이 마을 이장이올시다. 모두에게 긴급한 안내 말씀 있어 아침 일찍 방송을 올리는 바입니다. 그러니까 서울서 이상한 사람들이 나타났다고 하니, 주민 여러분께서는 각별히 주의해달라는 말씀입니다. 그 머시냐, 빤츠, 고급 빤츠 차량을 보신 분께서는 속히 마을 회관으로 찾아오거나, 저에게 전화 한 통을 주시기 바랍니다. 요청이 있었으니 직접 파출소 이 순경에게 연락해도 괜찮겠습니다. 메신저, 문자까지 모두 좋습니다. 사라진 곳이 이 근처라고 하니 우리 마을에 들어섰을 확률이 크다는 얘기 아니겠습니까. 그런 고로 이렇게 방송을 전합니다. 에, 평화로운 우리 마을이 범법자들에 의해 쑥대밭처럼 변하기 전에 모두가 솔선수범하여……."

스피커에서부터 메아리치며 울리는 소리였다. 동화는 혜화가 건네준 거울을 통해 제 얼굴을 바라봤다. 흐릿하지만 멍 자국이 있었고, 손등과 팔 언저리, 발가락까지 상처가 가득했다. 역시 누군가와 다툰 것일까.

이마 위뿐만 아니라 등 뒤쪽에도 제법 많은 생채기가 나 있었다. 이제 두 사람이 갈 길은 분명했다. 그러나 우선해야 할 일이 없는 것은 아니었다. 동화는 혜화의 얼굴을 차분히 바라보았다. 이윽고 하나의 물음을 내던졌다.

"남자 친구 있어요?"

혜화는 고개를 갸웃했다.

"여자 친구 있어요?"

혜화가 웃으며 되물었다. 동화는 아차, 하고 이마를 세게 때렸다. 혜화의 전화가 울린 것도 동시의 일이었다.

"저, 그게, 아무래도, 제 사정을 말할 것 같으면……."

머릿속에 스파크가 튀었다. 동화는 두 손바닥을 머리 위에 짚고 고개를 뒤로 젖혔다. 다급해진 마음 그대로 몸을 일으켰다. 천장이 높지 않은 실내에 누워 있었다는 사실을 완벽히 망각했다. 허리와 두

다리를 쭉 펴는 그 순간 동화의 중심이 급격히 기울었다. 사실 그대로 표현하자면, 동화는 정신을 잃고 쓰러졌다. 영원히 잠에서 깨어나고 싶지 않았다.

눈을 떴다. 뒷좌석 전체를 차지한 채 동화는 반듯이 누워 있었다. 혼자였다. 몸을 뒤덮은 것은 침낭이었다. 마치 누군가가 이부자리를 깔아준 것처럼 자세가 편안했다. 코끝에서는 여전히 민트 향이 맡아졌다. 다시 한번 지난밤의 일이 떠올랐다. 환한 혜화의 얼굴이 머릿속을 스쳐 지나갔다. 비현실적이라고 할 수밖에 없던 아름다운 밤.

그 순간 누군가 차창을 두드려댔다. 그제야 잠에서 깬 것이 주위를 둘러싼 미묘한 움직임 때문이라는 사실을 깨달았다. 무리 지은 짐승에게 둘러싸였다고 해야 할까. 굳이 살펴보지 않아도 쉽게 그림이 그려졌다.

차창을 두드린 것은 선글라스 경찰이었다.

어차피 저항할 의사 따위는 없었다. 어서 밖으로 나가 상쾌한 하늘을 바라보고 싶었다. 간밤에 따사롭기 그지없는 일이 일어났다는 사실은 변하지 않을 터였다. 더불어 생에서 최초로 자신에게 특별한 사람이 생겼다는 것 또한.

선글라스 경찰이 친절히 문을 열어주었다.

동화는 항복의 의미로 두 손을 머리 위에 올렸다. 다리에 쉽게 힘이 들어가지 않았다. 격렬한 밤을 보낸 이후에 찾아드는 특유의 나른함이 온몸의 힘을 앗아갔다. 그런데 차에서 내리는 순간 뭔가가 눈에 띄었다. 헉, 하고 숨이 막혀왔다.

열대가 넘는 순찰차와 수십여 명의 경찰보다 더 무서운 것이 동화를 시야를 때렸다. 가장 우려했던 일, 무섭고 두렵기 짝이 없는 상황, 운전석의 대시보드에 보란 듯이 뭔가가 놓여 있었다. 청첩장 그리고 반지함이었다.

저것들이 왜 대시보드 위에? 내내 몸에 지니고 있던 물건이었다. 주머니에서 꺼낸 적조차 없었던 게 분명한데 어째서. 아닌가? 갑자기 머릿속이 새하얘졌다. 설마 혜화가?

양 손목에 수갑이 채워졌다. 팔이 꺾이면서 관절에 통증이 치밀었다. 허리와 어깨까지 저려왔다. 이번에는 결코 놓치지 않겠다는 듯 경찰의 몸짓이 격렬했다. 이제 벗을 때도 되지 않았나 싶었지만 아직 선글라스를 고수한 채였다.

보이지 않는 곳에서 누군가를 굽어보는 일을 즐기는 것일까. 어차피 그의 얼굴 따위가 궁금할 리 없지 않은가. 그 생각이 읽힌 것처럼 갑작스레 타격이 가해졌다. 경찰의 무릎이 대퇴부를 찔렀다.

"새끼야, 잡생각 말고 어서 이동해."

선글라스가 침을 튀기며 말했다.

순찰차가 아닌 쪽으로 연행되는 게 조금 이상했다. 고개를 들어보니 승용차 한 대가 문을 열고 대기 중이었다.

검은 양복을 입은 사람들이 동화를 맞이했다. 조바심이 일지는 않았지만 무슨 일인지 의아했다. 잠시 정적이 이어졌다. 그들 사이에 무슨 말과 신호가 오가는 것 같았다. 선글라스 경찰은 짧게 고개를 숙인 뒤 곧장 다른 쪽으로 사라졌다.

순찰차와 사뭇 다른 엔진 소리가 들려온 것은 그때였다. 전날 보았던 낡은 버스 팻말 아래로 마을버스가 한 대가 들어서는 모습이 눈에 띄었다. 그 모습을 바라보던 동화는 어쩌면, 하고 생각했다. 주위에는 온통 들판과 야산뿐이었지만 밝은 곳에서 바라보니 비닐하우스가 몇 동쯤 산개돼 있었다.

다음 날 오전으로 약속이 미뤄졌다고 혜화는 말했었다. 만약 정신이 든 이후 감독님과의 약속을 떠올렸다면 저 버스를 탔을 게 분명했다. 침낭으로 이부자리를 펴준 뒤 우연히 멈춰 서 있던 버스를 발견한 다음, 급히 텐트 천을 젖히고, 그런 와중에 청첩장과 반지함을 발견한⋯⋯. 그런 거라면 지금의 상황을 좀 더 분명하게 정리할 수 있었다.

제발 그랬으면, 하고 동화는 한편으로 기대했다. 자신이 저지른 끔찍한 짓에 대한 우려보다 혜화가 무사히 약속 장소를 향해 출발했기를, 이곳 근처에 얼씬조차 하지 않기를 먼저 바랐다. 생각하는 사이 차 안에서 어떤 신호가 전달됐다. 동화는 겨를 없이 뒷좌석으로 들여보내졌다.

문이 닫히는 소리가 지나치게 둔탁했다. 반듯하게 앉아 있던 한 사람이 고개를 숙여 인사를 건넸다. 한눈에 보아도 다부진 인상이었다. 작은 키, 매끈한 피부, 날카로운 이목구비, 가는 안경테, 깔끔한 양복. 전문 직업인이 분명했다.

"오시느라 수고하셨습니다. 인사부터 드려야겠군요."

명함을 건네며 옆자리의 남자가 말했다. 언뜻 부드러우면서도 완고함이 느껴지는 선명한 음성이었다. 실눈으로 직함만 확인했다. 검사였다. 앞쪽 운전석 문이 열렸다. 머리가 짧고 덩치가 큰 사람이 들어와 말없이 자리를 지키기 시작했다.

방금 동화를 안내한 사람이었다. 자동차 내부의 밀폐된 분위기가 한층 강화됐다. 검사가 집단의 두목이라면 앞쪽은 부두목 정도 돼 보였다. 차분하고 정돈된 느낌, 비밀 접선 현장이 따로 없었다.

"꼴이 우습게 됐군요. 어쩌다 이런 곤란을 자초하셨는지. 정리를 도울 겸 몇 가지 물을까 합니다. 괜찮으시겠어요?"

검사가 수건 한 장을 내밀었다. 동화는 비로소 제 상태를 짐작했다. 몰골이 말이 아닐 게 분명했다. 티셔츠는 찢어져 있고 머리에는 까치집이, 세수를 못 한 눈에는 눈곱이 끼어 있을 터였다. 땀과 빗물, 핏물에 찌든 나머지 몸에서는 시큼한 냄새까지 올라왔다. 얼굴과 몸을 좀 닦으라는 의미 같았지만 동화로서는 반응할 수 없었다. 물음의 배경부터 설명하는 것이 응당한 순서가 아니던가.

"제가 누군지는 아셨을 테고, 왜 이러는지가 궁금하시겠군요. 뭐 별건 아닙니다. 댁에 대한 간단한 정보 하나가 저희 쪽에 들어와서요. 형식적인 인터뷰니까 시간이 오래 걸리지 않을 겁니다. 경찰에 어렵게 협조를 구한 마당이니 시간이 촉박한 데다 무엇보다 정식 조사가 아니니까요. 어제 오후 두 시경에 어디에서 무엇을 하고 계셨나요?"

도로교통법 위반, 폭행 및 상해, 공무집행 방해. 그러한 불법 사안들과 완벽히 분리된 초점으로 질문을 던져오는 것 같았다. 예상과 달라도 한참 다른 상황, 방법은 하나였다. 동화가 말했다.

"변호사를 부르고 싶군요."

"변호사라."

검사의 얼굴에 설핏 웃음이 흘렀다.

"본인이 변호사잖아요."

"헌법을 아직 안 읽으셨는지. 변호사 조력권은 모든 피의자에게 해당하는 건데."

"피의자라뇨? 그렇게 부를 생각은 없었는데. 확실히 괜한 정보가 떠도는 것이 아니군요. 어쨌든 묻는 말에 아는 만큼 대답하시는 게 좋을 겁니다. 어려운 일이 아니잖습니까?"

동화는 침묵했다. 검사가 재차 말했다.

"아시다시피 지금 상황이 안 좋아요. 다른 일들까지 겹친다면 더 큰 어려움에 빠지실 텐데 괜찮으시겠어요? 변호사직을 유지하셔야 하지 않나요? 재판장에서 무슨 난리가 일어났는지 모르지 않을 게 아닙니까."

운전석에 있던 자가 팔을 뻗어 검사에게 태블릿 피시를 건넸다. 검사가 곧바로 영상 하나를 재생시켜 동화의 시야에 위치시켰다. 화면을 보자마자 몇 번쯤 눈을 깜빡이지 않을 수 없었다. 이런 상황에서 아는 얼굴을 마주하자니 조금쯤은 반가웠다.

　문제의 의뢰인, 즉 부잣집 장남이 나오고 있었다. 어제 자 녹화본이었다. 공개 재판 현장을 법원 영상 채널을 통해 생방송으로 송출한 영상이었다. 의뢰인은 재판정에서 눈물로 호소하고 있었다.

　"맞아요. 저는 범죄자입니다. 하지만 사람을 죽이지는 않았어요. 물론 어릴 적에 그런 일이 있긴 했어요. 철이 없던 때였고, 엄연히 이곳이 아닌 다른 나라 시민으로서 그랬을 뿐이에요. 맹세컨대 저는 결백합니다. 과거에 누군가의 생명을 빼앗았던 적이 있다고 솔직하게 고백하겠습니다만 이번만큼은 절대 아닙니다. 다시 말씀드리지만 좆도 가난하고 돈만 밝히는 등신 같은 년이 갑자기 미쳐서 모든 일이 벌어진 것입니다. 그것 때문에 저라고 열이 안 받았겠습니까? 하지만 말씀드렸듯이 그날은 참아야 했습니다. 보십시오. 지금도 잘 참고 있지 않습니까? 제가 이런 말도 안 되는 곤란을 겪게 된 이유가 그 껍값밖에 안 되는 게 죽어서라는 사실을 꿋꿋이 버티고 있잖아요. 죽은 그년의 면상을 다시 쪼아버리고 뭉개버리고 갈아버리고 싶을 만큼의 분노가 치밀지만 이렇게 잘 참고 있는 것입니다. 고로 저는 무죄입니다. 여기 계신 우리 아빠랑 엄마가 그 사실을 보증합니다. 할아버지와 할머니, 외할머니와 외할아버지, 삼촌, 고모, 이모, 숙모, 외삼촌, 조카들도 함께 맹세해줄 것입니다. 저들이 어떤 분들이던가요. 이 나라 국민이라면 누가 자기들 월급을 대주는지 잘 알고 있으리라 예상합니다. 부모도 없이 쓰레기처럼 고아원에 버려진 그런 질 나쁜 년과 저는 완전히 다른 인간이라 이겁니다."

피의자 최후 진술인 듯했다. 화면의 상황이 사실이라면 희대의 사고라고 불려야 할 참변이었다. 어느 순간부터 방청석이 웅성거리기 시작했지만 의뢰인은 점점 자기 말에 도취되고 있었다. 국민 참여 재판이었으므로 배심원단 사이에서도 가볍지 않은 눈짓이 오갔다. 솔직함과 진실함이야말로 최선의 자기방어라는 동화의 말, 초임 변호사의 가벼운 조언이 저렇게 극단적인 형태로 표출된 것일까.

"……홀로 숨어서 골머리를 싸매느니 세상으로부터 스스로를 입증받는 길이 여러모로 편리하겠지요. 어른으로서, 온전한 한 인간으로서 성장하기 위해서라면. 그러니까 사건과 재판이 끝난대도 의뢰인 분의 남은 인생이 여전하다는 뜻입니다. 언젠가는 당신 역시 진심을 다해 누군가를 사랑하게 될 것입니다. 낱낱이 고백하는 것만이 그런 자신을 받아들이는 방법이자 한낱 애송이에서 어른으로……."

동화의 그러한 언질 끝에 의뢰인의 눈빛이 빛났던 것은 분명했다. 특히나 성장, 어른, 사랑과 같은 단어 앞에서 그랬다. 하지만 화면에서 펼쳐진 상황은 지나쳤다. 의도 너머에서 벌어진 일이었다. 사실상 천재지변이었다. 철없는 어른아이에게 일어날 수 있는 최악의 재난이자 재앙이었다.

가장 심각한 것은 화면 속 변호인단의 반응이었다. 흡사 사신을 만난 것처럼, 나아가 스스로 저승사자가 되어버린 것처럼 로펌 대표 변호사의 표정이 창백하게 굳어갔다. 나서서 말릴 생각조차 하지 못할 만큼 의뢰인의 주장은 빠르고 힘찼다.

그가 아빠, 엄마, 할아버지, 할머니, 외할머니, 외할아버지, 삼촌, 고모, 이모, 숙모, 외삼촌, 조카들이라 지칭한 이들 모두 시선을 어디에 두어야 할지 몰라 어리벙벙해하고 있었다. 그쯤에서 검사는 영상을 껐다.

"상황이 상황이니만큼 사건을 맡겠다고 나설 만한 변호사를 구하기는 힘들 겁니다. 제 말이 틀렸습니까? 자, 다시 묻겠습니다. 이제 오후 두 시경에 무얼 하셨습니까?"

검사의 명함을 확인한 순간부터 동화는 쉽지 않은 과정을 지나가야 하리라고 예상했었다. 하지만 그 예상보다 일은 훨씬 더 복잡하고 지독한 방식으로 이어질 것이 분명했다. 이번에야말로 빠져나갈 구멍이 전혀 없는, 그러니까 생에서 처음으로 맞닥뜨리는 실제의 사건이 될 것이었다.

이제 자신을 기다리고 있는 것은 다른 이들이 아닌 스스로에 의해 완성될 하나의 과정이자 책임이었다. 아쉬운 것은 여전히 혜화가 어디서 무얼 하고 있는지 알 수 없다는 사실 하나였다.

동화는 양 손목을 아프게 조이고 있는 수갑을 내려다보았다. 그러고 보니 어제 오후 두 시, 휴가를 맞아 우연히 혜화의 현관문 앞에 서게 되었던 그 순간으로부터 만 하루가 채 지나지 않은 시점이었다. 그사이 동화는 다른 인간이 돼 있었다.

3부

로맨스

/23/

그러니까, 다른 사람이 아니었다. 정신이 흐릿했다. 몸을 제대로 가눌 수 없었다. 대체 무슨 일이 벌어지려 하는 걸까. 마치 화가 난 것처럼 혜화는 눈에 힘을 주고 상대를 노려보았다. 세련된 화장, 잘 세팅된 머리칼, 결이 반듯이 살아 있는 흰 블라우스와 검은 모직 스커트.

자기소개와 달리 제작자의 외모는 여성지 편집자나 패션모델에 더 가까웠다. 키에 비해 유난히 긴 팔다리와 뚜렷한 이목구비가 특히 그랬다. 하지만 누군가를 놀리기에는 지나치게 정직한 인상이었다. 제작자의 설명이 더 이어졌다.

"간단히 니나 역에 캐스팅된 것으로 이해하시면 됩니다. 갑작스러운 출연이 부담스러울지도 모르겠습니다만 감독님과 저 모두 신인에게 이 역할이 더 어울릴 거라고 생각하고 있어요."

덜덜덜, 이가 맞부딪히며 소리를 냈다. 곧 정신을 잃게 될 것 같았다. 감독님과 대면한다는 상상만으로도 이미 대부분의 에너지가 소진된 상황이었다. 한데 출연이라니. 그것도 니나 역할이라니.

어딘가에 카메라가 숨겨져 있는 것은 아닐까. 일종의 실험 영상이었다며 우르르 사람들이 나타나 웃음을 터뜨리지 않을까. 제작자는 그 모든 사실을 다 아는 상황에서 자신을 열심히 조롱하고 있지는 않을까. 당혹감이 머리끝까지 치솟아 올랐다. 눈앞의 현실이 믿기지 않았다. 그보다 두려웠다. 테이블 위에 놓인 커피에는 손도 댈 수 없었다. 어떻게 된 일이지?

정오 무렵 친구의 전화를 받고 혜화는 현실 속으로 깨어났다. 곁에는 여전히 동화가 있었지만 얼마 지나지 않아 마을버스의 엔진 소리가 들려왔다. 생각할 겨를 없이 버스를 뒤쫓았다. 우선은 떠나가는 버스를 붙잡아야 한다는 판단이 앞섰다.

이후에는 지하철과 택시를 번갈아 이용했다. 해운대는 의외로 가까운 곳에 있었다. 도착까지는 30분이 채 걸리지 않았다. 그 짧은 시간이 다른 모든 고민을 앗아갔다. 그때쯤에는 청첩장과 결혼반지에도 무심해졌다. 휴대전화의 배터리가 간당간당했으므로 무사히 약속 장소를 찾은 것만으로도 일 하나를 끝낸 심정이었다.

제작자와 감독님을 만나서 구체적으로 무엇을 어떻게 해야 할지도 전혀 몰랐다. 그저 스타와의 만남을 기대하는 일개 팬의 심정이거나, 단순히 지각을 면하기 위한 직장인의 다급한 발걸음에 가까운 과정이었다.

"먼 길 오느라 고생하셨습니다. 이렇게 배우 혜화 씨를 모시게 돼 영광이고 반갑습니다."

제작자와 감독님의 입에서 실제로 제 이름이 불리었을 때에야 혜화는 이곳에 이르기까지의 쉽지 않았던 여정을 실감할 수 있었다. 우연한 전화, 비행기 결항, 고속도로 폭주 차량, 쏟아져 나온 생수통, 선글라스 경찰의 연이은 추적, 번개와 천둥, 갑작스러운 감전 사고, 떨어져 나간 문짝, 비바람 몰아치는 밤, 그리고 또 한 사람, 동화.

인사를 나누기까지는 그나마 불편함이 없었다. 오히려 실제로 영화 관계자를 만나고 있다는 설렘이나 반가움이 혜화에게는 앞섰다. 그러나 다음 순간부터 지나치게 갑작스러우면서도 도통 말이 되지 않는 일이 벌어졌다. 제작자의 설명이 계속됐다.

"촬영 일정이나 로케이션, 나머지 출연자들 역시 대부분 결정된 상황입니다. 여기 계약서 잘 검토해주시고 천천히 출연 여부를 결정해주시면 됩니다."

분명하면서도 부드러운 음성이었다. 한두 번 이런 상황을 맞이하는 것이 아닌 듯 모든 말과 몸짓이 자연스러웠다. 하지만 혜화의 머릿속에는 그 말이 도무지 들어오지 않았다. 혜화는 어리둥절한 눈으로 주위를 두리번거렸다.

지금까지 제작자 곁에서 말없이 자리를 지키고 있던 사람, 혜화를 이곳까지 이르게 한 가장 근본적인 동인, 이 나라 모든 배우가 러브콜을 받길 원한대도 과언이 아닌 바로 그 감독님이 이윽고 고개를 쳐들었다.

정말인가요? 하고 묻는 듯한 혜화의 시선, 그러한 반응, 최초로 어미를 마주한 새끼 새 같은 불안한 눈동자를 자주 접해왔다고 말하듯 눈길이 온화했다. 이 모든 것이 사실이며 현실의 일이다, 라고 환한 미소로써 화답했다.

뺨을 타고 식은땀이 흘렀다. 혜화는 저도 모르게 숨을 삼키며 고개를 끄덕였다. 스스로에게 현실을 확인시켜야 했다. 매체에서 자주 접해온 만큼 감독님의 모습이 생각 이상으로 낯설지는 않았다.

청바지, 면 티셔츠, 흰색 야구 모자, 평범한 얼굴, 다소 왜소해 보이는 체격. 영화감독이라기보다 초등교사나 동사무소 직원에 가까운 인상일지도 몰랐다. 질문을 해서 이 난감한 상황을 타개해보는 건 어떨까 싶었다.

똑똑똑, 그 찰나 누군가가 문을 두드렸다. 노크였다. 제작자가 몸을 일으켰다. 열린 문을 통해 제복 차림의 호텔 직원이 모습을 드러냈다. 메모 한 장이 제작자에게 건네졌다. 선글라스를 쓴 직원은 이곳에서 펼쳐지고 있는 놀라운 일에 대해 아무런 관심이 없다는 듯 곧장 등을 돌려 사라졌다.

"지성이가 도착했나 봐요."

메모를 받은 제작자가 말했다. 동시에 감독님의 휴대전화가 울렸다.

"그, 그러면……."

혜화가 말했다. 입술이 떨려 쉽사리 말이 나오지 않았다.

"실제 촤, 촬영은 어, 언제⋯⋯?"

"이미 크랭크 인에 들어간 거나 마찬가지죠. 잠시 후에 대본 리딩이 있긴 합니다만 오늘은 건너뛰셔도 좋습니다. 호텔에서 1박 하시면서 푹 쉬신다고 생각하시면 될 듯해요."

전화를 받고 있는 감독님 대신 제작자가 말을 받았다.

"그럼, 자, 장소가?"

"멀지 않아요. 여기 창 너머로 보이는 모든 곳이 바로 로케이션입니다."

제작자는 손가락으로 통유리를 가리켰다. 호텔과 맞붙은 곳에 바다가 있었다. 한동안 로케이션 촬영의 이유와 배경에 대한 설명이 이어졌다. 이번에는 제작자의 전화가 울렸다. 전화를 확인한 제작자가 감독님에게 눈짓을 하며 몸을 일으켰다.

"저희는 이만 일어나봐야 할 것 같군요. 자 그럼, 여기 명함을 둘 테니 방향이 정해지는 대로 연락 주세요. 이 비즈니스 룸에서의 일정은 이것으로 끝입니다. 오늘 하루 이 방에 머무시면서 천천히 생각해보길 바라요. 욕실은 저쪽일 겁니다."

제작자는 가볍게 목례를 했다. 통화 중인 감독님이 문을 나서기 전에 혜화에게 다가왔다. 전화기를 들지 않은 손으로 악수를 청했다.

"그럼, 현장에서 보길 기대할게요."

또 한 번 미소 지으며 작게 속삭였다. 혜화는 다급히 자리에서 일어나 오른손을 내밀었다. 필요 이상으로 감독님의 손을 강하게 부여잡는다는 사실을 모르지 않았지만 쉽사리 힘을 뺄 수가 없었다. 어느 순간 커피 잔이 한쪽으로 기울어지며 달그락 소리를 냈다. 온몸의 진동이 바닥을 흔든 것이다.

쉽사리 정신을 차릴 수 없었다. 혼자 남은 혜화는 방 안을 한 번 휘둘러보았다. 이런 곳에도 처음 들어와보는 것은 아닐까, 하고 생각했다. 호텔 비즈니스 룸이었다. 숙박을 위한 곳이라기보다 개인 사무실에 가깝게 공간이 구성돼 있었다.

8인용 마호가니 테이블이 가운데 있었고, 빔 프로젝터, 대형 LED TV, 노트북 전용석 등은 따로 구분돼 있었다. 사무 공간 너머에는 대리석으로 된 바가 마련돼 있었고, 그 반대편 구석에는 벨벳 소재의 소파와 작은 티 테이블도 보였다.

비밀스러우면서도 대외적으로 중요한 사업상의 만남을 갖거나, 영화, 출판, 패션 등과 관련된 인터뷰가 진행된다면 이런 곳이 적당할 듯싶었다. 가구와 집기뿐 아니라 자잘한 인테리어 소품까지 모두 고급스럽고 값비싸 보였다. 부드럽게 깔린 카펫을 따라 혜화는 몇 걸음을 내디뎠다. 곧바로 테라스가 펼쳐졌다.

문을 열자 바깥바람이 휙 밀려들었다. 햇살이 눈 부셨다. 실외 공간 너머로 바닷가가 훤히 내려다보였다. 평소 접하던 것과는 너무도 다른 바다였다. 인간이 지상에서 최초로 땅끝을 마주했을 때나 보았을 법한 태초의 풍경이 펼쳐져 있었다. 밤사이 태풍이 모든 것을 휩쓸어버린 것이다. 파라솔이나 구명 타워, 지역의 상징적인 조형물, 각종 안내판과 표지판, 분리수거대 등의 인공 구조물은 어디에도 보이지 않았다.

썰물로 물이 빠져나간 해변은 상상할 수 없을 만큼 오묘한 빛깔을 띠며 보이지 않는 먼 곳까지 아득히 이어졌다. 물기는 투명하면서도 파랬고, 모래사장과 갯벌에는 처음 보는 듯한 금빛과 주홍빛이 뒤섞여 있었다. 바다 자체가 알몸을 드러내 보인 것과 마찬가지인 상황이었다.

하늘 또한 믿을 수 없을 만큼 깊고 푸르렀다. 밤사이 격한 비구름의 흔적은 단 한 점도 보이지 않았다. 오직 바닷새, 대개는 갈매기들만이 끼룩거리며 바쁘게 해변 곳곳을 날아다녔다. 욕실은 저쪽일 겁니다. 혜화는 제작자의 말을 떠올렸다. 급히 단장에 신경을 쓴다고 했지만 공중화장실에 들러 대충 머리칼을 가다듬고 세수를 한 정도가 전부였다.

유리창에 반사된 모습을 바라보자 이 공간을 양보한 제작자와 감독님의 뜻이 어느 정도는 이해됐다. 꾀죄죄한 꼴은 이미 집을 잃은 부랑자에 가까웠다.

혜화는 바다가 내려다보이는 소파 한구석에 가만히 등을 기대었다. 으스스, 살결이 한 번 떨렸다. 바람은 신선했지만 공기가 제법 서늘했다. 팔걸이에 걸쳐 놓은 동화의 재킷을 담요처럼 몸에 휘둘렀다. 곤두서 있던 신경이 풀어지면서 서서히 눈이 감겼다. 감은 눈 사이로 지난 시간과 현재의 순간들이 마구 섞여 들었다.

한밤중의 거센 폭풍우, 차 안에 남은 한 줌의 불빛, 혼자서는 결코 건너오지 못했을 어둠과 추위. 온몸에 불이 켜진 것처럼 잠 속은 환하디환했다. 전에는 결코 경험해보지 못한 시간을 지나온 듯했다. 밤 사이의 일이 지나치게 안온했던 탓일까. 그 달콤한 잠 때문이었을까. 서로 깊은 약속을 새겨버렸다는 확신이 앞서서였을까.

더는 빠져들면 안 된다. 이 이상 기울어지면 곤란하다. 그런 자각이 차오르지 않는다면 거짓말이었다. 무의식중의 일이었지만 한낮의 태양 빛이 밝아올수록 어떤 불안이 밀려들었다. 희고 환한 빛 속에서 어떻게 동화의 얼굴을 바라보면 좋을지 판단이 서질 않았다. 섹스에 대해서도 마찬가지였다. 살결이 뜨겁게 맞붙었으니.

청첩장과 반지함을 발견한 것은 오히려 다행스러운 일이었다. 이번 주 주말이 결혼식이었다. 어째서 거기까지 예상이 미치지 않았던 걸까. 고개를 돌리자 알몸인 채 미끄러진 동화의 모습이 눈에 들어왔다. 세상 걱정 없이 편안하게 잠들어 있었다.

허탈했지만 그때쯤에는 일생에서 다시없을 평온한 시간을 보냈다는 사실 하나만이 중요한 것인지도 몰랐다. 다만 그의 물건을 하나쯤 간직하고 싶었을까, 약속 장소에 이르렀을 때야 동화의 재킷을 손에 꼭 쥐고 있다는 사실을 문득 알아차렸다. 처음 마주한 순간 동화가 어깨 위에 덮어주었던 옷이었다. 그 정도라면 그가 이해해줄 수 있을 터였다.

실외 공간을 타고 도는 바람이 제법 강했다. 살결에 오소소 소름이 돋았다. 혜화는 동화의 재킷을 어깨 위까지 끌어올렸다. 익숙한 스킨 향이 났다.

함께 이 풍경을 바라봤더라면 어땠을까. 직선적인 말투, 아이처럼 큰 눈동자, 서글서글한 눈매, 부드러운 머리칼, 어깨와 팔의 선명한 근육, 이마 위의 송골송골 맺힌 땀방울. 이번에도 역시 작별 인사를 건네지 못했다.

스르륵, 본격적인 잠 속으로 혜화는 자신을 내맡겼다. 그러길 잠시, 비몽사몽간에 어떤 소리가 들렸다. 벌컥, 하는 소리와 함께 복도의 소음이 마구 안쪽으로 밀려들었다. 문이 제대로 닫히지 않았던 것일까. 아니나 다를까, 누군가가 금방 모습을 드러냈다. 두렵거나 놀랍지는 않았다. 어딘가에서 자주 본 친근감 있는 사람이었다. 그러나 잠깐의 졸음 탓에 여전히 꿈을 꾸는 것 같았다.

"안녕하세요. 상대 역할을 맡게 된 김지성이라고 합니다."

남자가 얼굴 가득 미소를 띠고 인사를 건넸다. TV 혹은 스크린에서 볼 때와 표정이 똑같았다. 그 표정이 잠시 시간을 정지시켰다. 화면을 마주하고 있다는 착각이 일었다. 남자가 한 걸음 더 앞으로 다가섰다.

그가 손을 건네왔다. 손길에 워낙 힘이 넘쳐 주위의 공기가 요동치는 것 같았다. 아무튼 실제 상황이었다. 말이 되지 않았지만, 믿기는 더 어려웠지만 눈앞의 상대방은 정말로 그 김지성이었다.

"아직 여기 있을 거라는 얘기를 전해 들었습니다. 앞으로 함께 잘 해보자는 뜻에서 이렇게 들렀습니다."

몸을 더 앞쪽으로 내밀며 김지성이 웃음 지었다. 얼굴 가득 빛을 머금은 듯했다. 화들짝, 그런 놀라움 속에 혜화는 굳어갔다. 상상 속에서나 만나볼 법한 사람이었다.

이 순간 제 표정이 어떨지에 대해서는 감조차 잡을 수 없었다. 웃는다기보다 울고 있는 얼굴이 아닐까. 혜화는 잠에서 깨어나려는 사람처럼 고개를 좌우로 휘저었다. 그 찰나에 손에 꼭 쥐고 있던 동화의 재킷이 바닥으로 떨어져 내렸다.

24

고립. 그것이 유치장에 들어와 동화가 가장 먼저 떠올린 단어였다. 우선 아무도 전화를 받지 않았다. 미리 약속이라도 한 것일까. 연수원 동기, 대학 선후배, 직장 동료 모두 마찬가지였다. 숫제 연락 자체가 닿질 않았다. 새삼 법을 아는 이 중에 친구라 부를 만한 이들이 없다는 사실을 깨달았다. 계산할 사이 없이 발 벗고 나설 만한 벗, 생각나는 것은 오직 모임원들이었다.

예측 밖의 일은 아니었지만 연행된 곳은 부산 지역의 경찰서였다. 유치장 접견을 위해 변호사 신분으로 잠깐씩 들를 때와는 차원이 다른 무게가 양어깨를 마구 내리눌렀다. 낯선 사투리는 자신이 이 장소와 동떨어진 이방인임을 여실히 확인시켰다.

배고픔 또한 만만치 않았다. 조사 기간에 먹은 설렁탕이나 돼지국밥이 머릿속을 떠나지 않더라는 의뢰인들의 기분이 어렵지 않게 이해됐다.

동화에게 미란다 원칙은 철저히 파괴되었다. 도로교통법 위반과 공무집행 방해, 변호사법 위반과는 전혀 다른 내용의 조사가 이루어지고 있었지만 달리 부당함을 호소할 수 없었다.

약점을 잡힌다는 것은 그런 의미였다. 검사와의 만남, 법원에서 보인 의뢰인의 돌출 발언이 다른 모든 것을 제압했대도 과언이 아니었다. 상황이 어떻게 돌아가는지를 가늠하지 못했으니 섣부른 행동은 애초에 불가능했다.

그런 식으로 이미 사흘이 지났다. 자신을 국가 원수의 훈장을 받은 전직 정보요원 출신이라 밝힌 조사관의 자리 앞에는 알 수 없는 서류와 사진이 더미째 쌓여 있었다. 그는 무슨 이유에선가 집요한 방식으로 오피스텔에서의 행적을 물어왔다. 마치 그날 범죄자의 알리바이를 추궁하는 것 같았다.

시, 분, 초에 가까운 구체적인 타임 테이블, 언제 오피스텔에 도착했고, 맥주를 왜 마셨고, 분리수거를 어떻게 했으며, 도서관에서 어느 책을 대출했는지, 그 책들은 현재 어디에 있는지, 갑자기 자동차를 몰고 시내 중심으로 나선 이유는 무엇인지, 차는 어느 신호에 언제 멈춰 섰으며 어째서 부산으로 향하게 됐는지와 같은 시간 순서별 행적과 그 배경을 캐묻는 것이었다.

"이것 참 영광이 아닐 수 없군요. 아직 이 젊은 나이에 이룰 수 있는 모든 것을 다 이루셨다니. 명문대 출신에 키는 물론 인물 또한 이렇게나 훤칠하시고, 퇴임하시는 판검사님들마저 혀를 내두른다는 대형 로펌의 변호사까지. 그 자체가 이미 흔한 일만은 아니죠. 그렇지 않습니까?"

일련의 사진들을 내미는 조사관은 이미 경찰직을 내려놓은 듯한 눈빛이었다. 연신 싱글벙글 웃음을 내보이는 것이 마치 오랫동안 기다려온 누군가를 대면하는 분위기를 풍겨댔다. 실내 공기는 탁했고, 히터의 열기는 점점 거세지고 있었다.

"변호사님 같은 분을 볼 때마다 새삼 작아지는 느낌이 든단 말입니다. 저 같은 사람은 말이죠, 박봉에 고된 야근에 철야에, 어지러운 민원에, 못된 범죄자 놈들 뒤치다꺼리까지."

동화는 반대편 구석에 놓인 배달 그릇들을 바라보았다. 신문지가 덮혀 있었지만 음식 냄새가 제법 자극적이었다. 조사관의 때늦은 식사였을까. 효과적이고 강압적인 조사를 위한 위장술일까.

어서 조사가 끝나고 속을 채울 수 있기를, 하고 동화는 기대했다. 다른 생각은 전혀 떠오르지 않았다. 동화는 조사관에게 따로 응수할 생각 없이 다만 고개를 끄덕였다. 하던 말을 계속하라는 의미였는데 조사관의 입가가 실룩이기 시작했다.

"이 상황이 조금 이해가 가지 않아서 말이죠. 거주하시는 주택이 아무래도 문제입니다. 몇십억 단위의 자가 주택 보유자라는 점부터가. 자금 조달이나, 구입 경로부터가 의문일 수밖에 없네요. 그 젊으신 나이에. 뭇 월급쟁이는 꿈도 못 꿀 테니까요. 아무튼 그래서 이유를 묻고 싶어요. 환경이 워낙 좋아서인가요. 아니면 당사자만의 이유가 있는 것인가요. 왜 그러셨나요?"

달리 대답할 수 없는 말이었다. 다음의 말을 더 들어봐야 했다. 조사관은 뚫어져라 동화를 바라봤다. 1분, 어쩌면 그 이상. 이어서 사진 한 장을 앞으로 내밀었다.

"자, 한 번 살펴보시겠어요."

사진을 들여다보았다. 뜻밖이기도 그렇지 않기도 했지만 어쨌든 익숙한 곳이었다. 동화가 거주했던, 지금은 혜화가 살고 있는 오피스텔 현관 복도의 모습이었다. 꽃잎이 어지럽게 흩어져 있었다. 마치 자잘한 폭발이 일어난 이후인 것 같았다.

조사관이 사진 한 장을 더 내밀었다. 오피스텔이 아니었다. 어느 대형 뮤지컬 공연장이 곧바로 등장했다. 무대 위에서는 알록달록한 의상을 입은 배우들이 검무를 선보이고 있었다.

조사관은 사진 몇 장을 더 꺼냈다. 구도, 화각, 크기, 모든 것이 좀 전과 같은 무대 사진이었다. 하지만 배우는 사라졌고, 무대는 오피스텔 복도와 같은 폭발의 흔적으로 아수라장이 돼 있었다.

셀 수 없이 많은, 마치 모래알갱이나 빗방울과 같은 꽃잎이 점점이 흩뿌려져 있었다. 꽃다발 폭탄을 터뜨린다면 그런 모습과 같을 것 같았다. 폭발의 규모는 달랐지만, 오피스텔 복도와 무대 위의 모양과 무늬가 짜여진 듯 닮아 있었다.

"두 사진 사이의 연관성에 대해서는 굳이 말하지 않겠습니다. 아무튼 그날, 댁에서 사소한 폭발 사고가 있었던 것 같습니다. 그래서 주민 신고가 접수된 것이죠. 웬 황당한 이야기인가 싶겠지만 그 직후에는 대형 뮤지컬 연출가 앞으로 같은 종류의 꽃다발이 배달됐어요. 하나가 아니라 수십 다발이. 다행히 리허설이 끝난 시점이라 인명 피해는 없었고요. 다만 해외 라이센스 공연인 만큼 국제적인 문제로 비화될 우려가 있습니다. 최근 테러에 대해서 좀 민감한 시기 아닙니까. 현재 용의자가 특이한 이력의 소유자이기도 한지라, 저희로서도 힌트를 좀 알아낼 필요가 있긴 합니다."

동화에게 달리 대답을 얻지 못하자, 조사관은 다시 오피스텔 사진, 아니 태블릿의 영상 클립 하나를 되돌렸다.

"보시죠, 당신이 살고 있는 집에서 용의자가 나서고 있는 모습. 어딘가 다친 듯 온몸이 피투성이죠. 이웃 주민이 도우려는 찰나, 뭔가가 펑, 하고 터집니다. 걷는 모양이나 복부 부위의 피투성이 흔적으로 봐서 그 전부터 이미 부상을 입은 것처럼 보이긴 합니다. 폭발물을 실험하다 그리된 것인지도 모르죠. 아무튼 그는 그 자리에서 쓰러졌고 경비팀의 도움을 받아 곧바로 응급실로 향했지만, 담당 경찰이 도착하기 전에 이미 종적을 감춰버렸습니다. 최근 변호사님께서 용의자, 아니 그 피의자와 링크를 함께 공유한 SNS 계정만 해도 수십 개에 이르더군요. 알고 계셨죠? 그가 입은 부상을 제쳐두고, 최소한 범인을 집 안에 숨겨두셨다는 혐의가 덧붙여지는 것은 사실이니 법적으로도 그 정도면 공모하신 것이 아니겠습니까?"

조사관의 말투가 결코 빠른 것은 아니었다. 하지만 내용을 뒤따르는 것이 가능치 않은 일처럼 여겨졌다. 히터의 열기가 음식 냄새와 뒤섞여 실내를 찜질방처럼 변모시키고 있었다. 사방의 벽이 제 거리를 급격히 좁혀오는 듯했다. 느닷없이 변호사가 있었으면, 하는 기대가 떠올랐다. 영문 모를 설움이 차오르는 것이, 누구라도 만나서 이야기를 나누고 싶다는 마음이 간절해졌다.

"물론 저희한테 들어온 제보가 한두 가지인 것만은 아닙니다. 어쨌든 대체 왜 그런 범죄인들과 관련을 맺게 된 것이죠? 아무리 변호사라지만 이건 좀 지나치게 나간 경우 아닙니까?"

침묵 외에 달리 무슨 선택이 있을까.

"이 피의자는 전문적인 헌터라는 얘깁니다. 그저 사냥 자체가 목적이죠. 대개는 분야를 막론하고 두각을 나타내는 신인들을 노리는. 사이코패스라지만 누가 잘되는 꼴은 그 꼴대로 또 보지 못하는 거죠. SNS을 통해 대상을 물색한 뒤 직접 범행을 저지르는 식인데, 대상을 향한 공격이 오직 바깥 현실에서만 이뤄진다는 점이 특이한 부분이죠. 그런 만큼 이 조사가 간단히 끝나지는 않을 겁니다. 이미 예상하시겠지만 말이죠."

조사관의 입에서 더 많은 말이 흘러나와 맥락을 잡을 수 있기를 동화는 참을성 있게 기다려야 했다. 이미 실내 열기는 열탕 수준으로 격렬해진 뒤였다. 공기와 버무려진 고깃국물, 김치, 간장 등의 향내가 어느 때보다 지독해졌다. 금세라도 무언가가 폭발할 것만 같은 조마

조마함이 동화의 눈앞을 팽팽하게 옥죄였다.

"어떻든 당신 집 앞에서 피를 흘리는 그 용의자가 발견됐다 이 이야기입니다."

더웠고 또 배가 고팠다. 동화로서는 여전히 그 물음들에 대한 진의를 가늠할 수 없었다. 미란다 원칙이 파괴된 상황이었지만 조사와 진술을 거부할 권리는 여전히 남아 있었다. 할 수 있다면 이러한 경험을 즐겨보는 것이 어떨까, 하는 생각, 생각이라기보다 자연스러운 반응이 순간 일어났다.

결국 낯선 상황 속에서 느끼는 재미가 아예 없지는 않았던 것인데, 최초의 경험과 감각 속에서 미처 발견하지 못했던 자아가 드러나는 듯했다. 동화는 마치 사랑에 빠진 한 남자를 연기하는 듯이 조사에 감정적으로 임했다.

얼토당토않은 스스로의 다른 면모, 분위기를 부드럽게 만들기 위한 가벼운 농담에 가까웠지만 이야기는 조금씩 심각해졌다. 이에는 이, 눈에는 눈, 이야기에는 또 다른 이야기였다.

"그날따라 누구 한 사람 만나기가 싫었다고 할게요. 결혼을 앞두고 있었고, 값나가는 홈쇼핑 상품들이 집안과 거실에 깔린 채였지만 전혀 만족스럽지 않았던 것입니다. 어쨌든 갑자기 그 모든 게 지겨워졌습니다. 누구에게나 그럴 때가 있는 거겠죠. 마냥 견딜 수가 없어졌습니다. 그 시각 오피스텔은 조용했습니다. 몸은 피로했지만 잠은 오지 않았고 딱히 쉬고 싶지도 않았죠. 만나고 싶은 사람을 생각해보았지만 떠오르는 이가 아무도 없었습니다. 문득 멀리 떠나고 싶었습니다. 제 생활에 이루 말할 수 없는 염증이 난 것이죠. 한마디로 스물아홉 해 동안 완전히 잘못 살아왔다, 나는 실패자다, 그런 자각이 일었습니다. 지독한 현실, 잔인한 외로움. 어쩌면 더는 살고 싶지 않았는지도 모르겠습니다. 아무도 나를 이해하지 못하리라는 끔찍한 기분. 영원히 그렇게 홀로 미끄러지리라는. 그래서 바깥세상을 향해 온몸으로 부딪쳐보기로 했습니다. 부딪쳐서⋯⋯."

완전히 다른 자아가 등장했다. 제 속에서 나왔다기보다 누군가 무대 위에서 연극을 벌이고 있는 것 같았다. 장엄한 독백과도 같은 이야기는 한동안 더 이어졌다. 말을 끝마친 이후에야 조사관의 얼굴이 동화의 눈에 들어왔다. 눈빛은 얼어붙었고 표정은 흙빛으로 변해 있었다.

이미 조사관 주위에 비슷한 표정의 다른 경찰들이 가득했다. 잠깐 사이 모여든 구경꾼들이었다. 조사관은 헛기침을 한 번 내뱉고는 조서 작성을 중단했다. 그리고 곁눈으로 취조실에 있는 CCTV를 확인했다. 기기가 정상적으로 작동되는 이상 모든 과정이 다 녹화됐을 터였다. 동화를 기다리고 있는 곳은 다시 유치장이었다.

물론 그러한 돌출 행동에 아무런 이유가 없는 것은 아니었다. 새롭게 찾은 또 하나의 길이 펼쳐졌다. 지켜야 할 것이, 지키고 싶은 것이 있었다. 오피스텔에는 동화, 그리고 용의자뿐만 아니라 한 사람이 더 머물던 상황이었다. 막연한 일이었지만 동화로서는 혜화와 관련된 이야기가 나올까 두려웠다.

그것이 취조에 올곧게 대답할 수 없는 결정적 이유였다. 여전히 귀한 손님을 태운 자동차처럼 운전에 신중을 기해야 했다. 아마도 혜화는 그 어느 때보다 중요한 시기를 맞고 있을 가능성이 높았다. 이전의 동화였다면 결코 하지 않을 선택이었지만 또 다른 자아에게 그것은 당위에 가까웠다. 그녀에게 피해가 가게 해서는 안 됐다.

한편, 고립감은 점점 짙어졌다. 여전히 배가 고팠다. 설렁탕과 돼지국밥, 깍두기가 떠올랐다. 밥때는 아직일까. 주위에 시계가 보이지 않았으므로 얼마만큼의 시간이 지났는지 알기 어려웠다. 어쨌든 영장 없이 조사할 수 있는 기간이 거의 다 지나갔을 터였다.

결국 새로운 감옥 생활이 시작되리라는 조짐을 느꼈다. 불안이 검은 구름처럼 머리 위를 떠돌았다. 정녕 이곳에서 나갈 방법은 없는 것일까. 최소한 자신을 위해 나서줄 변호사 한 명쯤은 찾을 수 있지 않을까. 동화는 뜻 없이 유치장 벽을 쓰다듬어보았다. 거기 누군가 그려놓은 듯한 새 한 마리가 눈에 띄었다. 마치 갈매기 같았다.

안톤 체호프의 〈갈매기〉. 시나리오를 살펴보기 전에 희곡에 대한 이야기가 먼저 나왔다. 감독의 설명이 이어졌다. 모든 출연 배우들이 모인 자리였다.

"체호프의 〈갈매기〉는 셰익스피어의 〈햄릿〉에 비견될 법한 작품입니다. 물론 극의 주제와 내용, 발표 시기는 전혀 다릅니다만 어딘가에서는 지금 이와 비슷한 이야기를 나누고 있는 또 다른 그룹이 있을 가능성이 높아요. 간단히 말해서 공간의 차이가 있을 뿐 24시간 내내 리얼리티가 재현되는 희곡이란 뜻이죠. 제가 이 작품을 선택한 이유는 그 영원한 무엇을 사라져가는 필름 영상에 담아보기 위해서인지도 모르겠습니다. 여러분이 보시는 저 폐허가 된 바닷가를 배경으로 말이죠. 원래 잡힌 일정을 무시하고 이 작품을 선택한 이유는 그 외에도 여러 가지가 있습니다만……."

바로 본론으로 들어가 창작의 실질적인 과정이 진행되고 있었다. 감독의 이번 작품이 다름 아닌 〈갈매기〉의 변형이라는 설명이었다. 희곡을 영화화하는 만큼 시나리오의 줄거리는 간단했다.

영화제에서 자신이 찍은 영상물을 발표하는 '아들', 아들의 작품을 보기 위해 야외 상영관을 찾은 유명 배우 '어머니', 이미 세계적인 감독의 반열에 오른 '어머니의 애인'이 주요 인물로 등장하는 극이었다.

태풍이 휩쓸고 지나간 황량한 바다를 배경으로 몇 되지 않는 관객들이 아들이 연출한 작품을 지켜본다. 상영되는 영상 속에 등장하는, 〈갈매기〉 '니나' 역할의 배우가 바로 혜화였다.

감독의 설명이 끝나자 배역에 따라 간단한 희곡 낭독이 시작됐다. 짧게나마 원작의 느낌을 살려보자는 의도였을 테지만 혜화로서는 눈앞이 캄캄해지는 일에 가까웠다. 언제 어느 순간에 배역을 거절해야 할지를 고민만 하다가 여기까지 와버리고 만 셈이었다. 욕심이었고, 화가 미칠 수밖에 없는 일이었다. 내리깐 눈빛들, 주위의 냉엄한 분위기가 도리어 자존심을 자극했을까.

혜화는 시선을 좌우로 휘저었다. 심장이 일순간 한 점으로 조여들었다. 별들의 잔치라는 흔한 문구가 이 경우에는 현실적인 표현에 가까웠다. 평범한 옷차림으로 좌석을 지키고 있을 뿐, 할리우드로 치자면 메릴 스트리프와 조지 클루니, 브래드 피트, 스칼렛 요한슨과 같은 대스타들이 한자리에 모인 셈이었다.

그들 앞에서 제대로 자기 대사를 낭독할 수 있을지 막막했다. 상대 역할을 제외한 나머지 배우들은 혜화의 존재에 거의 무관심했다. 오직 직관과 감각에 따라 역할을 배분하는 감독의 성향을 모르지 않으나, 전혀 알려지지 않은 배우와 함께 작업해야 한다는 의아함이 드러나지 않는다면 거짓말이었다.

마음이 가라앉은 것은 희곡 낭독이 끝날 무렵이었다. 어느새 어색한 분위기가 사라졌다. 혜화를 향한 경계심과 의아함이 극의 흐름 안으로 차분히 녹아들었다. 혜화는 성심을 다해 대사를 읊었다. 10년 이상의 연기 훈련이 마냥 헛된 일만은 아니었을까. 이야기라는 틀 아래 배우들끼리의 독특한 조화가 일어났다.

마치 아름다운 음악이 울려 퍼지듯 낭독은 부드럽게 끝났다. 긴장은 해소됐다. 이제 혜화를 놓아주지 않는 것은 감독과 배우를 향한 막연한 동경과 신비로움보다 한 편의 시나리오였다. 그 안에 앞으로 해나가야 할 자신의 역할이 있었다. 혜화는 극 중 니나의 시각으로 시나리오를 살펴보았다.

폐허가 된 바닷가에 혜화는 홀로 앉아 있다. 지구는 20만 년이란 많은 시간을 흘려보내고 모든 생명의 순환을 마친 상태다. 하나의 영혼으로 남은 혜화는 이윽고 물질을 초월하는 정신을 희구한다. 거대한 유황불이 닥쳐와 그녀에게 무어라 위협을 가하려 한다. 그 순간 상영은 중단된다. 상대 역할인 극 중 트레플료프의 어머니와 그녀 애인의 방해 탓이다.

기존의 〈갈매기〉를 바닷가 영화제의 설정에 따라 조금 뒤틀었고,

어머니 아르카지나와 극 중 감독 트리고린의 역할이 더욱 악랄해졌다는 게 특이점인 내용이었다.

어머니는 새로운 뭔가를 시도하려는 아들과 신예 주인공인 혜화에게 알 수 없는 적의를 품고, 그들을 알게 모르게 배제한다. 덩달아 어머니의 정부인 트리고린은 배우를 꿈꾸는 신예 주인공을 뜻 없이 유혹한 뒤 입맛에 따라 내쳐버린다.

기존의 희곡과 달리 그들은 그 이후에도 스토커처럼 혜화를 뒤따르며 그녀가 등장하는 모든 작품을 조롱하고 비웃는다. 〈갈매기〉란 희곡이 만들어지던 때에 비해 힘의 양극화가 심해진 탓에 오늘날 늙은 그들의 영향력은 너무도 막강하다.

태풍이 물러간 바닷가에서 죽은 갈매기를 박제하는 것으로 혜화의 역할은 끝이 난다. 실제로 20만 년이란 시간이 흐른 것처럼 주위는 괴괴하다. 유황불처럼 선명한 보름달이 망막한 바다 위를 떠돈다.

아직은 미완성의 시나리오였다. 작품의 결말 부분 정도는 실제 촬영되는 방향에 따라 얼마든지 달라질 수 있다는 얘기였다. 감독님은 체호프가 누누이 밝힌 바와 같이 희극적인 〈갈매기〉로 영화가 끝이 날 거라고 선언했다. 이 이야기가 어디에서 어떻게 희극적으로 표현될지는 아무도 예측하지 못했다.

그러나 혜화는 어렴풋이 그 말을 이해했다. 트레플료프가 아닌 니나가 갈매기를 박제한다는 점에서 예측 가능한 부분이 없지 않았다. 어쨌든 극의 흐름과 전개를 민감하게 의식해야 했다. 말하자면 이것은 연기라기보다 실제였고, 표현이 아니라 존재의 문제에 가까웠다. 너무도 오랜 기다림, 다시 오지 않을 기회, 차라리 꿈결 같은 시간. 혜화는 이야기 속으로 깊이 빠져들어갔다.

26

빰 위에 닿는 바람이 마치 청아한 물결 같았다. 나흘 만에 맛보는 바깥 공기였다. 기분이 이상했다. 들어가라니 들어갔고, 나가라니 다시 나온 것뿐이었지만 이렇게 손쉽게 놓여날 분위기는 분명 아니었다. 얼결에 순간이동에 성공한 기분이었다.

어쨌든 구속되고 말리라는 짐작은 틀렸다. 한편 다행일 수도, 혹은 더 큰 위험과 가시밭길의 전조일지도 몰랐다.

비켜라, 씨발! 주위를 두리번거리는 동안 갑작스러운 욕설이 들려왔다. 유치장에서 나온 이가 동화 한 사람은 아닌 모양이었다. 위아래 검은 타이즈를 갖춰 입은 남성 역시 경찰서 현관을 벗어나고 있었다.

얼굴을 자세히 확인하진 못했지만 유치장 너머에서 스토커로 오인받아 억울하다며 울부짖는 모습을 얼핏 보았었다. 마치 잠수복을 연상시키는 옷차림은 특이하다 못해 위협적이었다.

검은 옷은 얼른 경찰서에서 사라지고 싶다는 듯 해골 모양의 문신이 드러난 살덩이로 동화를 밀쳐냈다.

자유의 몸이 된 만큼 소소한 일에 신경 쓰지 않기로 했다. 다만 비켜라, 하는 말투 자체는 마음에 걸렸다. 어디서 들어본 것만 같았다.

경찰서 안 마당에 서 있는 자동차 한 대가 눈에 띄었다. 뜻 모를 기시감이 차올랐다. 의아함보다 놀라움이 머릿속을 채웠다. 눈앞의 자동차가 예상하는 그 차라면 지금의 이 불구속 과정이 웬만큼은 설명됐다.

곧 상황은 명백해졌다. 고급 세단에서 어머니와 형이 내렸다. 언제, 어떻게, 어디에서 소식을 들은 것인지 알 수 없었다. 경찰 측에서 연락을 준 것인지, 어찌저찌 행적을 알아낸 것인지, 다만 보호자 자격으로 나타난 것인지. 예상 밖의 일만은 아니었지만 의도적으로 연락을 피해온 것은 사실이었다.

걸음을 옮기기 전에 어머니와 형이 먼저 다가왔다. 와락, 동화를 껴안았다. 떨어져 있던 만큼의 강한 인력이 세 사람 사이에 작용하는 듯했다. 이렇게 느끼는 가족의 품은 오랜만이었다. 난처한 상황 속에서 되찾은 가족은 평소와는 의미가 다를 수밖에 없었다.

하지만 그보다 앞서는 것은 어떤 의아함이었다. 가까이 밀착된 상태에서가 아니라면 결코 나눌 수 없는 문제가 생긴 것은 아닐까.

어머니는 여느 때와 달리 속으로 울음을 삼키고 있었다. 평소라면 볼 수 없는 진지한 태도였다. 형은 동화의 어깨 위에 손을 얹은 채 말 없이 고개만 끄덕였다. 네 상황을 충분히 헤아린다는 의미 같았지만 구체적인 내용을 묻기는 어려웠다. 잠시 정적이 이어졌다. 주위를 둘러싼 움직임이 미묘했다. 자세히 보니 아직 차 안에 한 사람이 더 타고 있었다.

여기까지 함께 온 사람은 누구일까, 생각하는데 차창이 내려갔다. 예비 신부가 모습을 드러냈다. 다음 순간 뒤쪽에 서 있던 또 다른 자동차의 문이 열렸다. 그쪽에는 해외 출장을 나갔다던 예비 신부의 아버지가 있었다. 그 옆 차량에서는 예비 신부의 오빠들이 자리를 지키고 있었다.

마치 모두가 어떤 신호를 기다리는 분위기였다. 혼인 서약이 이토록 엄중한 것이었는지 미처 몰랐다. 사람들에게 둘러싸여 있는 상황이 답답하게 여겨졌다. 장소가 경찰서인 탓인지 앞으로 뒤로도 가지 못하도록 붙잡혀버린 기분이었다.

동화는 제 발로 걸어서 천천히 이곳을 벗어나고 싶었다. 여기까지의 모든 과정을 홀로 밟아온 만큼, 되돌아가는 길 또한 자신의 발걸음으로 완성하고 싶었다.

동화는 뒤쪽의 차를 향해 깍듯이 고개를 숙였다. 예비 신부 아버지를 향해서였다. 진심 어린 몸짓이었다. 이렇게 와줘서 감사하다는 의미였다. 이어서 한 번 더 고개를 숙였다. 두 번째 인사는 의미가 조금 달랐다. 어쩔 수 없이 부딪쳐야만 하는 일이 기다리는 중이었다. 주위에 얼마나 많은 사람이 있든 동화 자신은 단 한 명이었다.

예비 신부를 향해 걸음을 옮겼다. 품에 지니고 있던 편지 한 통을 꺼내 들었다. 요즘 세상에 무슨 편지인가 싶었지만 유치장에서 멍하게 시간을 죽이던 어느 순간에 절로 쓰이다시피 한 편지였다.

혼인에 대한 준비가 전혀 되지 않았다는 사실을 깨달았으며, 사정이 이러이러하여 어쩔 수 없이 결혼을 취소하기로 했다, 아무래도 다른 사람에게 마음이 향하고 있는 것 같다, 미안하다는 말 외에 달리 할 말이 없다 등 진부한 내용이었다.

어머니와 형의 표정이 납빛처럼 굳어갔다. 늘 그래왔던 것처럼 자신들과 먼저 의논해야 마땅하지 않냐는 눈빛이었다.

이미 결심을 행동에 옮긴 뒤였다. 갑자기 용기가 치솟아 동화는 이렇게 말했다. 어머니와 형의 반격이 쏟아지기 전에 표현을 서둘러야 했다.

"지금 집으로 돌아가지 않습니다. 서울까지는 혼자 가요."

길을 홀로 나서겠다는 것이 가족의 의도에 정면으로 배치되는 일임을 모르지 않았다. 하지만 사소한 결정에 가깝지 않은가. 영영 가족을 보지 않겠다는 뜻은 아니었다. 어머니, 형, 예비 신부, 그녀의 가족 모두 할 말을 잃은 듯 동화를 바라보기만 했다.

마침내 발걸음을 내디뎠다. 그들로부터 등을 돌리는 순간 발밑이 푹 꺼질지 모른다는 불안이 치밀었다. 무릎이 부들부들 떨렸다. 쉽사리 발이 떨어지지 않았다. 진정 혼자가 돼버린 느낌이었다. 울며불며 매달려도 시원치 않을 형국일지 몰랐다.

어머니에게, 형에게, 신부에게, 그들 모두에게 이 상황에 대해 아는 만큼 설명해달라고 해야 했다. 할 수 있는 한 도와달라고 해야 했다. 여태껏 지나왔던 것처럼 깔끔하고 손쉬운 해결을 기대해야 했다.

그러나 뒤돌아보는 순간 여기까지 왔던 모든 과정이 수포로 되돌아갈 것이 분명했다. 더는 과거의 자신으로 돌아가길 원치 않았다. 어머니와 형이 다급히 양팔을 붙잡았다.

"네 행적 모두 전해 들었다. 그런데도 우리와 함께 안 가겠다고?"

형이 말했다. 이 짧은 파혼식의 마지막 과정이 시작된 듯했다. 며칠째 잠을 제대로 자지 못했다. 차라리 유치장으로 되돌아가고 싶을 만큼 격심한 피로가 급격히 몰려왔다.

"이렇게 많은 사람이 너 하나만을 위해 말도 안 되는 과정을 거쳐왔어. 신부에게는 말할 것도 없고. 그런데 지금 모두를 적으로 돌리겠다고? 지금 어른들이 최대한의 인내심을 발휘하고 있는 거야! 너하나 때문에!"

동화는 형의 말을 고스란히 받아들일 작정이었다. 일평생 어머니와 형의 영향 아래서 숨죽인 채 살아왔다. 단지 서울에서 만나자는 간단한 의미였다. 다른 무리한 뜻을 관철하려는 게 아니었다.

"그러니까 정녕 선을 넘겠다는 거로구나. 네가 생각하는 그 선을 넘는 순간 넌 더 이상 가족의 일원이 아니라는 걸 알아둬. 이제 어디가서 절대 어머니 자식이라 말하고 다녀서는 안 된다는 뜻이다. 아버지가 살아계셨다면 지금 네 모습을 보고 얼마나 실망하셨을지 짐작도 가지 않아. 너 같은 놈을 동생이라 생각하고 여태까지 먹이고 입혔거늘."

형이 표정을 사납게 일그러트렸다. 어떤 대답을 기다리는 것 같았지만 동화는 침묵을 선택했다. 낯설게만 느껴지는 이 사람은 누구인가. 뜬금없이 그런 물음이 차올랐다. 어쩌면 오랫동안 품어왔던 의구심인지 몰랐다. 불안이 상상력을 부추기고 있었다.

"너 바보냐! 지금 네가 어떤 위기에 처했는지 전혀 모르는 거야? 아니면 다 알면서 의도적으로 다른 모두를 해치려는 거냐고."

이렇게까지 형의 표정을 세밀하게 응시하는 일은 처음이었다. 자신과 닮은 구석이 있는지 살펴보았지만 도저히 찾을 수가 없었다. 다시 한번, 몇 번 더 훑어보더라도 마찬가지였다. 현기증이 치밀기 시작했다. 잠을 자고 싶었다.

"그렇게 뚫어져라 나를 쳐다본다고 터무니없는 상황이 달라져? 너 듣고 싶은 말이 있는 거지? 그렇다면 지금 어떤 사람들이 너를 지켜보고 있는지 똑똑히 알아두어야 할 거다."

어머니의 눈동자가 커졌다. 예비 신부 쪽에서는 미동조차 하지 않은 채 상황을 주시하고 있었다. 눈앞의 세계가 조금씩 흐릿해졌다. 동화로서는 어서 이 대화가 끝나기를 바랐다.

"그러니까 그 말을 기어코 입 밖으로 꺼내주길 바라는 거냐고! 그래, 처음부터 넌 내 동생이 아니었다. 어차피 너와 나, 형제라는 인연은 억지였어. 앞으로 뭐든 네 마음대로 해도 이제 아무 상관 안 해. 그때 아버지를 말리지 못한 게 평생 후회막급이다."

곁에 서 있던 어머니가 갑자기 오열했다. 모여든 사람들 사이에서 탄식이 터져 나왔다. 동화의 머릿속에서 펑, 하고 소리가 난 것 같았다. 시야가 점점 가물거렸다.

"아가, 너를 거둘 때는 분명히 이유가 있었다. 이렇게 네 마음대로 할 거였다면 지금까지 뭐 하러 우리가 너를 키웠는지 모르겠구나. 너보다 몸이 튼튼하고 눈망울이 또릿또릿한 애기들도 많았지만 너를 아들로 택했고 여태껏 성심으로 대해왔다. 늦지 않았다, 아가. 어떻게든 우리가 널 도우마. 굳이 가시밭길을 걸을 이유가 뭐니. 이 에미의 아들이 그렇게 되기가 싫다면 우리도 어쩔 수가 없어. 네 형 말처럼 그때 너희 아버지를 말렸어야 했어. 그러니까……."

귓가가 멍멍했다. 말이 제대로 분간되지 않았다. 이 순간 정작 어머니와 형은 전혀 다른 의미를 내뱉고 있는지도 몰랐다. 동화의 두려움이 상상 속에서 가상의 말들을 마구 쏟아내는 중일 수도 있었다.

"우리가 아무것도 몰랐다고 생각하지는 말게나. 내 귀한 딸아이가 자네 따위에 이미 인생을 걸어버린 것을 어떡하겠나. 고작 오늘 만난 잡스러운 여자 하나 때문에 전부를 잃는 우를 범하지는 말아야지. 제기랄, 성적이나 얼굴 빼면 도대체 네 놈 따위에 무엇이 남는다고……."

예비 신부 아버지의 말이 이어졌다. 어느덧 사라진 줄 알았던 형사와 제복 차림의 경찰들이 주위를 둘러싸고 있었다. 여러 개의 손이 어긋난 대못처럼 튀어나와 동화의 사지를 압박했다. 한 치의 빈틈조차 허락되지 않는 완강한 감옥. 문득 동화는 혜화를 떠올렸다.

자신이 누구든, 누가 아니었든 혜화가 단 한 사람이라는 사실은 변하지 않을 터였다. 동화 역시 그러한 한 사람이었고, 다른 한 사람을 만나야 했다면 상대가 오직 혜화이길 바랐다. 동화는 온 힘을 다해 몸을 내던지는 것으로 모든 혼돈을 떨쳐버리기로 했다. 벽을 깨부수어야 했다.

27

뜻 모를 눈길이 혜화를 훑어 내렸다. 주위를 살펴보고 싶었지만 고개를 돌리기 어려웠다. 반사판까지 더해진 조명은 태양광처럼 뜨거웠다. 실제 촬영은 곧 체력전이었다. 대기 시간 내내 비축된 힘 대부분을 한순간에 쏟아내야 했다. 긴장 속에서 다른 곳을 둘러보기란 불가능한 일이었다.

알려진 대로 전연 일관성 없는 연기를 해야 했다. 울부짖은 뒤 갑자기 환하게 웃어야 했고, 좀 전의 장면에서 자신을 타락의 구렁텅이로 빠뜨렸던 인물과 느닷없는 첫인사를 나누지 않으면 곤란했다. 시간의 순서와 공간의 배열이 흐트러졌고, 그 사이사이에 오로지 이미지만이 새겨지는 중이었다. 현장에 적응하는 일이 무엇보다 중요했다.

야외 촬영인 만큼 제법 많은 구경꾼이 현장 부근을 서성이고 있었다. 주기적으로 밀려왔다 밀려 나가는 파도 소리, 간간이 뺨을 스치는 바람이 폐부를 시원하게 했다. 혜화는 제법 오래 바닷가 바위 위에 홀로 앉아 있었다. 대사 한 줄, 몸짓 하나 없이 오직 카메라 렌즈만을 응시하고 있었다.

구경꾼을 제외한 영화 관계자만 해도 수십 명 이상이었다. 거기에 카메라와 조명이라는 인공적인 빛까지 더해졌다. 그런 틈에 뜻 모를 시선을 느끼는 것은 어쩌면 자연스러운 일이 아닐까, 하고 혜화는 생각했다. 카메라 렌즈가 모종의 특별한 감각을 불러오는 것인지도 몰랐다.

실제로 빨간 불이 켜지며 카메라가 작동되는 순간 많은 것이 달라졌다. 영화 촬영은 마법에 가까운 일이어서 다른 현실적인 생각들은 일순간에 차단됐다. 혜화는 세 시간 이상을 한자리에 오롯이 앉아 있기만했다. 시선의 변화, 어깨의 움직임 정도가 허락된 자유의 전부였다.

그러나 이렇게까지 주위와 하나가 된 스스로를 느끼는 일은 드물었다. 카메라는 가까운 곳에 멈췄다가 다시 먼 곳으로, 또 한순간 높이 떠올라 새처럼 혜화를 하늘 위에서 내려다보곤 했다.

며칠째 강행군이 이어지고 있었지만 조금도 피곤하거나 힘겹지 않았다. 방심하는 순간 여지없이 NG가 일어난다는 것도 하나의 이유였지만 그보다 더 큰 어떤 몰입감이 분명히 있었다. 푸른 바다, 소금기 머금은 상쾌한 바람, 드높은 하늘, 지저귀며 날아다니는 바닷새들과 배경의 일부로서 함께 호흡하는 느낌이었다.

대사나 몸짓이 없으니 따로 연기할 필요도 없을 것이라고 조감독이 귀뜸했지만 어불성설이었다. 합창을 기다리는 사이도 역시 노래의 일부분인 것과 마찬가지였다. 의상과 분장 담당자들이 수시로 다가와 얼굴과 옷 상태를 체크했다. 음향 담당자는 드레스 안에 감춰진 초소형 마이크의 위치를 조정해주었다.

영화의 모든 스태프는 각자 맡은 일에 열중했고, 그러한 분위기는 무척이나 엄정한 것이었다. 감독님은 각각의 담당자들과 끊임없이 무언가를 상의했는데, 그때마다 카메라와 지미집, 반사판의 위치가 변화됐다.

아무런 움직임 없이 3시간 동안 렌즈 앞에 앉아 있어야 하는 이 상황은 비교적 가벼운 과제에 속했다. 하루 내내 눈물을 쏟아내야 하는가 하면 8시간 이상을 뛰어다니기만 한 날 또한 있었다.

야간까지 촬영이 이어지는 경우에는 더욱 상황은 심각해졌다. 비몽사몽간에 모든 시간을 흘려보내야 했고, 새하얀 드레스 하나만을 몸에 걸친 채 캄캄한 바닷물에 뛰어드는 일도 마다하지 않아야 했다.

혜화는 내부자이면서도 외부자였다. 현장 안에 있으면서 또한 현장 밖에 있는 구경꾼과 다르지 않았다. 우연히 바닷가를 들른 찰나 눈앞에서 이런 광경이 펼쳐지고 있다면 어떤 느낌이 들지 궁금하기도 했다. 좀처럼 드문 일, 쉽게 볼 수 없는 비일상적인 사건, 지나가다가도 한 번쯤 시선이 머물 수밖에 없는 하나의 이벤트에 가까운 풍경이 아닐까.

물론 상대 역할인 김지성은 그와 다르게 판단할 게 분명했다. 세계적인 스타로서의 이미지는 지워버리고 오로지 진지하게 작업에 임하는 동료의 모습만 보일 뿐, 자신이 누구인지, 얼마나 많은 팬을 지녔으며, 전 세계에서 벌어들이는 저작권 수익이 어느 정도인지는 전혀 중요치 않다는 기색이었다. 누구나 한 번쯤 얼굴을 직접 대면하고 싶어하고, 내친김에 악수를 나누고 사인을 받고 함께 사진을 찍으려 안달이 나 있으리라는 주변의 상황은 전혀 염두에 없는 것처럼 보였다.

김지성과는 이번 촬영을 통해 급속도로 가까워지고 있었다. 대기하는 내내 같은 공간을 써야 했고, 상대 역할인 만큼 함께 합을 맞춰야하는 상황 또한 잦았다. 비록 대본상이었지만 둘은 서로를 갈망하는 사이이기도 했다. 트레플료프의 고뇌와 기대, 니나의 꿈과 젊음이 맞물려 들어가는 극의 흐름 자체가 이미 무척이나 흥미로운 것이었다.

다른 배우들의 분위기 또한 희곡 낭독 때와는 사뭇 달랐다. 촬영에 들어서자 모두가 진지하게 제 역할에 몰입했다. 카메라를 향한 혜화의 시선과 몸짓에 대해서도 이런저런 조언이 적극적으로 오갔다. 스스로의 연기에 확신하지 못하는 불안과 두려움이 동료 배우들과의 꾸준한 의사소통 속에서 극의 일부로 통합된다는 사실을 혜화는 절감하고 있었다.

모두 현장 분위기를 부드럽게 이끌기 위해 노력했고 함께 팀워크를 다져가는 중이었다. 동료 배우들은 무엇보다 독립 영화에 꾸준히 출연해온 점과 대학로에서의 지속적인 무대 경험을 인정해주었다. 혜화의 10년 이상의 연기 훈련이 마냥 헛되지 않았다는 사실을 그들의 눈빛이 증명해주는 셈이었다.

"철수합니다. 이동 준비 서두르세요. 다시 한번 말씀드립니다. 현장 철수합니다."

주위가 부산스러워졌다. 확성기 잡음과 함께 조감독의 외침이 들려왔다. 이미 으슬으슬 살결이 떨리고 있었다. 갑작스러운 소나기였다. 카메라를 응시하느라 온몸이 젖어 드는 줄도 몰랐다.

해변의 모래와 바다의 표면에 빗방울이 떨어지는 소리가 뜻밖에 경쾌했다. 긴장이 일시적으로 풀린 탓인지 피부로 느끼는 바람은 제법 쌀쌀했다. 혜화는 새하얀 천으로 된 가벼운 드레스 한 벌만 입은 채 대부분의 촬영에 임하는 중이었다. 머리칼과 어깨에서 물기가 쏟아지다시피 했다.

컷 사인이 떨어지자마자 조감독이 손짓을 했다. 동시에 의상 담당자가 다가왔다. 촬영 내내 지니고 있던 동화의 상의를 어깨에 걸쳐주었다. 이불을 온몸에 두른 것 같은 든든함이 순식간에 혜화를 감쌌다.

익숙한 느낌, 자기 방에 가까워진 기분, 평범한 남성 재킷 하나가 이렇게까지 커다란 역할을 하게 될 줄은 미처 예상치 못했다. 거칠고 낯선 현장 속에서 몸을 데워주는 소중한 열원이자 유일하게 친숙한 물건, 마치 유년 시절 꼭 끌어안던 곰 인형 같은 벗이 되어갔다.

빗방울이 떨어지기 시작하자 현장은 금세 아수라장이 됐다. 장비의 대부분이 전기 제품인 만큼 비는 곧 촬영 과정의 가장 큰 재난이었다. 철수 준비로 어수선하던 촬영장 한쪽이 갑자기 시끌벅적했다. 비가 쏟아지는 틈을 타고 누군가 현장을 급습한 듯했다. 구경꾼 중 몇몇이 통제선을 넘어 촬영 현장을 침범한 것이다. 이미 보안 담당자들과 그들 사이에 격한 실랑이가 벌어지고 있었다. 한편에서는 수십 명이 한꺼번에 모래사장에 고꾸라지는 진풍경이 연출되기도 했다.

잠깐, 하고 혜화는 멈칫했다. 짧은 순간이었지만 어떤 목소리가 들려왔다. 마치 제 이름이 불린 것만 같았고, 동화가 스쳐 지나간 듯했다. 체격이며 머리 모양, 목소리, 몸을 움직이는 모양이 꼭 그였다. 아닌가. 잘못 본 건가. 아무래도 거리가 멀었다. 좀 더 자세히 상황을 살피고 싶었지만 이동 차량에 올라야 할 때였다. 섣부른 판단은 곤란했다. 동화가 이곳에 나타날 확률은 제로에 가까웠다.

아니나 다를까, 가시거리에 들어온 그 사람은 위아래 검은 옷을 입은 평범한 사내일 뿐이었다. 체격 조건 역시 동화와 상당히 차이가 있었다. 그 곁에 부랑자로 보이는 또 다른 사내가 보였지만 동화가 그런 모습일 리는 만무했다.

혜화는 부랑자와 검은 옷을 입은 사내로부터 시선을 돌렸다. 시나리오를 다시 바라보았다. 보안 담당자들과 구경꾼들 사이의 다툼은 쉽게 끝나지 않을 듯 보였다. 마치 무슨 퍼포먼스를 하는 것처럼 모래밭에서 수십 명이 넘어지거나 엎어진 채 몸을 허우적거리고 있었다.

우연일까. 차량이 현장을 벗어나자마자 갑자기 머릿속이 아파왔다. 카메라의 작동이 끝날 때마다 엄습했던 알 수 없는 예감이 혜화의 등

줄기를 타고 솟구쳐 올랐다. 뜻 모를 어느 시선이 뒤따르는 느낌, 정체불명의 그 무엇인가가 주위를 맴도는 기분, 자신의 존재를 거리낌 없이 훑어 내리는 누군가.

혜화는 서둘러 고개를 돌려보았다. 모습과 얼굴을 확실히 익혀두고 싶었지만 차량은 현장에서 한참을 벗어난 뒤였다. 예감이 좋지 않았다. 별안간 옆구리가 따끔거렸다. 추웠다. 긴 시간 이어진 야외 촬영의 피로가 한꺼번에 몰려왔다. 혜화는 동화의 재킷에 몸을 깊숙이 파묻으며 한숨을 내쉬었다. 애써 지우려고 했던 생각들이 다시 뇌리에 떠올랐다.

현재로서는 결코 되뇌고 싶지 않은 이런저런 일들, 보이지 않는 곳에서의 어떤 음험한 움직임, 자신이 처해 있는 부조리한 상황에 대해. 이윽고 숙소이자 대기 공간인 호텔 앞으로 차량이 들어섰다. 그러고 보니 차에 올랐던 때부터 익숙한 향기 하나가 코끝을 찌르고 있었다. 숨을 내쉬고 들이실 때마다 자극은 점차 강해졌다.

차가 갑작스레 멈춰 섰다. 운전석의 제작 스태프가 승합차 뒤쪽의 의상 담당자에게 쇼핑백 하나를 전달했다. 혜화의 눈치를 살피더니 현장에서 배우분께 전달된 물건입니다, 하고 말했다.

무슨 일일까. 의상 담당자의 얼굴이 호기심으로 부풀어 올랐다. 쇼핑백에 담긴 내용물을 확인하자마자 그녀가 손바닥으로 무릎을 쳤다. 배우님 벌써 팬이 생기신 것 같은데요, 첫 번째 선물이에요. 흥분된 목소리가 전해졌다.

시간이 정지됐다. 의상 담당자가 혜화를 향해 내용물을 불쑥 내밀었다. 붉은 잎사귀, 짙푸른 줄기, 하나로 묶인 풍성한 다발. 눈앞을 채운 그것은 다름 아닌 장미였다.

글귀가 쓰인 흰 종이가 얼핏 보였다.

'Frailty, thy name is woman!'

마치 조화를 상징하듯 검은 리본이 질끈 묶여 있는 것이 새삼 특이했다.

붉은 글자를 읽기 무섭게 머릿속이 새하�‍얘졌다. 혜화는 방어막을 치듯 눈꺼풀을 꼭 내려뜨렸다. 꽃다발을 쥐자마자 손가락 마디를 타고 피가 흘러내렸다. 장미의 날카로운 가시, 혹은 대바늘, 붉은 잉크. 숨조차 제대로 쉴 수 없었다.

28

택시 기사의 욕설을 뒤집어쓰고 동화는 차에서 내렸다. 갑자기 걷고 싶어서가 아니었다. 공항으로 출발한 지 한참이 지나서야 어떤 사실을 깨달았다. 생각해보니 몸에 지닌 물건이 아무것도 없었다.

현금은 물론 카드, 명함, 차 열쇠, 휴대전화까지 모두 경찰서 물품 보관실에 놓여 있을 터였다. 그마저 이미 어머니와 형이 대리 수령했을 확률이 높았다. 서울에서부터 입고 왔던 상의에 얼마간의 현금이 더 있었지만 온데간데없어진 지 오래였다.

무일푼이라는 사정을 전해 들은 기사는 점점 세상이 망해가고 있다며 분노와 욕설을 쏟아냈다. 떠나가는 택시의 뒷바퀴에서 격한 먼지와 소음이 일었다.

순간 멍했지만 도리어 기분은 홀가분했다. 푸르른 하늘이 제법 높았다. 드넓은 공간에서 혼자가 됐다는 사실이 이상하게 만족스러웠다.

마침 바람에서 소금기가 느껴졌다. 당장 떠날 수 없다면 어디로 갈까, 바다로 가보면 어떨까, 그곳에서 천천히 다음을 생각해보자, 그러니까 되는 대로, 하고 동화는 생각을 그러모았다. 걸음을 내디딜수록 바람과 소금기가 강해졌다.

마치 자연의 다른 부분으로서 바닷물이 동화를 이끄는 듯했다. 곧 바다가 나올 것이다, 하고 예감하는 찰나 이미 바다가 펼쳐져 있을 것 같았다. 실제로 그랬다. 혜화의 약속 장소이기도 했던 해운대는 의외로 가까운 곳에 있었다.

놀라웠다. 눈을 감았다 다시 떠야 했다. 그동안 보았던 해운대의 모습과는 완전히 다른 바다가 펼쳐져 있었다. 누군가 거대한 굴착기로 해변을 갈아엎지 않고서야 결코 보기 힘든 낯선 풍경이었다. 며칠 전의 태풍이 얼마나 강력한 규모였는지를 절감하게 했다. 깊숙이 내륙으로 밀려온 바닷물이 기세 그대로 빠져나가며 대부분의 인공 구조물을 지워버린 듯했다. 땅의 구석진 곳마다 조각난 철제와 플라스틱, 토사와 쓰레기 더미가 가득했다.

대조적으로 해변의 분위기는 활기찼다. 특별한 바다의 모습이 사람들을 끌어모으면서 태풍이 지나간 자리마다 빠르게 생기가 들어차고 있었다. 허물어진 행사 부스들이 일어서고, 새 게시물과 플래카드 등이 차츰 늘어났다.

LED 스크린이나 작은 무대가 세워지는가 하면, 검은색 STAFF 조끼를 입은 이들이 곳곳을 누비고 다녔다. 반짝이는 햇빛이 주위를 드넓게 수놓았다. 그리고 보니 부산 일대에 가까워진 다음부터 비슷한 장면들을 자주 보아왔다. 일관되게 반복되는 문구와 색채, 기호와 상징들은 모두 영화제를 알리는 안내였다.

어디선가 갈매기가 끼룩거렸다. 멀리 수평선에서부터 너른 파도가 밀려왔다. 언제나 그렇듯 바다는 끝이 없었다. 예상하던 곳, 기대하던 곳에 왔다는 생각이 들었다. 낯선 분위기 속에서 치솟는 것은 다름 아닌 해방감이었다. 대자연 앞에서가 아니라면 결코 느낄 수 없는 뜻 모를 경이로움이 내면을 채워나갔다.

아는 이 하나 없다, 돈도 없다, 사야 할 것도, 먹을 것도, 잘 곳도, 아무것도 없다. 그러나 무엇으로든 빈 시간과 빈 공간을 색칠해나갈 수 있을 것 같았다. 무인도에 홀로 고립된 상황 속에서 도리어 흥분을 감추지 못하는 엉뚱한 모험가처럼.

바다, 그리고 모든 것이 지워진 해변에서 비로소 시작되고 있는 축제의 현장을 동화는 가만히 바라보았다. 한쪽에서는 대규모 촬영이 한창이었고, 국제적인 행사답게 만국기가 펄럭이는 옛 풍경도 펼쳐지고 있었다. 누구라도 반길 법한, 무엇이든 가능한 세계에 왔다고 동화는 생각했다.

첫날 하루쯤은 겁에 떨어야 했지만 두려움과 불안은 이내 가라앉았다. 거칠 것 없는 생활이 오히려 편안했다. 무엇보다 전화가 울리지 않았다. 뭔가를 준비하지 않는다고 곤란해지는 것도 아니었다. 앞다

뭐 처리해야 할 일도, 무엇을 사야 할 필요도 없었다. 다만 홀로 무언가를 헤쳐나간 경험이 전무했다.

차츰 무료함이 찾아들었다. 바닷가 축제 현장에서 동화는 종일 거리 공연을 구경하거나, 행사가 벌어지는 자리 근처를 오갔다. 내내 파도를 바라보았고, 그 일이 지겨워질 때쯤이면 무수한 인파를 관찰했다.

한자리에 다양하고 많은 사람이 어우러져 있었다. 모두 가볍고 편안한 차림으로 자주 함박웃음을 지었다. 부드럽고 따사로운 어떤 예감, 먼 곳으로 이어진 드넓은 바다의 힘이 꿈처럼 그들을 감싸고 있는 듯했다.

소송자료, 법전, 출퇴근, 검사 측 질문, 해당 판사의 성향, 출신 지역과 학교, 연수원 기수, 직장 내 서열, 이익과 이해, 이기에 따른 치열한 법적 공방 등이 모두 무색해졌다. 황량한 바닷가가 태초의 풍경을 연상시킨 것과 마찬가지로 그저 온전한 한 사람, 한 사람의 궤적을 뒤따르는 기분이었다.

지금껏 이런 조화로운 풍경이 주는 벅찬 느낌을 전혀 모른 채 지내왔다. 축제 분위기 탓인지 호기심 어린 눈길에도 달리 경계심을 보내는 이가 없었다. 빈손, 빈 몸, 빈 마음, 동화로서는 그러한 상태로 시간의 여백을 즐기고 있는 셈이었다.

무전여행이나 마찬가지라 밤이면 버려진 누더기를 껴입고, 종이박스를 덮어쓴 채 바깥에서 잠을 청했다. 그랬다. 언젠가부터 이런 시간을 기다려왔다. 시키는 대로 똑바로 살아왔고, 가르치는 모든 바를 올곧이 지켜왔지만 현실은 언제나 외따로이 존재했다. 지루한 교과서, 버거운 숙제, 숨 막히는 이론의 불일치와 혀를 내두를 수밖에 없는 권위의 부조리. 한 번쯤은 지녀온 모든 것을 내동댕이치기를 바라 마지 않았다. 이제 그 시기가 도래한 것이다.

몸은 점점 지저분해졌지만 전혀 어색하지 않은 일이었다. 오히려 비바크는 해변의 고정적인 풍경 중 하나였다. 주로 영화제를 찾은 국내외 청춘 남녀가 밤을 보내는 방법이었다.

때때로 기타 소리가 울려 퍼지는가 하면, 바다를 향해 고성을 지르는 이들도 나타났다. 그러는 사이에서 해변을 오가거나 밤하늘을 지켜보거나 영화 관련 이야기를 나누는 이들 모두 야외 취침객과 다름없었다. 조금 떨어진 바닷가 구석에서는 여전히 무슨 촬영이 한창인 듯했다. 낮밤 없는 강행군이었다.

어머니와 형, 예비 신부, 로펌 대표 변호사의 소식은 물론 세상에 무슨 일이 일어나고 있는지 전혀 알 수 없었다. 하나의 세계를 차단하고 다른 문을 열어젖힌 기분이었다. 가능하다면 자신에게 속했던 모든 것을 겁 없이 내던져버릴 작정이었다. 이후 어떤 결과를 맞이한대도 좋았다. 모쪼록 편안했다. 무엇보다 너른 해안선이 동화의 곁을 든든히 지키고 있었다.

파도 소리와 바람 사이에 스며든 느슨하고 막연한 느낌, 이동 중에 문득 걸음을 멈추면, 졸음에서 막 깨어나면, 한눈을 팔다가도 갈매기

울음에 고개를 돌리면 언제나 바다가 새로이 모습을 드러냈다.

태평양을 향한 바다, 구름의 움직임과 하늘의 모습과 햇빛의 기울기에 따라 끝없이 모습을 달리하며 먼 곳으로 뻗어나가는 무한의 상징. 그러한 펼쳐짐을 볼 때마다 희열에 가까운 카타르시스가 동화의 온몸을 지나갔다. 겉모습은 노숙인에 가까울 테지만 할 수 있는 한 이대로 시간을 보내도 좋지 않을까, 그렇게 생각했다.

그러나 딱 한 가지 문제가 남아 있었다. 하루 세 끼분의 굶주림만큼은 동화를 결코 놓아주지 않았다. 경찰서에서 설렁탕 한 그릇을 더 먹지 못했다는 사실이 안타까울 지경이었다.

밥값을 찾아 길바닥을 샅샅이 뒤져보기도 했지만 아무런 소용이 없는 일이었다. 생각하기에 따라서 그것은 다소 의아한 현상에 가깝기도 했다. 수십 수백 조씩, 세상은 그야말로 돈이 넘치는 곳이었다. 동전 하나쯤은 허투루 떨어져 있지 않을까 싶었지만 누가 모조리 쓸어 담기라도 한 것처럼 돈의 흔적조차 찾기가 어려웠다. 그 많던 돈을 가져간 자가 도대체 누구인지에 대한 의구심이 무의식중에 뒤따랐다.

결국 사람들이 먹다가 남기고 간 음식을 슬쩍, 하는 수밖에 없었다. 그렇게 하루, 또 다음날 하루까지는 괜찮았다. 하지만 이내 아랫배가 아파왔다. 동화는 잃어버린 책들을 환기했다. 도서관에서부터 책을 지녔던 기억이 이제는 새삼스러웠다.

스스로 어떤 고난의 이야기 속으로 들어선 주인공인 것만 같았다.

리어왕과 에드거랄지, 돈키호테랄지, 이몽룡이랄지, 장 바티스트 그르누이, 홀든 콜필드 혹은 영달과 백화랄지. 무엇이 되었든 낯선 모험에는 대가가 따른다, 배고픔과 굶주림이 새로운 지혜를 만들 것이다, 하고 되뇌어보았지만 쓰레기통을 뒤지는 수밖에 없는 처지였다.

결국 쓰레기를 뒤적이는 사이 일이 일어났다. 양손에 음식물 쓰레기를 집어 들고 고르는 사이 어딘가에서 검은 뭉텅이 같은 것이 날아들었다. 누가, 왜 그런 행동을 보이는지 전혀 알 수 없었다. 눈앞에서 번갯불이 번쩍이면서 머릿속이 캄캄해졌다.

"이 거지발싸개 같은 놈아."

충격과 통증이 온몸으로 번져나갔다. 눈을 떠보니 몇몇 괴한들이 둘러싸고 흠씬 매를 두들기고 있었다. 지저분한 모습으로 나다니지 말라는 경고에 가까웠을까. 그저 보기가 싫었던 걸까. 스스로의 힘으로 살아내라는 뜻이었을까. 아니면 목적이나 의도를 가진 행패일까.

자리를 박차고 도망쳐 가까스로 찾아낸 먹을거리는 다름 아닌 술이었다. 며칠 사이, 축제 현장 곳곳에서 맥주나 와인 등의 시음 행사가 진행되고 있었다. 이곳저곳을 기웃거리며 술에 담긴 탄수화물을 섭취하는 외에 다른 해결책은 떠오르지 않았다. 동화뿐 아니라 분위기에 젖어 든 많은 이들이 가벼운 먹거리와 함께 한두 잔의 술을 마시고 있었다.

홍청망청 술을 들이붓기에는 시간과 장소, 특히나 부랑자 같은 현재 몰골이 적절치 않다고 여겨졌으나 주위를 의식할 겨를이 없었다. 취하려는 목적이 아니라 단순히 굶주림에서 놓여나기 위해서였다.

과도한 시음이 계속되자 사람들과 행사 직원의 표정이 당혹스러운 빛으로 물들었다. 또 다른 낯선 사내들이 동화 주위를 어슬렁거리는 듯했다. 음산한 눈빛이 몸 곳곳에 따갑게 들러붙었다.

정신이 혼몽해지고 나서야 사람들이 없는 장소를 물색하기 시작했다. 시끌벅적한 장소에서 꽤 멀리 떨어진 바닷가 구석진 곳에 거대한 트레일러 차량 여러 대가 멈춰 서 있었다. 며칠 동안 촬영이 계속되던 바로 그곳이었다. 사람들로 복작거리긴 매한가지인 듯했으나 통제선이 쳐진 한쪽을 제외하면 나머지 공간은 한적했다.

동화는 트레일러 차량 뒤쪽 그늘로 숨어들었다. 매 맞은 자리가 아릿하게 쑤셨고, 배는 여전히 고팠다. 취기가 오히려 더 큰 굶주림을 불러일으켰다.

착각일까. 어느 결에 밥 짓는 냄새가 동화의 코끝을 자극했다. 쌀이 익어가는 냄새, 뭔가가 한껏 구워지는 냄새, 보글보글 끓는 국물이 뿜어내는 고소한 냄새가 뒤따랐다.

'갈매기 STAFF 전용 밥차'라고 적힌 안내 패널이 눈에 띄었다. 눈앞이 아찔했다. 동화는 밥차 안으로 재빨리 빨려 들어갔다. 마치 그림 속 풍경처럼 밥을 빼면 아무도, 아무것도 보이지 않았다.

허겁지겁 음식물을 움켜쥐는데 어떤 목소리가 자신을 불렀다. 누군가 이름을 내뱉는 소리였다. 동화, 하고 음성을 드높인 것이다. 착각인지 취기인지 알 수 없었다. 동명이인을 향해서 뱉은 말이거나 잘못 들은 말인 듯했다. 자신을 아는 자가 이곳에 있을 리 없었다. 굶주림이 그만큼 지독하다는 뜻이었다.

음식을 입에 넣으려는데 또 한 번 자신이 호명됐다. 멀리 떨어진 곳에서였다. 순식간에 허기가 가라앉았다. 다시 귀를 기울여보니 동화가 아니라 혜화, 하고 외치는 소리에 가까웠다.

비로소 잊고 있던 몇 가지 일들이 머릿속에 떠올랐다. 밥차에서 좀 떨어진 바닷가에서는 여전히 영화 촬영이 한창이었다. 어느덧 발걸음이 통제선 쪽으로 향했다.

혜화가 감독님을 무사히 만났을까. 해변에 머무는 내내 궁금해마지않던 생각이 비로소 의식에 떠올랐다. 사실은 두려웠다.

많은 구경꾼이 통제선 주위를 감싸고 있었다. 해변의 가장자리에서부터 뻗어나가는 자투리 공간은 예상외로 드넓었다. 태풍이 해안선의 일부를 변화시킨 탓이었다.

바닷가 바위에 사람이 앉아 있었다. 새하얀 드레스 차림으로 카메라와 조명의 집중적인 관심을 받는 정황으로 미뤄보면 아마도 주인공 역할을 맡은 여배우인 듯했다. 촬영 현장의 모든 스태프와 기자재가 그녀를 중심으로 움직였다. 유명 배우일 확률이 높았다.

통제선 한편은 이미 배우 김지성의 팬클럽 회원들로 장사진을 이루고 있었다. 프레임인, 트랙인 줌아웃, 포커스풀러, 직부감, 사운드

스피크, 카메라 롤링, 레디 액션, 컷 NG, 컷 킵, 컷 오케이, 키 그립, 개퍼 등등의 낯선 용어가 들려왔다.

현장은 부산하게 움직이는가 하면 갑자기 고요해졌고, 지루하게 늘어졌다가도 급격한 긴장으로 조여들었다. 다만 가만히 지켜보는 쪽에서는 균일한 지루함이 없지 않았다. 최초의 호기심이 가라앉은 이후에는 같은 장면을 반복해서 보게 되는 셈이었다.

답답했다. 어떤 다급함이 동화를 자극했다. 주림과 취기가 온몸을 휘감았다. 좀 더 가까이에서 자세히 현장을 살피지 않으면 안 될 것 같았다. 어쩌면 생각 이상으로 자신이 심각한 상태일지도 몰랐다. 아무래도 바위 위에 앉아 있는 사람이 혜화일 것만 같은 예감이 들었다.

취한 와중에도 선명히 가늠되는 것은 드레스를 입은 여배우 주위가 무척 밝다는 사실이었다. 거대 조명과 반사판 탓이 컸지만 동화가 알던 혜화의 표정과 자세가 특별한 역할을 한 듯도 싶었다.

어린 시절 언젠가 접했던 어느 그림, 중심인물의 미소가 일정하고 반복적인 패턴 내에서 무한히 변주, 확장되며 그림 전체가 하나의 커다란 미소를 이루던 표현 기법이 떠올랐다. 입가의 미소가 작품의 신비로운 균형추가 된 다빈치의 〈모나리자〉, 실체는 사라지고 제 미소만 남은 〈이상한 나라의 앨리스〉 속 고양이가 떠오르기도 했다.

먼 거리였지만 환한 혜화의 얼굴로부터 퍼져나가는 알 수 없는 에너지를 동화는 체감할 수 있었다. 물론 그럴 리 없는 일이었지만 예감은 점점 확신으로 굳어갔다. 혜화는 어디에서든 사방을 밝게 비추는 사람이었다. 통제선 너머의 얼굴을 꼭 한번 확인하고 싶었다. 혜화의 미소가 그리웠다.

동화는 가능한 한 고개를 길게 내뺐다. 그 순간 갑자기 옆구리에 통증이 치밀었다. 눈앞이 휘청거렸다. 단번에 몸이 휙 밀려났다.

"왜 혼자서만 자리를 차지하는 거야, 제기랄."

목소리가 들려왔다. 한 사내가 옆에 버티고 섰다. 위아래 검은 옷을 입은 평범한 사내였다. 낯설지 않다, 어디서 보았던 이다. 그 생각이 가장 먼저 들었다. 목소리 역시 익숙했다.

쓰레기통을 뒤적이던 동화를 두들겨 팼던 사람일지 몰랐다. 사내는 DSLR 카메라와 함께 족히 1미터에 달할 법한 거대한 망원 렌즈를 들고 있었다. 동화의 어깨를 밀쳐낸 것은 왼손에 들린 삼각대인 듯했다.

방금 동화가 서 있던 자리에 금세 삼각대가 설치됐다.

한 걸음 더 옆으로 물러나자 허기는 물론 취기까지 한꺼번에 달아나는 일이 일어났다. 후두둑, 하는 소리가 주위에 울려 퍼졌다. 갑작스러운 소나기였다. 바다의 표면을 따라 마치 먼 곳에서 불어오는 바람처럼 서서히 빗방울 소리가 대기를 잠식해 들어갔다.

통제선 주위가 어수선해지기 시작했다. 우산이나 우비를 준비하지 못한 이들 사이에 소란이 일었다. 빗줄기가 강해지자 촬영 현장의 움직임 역시 다급해졌다. 컷, 컷, 컷, 철수 준비, 이동하세요, 등의 말이 들려왔다.

몰려 있던 사람들은 수면 위 동심원처럼 일순간 사방으로 흩어졌다. 자리를 피하려던 동화는 문득 그 자리에 멈춰 섰다. 어수선한 틈을 타고 뜻밖의 일이 벌어지고 있었다. 사내가 몸을 옮겨 움직이는 몇몇의 다리를 태연히 걸어 넘어뜨리는 것이었다. 황급히 이동을 서두르던 자들이 하나둘씩 기울어졌다. 이어서 수십 명이 도미노처럼 와르르 주저앉거나 엎어졌다.

검은 옷의 사내는 여전히 같은 곳에서 같은 방향을 바라보고 있었다. 미동조차 하지 않았다. 아무 일 없었다는 듯, 아무렇지 않다는 듯. 결국 그의 황당무계한 소행을 눈치챈 이는 동화 한 사람이었다.

알 수 없는 이끌림이었다. 동화는 야릇한 웃음을 띠고 있는 검은 옷을 지켜보았다. 제법 쌀쌀한 날씨였지만 반팔 차림이라는 사실을 그제야 알아차렸다. 특이한 머리 모양, 즉 스킨헤드의 그 인상부터가 예사롭지 않았다. 역시나 어디서 보았다, 그 생각부터 들었다.

상상으로 대머리 위에 가발을 씌우니 환기되는 어느 인상이 있었다. 오피스텔의 꽃을 든 사내일까, 고속도로의 선글라스 경관일까, 경찰서에서 풀려난 스토커일까. 검은 옷의 시선이 고정된 위치는 촬영 현장의 중심이었다.

이동이 시작되고 시야에서 제작진과 배우가 사라진 뒤에도 눈동자는 현장에 붙박여 떨어질 줄을 몰랐다. 동화로서는 그 시선이 여간 신경 쓰이는 게 아니었다. 마치 사냥감을 노리는 짐승에 가까운 눈빛이었다.

수십 명의 사람이 모래에 처박혔던 몸을 가까스로 일으켜 세우고 있었다. 몇몇은 재미난 일을 만난 것처럼 웃음을 터트렸다. 심각하게 얼굴을 다친 이도 없지 않음에도.

다른 쪽에서는 부러진 코를 부여잡고 피를 흘리는 한편, 가까운 동료들을 바닥에서 일으켜 세우기도 했다. 다친 얼굴들에는 누가 다리를 걸었을지 탐색하는 기색이 역력했다. 그들과 시선이 부딪치기 무섭게 동화의 오른손에 자연히 힘이 들어갔다.

사정없이 목덜미를 낚아채 검은 옷의 몸체를 바닥으로 잡아끌었다. 지금 이 행동을 취하지 않으면 마치 커다란 재앙이 들이닥칠 것처럼 조바심이 일어났다. 두 사람의 몸이 함께 이리저리 위태롭게 뒤흔들렸다. 스스로조차 이해할 수 없는 엄청난 악력이 동화의 손안에서 마구 소용돌이쳤다. 어느 순간 검은 옷이 고개를 돌렸다.

잠시 잠깐, 마치 다정하게 스킨십하듯 동화의 손을 맞잡았다. 그리고 웃었다. 지금의 상황 따위는 전혀 염두에 두지 않은 모양이었다. 마치 동일한 의도를 가지고 있다는 메시지를 전하려는 것 같았다. 덜미를 잡히고도 내보이는 야릇한 미소, 검은 옷은 눈짓과 고갯짓으로 현장의 어느 구석을 가리켰다. 자동차 한 대가 움직이고 있었다.

이유는 알 수 없었다. 동화는 곧장 손을 내려뜨렸다. 다음 순간 앞쪽에서 호각 소리가 들려왔다. 몇몇 사람이 비와 소란을 피한답시고 통제선을 넘어선 상황이었다. 동화 역시 촬영 장소 가까이 다가섰다.

주인공의 얼굴을 확인할 기회일지 몰랐다. 얼굴을 본다, 누군지를 확인한다, 혜화가 아니면 그냥 돌아선다, 그뿐이었다. 다른 의도가 있는 것이 아니었다.

"비켜라, 씨발!"

어느 결에 검은 옷이 통제선을 넘는 사람들과 다투는 소리가 들려왔다. 그는 무슨 자격이라도 있는 사람처럼 선을 넘는 이들을 막아서고 있었다. 뒤늦게 나타난 보안요원들이 상황을 가늠하느라 행동을 주저하는 사이 실랑이가 벌어졌다.

김지성 팬클럽과 검은 옷의 힘겨루기였다. 검은 옷이 내뱉는 말은 제발 시야를 가리지 말라는 것이었다. 마치 이 촬영 현장 주위를 오랫동안 지켜온 핵심 관계자 같은 말투였다. 단지 통제선을 넘어서는 안 된다는 보안요원들의 태도와 달리 검은 옷의 행동은 절실하고 적극적이었다.

적진 한가운데에서 홀로 용맹을 떨치는 열혈 장수가 따로 없었다. 결국 팬클럽 회원 두 명이 검은 옷의 손찌검에 코피를 흘리며 쓰러졌다. 교복을 입은 청소년들이었는데 비명조차 지르지 못했다.

다음 순간 검은 옷이 가리켰던 자동차 한 대가 통제선 주위를 지나쳤다. 동화는 마침내 보았다. 혜화라고 예상한 배우는 정말로 혜화였다. 비록 잠시였지만, 퍼지는 눈가와 입가의 선명한 미소를 못 알아볼 리 없었다. 그 미소가 불을 밝힌 듯 환했다. 이전과는 완벽히 다른 모습이었다. 불과 며칠 사이에 어떤 일이 일어난 것이었다.

서로의 시선이 스치는 듯했으나 곧바로 자동차는 통제선을 벗어났다.

유명 감독님을 만나러 가는 길이라던 일개 단역 배우가 어떤 과정을 거쳐서 이 촬영 현장의 주인공이 됐는지 동화로서는 알 길이 없었다.

혜화가 바라보는 종이 뭉치는 아마도 시나리오일 터였다. 어쨌든 그녀는 거기에 있었다. 단지 존재하는 것뿐만 아니라 즐겁다, 행복하다, 살아 있다, 하고 외치는 표정이었다. 진정으로 자기 일에 매진하는 자의 황홀한 얼굴이었다.

동화는 제 안에서 솟구치는 알 수 없는 감탄에 빠져 고개를 절레절레 저어댔다. 검은 옷이 그런 동화의 어깨를 갑자기 툭툭, 쳐댔다. 앞을 가리는 게 없으니 이렇게 좋잖아, 하고 말했다. 목소리는 전에 없이 부드러웠다.

검은 옷의 눈동자가 박혀 있는 곳 역시 혜화가 타고 있던 차였다. 허기와 취기 때문일까. 혜화의 모습이 사라지기 무섭게 동화의 머릿속이 핑, 돌았다. 느닷없이 몸에 힘이 빠졌다. 결국 검은 옷의 옷자락을 부여잡지 않을 수 없었다.

29

모든 것이 협동이었다. 일정한 분량의 이미지가 일정한 시간 내에 촬영되고 있었다. 그때까지 모두가 함께 움직이지 않으면 안 됐다. 현재의 과정을 포괄하는 단 하나의 테두리는 '일'이라는 단순한 책무였다.

혜화의 하루하루는 거의 마비된 채로 지나갔다. 누구에게나 마찬가지였다. 설렘이 사라지지는 않았으나 체력이 고갈된 지는 오래였다. 조명의 열기는 뜨겁기 그지없었고, 고작 한 겹에 지나지 않는 의상은 천근의 무게와 다르지 않았다.

책임감이 혜화를 짓눌렀다. 한 번의 실수가 연쇄적인 반향을 불러일으킨다는 점에서 책임감은 노동 이상의 의미였다. 배우로서의 말 한마디, 사소한 행동 하나, 눈짓과 손짓의 자잘한 변화들이 현장 상황에 미칠 파장에 대해 생각하지 않을 수 없었다.

자신은 그 무게를 감당하고 소화할 수 있는 배우인가, 그러한 바탕 위에 설 수 있는 사람인가 아닌가, 그동안 해왔던 노력과 훈련의 의미는 무엇인가. 짧고도 기나긴 여정의 중심, 영화 촬영의 절정부는 그런 식으로 흘러가고 있었다. 고독하다면 충분히 고독했다.

그것 말고도 혜화는 하나의 다른 예감에 시달리고 있었다. 검은 옷을 입은 사내를 스친 이후였다. 그의 등장 자체가 내면의 빗장을 풀어헤치는 날카로운 바늘이었대도 과언이 아니었다. 죽음을 상징하는 듯한 검은 꽃과 리본의 조화, 뜻 모를 시선, 알 수 없는 향기, 등 뒤를 서성이는 검은 그림자.

음향 스태프 한 사람이 달려와 상의 안쪽에 매달린 초소형 마이크를 재조정해주었다. 착각일까. 혜화를 향한 그 눈빛이 유난히 음험했다. 마치 살갗을 도려낼 듯한 손짓 또한 매서웠다. 어쩌면 가까운 모든 사람이 비슷한 의도를 가진 것인지도 몰랐다.

몇 번의 우연이 겹쳤고, 막무가내식의 전개에 휩쓸린 채 여기까지 왔다. 그러나 그런 이후의 결과까지 미궁에 부쳐진 것은 아니었다. 버젓한 현실을 유예해왔을 뿐, 오피스텔에서 있었던 시간, 그 공간에서의 일과 혜화 자신을 분리하는 것은 불가능했다.

맙소사, 지금까지 무슨 짓을 저지른 것일까. 결코 뒤를 돌아봐서는 안 된다는 어느 신화의 결말부처럼 무모하게 그저 두 눈을 감고 두 귀를 닫아버린 채 새로운 길이 열리길 기대했던 것인가.

달리 변화가 생기지 않는 이상, 길의 끝에서 마주하게 될 결말이 단순하지 않을 것은 분명했다. 현실의 시간과 공간은 돌덩이처럼 견고했다. 감독님 역시 혜화와 친밀한 대화를 중단한 지 오래였다.

탓할 수 있는 유일한 사람은 물론 자기 자신이었다. 우선 감독님을 만난다. 캐스팅 디렉터나 투자자들과 안면을 트고, 자신이 속한 극단을 소개한다. 나아가 연출진이나 영화 관계자들에게 동료들의 프로필을 보내도 괜찮다는 확약을 받는다. 그 정도가 처음 혜화가 예상한 일의 전부였다.

그러나 제작자와 감독님을 만난 이후에 벌어진 갑작스러운 일들이 현실의 모든 색채를 지워버렸다. 니나, 〈갈매기〉, 주연 작품, 세계적인 감독의 연출, 스타와의 동반 출연, 접해보지 못한 각종 장비와 기기들. 혜화로서는 여전히 뜻밖의 세계를 지나가는 중이었다. 기뻤고, 믿기지 않는 영화, 꿈결 같은 그 한 편의 이야기 속에 자신의 모든 것을 기꺼이 내던져버리고 말았다.

하지만 거기까지였다. 땡땡땡. 일장춘몽의 끝을 알리는 지독한 종소리가 울렸다. 혜화는 다섯 번째 꽃다발의 검은 리본에 적힌 붉은 문구를 다시 확인했다.

'Who is it that can tell me who I am?'

'I am not what I am.'

'Brutus, even you.'

'To be, or not to be, that is the question.'
'O fool! fool! fool!'

여전히 누구인지 알 수 없었다. 메시지를 유심히 바라보던 그 순간 거대 조명이 마치 약속이나 한 것처럼 펑, 하고 폭발을 일으켰다. 혜화의 머리 위, 바로 눈앞에서였다. 흰자위가 찢어질 듯 따가웠다. 강렬한 빛을 도무지 견딜 수가 없다고 누군가 비명을 질렀다.

그곳을 향해 자신도 모르는 사이 몸을 돌렸다. 이후 돌덩이를 내던진 것은 다름 아닌 제 오른손이었다. 한 번, 두 번, 세 번. 돌덩이를 던지는 손길에 점점 더 큰 힘이 들어갔다. 값비싼 조명 기구들이 연이어 박살 나고 있었다. 손바닥 살갗이 돌덩이에 미끄러져 사정없이 벗겨졌다.

바야흐로 이야기는 대단원을 향해 성큼성큼 다가서는 중이었다. 떨어지지 않을 수 없는 아찔한 나무 위, 바닥을 친 후에는 다시는 뜻한 바를 이루지 못할 드높은 사다리에 오른 대가를 치러야 할 시기였다.

무지막지한 부채를 떠안으며 무리하게 일을 진행한 자에게 닥칠 최악의 시나리오, 혼자만으로는 절대 감당하기 힘든 끔찍한 결과가 검고 음험한 입을 벌린 채 혜화가 들어서기만을 기다리고 있을 터였다.

정지된 시간 속에서 바람이 불어왔다. 살갗을 따라 서늘한 기운이 퍼져나갔다. 정신없이 현장 촬영이 진행되는 동안 동화의 상의를 잃어버렸다. 혜화는 모래사장 너머 파도치는 바다를 바라보았다.

다행히 조명 사고는 빠르게 수습됐다. 펑, 소리만 유난했을 뿐 조명은 애초에 텅 비어 있는 것이었다. 깨어진 작은 유리 조각은 바닷물이 휩쓸어갔다. 이제 남은 것은 사람 사이의 인과뿐이었다.

해가 저물기 시작하면서 수면 위에 노을이 내려앉고 있었다. 붉은 빛, 주홍빛, 금빛, 보랏빛 등의 신비로운 색채가 파도와 함께 아스라이 물결쳤다. 노력 여하에 따라 이 이야기의 결말이 뒤바뀔 수도 있지 않을까, 하는 망상이 머릿속에 솟구쳤다. 지금 이 순간이 환상에 가깝다면 과거의 다른 시점 또한 달라질 수 있는 시간은 아닐까. 어쩌면 동화라면 그런 방법을 찾아낼지도.

지금쯤 그가 어디에서 무엇을 하고 있을지 혜화로서 모르기는 힘들었다. 새신랑이 돼 결혼식장에 들어서고 있을 사람에게 자신의 부담을 끼얹을 수는 없는 노릇이었다. 하지만 설움에 가까운 격렬한 감정이 이는 것도 사실이었다.

새신부, 결혼반지, 일평생의 약속, 뭇사람들의 축복, 다정스러운 입맞춤, 영원한 한 쌍. 그이가 아니었다면 여기 올 수조차 없었을 것이다. 그를 만나지 못했다면, 그를 알지 못했다면 말이다. 함께 시작한 일을, 함께 완결짓지 않고서, 이야기가 진행되는 와중에 휑하니 동화는 떠나버렸다. 사실 그 반대의 경우가 더 정확한 정리였지만 혜화는 아무렇게나 생각해버리기로 했다. 곁에 없는, 다시 볼 일이 전무한 사람이 아니던가.

어떻든 이제 돌이킬 수 없었다. 여기까지 온 이상 아무리 복잡한 상황이래도 헤쳐나가야만 했다. 배우로서 맞이할 수 있는 가장 휘황한 영광이 자신에게 다가오는 중이었다. 감독님의 영화는 영화제 기간의 메인이벤트가 되어가고 있었다.

예기치 않은 태풍으로 인해 축제의 최초 계획이 상당 부분 무너진 만큼, 지금의 영화가 하나의 대안으로 떠올랐다. 구경꾼들뿐 아니라 이렇게 저렇게 모여드는 국내외 다양한 취재진들이 그 사실을 증명했다.

'라이브 시네마', 즉 실시간 영화로서의 상영에 대한 이야기까지 오가는 것 같았다. 배우들과 제작진의 태도 또한 덩달아 달라졌다. 폐허가 된 바닷가, 그 속을 살아 거니는 〈갈매기〉의 인물들을 카메라가 담아내기 시작하면서부터 어떤 변화가 일어난 것이다. 많은 것이 휩쓸려간 대참사의 현장에서 희망의 씨앗을 한 움큼씩 찾아내려는 것처럼 모두 영화에 열성을 보였다.

그러한 내용을 혜화는 인터뷰 통해 다시 한번 확인할 수 있었다. 익숙한 국내 신문이나 방송 채널이 아닌, 프랑스의 어느 영화 잡지와 인터뷰였다. 잘못 들은 것은 아닐까. 일말의 의심이 메아리쳤으나 잠시 잠깐이었다.

그렇다, 이곳은 무엇이든 가능한 장소이다, 어떤 일이든 벌어질 수 있다, 하고 혜화는 판단했다. 마치 꿈의 시간이 끝나지 않은 것처럼 그랬다. 인터뷰가 잡혔다는 사실 하나에 어안이 벙벙하여 잡지사 이름은 뒤늦게 확인했다. 어렴풋하게나마 카이에 뒤 시네마라는 그 이름을 들어보았다는 기억이 났다.

누벨바그라든지 시네마테크, 앙드레 바쟁을 위시해 고다르, 트뤼포 등과 함께 여전히 영화사의 한 페이지를 장식하고 있는 전설적인 매체가 어떤 과정을 통해 이국의 신인 여배우를 찾아 나선 것일까.

물론 축제이기에 가능한 일이었다. 인터뷰는 혜화가 아닌 출연 영화에 초점이 맞춰진 것이었고, 기자단 역시 영화제가 공식적으로 초청한 손님에 가까웠다. 더욱이 지금의 혜화는 스스로가 아닌 니나였다. 니나가 변이돼 나타난 어느 영화 속의 새로운 한 인물이었다. 인터뷰 그러한 선상에서 이어졌다.

출연 소감, 인물 및 영화 소개, 기억나는 대사, 재미난 에피소드 등에 대한 질문과 대답이 기계적으로 오갔다. 영어가 아닌 불어 특유의 섬세한 억양이 부드럽게 혜화의 귓가에 울려 퍼졌다.

의외인 것은 낯선 와중에도 자신의 반응이 무척 자연스럽다는 점이었다. 영화의 전개, 인물에 대한 이해, 눈짓과 몸짓에 담고 싶은 메시지, 극의 주제와 구성을 놓고 누군가와 대화를 나누고 있다는 현재성이 심장을 뜨겁게 만들었다.

통역사를 통한 것이었지만 인터뷰는 상상 이상으로 흥미로웠다. 무슨 대답을 어떻게 하는지조차 모를 만큼 빠르게 말이 쏟아졌다. 가슴이 벅차오른 나머지 나중에는 혜화 스스로 카이에 뒤 시네마의 기자를 붙잡고 뭔가를 질문하고 설득하는 모양새가 됐다.

어째서 니나의 역할이 원작보다 강조될 수밖에 없는지, 호숫가와 바닷가의 차이가 영상 속에서 어떤 식으로 표현될지, 이미 디지털화된 시대에 35mm 필름을 고집한 영화의 선택이 어떤 결과로 이어질지 등에 대해 서로 의견을 주고받는 동안 관계가 역전돼버린 셈이었다.

어디까지나 배우로서 이 자리를 지키고 있다는 사실을 혜화는 차츰 깨달아나갔다. 작품과 관련해서라면 얼마든지 더 길게, 더 많이, 더 세세히 이야기를 나눌 수도 있을 것 같았다. 인터뷰 상대가 누구든 마찬가지일 터였다.

괜찮다면 하늘빛과 바람결을 붙잡고도 대화를 이어가고 싶은 심정이었다. 기실, 여기에 있고 싶다, 이 장소에 가능한 한 오래 머물고 싶다, 배우로서 이야기를 잇고 싶다, 하고 바라는 것이었다.

인터뷰의 끝에 주어진 것은 다시 한 다발의 꽃이었다. 엉거주춤, 혜화는 애매한 자세로 꽃묶음을 바라보았다. 숨을 참아야 할 만큼 향기가 완연했다. 꽃을 든 프랑스 기자가 한국어로 무어라 중얼거렸다. 아마도 첫 주연작을 축하한다는 말 같았다.

혜화의 눈은 바쁘게 굴러갔다. 어떤 시선이나 움직임이 이쪽을 향하고 있는 것은 아닐지 반사적으로 고개가 돌아갔다. 검은 티셔츠 차림의 사람들이 없지 않았으나 모두 관계자나 제작진이었다. 수상한 기미는 전혀 느껴지지 않았지만 악취만큼이나 짙은 향기와 피처럼 선명한 색감에 불안이 가시지 않았다.

어서 호의가 깃든 선물에 화답해야 했다. 혜화를 향해 꽃을 내민 기자의 표정에 의아함이 묻어났다. 혜화는 그렇게 반쯤 넋이 나간 듯 멍한 표정으로 인터뷰를 끝마쳤다.

촬영은 예정보다 이르게 종료됐다. 몇 번의 사고, 폭발에 가까운 소동을 제외하면 큰 사건 없이 일정이 무사히 마무리된 것이다. 마지막 컷의 오케이 사인이 떨어지자 곳곳에서 함성과 박수 소리가 터져 나왔다. 제작진과 배우들의 표정이 일순간 환하게 누그러졌다. 그런 표정, 그런 웃음을 접할 기회는 다시없을 듯했다.

밤새워 촬영한 뒤였으므로 마침 모래사장 너머에서는 아침 해가 떠오르고 있었다. 선연한 일출을 배경으로 현장은 어느 때보다 빠르게 해체됐다. 노을의 주홍빛, 옅어지는 어둠, 다수의 사람과 각각의 일이 하나의 풍경 속에 어우러졌다. 카메라에서 렌즈가 분리되고, 조명이 내려가고, 모니터의 전원이 꺼졌다. 목재로 만들어진 세트는 곧장 허물어졌다.

차량들이 바삐 오가는 동안 기자재와 장비들의 수가 점점 줄어들었다. 모든 것이 재빨리, 순식간에, 마치 마법처럼 제 모습을 감추는 식이었다. 텅 빈 자리에서 '수고하셨습니다, 고생하셨습니다'와 같은 말들이 울려 퍼졌다. 환한 웃음, 안도의 한숨이 자연스레 오갔다. 밥차와 분장차, 발전차 역시 정리를 마치고 이동을 시작했다.

파도가 밀려오고 다시 밀려 나갔다. 모든 파티의 끝이 그러하듯 주위는 일순간 고요하게, 또 낮게 가라앉았다. 정리를 마친 현장 부근에는 처음부터 아무것도 없었던 듯했다. 아틀란티스와 같은 미지의 대륙이 사라져간 과정 또한 마치 이러하지 않을까, 하고 혜화는 생각했다. 배우로서 연기를 했다기보다 특별한 시간의 흐름에 잠깐 몸을 실었다가 살며시 떨어져 나온 기분이었다. 캐릭터로서 분한 또 다른 자신이 살아 숨 쉬고 있다는 사실이 쉬이 실감이 나지 않았다. 마치 꿈처럼 그랬다. 불안한, 꿈처럼.

혜화는 철수하는 제작진과 반대되는 방향으로 걸음을 내딛고 있었다. 잠시 혼자가 돼 바다를 바라보고 싶었는지도 몰랐다.

바람이 거칠게 뺨을 스쳤다. 순간 눈앞의 광활한 바다가 흐릿해졌다. 발걸음이 파도에 휩쓸렸다. 마치 조수에 몸이 떠내려가듯 점차 혜화의 걸음이 파도 안쪽으로 내려앉았다. 얼마 지나지 않아 너른 바닷물이 검은 아궁이를 힘껏 열어젖혔다.

머나먼 수평선 너머까지 모든 것이 아찔했다. 곧이어 허리, 옆구리, 어깨, 목 끝까지 파도에 휩쓸려 들어갔다. 쏴, 쏴. 격한 밀물의 흐름 안에 엿보이지 않는 무언가가 존재하는 것만 같았다. 세이렌의 그것일지도 몰랐다.

눈가에서 묵직한 것이 뚝뚝 떨어져 내렸다. 고개를 들자 물기가 뺨을 타고 주룩주룩 흘러내렸다. 젤리처럼 끈적이는, 눈물일지 바닷물일지 모를, 코끝마저 아릿한.

순식간에 목 안까지 파도가 치밀었다. 동시에 닫혀 있던 가슴에 균열이 일어났다. 곧 울음이 터졌다. 호흡을 타고 뜨거운 기운이 덩어리째 밖으로 터져 나왔다. 혜화는 파도가 몰고 온 바닷물에 거푸 잠겨들며 오열하기 시작했다. 비어져 나오는 눈물을 제어할 수 없었다. 기뻤지만 또 슬펐다. 안도인지 감격인지, 죄책감 혹은 두려움인지 구분되지 않은 만감이 울음에 마구 섞여 들었다.

무슨 일이 어떻게 벌어지고 있는 것인지 스스로에게 단 한 가지도 설명할 수 없었다. 다만 달라지길 바랐고, 나아졌으면 싶었다. 제 길을 개척하고, 노력과 열정의 결실을 맺길 소망했다. 거의 아무런 여지가 없는 예외의 시간을 혜화는 지나왔고, 또 지나가야 했다.

물때가 바뀌는 시기였을까. 눈이 감겼고, 눈이 떠졌다. 눈을 감았고, 또다시 눈을 떴다. 몇 번의 철썩임과 흔들림이 반복됐다. 밀려오던 파도의 힘이 재차 해변으로 혜화를 떠미는 것 같았다. 익숙한 향기, 정신을 잃고 쓰러진 직후인 것은 분명했다.

사라진 줄 알았던 김지성이 나타나 혜화의 어깨 위에 손을 얹었다. 정말 수고하셨어요, 하고 말했다. 이 상황을 실제 촬영의 일부로 여기는 듯 태도가 감미로웠다. 정지된 시간이 이어지는 것처럼 혜화는 자세를 바꾸지 않았다. 머리칼과 옷자락 마디마디에 물기가 가득 배어 있었다.

김지성은 얼마 지나지 않아 팬들에게 둘러싸여 저만치 멀어졌다.

일정 거리 내에 아무도 없는 듯했는데 착각이었다. 일출을 보기 위해서인지 이미 꽤 많은 사람이 모래사장을 채우고 있었다.

이번에는 연출부 한 사람이 다가왔다. 혜화를 보자마자 가쁜 호흡을 뱉어냈다. 한참을 찾았다고, 일정이 아직 다 끝나지 않았다고, 감독님의 호출이 있었다고 메시지를 전했다.

연출부원에게 이끌려 자리를 박차는 순간 뇌리에 한 가지 생각이 스쳐 지나갔다. 갑자기 손끝이 떨렸다. 사방이 노출된 장소였다. 이렇게 김지성과 그의 팬클럽과 연출부원이 나타난 것과 마찬가지로 지금 무슨 일이 벌어진다면, 혹시라도, 만에 하나.

정체 모를 움직임, 알 수 없는 검은 그림자, 물속에서 느닷없이 건져진 지금의 믿기 어려운 상황. 불안했다. 그런데 잠깐, 방금 누군가 눈앞에 있지 않았던가. 혜화는 별안간 솟구치는 어떤 예감을 곱씹었다. 주위가 환해졌다. 그랬다. 그 누군가는 다름 아닌 동화가 아니었을까.

친숙한 향내와 체취. 최소한 동화를 닮은 사람일 가능성은 없는 걸까. 머릿속이 어지럽게 얽혀 들었다. 아무래도 피로가 누적된 것이 분명했다. 이상한 일이었지만 그를 마주쳤다는, 혹은 보게 될 것 같다는 착각이 이어진 것도 사실이었다.

우연히 비슷한 사내를 본 이후부터 쭉 그랬다. 실제로 동화의 목소리가 들려오는 때가 적지 않았다. 망상일까, 기억의 소리일까. 가능성이 희박한 일이었지만 가까운 곳에 동화가 있다는 확신이 차오르기 일쑤였다. 마치 레코드판이 반복적으로 튀는 것처럼 익숙한 모습, 익숙한 움직임이 근처를 지속적으로 맴도는 듯했다.

때마다 지금처럼 혜화의 호흡이 가빠졌다. 한참이 지난 뒤에야 평범한 행인이거나 흉측한 몰골을 한 부랑자라는 사실을 알아차리는 경우가 많았지만 심장의 두근거림은 쉽게 가라앉지 않았다. 특히 한 부랑자는 이상스러울 만큼 동화와 닮아 있었다.

동화의 상의를 잃어버리지 않았다면 상황은 조금 달랐을지도 몰랐다. 혜화는 지금 이 순간 동화가 곁에 있기를 바랐다. 제법 호흡이 잘 맞는 즐거운 길동무로서 왔던 길을 다시 함께 밟아나가면 어떨까, 하고 바라는 것이었다. 돌이켜보면 이곳까지의 여정은 생에서 다시없을 짜릿한 모험과 도전에 가까웠다.

무면허 운전, 폭주 차량과의 추격전, 생수통 트럭의 사고, 선글라스 경찰의 추적, 권총 사격, 떨어져 나간 문짝, 태풍, 빗줄기, 캠핑 장비와 비상식량, 캄캄한 밤과 거센 폭풍우, 번개와 천둥, 포근한 잠자리와 깊숙한 밤. 그렇게 단 몇 시간이라도 좋았다.

아침노을이 점차 태양 빛에 가까워졌다. 투명한 온기가 얼굴 가득 내려앉고 있었다. 지금 나는 제정신이 아니다, 하고 혜화는 판단했다. 이미 끝나버린 동행을 두고, 하룻밤에 관계 맺지 않은 무관한 자에게, 더욱이 결혼식을 끝마쳤을 유부남에게 어째서 제 처지도 생각하지 못한 채 욕심을 내고 망상을 부리는 것인지 도통 까닭을 알 수 없었다. 그러나 이제 의미 따위는 생각하고 싶지 않았다. 동화가 보고 싶었다. 그런 이후에는 무슨 일이 어떻게 되든 아무런 상관이 없었다.

"배우님, 저희 서둘러야 할 것 같아요."

아직 바다에서 시선을 떼지 못한 혜화에게 연출부원이 소리쳤다. 생각이 뻗어나가는 방향을 가로막듯 어디선가 빛이 번쩍였다. 찰칵, 하고 카메라 셔터가 열렸다 닫히는 소리가 들렸다. 다급하고 강렬한 플래시 세례가 사방에서 쏟아졌다. 한 대가 아닌 몇 대 이상, 어쩌면 수십 대의 카메라가 일제히 움직이는 소리였다. 황망히 고개를 돌리지 않을 수 없었다.

저기 저편, 해변의 중심이었다. 집중의 대상은 물론 자신이 아니었다. 어떤 다툼이 일어난 것 같았다. 낯설지 않은 일이었다. 펼쳐지는 장면은 스포츠 경기의 그것과 다르지 않았다. 수십 명의 사람, 수십 대의 카메라가 하나의 초점을 향해 원을 만들며 대열을 좁히고 있었다.

만들어진 경기장의 동그라미 안에서 두 사람이 흥분한 채 힘겨루기를 벌이고 있었고, 특히나 한쪽에서 상대방을 향해 강렬한 집념을 보였다. 직접 싸움을 한다기보다 상대방이 가지고 있는 뭔가를 빼앗으려 분위기였다. 좀 더 시야를 넓혀보기 위해 혜화가 고개를 내미는 순간, 목소리가 들려왔다.

"저, 안녕하세요."

누군가 인사를 건네오는 것이었다.

"저희가 배우님 팬인데, 함께 사진 한 장만 부탁드려도 될까요."

두 사람이 미소 짓고 있었다. 혜화를 향해 휴대전화를 흔드는 모양이 함께 렌즈를 응시해달라는 얘기 같았다.

"이렇게 가까이에서 뵙는 것은 처음이지만, 배우님 이전 공연에서 봤었어요."

순간적으로 움찔, 몸이 떨려왔다. 누군가가 무명 배우인 자신을 알 거라는 가능성 따위는 전혀 생각해본 적이 없었다. 설마 싶은, 하나의 사고에 가까운 일이었다. 불특정한 이들의 관심이라니. 이게 정녕 사실일까.

잠시 양해를 구하듯 혜화는 주위를 휘둘러보았다. 인파가 몰려들어 본격적으로 영화제 이모저모를 살펴보는 분위기였다.

"하나, 둘."

찰칵, 하고 렌즈를 바라보는 와중에 뜻밖의 미소가 혜화의 입가에 피어올랐다. 한 번 더 찰칵, 하고 셔터음이 울리며 주변이 하나의 이미지로 고정되는 순간 좀 전의 그곳에서 더 큰 비명이 터졌다. 다툼이 격해진 것 같았다.

사진을 요청한 낯선 이가 사라지던 그 순간 멀리 두 사람 사이에 있던 뭔가가 바닥으로 급격하게 곤두박질쳤다. 이제 그 형체가 혜화의 눈에도 선명하게 들어왔다. 다름 아닌 카메라였다. 그들의 다투게 된 원인이었을 물건이 분명했다.

고성과 주먹질, 발길질이 오갔다. 일방적인 싸움이었다. 털썩, 하고 쓰러진 것은 물론 막무가내로 덤벼들던 한 사람이었다.

곧바로 몸을 일으켰지만 패한 쪽의 코와 입가에서 제법 많은 피가 흘러내렸다. 그제야 주위를 둘러싼 파파라치들이 다른 쪽을 뜯어말렸다. 패한 쪽이 다시 상대방에게 달려들었다.

얼굴이 피범벅이 된 이후에도 실랑이를 멈추지 않으려는 것이었다. 입과 코에서 튄 핏방울이 공중으로 흩어졌다. 그가 집착하는 것은 여전히 카메라였다. 파파라치들이 들고 있는 렌즈에도 몇 점씩 피가 내려앉았다.

혜화는 그 자리에서 서서히 얼어붙었다. 전혀 뜻밖의 일이었다. 어느 만큼 거리가 떨어져 있었지만 상황이 생생히 전해졌다. 바로 그들이 누차 보아왔던 그 검은 옷과 그 부랑자라는 사실을 부정하기 어려웠다.

이 바닷가에 와서 눈에 익힌 유일한 인물들, 적당한 때마다 잊지 않고 모습을 드러내는 정체 모를 존재들, 부랑자와 검은 옷, 검은 옷과 부랑자. 전혀 낯모르는 자들이었지만 어딘가 익숙했다.

눈앞의 장면이 어떤 식으로든 자신과 관련되었으리라는 예감이 스멀스멀 뇌리를 채우기 시작했다. 언젠가의 경험처럼 보이지 않는 곳에서부터 시작된 하나의 일이, 전혀 예상치 못한 방식으로 이곳을 향해 성큼성큼 발걸음을 재촉하고 있었다. 하지만 그것만으로는 무엇을 어떻게 해야 할지 알 수 없었다. 연출부원이 다시 한번 말했다.

"배우님, 시간이 없어요. 감독님 호출이라니까요."

느닷없이 자신의 오피스텔이 떠올랐다. 그때의 분위기, 그 공포를 오랫동안 잊고 있었다.

모든 것이 단지 착각은 아니었을까, 하는 기대 섞인 의구심이 일어났다. 처음부터 자신은 유명 배우였고, 지금까지 소소한 망상을 이어온 것은 아니었을까. 그러니까 꽃 배달 직원은 정녕 꽃 배달 직원이었을까, 살아서 움직이고 있는 저 검은 옷이나 부랑자 또한 전혀 다른 새로운 인물은 아닐까, 하는 상상이 뒤따르는 것이었다.

오피스텔에서 스토커의 상태를 파악했어야 한다는 후회가 뒤늦게 치밀었다. 인상착의랄지 그 모든 것이 기억에서 증발한 채 조금도 남아 있지 않았다. 누군가 집 안에 갑작스럽게 침입했다는 충격 그리고 쓰러진 상대가 더는 움직이지 않는다는 사실이 두렵고 겁이 나 나머지 사태를 제대로 살펴볼 엄두조차 내지 못했다.

이제야 늦은 자각이 치밀었다. 왜 스토커가 모습을 달리할 가능성은 염두에 두지 않았을까. 혜화는 심호흡을 했다. 그동안 두려워 엄두를 내지 못했던 일을 해야 했기 때문이다. 휴대전화 카메라에 남긴 스토커의 모습을 이젠 정면으로 마주해야 했다.

문제는 둘 중 누구냐는 것이었다. 삼켜야 할 것이 빨간 약일지 파란 약일지를 어서 분간해야만 했다. 전화기를 켜고 집안 상황을 녹화해둔 동영상 클립을 찾아내 그날 일어난 사건의 진실과 대면할 때가 온 것이다.

그런데 전화기를 어디에 두었더라? 연출부원을 뒤따르던 혜화는 갑자기 걸음을 멈췄다. 머리를 여러 차례 휘저었다. 촬영에 몰두하느라 소지품 따위는 까맣게 잊고 있었다. 어쩌면 동화의 차에 전화를 두고 내렸을 확률 역시 없지 않았다. 혹은 택시나 버스에서 흘렸을 가능성도 있었다. 누가 우연히 휴대전화를 줍기라도 했다면? 경찰의 손에 들어가기라도 했다면?

아찔했다. 눈앞에서 태양 빛이 조금씩 뜨거워졌다. 해변으로 파도가 몰아치는 소리가 점차 커졌다. 쏟아지는 상념 탓에 혜화는 제대로 서 있기조차 힘들 지경이었다. 휘청, 하고 몸이 흔들렸다. 혼돈의 소용돌이에서 혜화는 누군가의 환한 웃음소리를 들었다. 그 소리가 파도를 뒤덮을 만큼 컸다. 연출부원 너머에서 혜화의 어깨를 치며 나타난 이가 있었다. 에이전트, 매니저이자 동료 배우인 친구였다. 어느 때보다 밝은 표정이었다.

"어머니도 오셨어."

고개를 돌리자 한 사람이 점점 가까워지고 있었다. 조금쯤 다리를 끄는 걸음걸이가 무척이나 익숙했다. 환자복 차림, 툭 튀어나온 무릎 바지, 다소 흰 허리, 힘겨운 발걸음, 이제 노인에 가까워진 어느 중년 여성. 한순간 바다 내음이 짙어졌다. 동시에 어느 때보다 마음이 편안해졌다.

"엄마."

혜화는 소리치며 앞으로 걸음을 내디뎠다.

30

걸어오는 사람을 자세히 바라보았다. 한 걸음, 두 걸음, 세 걸음. 대체 어디로 간 것일까. 위아래 검은 옷차림이었으나 역시 그 사람은 아니었다. 이쯤 되면 바닷가를 아예 떠났다고 판단해야 좋을 지경이었다. 동선이 대부분 겹치던 며칠 사이에 비하면 이해할 수 없는 일에 가까웠다. 검은 옷이 갑작스레 자취를 감추었다는 그 사실이 오히려 동화를 더 큰 불안으로 몰아갔다. 머지않아 끔찍한 사태가 벌어질 것이 분명했다.

동화는 고개를 내려뜨려 눈 밑의 소식지를 계속 바라보았다. 누군가 놓고 간 영화제 관련 인쇄물이었다. 관심을 둘 수밖에 없는 소식이 지면의 상당 부분을 차지하고 있었다. 종이 표면이 제법 해졌고 예상보다 긴 글이었다.

……영화 촬영 자체가 이토록 화제가 된 경우는 드물다. 작품의 제작 과정, 특히나 그 뒷이야기가 무척 흥미롭다는 것이 주요 원인이다. 국제영화제를 중심 배경으로 내세운 〈갈매기〉는 거대한 태풍에서부터 시작됐다. 애초에 감독은 해외에서의 일정을 앞두고 있었으나, 모든 것이 휩쓸려간 바다의 풍경으로부터 어떤 영감을 받아 연출을 결심했다고 한다. 재난이라는 뜻밖의 변수에 당황해마지않던 영화제 조직위원 및 집행위원 측에서 적극적으로 감독의 결심을 독려하고 나섰다. 마켓에서는 저예산 예술 영화에 대한 투자가 결정되고, 프로그래머와 자원봉사자들의 지원이 연달아 이어졌다.

예외적인 일은 거기서 끝나지 않았다. 〈갈매기〉는 얼마 지나지 않아 상영을 목표로 촬영되는 실시간 영화가 되었다. 영화제 기간 내에 투자, 제작, 촬영, 편집 모두가 진행되는, 한 마디로 영화와 현실의 경계를 허물어뜨리려는 시도를 감행한 것이다. 설사 미래가 배경이더라도 전후반의 제작과 촬영 과정을 거치지 않을 수 없는 탓에 영화 자체는 언제나 일정 기간의 공백을 가진 과거형으로 표현된다. 그러한 태생적 한계에 아쉬움을 표하던 감독이 이 영화를 통해 과감한 도전과 모험을 이어나간 것. 백 년 넘게 전해져 온 〈갈매기〉라는 고전이 동시대의 실시간 영화로서 어떻게 관객을 찾아갈지 더욱 궁금해진다. 감독은 이렇게 말했다.

"이 영화는 필름 시대에 대한 나름의 작별 인사이기도 합니다. 영화제 기간 내에 상영이 가능해진다면 가편집본을 그대로 내보낼 확률이 높습니다. 편집실에서 그날그날 촬영본을 확인하듯이 말이죠. 어쩌면 이 영화가 그와 같은 방식으로 상영되기를 바라는 것일지도 모르겠습니다. 테이핑이나 버닝 자국, 스크래치와 같은 이동과 편집 실수의 흔적이 고스란히 남은, 러프한 원본 필름의 결을 되도록 살리고 싶다는 것이 감독으로서의 제 바람입니다. 실시간 영화란 결국 그런 의미입니다."

실제로 촬영은 단 6박 7일 만에 초고속으로 마무리돼 현재 후반 작업에 들어간 상태라고 한다.

누군가 뒤늦게 이 기사를 읽을 때쯤에는 몇 번 이상 영화의 막이 오르내린 상황일지도 모르겠다. 이미 상영관에서 〈갈매기〉를 봤다면 어떤 이야기가 탄생했는지 도리어 이쪽에 말해달라. 특히나 신데렐라로 급부상한 어느 배우에 대해서는 두 귀를 활짝 열고 들어볼 작정이니.

깜짝 캐스팅된 그 배우에 대해서 아직 자세히 밝혀진 바는 없다. 오랫동안 대학로와 충무로를 떠돈 29세의 단역 배우라는 경력 사항 정도만 알려졌다. 메인 무대 경험이 없는 신인이라는 의미인데, 감독의 돌발 캐스팅이 다시 한번 기적과 같은 합을 불러올지 기대된다.

해외 각국의 귀중한 손님들을 모셔놓은 자리에서 상영될 무게감 있는 작품에서 일개 신인이 제 역할을 온전히 해낼 수 있을지 이런저런 의문이 뒤따르는 것도 사실이다. 급조된 환경 속에서 열악하게 진행된 촬영인 만큼 캐스팅에 대한 반대와 불안의 목소리가 없지 않다는 의미다. 감독의 다른 영화에서와 달리 현장 제작진의 전언에도 신인 배우에 대한 우려가 담긴 경우가 많았다.

해당 배우의 인터뷰는 《카이에 뒤 시네마》 SNS에서 확인할 수 있다. 인터뷰 분위기만으로 놓고 판단했을 때는 그동안 갈고 닦은 연기 실력이 만만치 않아 보인다. 비록 옆모습 사진이지만 섬세한 눈빛과 환한 표정에서 느껴지는 배우 특유의 아름다운 분위기, 다시 말해 '아우라' 같은 요소도 빠지지 않는다. 사진을 본 다음에는 그녀가 맡은 니나라는 인물에 대한 호기심이 절로 일어난다. 여성 감독의 연출인 만큼 아르카지나와 니나의 대치가 트레플료프와 트리고린의 대립보다 좀 더 굵은 선으로 그려졌다는 평이 그 이유를 거든다. 빠르게 마무리된 일정으로 미루어 대배우들 사이에서도 신인 배우가 주눅 들지 않았다는 점은 분명하다. 그녀가 니나의 역할을 제대로 다한다면 단지 영화 주인공을 넘어서, 영화제 유일의 히로인으로 거듭나게 되는 신데렐라 등식이 정녕 성립하게 될지도 모른다. 다소 과장 섞인 표현이지만 그러지 말라는 법 또한 없지 않은가.

결국 현재 그녀에게는 양날의 검이 주어진 셈이다. 우연히 얻은 기회를 기적적으로 살릴 수 있을 것인가, 그리하여 그 자체로 한 편의 영화 같은 캐스팅이 빛을 발하게 될 것인가. 아니면 일평생의 호기를 놓치고 배우로서의 경력에 치명타를 입을 것인가, 이전보다 더 낮고 무참한 곳으로 한없이 미끄러져 내려갈 것인가. 영화는 한 배우의 꿈을 그런 식으로 포용해나간다. 그 전개가 마치 극 중 니나와 전혀 다르지 않은 듯 절절하게 보이는 것은 착각일까.

제법 먼 길을 돌아왔다.

영화제가 막바지에 치달으면서 몇몇 새로운 문제가 표면으로 떠올랐다. 가장 심각하고 안타까운 사안은 폐막작 감독의 성 추문이다. 영화제 기간 내 미성년자와의 부적절한 관계가 도마 위에 오른 것이다. 태풍에 이어서 또 다른 하나의 재해라고 해야 할 만큼 사태는 심각하게 번지고 있다. 침묵으로 일관하는 해외 유명 감독의 뇌리에 무엇이 자리하고 있는지 아직은 아무도 알지 못한다.

최근의 성평등 운동과 함께, 얼마 전 재벌가의 장남이 안하무인의 태도로 신성한 재판정을 뒤엎었다는 사실을 모두가 기억한다면, 감독의 추문이 단순한 추문 수준에서 그치지는 않을 것으로 쉽게 예측된다. 각계각층에서는 이미 폐막작 상영을 반대하는 목소리가 높아지고 있다. 폐막 작품 자체에 대한 보이콧은 영화제 출범 이후 처음으로, 초유의 사태라 불러야 마땅하다. 기존의 계획에 차질이 불가피해 보이는 이 시점에서 다시 한번 과거의 어느 시기를 돌아보지 않을 수 없다.

알려졌듯 대략 3, 4년의 짧은…….

동화는 소식지를 접었다. 어떻게 된 일일까. 그 사람, 그러니까 검은 옷은 정녕 사라져버린 것일까. 싸움에서 승리했으니 이제 더는 동화가 방해 요소가 못 된다고 판단한 것일까. 아니면 보이지 않는 어딘가에서 모종의 일을 척척 진행하고 있는 걸까.

어쨌든 예상은 틀리지 않았다. 바닷가에서 스친 사람, 혜화라고 생각한 그 배우는 바로 혜화였다. 소식지를 읽는 동안에 이상한 일이 일어났다. 심장이 어느 때보다 격렬하게 벌떡거렸다. 일평생 내면에 지녀왔던 감정의 찌꺼기가 일시에 증발했다.

이와 같은 감각 자체는 낯설기 짝이 없는 것이었다. 사실상 처음이었다. 두근거림을 제어할 수가 없었다. 이토록 넋을 놓고 지켜봐도 될까. 동화는 사랑이라는 말이 아니고서는 설명할 수 없는 이상 현상을 느끼고 있었다. 온정신을 그 감각 하나에 빼앗겼대도 과언이 아니었다. 그러나 자신은 스스로의 감정조차 책임질 수 없는 처지였다. 이미 한차례, 혹은 그 이상의 못된 경험을 혜화에게 선보인 것이 확실하지 않은가.

어떻게든 가까이에서 혜화를 지켜나갔으면 하는 열망이 가슴속을 빠르게 채워나갔지만, 그것이 가당키나 한 일인지부터 꼼꼼히 따져봐야 했다. 그녀는 저곳에, 화면 너머에 있었다. 어쩌면 동화 자신이 위치한 외진 구석보다 훨씬 드높은 곳에서 제 길을 힘차게 걸어가고 있을 뿐이었다. 거기에는 어떠한 방해도 있어서는 안 됐다.

검은 옷은 위험한 인물이었다. 지난 며칠 사이의 과정이 그 사실을 여실히 증명했다. 숱한 사건 사고를 접해왔으나 그런 사람이 주위를 나돌아다닌다는 사실은 새삼스러운 것이었다.

정작 검은 옷은 동화에게 친절했다. 술에 취한 동화가 웃으며 자리를 양보했던 그 첫 대면에서부터 그랬다. 아무래도 자신과 뜻이 맞는 동류라고 여겨 마냥 동화를 반기는 기색이었다.

그도 그럴 것이 촬영 현장을 기웃거리는 내내 검은 옷과 동화는 함께였다. 같은 곳, 같은 방향, 같은 사람을 바라보는 둘. 검은 옷의 얼굴에는 잃어버린 전우를 되찾았을 때나 보일 법한 화색이 드리워졌다.

먼발치에서나마 간간이 혜화를 바라보려던 동화의 계획은 오래지 않아 검은 옷을 관찰하는 것으로 뒤바뀌었다. 문제는 검은 옷이 든 카메라였다. 지금 동화의 손에 쥐어져 있는, 싸움을 일으켜서라도 빼앗지 않을 수 없었던 까만 괴물 상자.

동화는 소식지를 접고 카메라 액정을 다시 살펴보았다. 역시 데이터로 남겨진 인물은 단 한 사람, 혜화뿐이었다. 시작부터 결말까지. 처음, 중간, 끝 모두 다. 이미 수차례 그 사실을 확인했지만 여전히 실감이 어려울 만큼, 전혀 예기치 않은 일에 가까웠다.

거대 망원 렌즈가 포착한 사진은 수백 장 이상이었다. 잠을 자는 혜화, 콘티를 들여다보는 혜화, 감독과 대화하는 혜화, 동료 배우들과 밥을 먹는 혜화, 분장하는 혜화, 귀를 파는 혜화, 옷을 갈아입는 혜화, 화장실에 들어서는 혜화, 혜화의 손목, 발목, 허리, 눈동자, 손톱과 발톱, 귓불과 귓바퀴, 쇄골과 어깨뼈, 목덜미, 가슴, 허벅지, 무릎…….

하루 사이에 평생을 다 담아낼 기세로 사진은 짧은 간격으로 세분화되어 있었다. 이렇게 다양한 모습이 다양한 방식으로 나뉘어 찍힐 수 있다는 상상은 당사자 본인조차 하기 힘들 것 같았다.

그래서였을까. 자신이 찍은 그 사진들을 동화에게 보여주며 검은 옷은 어쩔 줄을 몰라 했다. 그간 자랑할 곳이 없어 너무도 아쉬웠다며.

처음부터 불길한 마음이 들지 않은 건 아니지만 동화가 구체적인 불안을 느낀 것은 그러고도 한참이 지나서였다. 놀라움과 충격은 둘째 문제였다. 그런데 이 사람, 그러니까 검은 옷은 혜화를 어떻게 알게 된 것일까. 등장부터가 쉽게 납득되지 않아 난감했다.

되짚어보면 검은 옷은 단순한 팬이라고 보기 어려울 만큼 지나친 열기와 집착을 보였다. 사진 촬영만이 문제가 아니었다. 언제 어느 순간이든 혜화가 있는 곳을 정확히 찾아낸다는 점이야말로 경악스러웠다.

그 이유에 대해서도 검은 옷은 명쾌한 대답을 늘어놓았다. 카메라를 빼앗기 전, 검은 옷이 사라지기 직전까지 동화는 그의 둘도 없는 파트너와 같았다. 마치 준비된 것처럼 즉각적인 설명이 이어졌다. 막혔던 수도관이 뚫린 양 검은 옷의 입에서 말이 콸콸 쏟아졌다.

"내가 이 영화제의 골수팬 중의 골수팬이거든. 평소 〈갈매기〉라는 희곡 작품에 대해서도 관심이 많았고. 메가폰을 잡게 된 감독의 사연까지 들었을 때는 바로 이것이다, 기다려왔던 그것이다 싶었지. 그런데 니나 역할을 맡은 꽃 같은 신인 배우를 보았을 때, 한눈에 반해버린 거야. 새하얀 드레스, 늘씬한 몸뚱어리, 탄력 넘치는 궁둥이와 큰 젖가슴, 누구라도 풍덩 빠뜨려버릴 것 같은 둥근 눈동자. 침이 고이더라고. 그 배우를 따라다니는 동안 하나의 계획이 점점 머릿속에 떠오르는 게, 이것 참, 모든 것이 운명이자 계시처럼 느껴지더라고. 그러니까 얘를 어떻게 해야겠다, 꽃을 마땅히 꽃으로 한 번 요리해봐야겠다, 그런 말씀이지. 알아들어? 지금 이 순간까지 하늘이 나를 도왔다는 게 선명해. 보이콧 탓에 폐막 작품이 취소된 걸 보더라도 그렇지. 몰랐을 테지만 오늘 아침 마침내 〈갈매기〉가 영화제 폐막작으로 선정됐지. 그럼, 폐막식 그날, 바로 내가, 그 재녀를, 청초한 하얀 처녀를, 무슨 신화를 재현하듯 말이야……. 이래 봬도 내가 부모를 잘 둬서 돈도 꽤 많고, 권력에도 무척 가까워. 자주 시커먼 개똥밭을 구르긴 하지만 그런 놈이 말이지, 이 일대를 훤히 주름잡는……."

기겁이나 경악이 끼어들 틈조차 없는 이야기였다. 농담인지 진담인지 도무지 분간되지 않는 소리였다. 검은 옷이 순수한 팬으로서는 쉽게 내뱉을 수 없는 위험한 말들을 마구잡이식으로 토해내고 있대도 적확한 대응 방법을 생각할 여지가 없었다.

결국, 검은 옷이 예상만큼 위험한 인물이 아니기를 바라야 했다. 단지 망상과 집착만을 내세운 허풍선이일 수도 있지 않은가. 거친 표현 뒤에 숨은 다만의 수줍음이나 이끌림 등에 대해서도 섣부른 판단은 곤란했다. 두고 볼 일이었다.

그것은 뜻밖의 삼각 구도였다. 검은 옷이 혜화를 좇듯이 동화는 검은 옷 주위를 맴돌았다. 삼각형의 세 꼭짓점을 돌고 돌며 술래잡기하듯, 한쪽이 멈춰서면 다른 쪽은 보폭을 좁혔고, 다른 쪽이 사라지면 또 다른 쪽은 정신없이 바빠졌다.

그러는 사이 영화 촬영은 척척 진행됐다. 가장 위쪽의 꼭짓점, 혜화는 추호도 그 사실을 알 리 없었지만 검은 옷과 동화의 움직임은 반복적으로 그녀라는 점으로 이어졌다. 촬영 현장의 제작진과 장비, 차량 들이 철수하던, 바닷가 너머의 일출이 유난히 선명하던 그날까지 쭉 마찬가지였다.

그때쯤 동화의 머릿속에 떠오른 생각은 상대가 오피스텔에서 보았던 사내가 아닐까, 하는 것이었다. 모르는 사내가 아니고서야 이렇게 맹목적으로 혜화를 뒤따르기는 힘든 노릇이었다. 검은 옷에게 꽃 배달 조끼를 입힌다면 당장 그 사내처럼 보일 것 같았다.

그렇다고 한낱 감각을 무작정 맹신할 수만은 없었다. 특히나 상대방 얼굴은 도무지 떠오르지 않았다. 자세히 보았다 생각했는데, 그사이에 어떤 기억의 변화가 일어난 것 같았다.

그러고 보니 상대가 혹 선글라스를 쓴다면 선글라스 경찰이 될 것도 같았다. 특수한 목적을 가지고 잠입 수사를 벌이고 있다면 어떨까. 머리가 어지러웠다. 취기와 배고픔이 점점 동화의 전신을 갉아먹고 있었다.

위아래 검은 옷을 확인하자면 동화가 경찰서를 나오던 무렵 다급히 현관을 벗어나던 그 스토킹 가해자가 떠오르기도 했다. 해녀복과 다름없는 타이즈 복장은 확실한 근거 중 하나였다. 그러나 계속해서 고개를 갸웃할 수밖에 없었다.

어쩌면 꽃 배달 조끼, 선글라스 경찰, 스토커, 그렇게 셋 모두를 합쳐놓았을 때에야 눈앞에 있는 검은 옷의 이미지가 완성될 것 같았다. 언젠가 보았던 어느 연극 공연, 각기 다른 변태성욕자, 알코올 중독자, 정체불명자가 한 사람의 그림자 내에서 움직이던 상황이 환기됐다. 얼굴은 물론 의상과 분장까지 똑같던 그 인물을 아무도 알아보지 못했다.

섬뜩한 일이었지만 현재 자신 역시 같은 한 사람을 다른 셋으로 나누고 있는 것이 아닐까. 동화는 마구 제 머리를 털어보았다. 굶주림에서 비롯된 수분 부족과 영양 결핍 등의 육체적 결여가 정신적 혼돈을 불러오고 있었다.

어떤 선택을 내려야 할지는 분명했다. 상대를 가늠하느라 시간을 지체했을 따름이었다. 검은 옷이 온전치 않을뿐더러 위험한 존재라는 사실은 변치 않을 터였다. 그날, 바닷가에서는 불길이 일어난 듯 새빨간 일출이 떠오르고 있었다. 마치 날이 바뀌고 시간이 흐른 것처럼 하나의 과정이 끝을 맞이한 분위기였다. 촬영 현장은 어느 때보다 빠르게 해체됐다.

깊은 밤이 지나갔다. 동화는 검은 옷을 신경 쓰느라 주위를 살필 여력이 없었지만 혜화가 무사하다는, 어딘가에서 제 할 일에 매진하고 있다는 사실을 확인하면 그뿐이었다. 검은 옷이 제 모습을 드러내고 다시 감추기를 반복하기 시작한 것 역시 바로 그때쯤의 일이었다. 그는 마치 들짐승 한 마리가 야생으로 되돌아가려는 제 본능에 눈을 뜬 것처럼 시종 두문불출했고, 모습을 놓치는 경우가 한두 번이 아니었다.

사라진 검은 옷이 어디에서 무엇을 하고 있는 것일까.

잠시 눈을 감았다 떠야 했다. 장엄한 아침 풍경이 눈앞에 펼쳐져 있었다. 바다는 믿을 수 없을 만큼 진한 붉은빛으로 물들어갔다. 그 빛 아래에서 좀 전까지의 촬영 현장이 사라지고 지워지고 잊히고 있었다.

문득 고개를 들어보니 곳곳에 카메라를 든 사람들이 몰려들어 주위가 떠들썩했다. 일사불란한 움직임이었다. 아마도 파파라치들 같았다. 대개 김지성을 비롯한 이런저런 배우들에게 렌즈를 들이밀고 있었다.

한동안 주변이 소란한 가운데 동화는 어떤 한 가지 사실을 깨달았다. 저기 멀리, 누군가 바닷물 속으로 잠겨 들고 있었다. 막연히 해변을 거닐다가 바닷물에 발을 담그는 정도의 풍경인 줄 알았지만 착각이었다. 느리고 둔중한 걸음걸이, 보이는 형체가 힘을 잃기 시작하더니 파도에 이리저리 휩쓸렸다. 사고가 일어날 것 같은 상황이었다.

동화는 몇 번쯤 눈을 깜빡였다. 그랬다, 그 모습이었다. 저기 저곳에 혜화가 나타난 것이었다. 특유의 하늘거리는 움직임. 먼 거리에서였지만 그녀라는 사실을 모를 수 없었다.

아니나 다를까, 그 순간 약속이나 한 것처럼 또 다른 누군가가 제 모습을 드러내 보였다. 혜화가 가는 곳이면 언제 어디서든 제 존재를 피력하는 눈앞의 인물, 검은 옷이었다. 며칠 만에 모습을 드러낸 그가 만면 가득 야릇한 웃음을 띠며 혜화에게 걸음을 향하기 시작했다.

불길했다. 이미 검은 옷은 혼자가 아니었다. 주위를 둘러보니 일군의 파파라치 부대가 파리 떼처럼 극성을 부리는 참이었다.

모두가 바닷물에 잠겨 든 이가 어떻게 되든지, 큰일을 당하든지 말든지 철저히 무관심했다. 그들이 노리는 것은 오직 그럴듯한, 그리고 은밀한 사진 한 장이었다. 제가 가진 카메라의 프레임을 돈과 욕망으로 가득 채우고, 뭇사람의 호기심과 굶주림을 메워줄.

검은 옷 역시 이번만큼은 그들과 한데 뒤섞여 혜화를 담아내는 데 혈안이었다. 바닷물에 휩쓸리며 혜화의 맨살결이 드러나 속옷과 알몸까지 비쳐 보이는 듯했다. 한 인간의 가장 사적인 몸의 부위들을 향해 사정없이 플래시가 터져나갔다. 생각할 겨를 없이 동화는 혜화 쪽으로 달려나갔다.

예상과 달리 바닷물에 뛰어들기까지 오랜 시간이 걸리지 않았다. 주위가 텅 비어 있는 만큼 행동에 아무런 제약이 없었다. 이토록 가까운 곳에 혜화가 있었다니. 어딘가에 있는 웜홀을 지나쳐가는 듯했다. 동화는 달리 힘을 들이지 않고 해변 쪽으로 혜화를 끌어내는 데 성공했다. 곧바로 혜화는 짠물을 토해냈고, 머지않아 정신을 차릴 듯 온몸을 툴툴거렸다.

혜화, 입 밖으로 터져 나오는 언어들을 동화는 가까스로 다잡으며 몸을 돌렸다. 더 지체해서는 곤란했다. 동화는 검은 옷을 향해 내쳐 걸었다. 최소한 그의 다리 하나쯤은 부러뜨려놓아야 했다. 검은 옷에게 폭행을 당해 응급차에 실려 간 여중생 두 명의 소식이 뉴스 스크린에 오르내리는 걸 보았다. 행동을 서둘러야 했다. 상대가 위험한 자든 그렇지 않든 개의치 않을 작정이었다.

그러나 직접 부딪친 현실은 생각과 달랐다. 정작 검은 옷 앞에서는 아무런 행동을 취할 수가 없었다. 몸이 얼어붙었다. 오랫동안 지녀온 습관 탓에 타인과의 격투가 낯설었다. 한마디로 안 하던 짓이었다.

대화로, 익숙한 말로 더 온당한 방법을 찾아 부드럽게 사태를 해결해야 했다. 동화를 알아차린 검은 옷이 반갑다는 듯 미소를 보내왔다. 그것이 계기였다. 동화는 검은 옷이 가지고 있던 카메라를 부여잡았다. 검은 옷이 자연스럽게 반걸음 뒤로 물러섰다. 카메라를 마음껏 구경하라는 의미 같았다. 동화는 그렇게 수월하게 카메라를 빼앗았다.

몇 초 사이 검은 옷의 표정이 달라졌다. 상황을 알아차린 듯 동화를 붙잡는 손길에 힘이 들어갔다. 이제 대결할 차례였다. 카메라를 사이에 두고 실랑이가 벌어졌다. 한두 번쯤 카메라가 얼굴에 부딪히기도 했다. 점차 다툼은 격해졌다.

그런데 이번에는 동화의 힘이 모자랐다. 체력과 기력 모두가 소진된 상태이었다. 살아오면서 달리 배고픔을 경험해보지 못한 터였다. 그 자체가 낯선 나머지 굶주리면서도 제 몸 상태를 전혀 가늠하지 못했다. 결정적으로 싸워본 일이 없으니 실력까지 모자랐다. 다른 방법이 보이지 않았다. 동화는 카메라를 부여잡은 채 한쪽으로 몸을 피했다. 보물을 감싸 안은 것처럼 팔과 허리와 가슴을 동그랗게 굽혔다.

"비키라니까, 씨발!"

다음 순간 묵직한 돌덩이 같은 주먹이 날아들었다. 거대한 벽이 밀려오듯 검은 옷의 상체가 동화를 압박했다.

동화의 입안에 피 맛이 감돌았다. 눈앞에 별이 떴다. 숨조차 제대로 쉴 수 없었다. 하지만 어떻게든 카메라를 지켜내야 했다.

몇 시간 뒤, 태아처럼 몸을 웅크린 채 동화는 깨어났다. 발끝이 차가웠다. 다리 사이에서 파도가 밀려오고 밀려 나가고 있었다. 양발이 가는 줄에 묶였고, 모래사장에 반쯤 몸이 처박힌 채였다.

옆구리에서 날카로운 통증이 느껴졌다. 패배의 고통은 지독했지만 잠깐뿐이었다. 품에 카메라가 안겨 있었다. 가까스로 검은 옷의 시야를 차단해내는 데 성공한 것이다. 그리고 그때부터 지금까지 동화는 바닷가를 나돌며 사태를 예의 주시하고 있었다.

현장 제작진과 혜화가 사라진 것과 마찬가지로 검은 옷이 보이지 않았다. 마치 생명이 꺼질 때 활동을 멈추는 악성 종양처럼 계속 이어지던 상황이 일순간 정지됐다.

해변은 평소의 모습을 되찾아갔다. 검은 옷이 사라졌다는 사실에 얼마간 안도했지만 이내 불안이 더 커졌다. 더 두들겨 맞아 피범벅이 되더라도 가시거리 내에서 검은 옷이 움직여야 마음이 편했다. 이전처럼 예측 가능한 범위에 상대가 있길 바랐다.

카메라를 빼앗으러 당장이라도 검은 옷이 나타나야 정상이 아닌가, 그런 생각도 없지 않았다. 더욱이 폐막 작품으로 〈갈매기〉가 상영된다면 어느 때보다 검은 옷은 바쁘게 움직여야 했다.

그가 일자리를 구한다는 이야기를 얼핏 들은 기억이 떠올랐다. 분명 실없는 소리에 가까웠지만 혹 지금의 상황과 그 말이 무슨 연관이 있는 것은 아닐까, 하는 의구심이 솟구쳤다. 영화제 소식지 한편에서 경호 인력을 급구한다는 전면 광고를 본 탓도 없지 않았다. 달리 상상을 뻗어갈 근거가 부족한 탓에 아무 생각이든 붙잡지 않을 수가 없었다.

마음에 걸리는 점은 또 있었다. 동화는 생각을 이어나갔다. 혜화는 지금쯤 안전한 곳에 있을까. 마땅한 일이었지만 그녀가 보이지 않는다는 사실 또한 불안했다. 그보다 혜화의 모습이 보고 싶었다.

눈앞에 그녀를 두고도 번번이 검은 옷에 시선을 둬야만 했다. 그리고 그녀는 사라졌다. 자신만 홀로 남겨둔 채 검은 옷과 혜화가 밀월여행이라도 떠나버린 것처럼 아찔한 기분이었다. 처음 오피스텔에서 꽃 배달 직원과 함께 있는 혜화를 발견했을 때처럼 알 수 없는 감정이 내면을 채워나갔다.

동화에게 샘솟는 단어는 다름 아닌 후회였다. 안부를 묻거나 안위를 확인하고 싶었지만 아무런 방법이 없었다. 혜화에게 왜 전화번호를 물어보지 않았던 걸까. 어째서 가벼운 질문조차 꺼내지 못했던 걸까.

늦은 아쉬움이 한꺼번에 치밀어 올랐다. 용기가 나지 않았대도 그녀가 떠나기 전에 해야 했을 말들이 있었다. 당신을 만나서 좋았다고, 다음번에 다시 꼭 만나길 바란다고.

당시에는 이토록 애달프게 떨릴 마음을 전혀 예상치 못했다. 그녀에 대해 아는 점 역시 거의 없었다. 애인이 있는지 없는지, 가족 관계는 어떻게 되는지, 쉬는 날에 주로 무엇을 하는지, 최근에 공연장이나 영화관을 찾은 적은 있는지, 하루에 몇 잔 정도의 커피를 마시는지, 아예 차 종류를 멀리하는지, 즐겨 찾는 맛집이나 술집이 있는지, 무엇보다 자신 같은 누군가와 가까이 지내는 일에 일말의 관심이라도 있는지.

이제야 질문들이 머릿속에 얽혀 들었다. 지금에 이르러 한 가지 만큼은 분명히 말할 수 있었다. 단 하루, 아니 몇 시간 몇 분이어도 좋으니 혜화의 운전기사 역할을 또 해보고 싶었다. 어디라도 괜찮으니 그녀가 가는 곳까지 동행하면 했다. 그 뜻만은 꼭 전해야 한다는 결심이 섰다.

새하얀 플래시가 번쩍였다. 동화는 들고 있던 카메라를 내려뜨렸다. 얼굴과 옆구리의 상처를 어루만졌다. 검은 옷과 맞서 싸운 흔적이었다. 표정을 바꿀 때마다 열상과 피멍에서 찌릿, 하고 전기가 올라왔다. 눈, 코, 입에서 전해지는 그런 감각이 수치스럽지만은 않았다.

격한 운동 후에 근육통을 앓게 된 것처럼 한편 몸이 가뿐했다. 양발에 묶인 줄도 쉽사리 제거했다. 하지만 난감한 것은 옆구리에서 곪아가는 상처였다. 외면하려 했으나 점액질의 빨간 진물과 누런 고름이 생겨나고, 피멍의 색은 점점 진해지고 있었다. 급한 대로 휴지를 덧대고, 상처를 어루만져보았지만 임시방편에 불과했다.

소망하는 바를 이루기 위해서라면 먼저 해야 할 일이 있었다. 지금의 흉한 몰골부터 바로잡아야 했다. 부랑자로 전락해버리는 데는 일주일이면 충분했다. 연기와 재미, 겁 없는 일탈을 위한 시간은 이제 끝이 났다. 바닷가를 지나가는 이들이 자신을 회피한다는 사실을 진즉에 알아차린 터였다.

이제 제자리로 되돌아가야 했다. 하지만 어떻게? 무슨 방법으로? 이상스러웠다. 앞이 캄캄해진 것처럼 본 모습을 되찾을 마땅한 방법이 떠오르지 않았다. 어머니, 형이 슬몃 벽이 돼 곁을 지키고 있는 듯했다. 울타리 밖의 울타리, 품 안의 우주, 일방적인 보호와 일방적인 의존, 투명한 감옥, 미숙함의 한계, 어린아이의 외출. 어머니, 형. 어머니, 형. 동화의 나지막한 읊조림이 시작됐다.

추운 밤을 대비해 주워 입은 헌 옷마저 피투성이가 됐다. 자신이 차에 두고 내린 것과 디자인이 똑같았고 어렴풋하게나마 혜화의 향기까지 배어 있는 듯했으나 이제 장점이 없어진 옷이었다.

걸음을 옮기는 사이 노랫소리가 들려왔다. 영화제 폐막식이 가까워지면서 바닷가를 찾는 이들이 기하급수적으로 늘어나고 있었다. 고조된 분위기를 이어가듯 해변 곳곳에서는 거리 공연이 한창이었다.

드넓은 바다와 하늘을 배경으로 팡파르가 울린 듯했다. 랩 배틀, 브레이크 댄스, 아카펠라, 통기타 연주, 밴드 공연까지 다양한 팀이 경합을 벌이고 있었다. 거리를 채운 이들의 패션은 과감해졌고, 모여드는 연령대 또한 점점 다양해졌다. 개중에는 영화제를 찾은 유명인들이 섞여 있기도 했다.

동화는 다시 한번 주위를 둘러보았다. 그리고 스스로의 기색을 되살폈다. 텁수룩한 수염, 봉두난발의 머리, 지저분한 행색. 다소 뒤늦은 자각이었지만 지나치는 행인들의 수군거림이 자신과 연관이 있으리라는 의구심이 차오르기 시작했다. 평생을 멀끔히 보냈는데도 한순간에 이런 몰골이 됐다. 제자리란 애초에 존재하지 않았다.

아니나 다를까, 얼마 지나지 않아 상황은 분명해졌다. 이윽고 누군가 나타났다. 동화를 향해 거수경례를 했다.

"실례지만 신원 확인 좀 부탁드립니다. 민원이 제기돼서……."

경찰이었다. 그러고 보니 코앞에 '영화제 기간 공공질서 특별 단속'이라는 현수막이 척, 붙어 있었다.

"불법 촬영 의심 신고도 들어왔고요. 괜찮다면 그 카메라 한 번 확인해봐도 되겠습니까."

물론 구체적인 위법 행위가 있는 것은 아니었다. 동화로서는 검문에 협조할 아무런 이유가 없었다. 그러나 생각과 달리 머릿속은 안개처럼 점점 희미해져갔다.

"그 카메라 줘보세요. 어서요."

지나치게 굶주려온 탓일까. 따뜻한 밥과 국물에 대한 갈망이 앞서서일까. 동화는 제대로 묻지도 않은 자신의 신분을 빠르게 밝혀나갔다. 주민등록번호에서부터 주소, 직업에 이르기까지 모든 개인정보를 노래하듯이 읊조렸다.

그러고 나서 푹, 하고 경찰의 품을 향해 쓰러졌다. 의도된 일이 아니었다. 정신을 도무지 차릴 수가 없었다. 신원을 확인한 경찰의 표정이 복권에라도 당첨된 듯 변화하고 있다는 사실은 전혀 눈치채지 못했다. 스르륵, 눈이 감겨왔다.

눈을 떴다. 마땅히 아무 일 없었던 것처럼 표정을 유지해야 했다. 그러나 얼굴에 잔뜩 감정이 드러났으리라. 가까이에서 휘파람 소리가 울려 퍼졌다. 고개를 돌리자 감독님을 비롯한 영화 관계자들이 환한 미소를 띠고 있었다.

"축하합니다, 축하합니다, 당신의 첫 주연작 상영을 축하합니다."

노랫소리가 이어졌다. 동료 배우가 촛불을 밝힌 케이크를 혜화 앞으로 내밀었다. 혜화는 고개를 살며시 숙이며 훗, 하고 웃음 지었다. 곧바로 입바람을 내뱉지는 못했다. 폐막식을 앞두고 작은 파티를 했고, 첫 상영을 기념하는 시간이 이어지고 있었다. 깜짝 이벤트였지만 감독님으로부터 대부분의 사전 상황을 전해 들었다. 특별 수상까지 거론될 만큼 가편집본이 훌륭하다는 소문이었다.

놀라움과 기쁨을 연기할 수 있는 이유는 따로 있었다. 엄마와 친구가 가까이 있다는 사실이 많은 것을 달라지게 했다. 이미 여러 번의 대화, 다독임, 포옹 등 자축의 시간이 있었다. 엄마는 매번 눈시울을 붉혔고, 친구는 자꾸만 등을 두드렸다. 때마다 얼마간의 뿌듯함이 온기처럼 혜화의 마음을 적셨다. 비로소 이곳에서 벌어진 일들을 실감할 수 있었다. 영화 출연에 대해서 누군가와 이야기를 나누게 된 것이다.

이제 제법 가까운 동료가 된 김지성은 급작스레 영화제 활동을 종료했다. 따로 스케줄 변경이 예고된 적이 없는 만큼 주위 반응은 심상치 않았다. 자세한 전후 사정을 누구도 알지 못했다.

아무 걱정하지 말아달라고, 스타들에게 변고가 생기는 것은 비일비재한 일이라고 김지성의 소속사 대표가 입장을 대신 밝혔다. 소식이 전해지는 동안 제작자와 감독님의 표정이 심각하게 굳었고, 돌연히 모습을 감춘 분위기로 미루어 예기치 않은 일이 벌어졌을 가능성을 배제하기 힘들다는 반응이 주를 이루었다.

마약류 복용 의혹을 받게 됐다는 등, 평소 앓던 우울증이 악화돼 자해 소동을 일으켰다는 등, 광적인 팬에 의해 피습을 당했다는 등, 이전처럼 모종의 세력에 의해 납치 위협을 받게 됐다는 등 흉흉한 소문이 뒤따랐다.

혜화의 주변에도 이상스러운 일은 없지 않았다. 몇 날 며칠, 몇 번이상 같은 상황이 반복됐다. 우선 짓뭉개진 꽃송이가 헨젤과 그레텔이 흘린 빵 조각처럼 여기저기 흩어져 있었다. 식당 화장실, 대기실

문 앞, 이동 차량 의자 위, 행사장 등의 곳곳에서 찢겨나간 장미 이파리와 푸르게 상처 난 줄기가 발견되는 식이었다. 텅 빈 폭죽 상자가 하나씩 매번 근처를 나뒹군다는 사실 역시 특이했다.

밤이 다가오고 있었다. 상황은 빠르게 흘러 이제 폐막식이 목전이었다. 기념 파티가 끝나자마자 대기 중이던 영화제 관계자가 나타나 출발 시간이 임박했다는 메시지를 전해왔다. 폐막식은 과거의 향수를 불러일으킨다는 의미에서 전용 상영관이 아닌 요트 경기장에서 거행될 예정이었다.

이윽고 축제의 대미에 이르렀다. 곁에 바다를 두고 모여든 만인 앞에서 자신의 이미지가 구현되리라는 상상에 혜화의 머릿속이 아찔해졌다. 혜화 또한 수많은 관객 중 한 사람이 돼 영사막에서 빛으로 재현되는 니나를 보게 될 것이다. 무슨 일이 벌어질지 아직 아무것도 예측하지 못한 상태에서. 모두가 지켜보는 가운데.

경호를 맡게 된 이는 새까만 선글라스를 쓰고 있었다. 파파라치들이 들끓는 탓에 따로 인원이 배정됐다는 것이다. 안전을 책임지는 사람이 있다는 사실에 혜화는 우선 안도했다. 살결이 유난히 새하얘 보였지만 선글라스 탓일지도 몰랐다.

안내를 받아 몇 걸음 옮기자 번드르르한 리무진 한 대가 나타났다. 폐막식 입장 전용 차량이었다. 감독님, 제작자와 함께 열린 문으로 들어섰다. 안에서 바라본 차내 공간이 작은 회의실처럼 드넓었다.

편안한 자세로 혜화는 좌석에 등을 붙였다. 선글라스 경호원이 곁에 와서 앉았다. 그는 붉은 꽃 한 다발을 손에 쥐고 있었다. 저만치에서 이동 중이던 경찰차가 리무진 건너편에서 멈춰 섰다. 잠시 호흡을 가다듬어야 했다. 약간의 여유가 있으리라 예상했지만 부웅, 하며 곧바로 자동차의 속도가 올라갔다.

바닷가 주위의 분위기는 폭풍전야처럼 낮고 둔중하게 가라앉아 있었다. 파도 소리는 아주 먼 곳에서 밀려오는 것처럼 아련했다. 천사의 부름을 받아 밤의 신전으로 들어서는 것처럼 마음이 이상스러웠다.

눈앞을 막아서는 것은 아무것도 없었다. 태풍의 영향 탓인지 도로 주변의 시설물은 대개 훼손되거나 파괴된 채였다. 해안 곳곳의 풍경역시 전과 같지 않았다. 그러나 원시의 흔적과 궤적을 뒤따라가듯, 행사 차량이 지나는 길만은 부드럽게 이어졌다.

요트 경기장에 가까워질수록 사방이 밝아졌다. 짧은 순간 큰 함성이 이는가 하면 여기저기서 손뼉을 치는 소리가 들려오기도 했다. 소리의 집합은 마치 음악처럼 높이 솟구쳤다가 다시 잠잠해지길 반복했다. 그다지 먼 거리가 아니었지만 체감 시간은 무척 길었다. 두근두근, 심장이 떨렸다. 무대 인사 직전의 아슬아슬한 긴장감과 현기증이 찾아들었다. 점점 눈앞이 아득해지고 있었다.

행사장에 근접하자 영화제의 상징 기호들이 보이기 시작했다. 밤바다의 불빛은 더욱 환해졌다. 마지막 갈림길에 접어드는 순간 갑자기 체중이 한쪽으로 쏠렸다. 리무진의 속도가 뚝 떨어졌다.

저만치 떨어진 차선 앞으로 커다란 그림자 하나가 불쑥 튀어나왔다. 차도가 아닌 인도를 넘어선 견인 트럭 한 대였다. 격렬한 기세가 리무진 안까지 전해질 만큼 움직임이 다급했다. 어딘가에서 예기치 않은 사고라도 난 것일까 싶었지만 상황은 정반대였다. 고개를 돌리자 다른 쪽 차선에서 경찰차 사이렌이 요란하게 울려 퍼지고 있었다. 견인 트럭을 향해 여러 대의 경찰차가 추격을 이어가는 모양새였다.

혜화의 시선이 이끌리듯 정면으로 향했다. 어, 어 하는 찰나 반대편에서 달려온 경찰차와 인도를 넘어선 견인 차량이 충돌했다. 순식간의 일이었다. 도로 위는 곧바로 체포 현장이 됐다.

앞을 가로막힌 트럭은 더 나아가지 못한 채 공회전을 반복했다. 바퀴가 헛도는 소리가 날카롭게 공기 중으로 퍼졌다. 경찰차가 그물망을 치듯 사방에서 트럭을 에워싸는 중이었다.

정확히 말하자면 트럭만을 포위한 게 아니었다. 뒤쪽에 견인된 스포츠형 자동차가 조금쯤 친숙했다. 조수석 문짝이 뜯겨 나간 모양이 특히 그랬다. 혹 동화의 차는 아닐까, 하는 의구심이 들 만큼 차체의 균열 정도가 엇비슷했다.

차에서 내려선 경찰들이 트럭을 향해 거리를 좁히고 있었다. 체포 직전의 날 선 긴장감이 공기 중으로 빠르게 번져나갔다. 트럭의 상향등이 반복적으로 깜박였다. 경찰을 향해서라기보다 어딘가 다른 곳을 향해 특정한 신호를 보내는 것 같았다. 꽤나 사나운 경적이 연이어 울려 퍼졌다. 빛의 번쩍임이 멎는 곳은 다름 아닌 혜화가 탄 리무진이었다.

잠시 정적이 이어졌다. 느닷없이 지직, 하는 잡음이 터져 나왔다. 트럭 스피커에서였다. 성난 남성의 목소리, 옷, 옷, 혹은 꽃, 꽃, 하는 외침이 노이즈에 섞여 들었다. 달리 리무진에서 반응이 없자 급기야 트럭 운전석 문이 열렸다.

마구 문짝을 흔드는 모양새가 무슨 경고를 대신하려는 것처럼 절박했다. 하지만 쉽사리 읽어낼 수 없는 메시지였다. 마치 광적인 스토커가 제 존재를 알리기 위해 혈안이 된 것 같았다. 문밖으로 몸이 튀어나올 듯 운전자의 움직임은 부자연스러웠다. 양손이 함께 움직이고 있었다.

자세를 낮춘 경찰들이 운전석 코앞까지 다가섰다. 얼마 지나지 않아 액션 영화의 한 장면처럼 거친 상황이 펼쳐졌다. 꿈쩍조차 하지 않을 것 같던 트럭이 조금씩 이동하기 시작했다. 몇 대의 경찰차가 주르륵, 뒤쪽으로 밀려났다. 트럭의 동력이 정지된 경찰차의 무게를 앞선 것이다.

힘을 받기 시작한 트럭의 속도가 절로 올라갔다. 가까이 서 있던 경찰들이 다급히 몸을 사리며 걸음을 피했다. 몇 발의 총성이 울렸다. 아무래도 트럭은 차도를 뛰어넘으려는 것 같았다.

곁이 바다였으므로 머지않아 추락에 이를 것이 분명했지만 속도는 조금도 줄어들지 않았다. 해안 도로를 감싼 가드레일이 힘없이 부서졌다. 풍덩, 하는 소리와 함께 트럭이 곤두박질칠 때까지 모두가 숨

을 죽였다. 견인된 스포츠형 자동차 역시 바다를 향해 아찔한 궤적을
그리며 떨어졌다.

무슨 일이 벌어진 것일까. 전후 사정을 헤아려보기도 전에 눈앞이
검게 닫혔다. 누군가의 손바닥이 시야를 가렸다. 옆자리에 앉은 선글
라스 경호원의 표정이 심각하게 굳어 있었다. 사고 현장에서 서둘러
혜화의 눈길을 떼어내려는 것처럼 몸짓이 다급했다.

삐빅, 하고 무전기가 울렸다. 행사장 쪽에서 검은 정장을 입은 사람
들이 연이어 나타났다. 아마도 리무진을 호위하려는 움직임인 듯 보
였다.

제법 빠른 속도로 리무진은 이동했다. 갈림길을 지나자 거대한 가
림막 몇 개가 나타났다. 안과 밖의 흐름은 거기서부터 차단됐다. 막
에 가려 바깥의 소란은 순식간에 사라졌다. 마침내 요트 경기장으로
입장하기 시작했다.

얼마 떨어진 곳이 폐막식 무대였다. 이제 조금은 익숙해진 카메라
플래시, 스타들을 향한 응원 카드, 개별적인 선호에 따른 침묵과 탄
성 등이 차례차례 이어졌다. 리무진이 멈춰선 곳은 무대와 객석의 정
중앙이었다.

레드카펫 앞에서 또 다른 경호 인력이 혜화를 인계했다. 선글라스
경호원은 두어 걸음 정도 뒤로 물러서 따라왔다. 여전히 혜화의 곁에
서 떨어지지 않았다. 큰 파도가 몰아치듯 무대 위에서는 이미 폐막식

이 한창이었다.

레드카펫을 통과한 각국의 초청 손님들과 영화제 주요 인사가 내빈석을 가득 메우고 있었다. 올림픽 주경기장 크기에 필적할 법한 야외 관람석은 영화를 보기 위한 사람들로 인산인해를 이룬 채였다. 수군거림, 웅성거림, 박수갈채, 함성과 환호가 모여들어 축제의 마지막 탑을 쌓는 중이었다.

폐막식에 들어선 순간부터 혜화는 완벽한 연기자였다. 무대와 객석의 반응에 화답해야 한다는 일념으로 미소 지으며 부드럽게 손을 흔들었다. 환한 표정을 언제까지고 유지했다. 불안을 드러내서는 안 된다, 지금의 역할이 지금의 전부다, 객석에 호응하는 일만이 중요하다, 어떻게든 이 순간들을 버텨내야 한다.

다만 한 가지, 선글라스 경호원이 여전히 곁에서 떨어지지 않는 것이 조금 이상했다. 그러고 보니 검은 안경 너머에서 느껴지는 이상야릇한 기운이 성가셨다. 자세나 몸짓, 얼굴 형태가 어쩐지 심상치 않았다. 혹 동화가 아닐까. 그러한 정황을 예감하자마자 내면에서 격한 감정이 치밀었다.

머리 모양과 옷차림을 바꾼 상황이라면, 수염을 가다듬고 선글라스를 쓰고 말끔히 정장을 갖춰 입은 것이라면. 그런 동화를 본 적은 단 한 번도 없지 않은가.

십, 구, 팔. 카운트다운 소리에 혜화는 정신을 차렸다. 칠, 육. 어느 사이 사람들이 숫자를 외치고 있었다. 감독님, 제작자, 동료 배우 모두 마찬가지였다. 주위는 칠흑처럼 캄캄했다.

오, 사. 대부분의 조명이 꺼진 상태였지만 무대와 객석 가릴 것 없이 에너지가 넘쳐흘렀다. 시선을 따라 혜화는 완연한 어둠이 들어찬 바다와 하늘을 바라보았다.

삼. 숫자가 줄어드는 만큼 무형의 에너지는 고조됐다. 이. 목소리의 합이 어느 때보다 크게 울렸다. 일. 잠시 침묵이 이어지더니 이내 펑, 하는 소리와 함께 밤의 빛깔이 찬란해졌다. 잊힌 모든 색채가 일시에 부활하듯 하늘이 번쩍였다. 영화 상영을 알리는 작은 불꽃놀이가 시작되는 순간이었다.

혜화의 눈에 무대 중앙이 들어왔다. 어두컴컴한 밤하늘을 배경으로 거대한 영사막이 새하얗게 펼쳐져 있었다. 그 크기도 크기였지만 빛깔이 너무도 고와 눈이 시릴 지경이었다. 마치 바람에 펄럭이는 깃발처럼, 다른 세계로 통하는 신비의 입구처럼 매끈한 흰 빛이 대기에 불쑥 드리워져 있었다.

수많은 사람의 손길이 덧입혀진 큰 그림이 텅 빈 그곳에서 서서히 모습을 드러낼 것이었다. 움찔, 몸이 떨렸다. 불꽃에 따라 밤바다 곁에서 화려한 선과 색채의 집합이 크고 작은 날개를 접었다 펼치기를 반복했다.

곧 영화가……

32

……시작되는 것이다.

마침내, 가까스로, 무사히. 마지막 불꽃이 지나간 자리에 빠르게 어둠이 들어찼다.

들뜬 함성이 얼마간 더 이어졌지만 전체적인 수군거림과 웅성거림은 이내 가라앉았다. 마치 먼바다로의 항해를 시작한 큰 배에 오른 것처럼 모두의 눈길이 한 곳을 중심으로 움직였다. 새하얀 영사막만이 텅 빈 공간을 드넓게 수놓고 있었다.

다시 주위가 어두워졌다는 사실에 동화는 안도했다. 이로써 당분간은 추적자들을 따돌릴 수 있게 됐다. 문제는 눈과 옆구리의 상처였다. 무리하게 바닷물에 뛰어든 결과 통증은 더욱 심해졌다. 이제는 상처 부위를 어루만지는 일이 두려울 지경이었다. 곪아가던 상처에 소금물이 가득 들러붙었다. 마치 날카로운 칼날이 드나든 것처럼 증상이 심각했다. 검은 옷은 여전히 붉은 꽃을 든 채 혜화 주위를 서성거렸다.

총을 내려놓은 후 동화는 호흡을 길게 한 번 내쉬었다. 지난 몇 시간, 사태는 예상과 전혀 다르게 흘러갔다. 잠시 한눈을 판 사이 세상이 온통 뒤집혔다.

"협조할 뜻이 전혀 없습니까?"

불법 촬영, 공공질서를 내세운 경찰은 단순한 신원 확인 이상의 의도를 숨기고 있었다.

봉두난발, 텁수룩한 수염, 누더기 같은 옷을 걸치고서 축제 현장을 활보한 탓이 아니었다. 그는 어느 사건의 용의자를 민감하게 의식하는 중이었다.

아무튼 오래 굶주린 터라 매사에 아무런 감이 없었다. 주위에서 무슨 일이 일어나는지 전혀 알지 못했다. 잠깐의 암흑, 쓰러진 동화를 일으켜 세운 것은 검문을 진행하던 순찰 경관이었다.

이미 한쪽 손목이 차갑게 묵직했다. 그사이 수갑이 채워진 것이었다. 동화는 나머지 손목을 재빨리 내려뜨렸다. 고개를 들자마자 경관이 미란다 원칙을 읊조리기 시작했다. 단순 순찰 중에 뜻밖의 대어를 낚게 된 것처럼 음성이 격렬하게 떨렸다.

"음, 다, 다, 당신을 서울시 강남권 도심에서 일어난 폭탄 테러 공모 혐의로 체포합니다. 변호사를 선임할 수 있으며 불리한 진술을 거부할 수 있습니다. 그러니까…….. 자기, 잠깐만, 내가 바로 다시 전화할게."

달리 귀에 들어오는 말은 아니었다. 앳된 얼굴, 말투와 행동거지로 미루어 상대는 이제 갓 경찰 생활을 시작한 초짜 중의 초짜였다. 그나저나 살해 혐의라니. 지금의 상황과는 전연 앞뒤가 맞지 않는 말이었다. 경관은 휴대전화를 서둘러 주머니에 처넣었다.

이때 동화의 시선은 전혀 다른 곳을 향해 있었다. 가까이서 붉은 꽃 한 다발이 눈에 띄었다. 어쩐지 검은 옷일 것만 같은 사내가 이쪽을 향해 웃음을 내보이고 있었다. 몇 미터 앞에서였고, 어딘가로 걸어가는 중이었다.

왜 하필 지금에서야. 몸이 휘청거렸다. 발걸음이 절로 그쪽을 향해 움직였다. 검은 옷인지 아닌지 분명히 살펴야 했다. 경관이 동화를 방해했다. 떨리는 목소리와 달리 눈빛은 사뭇 진지했다.

곧이어 다른 손목에마저 수갑이 채워질 것이 분명했다. 도망쳐야 한다. 지금 붙잡히면 모든 것이 곤란해진다. 누가 옳든, 누가 그르든 우선 이 상황에서 벗어나야 한다. 일촉즉발의 상황이 오히려 행동을 수월하게 만들었다. 동화는 있는 힘을 다해 팔을 내뻗었다. 손목을 휘감는 수갑을 멀리 쳐냈다.

그러나 경관의 제압이 조금 더 빨랐다. 비명이 터져 나왔다. 한쪽에 이어서 다른 쪽 손목에도 수갑이 꽉 들어찼다. 동시에 어떤 충격이 가해졌다. 머릿속이 새하얘졌다. 틀어져도 단단히 틀어졌다. 상황을 돌이키는 것은 불가능했다.

찌릿, 하는 전기 자극에 동화는 정신을 차렸다. 한동안 무슨 일이 벌어진 것인지 알 수 없었다. 아마도 테이저건의 여파가 전신에 몰아친 듯했다. 피붓결이 따끔거리면서 팔다리에 경련이 일어났다. 잠시 머릿속이 캄캄해진 것도 그 탓일 확률이 높았다.

아니, 한 방에 붙잡았다니까, 이 남친님이 말야, A급 지명 수배자지, 자기 말대로 테이저건이 기가 막힌 역할을 했어, 뉴스에 나오는 그 변호사라니까, 나도 이게 무슨 일인지 모르겠어, 첫 근무에 테러 용의자를 체포하다니, 지금 가고 있으니까 어서 체포 현장 보러 와줘, 나 인증 사진 찍고 싶어, SNS에 올려야지, 그럼, 다 우리 자기 덕이지, 바깥에서 개고생하는 일은 이제 끝이야, 그런 말소리가 언뜻언뜻 들려왔다.

운전석의 경관은 무전이 아닌 개인 전화로 통화 삼매경에 빠져 있었다. 대개 2인 1조로 움직이는 순찰차에 경관이 한 사람밖에 타지 않았다는 사실이 조금 이상했다. 대다수의 병력이 영화제 폐막식에 동원된 상황일까.

어서 온전한 상태를 되찾아야 했지만 이번에는 차량 내부에 눈길이 갔다. 의외의 일이었다. 실제 경찰차와는 실내 장식이 미세하게 달랐다. 어지러웠다. 차라리 이대로 유치장에 직진했으면, 하는 바람이 슬며시 차올랐다.

몸을 깨끗이 씻고, 옷을 갈아입고, 모든 긴장을 내려놓고 지붕 아래서 푹 잠들고 싶었다. 나머지는 그다음에 살펴도 좋을 것이다. 지금 향하는 곳과 별개로 실내 생활에 대한 기대감이 찾아들었다. 어쩌면 어서 집에 돌아갔으면 했는지 몰랐다. 차가 움직이자 혜화와 함께했던 때가 조금이나마 환기된 것이었다.

비록 양손에 수갑이 묶인 채였으나 몸을 움직이는 데 큰 무리는 없었다. 동화는 손목에 힘을 빼고 팔과 발을 편히 내뻗었다. 어딘가가 여전히 불편했다. 그리고 보니 아직 어깨에 카메라 끈이 채워져 있었다.

제법 무게가 나가는 위험한 물건이었지만 경관은 달리 카메라를 신경 쓰지 않는 듯했다. 테이저건을 맞고 쓰러진 동화를 무방비의 존재로 치부해버린 것이 분명했다.

경찰차는 빠르지도 느리지도 않게 1차선 도로 위를 달렸다. 스르륵, 졸음이 밀려왔다. 머릿속이 혼몽해지는 찰나 이마 위에 짙은 그림자가 내려앉았다. 차창 밖으로 누군가가 재빠르게 지나갔다.

비슷한 움직임이 반복된다는 예감이 졸음에 빠르게 스며들었다. 주위가 어쩐지 심상치 않았다. 동화는 치명적인 일을 맞닥뜨린 사람처럼 온몸을 뒤틀었다.

다시 한번 차창 밖을 살펴보았다. 달리 눈에 띄는 것은 없었다. 단한 사람, 그 인물이 야릇한 미소를 짓고 서 있었다. 정신이 드는 순간 타이밍을 잰 것처럼 자동차가 멈춰 섰다. 어떤 번뜩임이 전해졌다. 이럴 수가. 눈앞에 선 것은 정녕 그 검은 옷이었다. 어느 순간에 나타났는지 이해할 길이 없었다.

검은 옷이 선글라스를 벗고, 동화에게 장난처럼 방아쇠를 당겨 보이는 시늉을 했다. 그랬다. 잊었다. 손목에 수갑이 채워지기 직전 검은 옷에 가까운 이가 눈앞을 스쳐 지나가지 않았던가. 어떻게 그 일을 제쳐놓을 수가. 아무리 창졸지간이었대도.

그 검은 옷이 피켓 몇 장을 들어 동화에게 들이밀었다.

'Who is it that can tell me who I am?'

'I am not what I am.'

'Brutus, even you.'

'To be, or not to be, that is the question.'

'O fool! fool! fool!'

다음 순간 시야에 들어온 것은 붉은 꽃에 교묘하게 연결된 기나긴 꼬리 같은 무엇이었다. 혹 전선 같은 것은 아닐는지. 폭발물을 감춘다면 저만한 곳도 드물 게 분명했다.

동화는 절로 상황에 이끌려 들어갔다. 체포된 채 경찰서로 향한다기보다 직접 경찰차를 타고 검은 옷을 추적해나간다고, 자신의 상황을 유리하게 받아들였다. 횡단보도 앞에서 차가 멈춰선 사이 다시 사방을 살폈다.

꽃의 전선을 따라 시선을 옮기니 찾고 또 찾아왔던 자가 금세 모습을 드러냈다. 여지없는 검은 옷, 다발 가득히 전선을 연결하고 있으리라는 예측이 틀리지 않았다. 하지만 어딘가 조금 이상스러운 점이 있었다.

걸음걸이며, 자세 등은 영락없는 그자였지만 외양이 확연히 달랐다. 지난번과 달리 지나치게 멀끔한 모습이었다. 머리는 짧게 잘라 제품을 발랐고, 번쩍이는 구두, 새하얀 와이셔츠, 깨끗한 정장을 갖춰 입고 있었다. 귀에는 무전기까지 꽂았다. 마치 영화 속 보디가드 흉내를 내려는 것처럼 그랬다. 스킨헤드는 가발로 덮고, 핏기 없는 피부에는 화장까지 마쳤다.

게다가 검은 옷이 멈춰 선 곳은 조명이 켜진 어느 호텔의 광장 앞이었다. 번드르르한 리무진 한 대가 대기 중이었다. 자동차 근처를 둘러보는 품새가 무척이나 익숙한 것을 대하는 것처럼 자연스러웠다. 어슬렁거리는 기색으로 미루어 함께 차에 오를 누군가를 기다리는 듯했다.

잠깐, 하고 동화는 생각했다. 어떤 의문이 새삼 솟구쳤다. 부자 부모님을 두었던 검은 옷은 이 지역의 모든 부와 권력에 가깝다고 했다. 그가 일자리를 구했다면 영화제와 관련된 곳일 확률이 높았다. 혜화를 가까이에서 지켜볼 수 있는 일이라면 금상첨화가 아닐 수 없었다. 게다가 검은 옷은 어떤 계획을 세우고 있다고 했다. 한 지역에서 오래 지내온 만큼 리무진 회사, 운전기사, 나아가 경호업체를 매수하는 것이 어려운 일만은 아닐지 몰랐다.

어떤 드라마나 영화에서처럼 정작 진짜 경호원이나 운전기사는 화장실 같은 곳에 속옷 바람으로 격리돼 있을 가능성도 없지 않았다. 그럴 능력이 있는지를 떠나서 검은 옷이 무슨 짓이든 저지를 수 있는 자임은 틀림없었다. 말 그대로 총력을 동원했다면. 미치광이들이 활개를 치는 대규모의 축제 현장에서라면 더더욱.

사방이 트인 곳에 이르자 검은 옷의 움직임을 지속적으로 살필 수 있었다. 얼마 지나지 않아 그는 선글라스를 꺼내어 썼다. 어딘가를 향해 급히 걸음을 옮겼다. 누군가가 나타난 듯했다. 리무진 반대편의 상황인 만큼 모습을 자세히 확인할 수는 없었다. 아무래도 거리가 멀었다. 미루어 살피자면 몇몇 사람이 검은 옷과 인사를 나누는 분위기였다.

이어서 리무진의 문이 활짝 열렸다. 어렴풋이 드레스 자락이 움직였다. 맨몸을 하얀 천으로 감싼 스타일이 유난히 선명하게 눈에 들어왔다. 촬영 중이던 혜화와 크게 다르지 않은 차림이었다. 동화는 두 눈을 크게 떠보았다.

순간 어떤 충격이 시야를 뒤흔들었다. 날카로운 경적이 사방으로 퍼져나갔다. 창밖만 응시하느라 주위 상황이 어떻게 흘러가는지 전혀 알 수 없었다. 운전 중인 경관이 뒤쪽의 상황을 알아차렸을 가능성이 높았다.

동화는 천천히 운전석을 살폈다. 예측은 틀렸다. 경관은 운전대 깊숙이 머리를 처박고 있었다. 충격은 예상치 못한 곳에서 비롯됐다. 속도를 높이는 사이 앞쪽 차량과 접촉사고가 일어난 것이다.

통증이 온몸으로 퍼져나갔다. 머릿속이 점점 희미해졌다. 고개를 쳐든 경관이 재차 상황을 가늠했다. 곧장 흥분된 목소리가 차내에 울려 퍼졌다. 철부지는 그때까지도 전화기를 내려놓지 않은 상태였다. 사고 역시 통화 삼매경 탓에 일어났을 확률이 높았다. 대화는 결코 중단되지 않을 기세였다.

"자기야, 나 어떡해. 지금 막 사고가 났어. 다 잡은 특진 이것 땜에 놓치면 어떡하지⋯⋯."

경찰차가 들이받은 것은 어느 스포츠형 자동차의 후미였다. 경관의 말이 계속되는 와중에 쾅, 하는 소리가 퍼졌다. 한눈에도 험악하게 보이는 중년의 사내가 운전석 쪽 지붕을 흠씬 두드려댔다. 한 손으로는 뒷 목을 부여잡은 채였다.

입장이 완전히 바뀌어 사내가 곧 경찰이고, 경찰은 범법자로 뒤바뀌었다. 순찰차 문을 열고 초짜 경관이 다급히 내렸다. 중년 사내가 경관의 멱살을 부여잡고 마구 욕설을 뱉어냈다. 선생님, 제발요, 오늘 근무 첫날이라, 지금 이 차에 테러 용의자가 타고 있어요, 방금 붙잡았다니까요. 경관의 입에서 엇비슷한 말이 반복됐다.

실랑이가 이어지는 순간 하나의 우연이 동화에게 찾아들었다. 스포츠형 자동차에 시선이 붙들렸다. 그러고 보니 경찰차가 치받은 것은 견인 트럭이었다. 뒤쪽에 견인된 것은 이미 사고가 났던 차량이었다.

떨어져 나간 문짝, 진흙을 잔뜩 묻힌 휠, 이곳저곳 균열이 선명한 차체. 충격 탓에 눈이 감겨오고 정신없는 와중이었대도 자신의 차를 알아보는 것은 어려운 일이 아니었다. 고장 난 채 방치된 불법 주정차 차량이 오늘에서야 견인됐고, 우연히 이곳을 지나게 된 것일까. 아니면 무슨 다른 사연이 있는 것일까. 언뜻 이치에 맞지 않는 기이한 등장이었지만 우연과 놀라움의 정도를 가늠할 시기는 못 됐다.

제 차를 발견하는 순간 잃어버린 연인을 만난 것처럼 몸이 뜨거워졌다. 곧바로 엉덩이가 들썩거렸다. 흥분과 열기가 혈관 가득 배어들었다. 동화는 뒷좌석의 문을 밀어보았다. 닫힌 문이 슬며시 밀려났다.

곧바로 두 번째 우연이 동화를 찾아든 셈이었다. 경찰차의 뒷문은 바깥에서만 열린다는데, 이 경우 역시 마찬가지여야 했다. 하지만 그것은 어디까지나 문이 제대로 닫힌 경우의 이야기였다. 몇 번 어깨를 밀어붙이자 문이 덜커덕 소리를 내며 바깥으로 열렸다. 애초에 어긋난 채 닫혀 있던 것이다.

중년의 운전자와 파릇파릇한 20대 경관은 여전히 실랑이 중이었다. 동화는 반대쪽으로 돌아 견인 트럭을 향해 다가섰다. 더 늦기 전에 검은 옷을 쫓아야 했다. 재빨리 몸을 움직여 단 한 번에 운전석에 오른다면 경관을 따돌리는 일쯤은 식은 죽 먹기였다.

마침내 운전석이 코앞이었다. 문을 여는 순간 격한 통증이 전신을 뒤흔들었다. 아앗, 하고 동화는 비명을 내질렀다. 양손에 수갑이 묶여 있단 사실을 까맣게 잊고 있었다. 벽돌에 내리쩍힌 것처럼 손목 전체에 통증이 번져나갔다.

순간 사내와 경관이 실랑이를 뚝 멈췄다. 동시에 두 사람의 고개가 돌아갔다. 성큼성큼, 경관과 사내가 견인 트럭으로 다가섰다. 차를 빼앗긴다는 불안 탓인지 사내의 움직임이 더 빨랐다. 경관은 발을 동동 굴렀다. 동화는 이를 앙다물었다. 운전석에 다시 오르자니 여간 힘이 드는 것이 아니었다. 묶여 있는 양손을 겨우겨우 움직여가며 문을 닫아걸었다. 다행히 시동은 걸린 채였다. 하지만 조금은 적응할 시간이 필요했다. 액셀, 브레이크, 기어 위치 등을 확인했다. 앞으로 나아가려면 단번에 움직일 수 있어야 했다.

액셀에 발을 디디려는 찰나 트럭 주인이 차창 앞을 가로막았다. 표정이 창백하다 못해 시퍼렇게 질려 있었다. 차가 회사 차다, 다 물어줘야 한다, 해고되면 우리 가족 모두 끝장이다, 중얼거렸다. 동화는 주인에게 연신 고개를 숙였다. 미안합니다, 죄송합니다, 하고 입을 방긋거렸다. 그리고 재빨리 운전대를 틀었다.

트럭이 한쪽으로 기울며 급회전을 했다. 의도치 않았건만 위치상 경찰차를 치받고 나아갈 수밖에 없는 상황이었다. 동화는 후진을 선택했다. 가까스로 기어를 바꿨다. 어서 이곳으로부터 도망쳐야 했다. 현장을 벗어나는 순간, 탕, 하는 소리가 뒤쪽에서 울려 퍼졌다. 탕, 탕, 탕. 이미 경험한 바였으니 소리의 의미를 알아차리기가 한결 수월했다. 초짜 경관이 실탄을 발사한 것이다.

축제 현장인 만큼 도주는 쉽지 않았다. 곳곳의 길은 막혀 있거나 시설물로 가득했다. 동화는 트럭을 도로가 아닌 골목 쪽으로 내몰았다. 거리는 한눈에 보기에도 오가는 사람들이 확연히 줄어든 상황이었다. 대다수의 이용객은 폐막식장을 중심으로 이동했을 확률이 높았다. 어디에 있을까. 리무진 안으로 모습을 감춘 검은 옷에 대해 동화는 생각했다. 현재로서는 그보다 더 급한 일은 없어 보였다.

동화는 트럭 내부를 훑어보았다. 뒤쪽에 견인된 차량이 제 차인지 아닌지 새삼 확인할 필요조차 없었다. 조수석에 캠핑용품, 스노클링, 구명조끼, 산소통 등이 따로 놓여 있었다. 특히나 눈에 띄는 것은 권총 한 자루였다.

저간의 사정이 눈에 훤했다. 운전자가 폐차 직전의 동화 차에서 물건을 슬쩍, 한 것이다. 메인보드에 장착된 화면에서는 뉴스 채널이 흘러나오고 있었다. 동화로서는 실로 오랜만에 들어보는 세상 소식이 아닐 수 없었다. 특유의 방송 음이 오케스트라 화음처럼 들려올 만큼 정보와 단절된 채 지내왔다.

아무래도 동화가 의아해마지않는 부분은 때아닌 초짜 경관의 흥분이었다. 자신은 단순한 범법자에 지나지 않았다. 같은 경관을 물 먹였다 한들 이미 조사를 마친 다음이었다. 이렇게까지 심각하게 내몰릴 수준은 결코 못 됐다.

수갑을 두르게 된 지금의 상황이나 행인들의 힐끔거림 역시 마음에 걸렸다. 테러 용의자라니. 그러고 보니 먼젓번의 선글라스 경관에서부터 차 안에서 동화를 맞이했던 검사, 우선 유치장에서 처넣은 후에야 조서를 작성하던 형사들의 태도부터가 의심스러웠다.

마침 광고가 끝나고 뉴스 프로그램이 시작됐다. 달리 귀 기울일 소식은 없었다. 일주일 남짓 세상은 크게 달라지지 않았다. 사실상 재방송의 재재방송이래도 좋았다. 대량 해고, 정치인과 재벌 총수의 결탁, 세비의 남용, 특정 지역에 대한 지나친 특혜, 날로 심각해지는 강력 범죄, 미적지근한 외교 정책 등 모두 전과 엇비슷한 얘기의 반복이었다.

이제 곧 폐막을 앞둔 국제영화제 소식도 없지 않았지만 대부분은 흘려들어도 좋을 내용이었다. 하지만 어느 순간 이야기가 한 점으로 모여들었다. 동화가 거주 중인 오피스텔 건물 이미지와 함께 어떤 뉴스가 이어지고 있었다. 믿기지 않는 일이었다.

"가족의 역할이 없었던들 대체 어느 누가 용의자의 실체를 가늠할 수 있었을까요. 제 식구 감싸기에 여념이 없는 다른 경우들과는 상반된 흐름에서 이 사건을 바라봐야 할 또 하나의 이유인 셈입니다. 그럼, 현장에 나가 있는 기자와 인터뷰를 계속 이어나가도록 하겠습니다. 방금 전 사건의 시작은 단순 테러 모의처럼 보인다는 말씀을 전해주셨는데요."

"네, 특이한 것은 이 끔찍한 범죄가 세상에 모습을 드러내기 직전의 방식입니다. CCTV를 확인한 결과, 가장 먼저 집 안에 들어선 것은 아직 신원이 밝혀지지 않은 이십 대 여성, 이후 제1 용의자, 다시 제2 용의자의 순서라는 사실을 알 수 있습니다. 이러한 정황을 바탕으로 세 사람이 도심 테러를 공모했다는 가설을 세워볼 수 있는데요, 현관으로 들어서자마자 재빨리 두 사람이 나오고, 나머지는 폭발물을 지닌 채 집을 빠져나왔다는 점 역시 동일한 주장을 뒷받침합니다."

"네, 그 경우 실질적인 오피스텔 명의자가 중요할 텐데요. 확인된 바가 있는지요?"

"주민등록상의 주소 역시 마찬가지입니다만, 특히 관리사무소에 등록된 거주자가 제2 용의자로 밝혀진 상황입니다. 한마디로 자신의 집에서부터 벌어진 사건이라는 것이죠."

"경찰 측이 그를 용의자로 지목한 데는 결정적인 이유가 하나 더 있다고 알려졌는데요."

"네, 맞습니다. 증거물로 확보된 폭발물 스위치에서 검출된 DNA가 바로 그 이유인데요. 국과수에서는 오직 제1 용의자, 그리고 제2 용의자의 DNA만이 검출된 상황이라고 발표했습니다. 문제는 이들의 범행이 연쇄적이라는 데 있는데요. 얼마 전 어느 외국인 뮤지컬 감독이 실종된 것으로부터 그 이전의 십수 년 동안 사라진 연출가나 무대 관계자, 배우의 수만 십여 명 이상에 달한다는 경찰 발표가 있었습니다. 자신을 괴도 뤼팽, 혹은 오페라의 유령이나 콰지모도의 환생이라 믿는 망상형 사이코패스로, 각 나라를 돌아다니며 재능 있는 배우들을 소유하고 제거하는 식의 범행을 저질러온 것인데요. 지적한 바대로 이는 인터넷과 SNS를 바탕으로 유행처럼 번지는 묻지 마 표적 범죄의 또 다른 양태라 할 수 있을 것입니다."

"잘 알겠습니다. 간단히 여타의 모든 정황이 단 두 사람을 향한다고 볼 수 있겠네요. 그렇다면, 다음 단계는 발 빠른 용의자 신병 확보가 되어야 할 텐데요, 진척 상황이 궁금합니다."

"알려졌듯 주요 참고인이었던 때부터 연락 자체가 닿지 않았을뿐더러, 일주일이 넘는 기간 동안 집과 직장에 모습을 나타내지 않은 점 등을 미루어 제2 용의자의 도피 가능성을 쉽게 예상해볼 수 있습니다. 하지만 이미 부산 지역에서 한차례 검문과 조사가 진행된 만큼 체포에 큰 어려움은 없을 것으로 전문가들은 입을 모았습니다. 지명수배를 비롯한 가능한 모든 방법을 총동원하겠다는 것이 현재 경찰 측의 입장입니다."

"말씀 잘 들었습니다. 앞서 밝혔듯 문제는 제1 용의자이기도 합니다만, 그 이전에 특정 SNS를 바탕으로 퍼져가는 점조직 형태의 범행 지지자들의 악의적 공모 형태라 할 수 있습니다. 사회 엘리트 출신이라 할 법한 고소득 고학력의 전문직 청년층이 이 비밀 대화방 회원 명단에 대거 포함돼 앞으로 세간에 작지 않은 충격을 줄 것으로 예상되는데요. 특히나 가족의 제보에 의해 제2 용의자로 분류되고 있는 이가 주목됩니다. 최상위 법학 대학원을 나와 대형 로펌의 변호사 생활을 시작한 제2 용의자는 곧 결혼을 앞두었으며, 얼마 전 유죄 판결을 받은 부잣집 장남 사건의 담당 변호사이기도 합니다. 그런 그가 이렇게까지 큰 범죄의 장본인이 된 데에는 여러 가지 원인이……."

현실감을 갖는 데까지 시간이 걸렸다. 하지만 지금 중요한 것은 뉴스에서 내뱉는 말들이 아니라 눈앞의 현실이었다. 번쩍, 리무진이 시야 한가운데를 스쳐 지났다. 바로 그 리무진이었다. 골목 곳곳이 봉쇄된 상황이어서 곧바로 뒤를 쫓는 것은 불가능했다. 다급히 액셀을 밟는 순간 동화 어떤 사실 하나를 깨달았다.

까맣게 놓치고 있었다. 치명적인 실수에 가까웠다. 문제는 혜화였다. 검은 옷이 가는 곳에 그녀가 있다. 그 마땅한 공식을 잊고 있었다. 다시 말해 처음부터 동화가 지켰어야 할 사람은 검은 옷이 아니라 혜화여야 했다. 차 안으로 들어선 나머지 사람이 누구인지 확인할 필요조차 없었다.

리무진은 해안도로를 따라 금세 모습을 감췄다. 어떻게든 길을 우회해야 했다. 넓게 보면 해안도로를 중심으로 한쪽은 모래사장과 바다가, 반대편은 호텔과 카페가 늘어선 상가지구였다. 강을 사이에 둔 것처럼 두 구역은 확연히 구분됐다. 도로 자체가 봉쇄됐더라도 상가 사이사이를 가로지른다면 얼추 비슷한 경로를 뒤따르는 것이 가능했다.

무엇보다 걱정되는 것은 혜화의 안위였다. 동화의 판단이 틀리지 않았다면 검은 옷이 어느 때보다 혜화 가까이 다가선 것이다. 꽃을 마땅히 꽃으로 한 번……. 불길한 음성이 생생히 들려오는 듯했다.

그러나 우회로는 없었다. 해안도로에 들어서는 길목은 모조리 막혀 있었다. 오직 리무진 한 대만이 유유히 도로 위를 움직여나가는 상황이었다. 몇 번 길을 헤매는 사이 저만치에서 사이렌 소리가 들려왔다. 한 대가 아닌 여러 대의 경찰차가 동시다발적으로 움직이고 있었다. 이미 동화가 탄 트럭의 이동을 포착한 것이 틀림없었다.

다행인 것은 몇 날 며칠 돌아다닌 결과로 골목 곳곳이 익숙하다는 사실이었다. 어느새 트럭은 요트 경기장 쪽에 가까워져 있었다. 인파가 몰려든 곳에서 울려 퍼지는 함성과 환성이 대기를 조금씩 채워나가는 중이었다.

리무진이 향하는 곳이 폐막식장이라는 예측은 어렵지 않았다. 동화는 검은 옷이 아닌 혜화를 쫓는다고 머릿속 지도를 변경했다. 마치 스스로 검은 옷이 돼 혜화를 추적한다고 생각했다. 눈에 불을 켠다는 뜻이 이 경우에는 대단히 현실적인 표현에 가까웠다. 동화는 액셀을 밟았다. 서둘러 다른 길을 찾아야 했다.

가까운 곳에서 아앗, 하고 비명이 터졌다. 몇몇 사람이 길옆으로 황급히 물러서고 있었다. 트럭이 쿵쾅거리며 인도 턱을 오르내리는 동안의 일이었다. 이제 과제는 단 한 가지였다. 요트 경기장으로 들어서는 마지막 갈림길이 코앞이었다. 어떻게든 흐름을 멈춰야 했다. 스스로의 감을 믿어야 했다. 다른 방법은 없었다. 동화는 해안도로를 막아선 경계 시설을 향해 속도를 드높였다.

김밥 옆구리가 터진 것처럼 트럭은 손쉽게 도로에 난입했다. 고개를 들자 저만치에서 리무진이 급정거하고 있었다. 트럭의 난입이 효과를 일으킨 것이다.

무엇부터 어떻게 해야 할까. 잠시 동화는 고민에 빠졌다. 리무진과 트럭 사이에는 대략 15미터의 거리가 있었다. 뜻밖에도 인도를 넘어선 선택은 치명적인 결과를 불러왔다. 앞뒤에서 사이렌 소리가 마구 밀려들었다. 사방이 트인 곳에서 도리어 추격이 용이하다는 사실을 간과했다. 뒤를 쫓던 경찰에게 알몸을 훤히 드러낸 셈이었다.

경찰 차량이 견인 트럭을 둘러쌌다. 몇 대는 속도를 줄이는 일 없이 곧바로 트럭에 몸체를 부딪쳐왔다. 아마도 그 순간이었다. 이동을 멈춘 리무진의 차창이 내려갔다. 곧이어 차 문까지 열렸다. 누군가 모습을 드러냈다. 동화의 심장이 쿵쾅거리기 시작했다. 혜화였다.

바라던 한 가지 사실을 확인할 수 있었다. 그녀의 움직임은 지극히 일상적이었다. 검은 옷은 제대로 계획에 돌입하지 못했다. 리무진에서는 아직 아무런 일이 일어나지 않았다. 혜화는 무사했다.

정신을 차리고 보니 동화는 마구 경적을 울리며 상향등을 깜빡이고 있었다. 어떻든 혜화에게 상황을 알려야 했다. 차에서 내려선 경관들이 트럭을 촘촘히 포위하는 중이었지만 다른 생각을 할 겨를이 없었다. 위험을 전하는 일이 최우선이었다. 그러나 기대했던 일은 일어날 것 같지 않았다. 곧장 전후 사정을 깨달아야 했다. 경적을 울리고 사이렌을 켜는 것만으로는 아무런 반향을 일으킬 수 없었다.

차 문을 열었다 닫으며 목청껏 고함을 칠수록 경찰차의 사이렌만 커져갔다. 스피커를 통과한 음성이 들려왔다. 포위됐으니 순순히 협조하라는 요구가 반복됐다.

예상치 못한 일이 벌어진 것은 다음 순간이었다. 갑자기 상체가 한쪽으로 기울었다. 앞을 단단히 가로막고 섰던 경찰차 몇 대가 주르륵, 뒤쪽으로 밀려났다. 무슨 이유에선가 동화가 탄 트럭이 움직이기 시작한 것이다. 전혀 의도치 않은 일이었다. 순찰차 여러 대가 지속적으로 액셀을 밟고 있었던 듯했다. 연이은 충돌 탓에 차의 기능에 이상이 생겼는지도 몰랐다.

어수선함 속에서 경찰의 포위망이 깨어졌다. 앞뒤 공간이 드넓어졌다. 뜻하지 않게 도망의 기회가 찾아온 셈이었다. 하지만 그뿐이었다. 트럭의 속도를 제어할 수가 없었다. 마치 액셀에 발바닥이 들러붙은 것 같았다. 곧 추락할 게 분명했지만 다른 방도를 찾기 힘들었다.

경찰차를 밀어낸 트럭은 고삐 풀린 망아지처럼 가드레일을 향해서만 달려들었다. 솟구치는 속도를 더는 감당하기 어려웠다. 동화는 비명을 내질렀다. 가까운 어디선가 총성이 들려왔다. 트럭은 곧장 가드레일을 지나 아래를 향해 곤두박질쳤다.

짧은 사이 눈을 감았다 떠보았다. 상황은 달라지지 않았다. 말 그대로 한순간의 나락이었다. 눈앞은 온통 물결이었다. 풍덩, 하는 소리와 함께 몸의 균형이 와르르 무너져내렸다. 여기저기서 물살이 밀려들었다.

다시금 수갑 탓에 머릿속이 캄캄해졌다. 내심 구명조끼나 스노클링, 산소통을 이용할 수 있을 거라 동화는 기대해마지않았다. 다행이라고, 결과적으로 잘한 선택이었다고, 충동구매에는 이유가 없지 않았다고, 역시 쇼핑에는 많은 장점이 있었다고 오히려 우쭐했었다. 양손이 묶여 있으니 스노클링 제품은커녕 구명조끼조차 착용할 수도 없다는 사실을 깨닫기 전까지, 잠시 동안의 일이었다.

트럭은 수면 아래를 향해 빠르게 고개를 파묻었다. 운전석의 창문이 열려 있었으므로 몸을 빼내는 일은 어렵지 않았다. 머리끝이 잠기기 전에 선택을 내려야 했다. 하지만 달리 엄두가 나지 않았다.

비현실감이 급박함을 앗아갔다. 동화는 점차 목을 죄어오는 물보라를 가만히 바라보기만 했다. 한 번쯤은 이런 일을 겪게 되기를 고대해왔을지도 몰랐다. 아등바등, 어영부영, 전전긍긍, 질질질질, 그런 식으로 스스로를 내몰았고 상황은 여기까지 이르렀다. 알 수 없는 일이었다. 뜻밖의 경쾌함, 때아닌 카타르시스가 가슴을 적시는 것을 부정하기 어려웠다.

그렇다. 삶은 결코 영원하지 않았다. 이렇듯 죽음은 가까이에서 물결쳤다. 생사의 갈림길, 지난 인생은 주마등처럼 스쳐 지나가지 않았다. 단 한 사람, 혜화만이 머릿속을 가득 채웠다. 가족, 친구, 동료. 시험과 평가와 업무. 이익과 이해와 이기. 지금까지 무엇을 해온 것인가. 함께한 이들은 도대체 누구였던가.

숨은 가슴 언저리에 간신히 걸려 있었다. 마지막은 이런 식으로 다가오는 것이었다. 곧바로 다른 세상, 저쪽 세계에 돌입하는 것이다.

생명이 다하는 순간 가게 될 곳은 어디인가. 수면 위의 세상은 또 어떻게 되는 것인가.

잠시라도 좋으니 혜화와 이야기를 나누고 싶었다. 가까운 곳을 산책하고, 더 멀리 여행을 떠난대도 좋을 것 같았다. 심장이 아프게 저며왔다. 현기증이 치밀었다. 호흡이 점점 옅어지고 있었다. 익사, 라는 무시무시한 단어가 뇌리를 때렸다.

물보라가 눈동자마저 집어삼키는 순간 한 가지 생각이 떠올랐다. 분명했다. 처음인 일이 아니었다. 이와 비슷한 경험이 또 있었다. 이상스러웠다. 언제, 어디에서였을까. 하지만 더는 생각을 이어나가기가 불가능했다. 생명의 시간을 밝히는 등불이 힘을 다했다. 머릿속이 점점 희미해졌다. 컥컥, 밀려드는 바닷물에 제자리를 내어준 입안에서 헛숨이 마구 터져 나왔다.

격류에 휩쓸리듯 몇 번의 암전과 번뜩임이 반복됐다. 마치 꿈을 꾸는 것 같았다. 캄캄한 와중에 하나의 이미지가 선명히 차올랐다. 뜻밖의 안정감이 뒤따랐다. 익숙한 장소에 들어선 것처럼 긴장이 일순간 가라앉았다. 몸은 노곤했지만 코끝을 스치고 지나가는 냄새는 조금 낯설었다. 주위가 서서히 밝아졌다. 눈앞에서 발가벗은 한 사내가 움직이고 있었다.

동화가 도달한 곳은 자신의, 아니 혜화가 머무는 오피스텔이었다. 발밑에 책 한 권이 속을 드러낸 채 새하얗게 펼쳐져 있었다. 현관 앞

유리문 너머에서 일전에 보았던 거실의 광경이 고스란히 이어지는 중이었다.

다만 집 안을 오가는 사내가 누구인지는 불분명했다. 초록색 꽃 배달 조끼 차림의 사내여야 마땅했지만 어쩐지 검은 옷에 가까운 모습이었다. 집요한 눈빛, 해골 문신이 그득한 피부, 입가를 일그러뜨리는 모양까지.

으스스, 한차례 몸이 떨려왔다. 얼음송곳 같은 무언가가 차갑게 전신을 적셔왔다. 압도적일 만큼의 짜디짠 기운이 혓바닥을 휩쓸었다. 의식의 바깥에서 몸은 여전히 바닷물 속을 헤매는 중이었다. 오피스텔의 풍경이 펼쳐지는 장소는 무의식 가장 깊은 곳 어딘가였다.

봉인은 해제됐다. 어느 순간 동화의 손에 장검이 들려 있었다. 착, 하고 공기를 가르는 칼날의 감각이 뜻밖에도 익숙했다. 입은 옷 역시 달라졌다. 전통 군무복 차림이었다. 주위는 심각하게 어질러진 채였다. 장식장 유리가 깨어진 것은 물론 거실 테이블이 뒤집혔고, 탁상 달력, 시계 등이 장미꽃과 함께 무질서하게 흩어져 있었다.

그러나 알몸으로 돌아다니던 사내가 갑자기 사라져버린 것은 조금 이상했다. 발밑이 이상스레 축축했다. 어째서 이런 꿈을 꾸게 되는 것인지 도무지 이해되지 않았다. 장식장 앞에 놓인 거실 TV에서 뉴스가 흘러나왔다.

"CCTV를 확인한 결과, 가장 먼저 집 안에 들어선 것은 아직 신원이 밝혀지지 않은 이십 대 여성, 이후 제1 용의자, 다시 제2 용의자의 순서라는 사실을 알 수 있습니다. 이러한 정황을 바탕으로, 세 사람이 도심 테러를 공모했다는 가설을 세워볼 수 있는데요, 현관으로 들어서자마자 재빨리 두 사람이 나오고, 나머지는 폭발물을 지닌 채 집을 빠져나왔다는 점 역시 동일한 주장을 뒷받침합니다."

뉴스는 곧바로 불안정하게 흔들리는 작은 화면으로 뒤바뀌었다. 방금 나온 CCTV 화면에 비해 화질이 현저히 떨어졌다. 마치 누군가가 휴대전화로 찍은 영상을 보는 듯했다. 장소는 여전히 오피스텔이었지만 상황을 바라보는 각도와 거리, 눈높이가 미묘하게 달랐다. 렌즈는 거실의 어느 구석을 향해 있었다. 클림트의 〈키스〉가 보이는 곳이었다. 그 아래 알몸이던 사내가 쓰러져 있었다.

무슨 일이 벌어진 것인지 도무지 알 수 없었다. 거실 중심에 서 있는 사람은 단 하나, 자신뿐이었다. 동화는 화면 속의 스스로를 넋을 놓고 바라보았다. 무사가 된 것처럼 장검을 앞으로 쭉 내민 채였다.

"최상위 법학 대학원을 나와 대형 로펌의 변호사 생활을 시작한 제2 용의자는 곧 결혼을 앞두었으며, 얼마 전 유죄 판결을 받은 부잣집 장남 사건의 담당 변호사이기도 합니다. 그런 그가 이렇게까지 큰 범죄의 장본인이 된 데는 여러 가지 원인이……."

같은 뉴스가 다시 한번 재생됐다. 지금 보고 있는 것은 환상이나 허상이 아니었다. TV에서 보이는 상황은 정녕 누군가에게 일어난 일이었다. 덜덜덜, 이가 심각하게 떨려왔다. 짜디짠 기운이 불덩이처럼 입안을 태웠다.

초짜 경관은 실수를 한 것이 아니었다. 검사, 선글라스 경관 모두 마찬가지였다. 동화를 향한 격렬하고도 다급한 추격에는 확실한 이유가 없지 않았다. 뉴스에서 일컫는 용의자는 다름 아닌 자신이었다.

어디까지나 지금의 이 흐름에서라면. 눈앞의 모든 것이 사실 그대로라면. 눈에는 눈, 이에는 이와 같은 방식으로 해결한 셈이다. 아무리 타당하다 해도, 범죄자를 향한 것이라 해도 역시 폭력일 뿐이었다. 결국 나쁜 놈을 대하는 방법은 따로 있었다. 법이었다.

하지만 화면의 상황은 다분히 왜곡된 것이었다. 아무리 정신이 희미해졌기로서니. 자신이 전통 군무복을 입었을 리는 없었다. 옷 자체의 품이 넓을 뿐 색이나 태는 분명 여성의 것이었다. 애초에 장검을 쥔 적조차 없었다. 손에는 이미 책이 있었다.

나아가 검을 휘두르기까지 했다니. 극심한 충격 탓에 기억의 해리 현상이 찾아온 것이 분명했다. 거실에서 지나치게 비현실적인 일이 일어났고, 당황스러움이 사고 전체를 조작해버린 것이다.

어떻든 동화가 그 일에 개입돼 있다는 사실만큼은 인정해야 했다. 크든 작든, 적극적이든 소극적이든, 혼자였든 혜화와 함께였든, 뭔가를 목격했든 어떤 사고를 저질렀든. 여느 개인의 기억은 믿을 수 없는 것이었다. 작은 변형이나 왜곡으로 인해 사건의 실체가 어느 정도로 달라질 수 있는지는 이미 부잣집 장남 사건을 통해 경험한 바였다.

사소한 하나를 어떻게 바라보느냐에 따라 해석은 달라졌다. 아 다르고 어 다른 미미한 간극이 황당무계하고 치명적인 차이를 불러오는 것이었다. 결국 극한의 상황 앞에서 모두가 어리벙벙해지고 마는 것일지도 몰랐다. 무엇보다 그곳에 있어야 할 또 다른 한 사람, 혜화가 보이지 않았다.

몇몇 말들, 상황들이 머릿속을 스쳐 지나갔다.

"여기 오기 전에 어떤 일이 있었어요. 그게 그러니까⋯⋯. 오피스텔에서⋯⋯."

시종 불안해하던 혜화의 모습, 망설임 끝에 무슨 말인가를 전하려던 상황, 서울로 돌아가겠다던 다짐, 유난히 무겁던 그날의 거실 풍경, 무더기로 흩어져 있던 장미 이파리, 알몸이던 사내의 사나운 눈빛, 이상스레 불길하던 예감. 혜화, 하고 동화는 생각했다. 느닷없는 분노가 솟구쳐 올랐다. 생생한 원망이 번개처럼 전신을 휘감았다.

심장부에서 마구 불길이 치밀었다. 입안으로 밀려들던 바닷물이 한순간 바깥으로 터져 나갔다. 더는 짜디짠 고통도, 송곳 같은 차가움도 느껴지지 않았다. 몸이 절실히 움직이고 있었다. 양손이 묶인 채로도 수영은 얼마든지 가능했다. 어딘가 가까운 곳에 그녀가 있었다. 어서 혜화를 만나야 했다.

언제, 어떻게 요트 경기장에 도달했는지 구체적으로 기억나지 않았다. 바닷속이야말로 폐막식장으로 통하는 최단 첩경이었다. 수영과 잠영을 거듭한 결과 접근은 오히려 손쉬웠다. 마치 상륙 작전에 임하는 특수요원이 된 듯했다.

경기장에 이른 다음부터는 육탄전의 연속이었다. 비록 패배했더라도 검은 옷과의 격투가 있은 다음이었다. 이제 몸싸움이라면 조금 자신이 생겼다. 더욱이 트럭에서 몸을 빼내는 순간 무의식결에 총을 움켜쥔 상황이었다.

바닷물에 빠졌다 가까스로 다시 살아난, 그 결과 어느 때보다 무서운 외모를 띠게 된, 흡사 유령 같아진 동화였다. 어둠 속에서 권총을 내밀며 다가서는 기괴한 부랑자를 보고 모두가 기겁을 했다.

머리끝까지 솟아오른 동화의 열기 역시 한몫을 했다. 상처투성이의 몸이 전에 없이 기민하게 움직였다. 펑, 펑 때맞춰 폭죽 소리가 요란했다. 선명한 빛의 궤적이 빈 하늘을 드넓게 수놓았다. 마지막 축제 현장의 들뜬 분위기 속에서 밤하늘을 밝히는 불꽃놀이가 한창이었고, 폐막식장을 가득 메운 사람들은 객석 바깥의 자잘한 움직임에 둔감했다.

번갈아 시선을 빼앗는 빛과 어둠을 틈타 동화는 무대 뒤쪽의 통제선을 무너뜨렸고 보안요원들을 지나쳤다. 정녕 유령이라도 된 것처럼 행사장 곳곳을 아무렇지 않게 통과할 수 있었다.

거대한 영사막과 마주하기까지, 영화가 시작되기까지, 그곳에서 혜화를 다시 만날 수 있게 되기까지. 시간은 꿈처럼, 작은 이야기처럼, 순간의 이미지처럼 홀쩍 앞으로 뻗어나갔다. 무대가 바라보이는 어느 구석지고 어두컴컴한 곳에서 동화는 숨을 들이쉬고 내쉬기를 거듭했다.

순간 숨을 멈췄다. 새까만 그림자가 시야를 가렸다. 마치 검은 옷이 곁을 스쳐 지난 듯했다. 생각의 생각을 깨뜨리듯 번쩍, 하고 빛이 번져나갔다. 어느새 대형 스피커의 울림이 땅을 흔들고 있었다. 시간이 뒤바뀌었다. 시선을 쳐들어 좌우를 살펴보았다. 이곳에서 벌어진 일을 가늠해야 했다.

불꽃놀이의 흔적인 양 옅은 화약 냄새가 공기 중을 떠돌았다. 미세한 그 냄새를 일부러 들이마시려 했다. 눈앞을 가득히 채우는 것은 단 하나였다. 동화는 고개를 들어 차분히 영사막을 응시했다. 바야흐로 영화가 한창이었다.

야외 상영의 분위기는 예상과 크게 달랐다. 마치 수면 위에서 부드럽게 흔들리는 태양 빛을 보는 듯했다. 실제로 청아한 물결처럼 화면이 미세하게 떨렸다. 영화를 본다기보다 빛과 그림자, 소리와 색채가 만드는 신비스러운 조화를 마주하는 느낌이었다.

고요했다. 모두가 물속 깊은 곳 어딘가에 내려앉아 아가미 호흡을 하는 것처럼 숨을 죽였다. 어수선함이나 왁자지껄한 분위기는 온데간데없이 사라졌다. 수많은 인파가 모여든 상황이라고는 쉽게 상상하기 어려웠다.

무엇보다 동화를 놀라움으로 이끄는 것은 새로운 혜화와의 만남이었다. 눈을 몇 번쯤 감았다가 다시 뜨지 않을 수 없었다. 물결치는 빛, 다채로운 무늬, 선명한 색채의 굴곡, 그 속에서 그녀가 움직이고 있었다.

저곳이야말로 혜화의 자리라는 자명한 사실을 동화는 곧 깨달았다. 먹빛 배경, 투명한 빛깔 사이에서 나타난 혜화는 어느 때보다 생생하게 살아 있었다. 화면 속의 니나가 말을 끝마치거나 눈짓, 손짓, 몸짓을 다할 때마다 전에 없던 완벽한 인물이 탄생했음을 실감했다. 동화가 접해왔던 중 가장 혜화다운 혜화였다.

뜨거운 열망이 동화의 온몸을 휘감았다. 보고 싶다. 니나, 아니 혜화에게 더 가까이 다가서고 싶다. 손끝, 발끝, 머리끝까지 세세하게 확인하고 싶다. 지금의 눈빛, 표정, 환한 미소를 한순간도 놓치고 싶지 않다.

가슴이 떨려와 제대로 숨을 쉬기 힘겨웠다. 동시에 격렬한 두려움이 동화에게 엄습했다. 행여나 혜화의 모습이 사라질까 봐 겁이 났다. 어디선가 새까만 차단막이 내려오면 어쩌나 불안했다. 이 모든 시간이 갑자기 전원이 픽, 하고 꺼지듯 눈앞에서 해체될 것만 같았다.

그도 그럴 것이 여전히 동화는 아무런 제지를 받고 있지 않았다. 경찰의 추적, 경호원의 추격 모두 마찬가지였다. 어느새 검은 옷마저 모습을 감췄다. 한 편의 영화가 다른 세부적인 요소를 모조리 앗아간 것일까. 폐막식에 들어선 이상 치외법권 지역에 머무는 것과 같은 의미일까. 시간이 지날수록 이야기의 흐름이 거세어지는 것은 틀림없었다. 영화가 진행되는 동안 어떤 식으로든 이 안정이 지속되기를 바라야 했다.

그와 별개로 눈앞은 흐릿했다. 옷에 배어든 바닷물이 말라가면서 으슬으슬 몸이 떨렸다. 어떤 비린내가 코끝으로 와락 밀려들었다. 다시 보니 옆구리의 상처는 총상에 가까웠다. 아무래도 티셔츠가 축축한 것이 핏물이 밴 듯했다.

여기까지 왔던 지난한 과정에 비추어 보면 결코 무리한 일은 아닐지 몰랐다. 실제로 총알이 몸을 스치고 지나갔을 가능성이 높았다. 알몸인 채 얼음판 한가운데 쓰러진 것처럼 호흡이 차갑게 가빠왔다. 혜화, 하고 동화는 그녀의 이름을 불렀다.

33

귓가가 서늘했다. 누군가 이름을 불렀다. 파도 소리가 들려왔다. 그
사이 밤이 한층 깊어졌다. 달의 표면에 내려앉은 듯한 비현실감이 주
위를 감쌌다. 조금만 흔들면 우수수하고 별들이 떨어져 내릴 것처럼
하늘이 깊고 푸르렀다.

눈앞에 펼쳐진 밤하늘이 영화 속의 그것인지 현실 속의 그것인지
알 수 없었다. 연출 의도에 따라 실시간 촬영이 엔딩 화면을 대신했
다. 빛과 그림자, 바람과 파도 소리가 한데 어울려 환상과 현실의 경
계를 지워나갔다. 어느 먼 우주를 유영하는 듯 몰입은 깊었다. 이제
곧 되돌아가야 하리, 하고 혜화는 생각했다.

이야기 속 니나는 충분히 매력적이었다. 극 중 인물로서 등장한 자
신이 낯설었대도 잠시였다. 자칫 잘못 화면에 빠져들면 다시는 헤어
나오지 못할 것처럼 선명한 일체감이 찾아들었다. 저 세계는 유효하

다. 저곳에서 니나는 살아 있다. 영화가 이어지는 내내 그런 감각이 혜화를 타고 돌았다.

어쩌면 치열하게 살아왔던 지난 십여 년의 과정이 떠오르는지도 몰랐다. 새벽의 연습실, 소극장 마룻바닥, 수년 이상의 땀이 밴 연습복 두 벌, 형광색 밑줄이 가득 그어진 대본, 깨어져 나간 왼쪽 무릎, 몇 번의 성대 결절. 그렇게 해서 가까스로 준비된 하나의 세계, 오직 그 시간으로 동력을 확보한 시공간이 스크린 위에 펼쳐지고 있었다. 열심히, 악착같이, 혼자서 외로이 부딪치고 넘어지고 쓰러지는 사이에 쌓여간 어느 무형의 힘, 니나는 그 안에서부터 비로소 생명을 부여받았다.

이곳에서 혜화가 살아 숨 쉬는 것과 마찬가지로 저 화면 속의 니나 역시 엄연한 존재였다. 두 세계를 구분 짓던 두꺼운 벽 사이 이야기라는 작은 창이 열렸고, 투명하고 신비로운 공기가 안팎의 흐름을 뒤바꿔가며 모종의 변화를 일으키는 중이었다. 니나가 생생히 살아 있는, 확고하면서도 이곳과는 분명히 다른 또 하나의 우주가 있었다.

혜화, 하고 누군가 재차 이름을 불렀다. 지금의 느낌과 몰입이 언제까지고 이어지지는 않을 터, 갑자기라고 할 수밖에 없는 어느 순간 이 흐름은 중단되고 말 것이다.

불안이 혜화를 뒤흔들었다. 특수한 시간의 흐름, 특정한 공간과의 조화, 각각의 원자가 우주의 양 끝에서 호응하듯 갖가지 요소들이 다 함께 맞아떨어지는 시점에서야 탄생하는 보이지 않는 어느 세계, 혼자서는 결코 만들 수 없는 어떤 환상적인 질서.

대낮과 같은 쾅한 조명이 타오르기 시작하면 영사막과 객석은 해체되고, 모여든 수많은 사람은 서둘러 각자의 자리로 되돌아간다. 혜화는 혜화로서, 니나 또한 니나로서의 길을 밟지 않을 수 없게 된다. 알 수 없는 일이었다. 영화가 끝부분에 이르렀지만 혜화는 이야기에서 깨어나지 못했다. 마치 두 눈을 질끈 감아버린 듯 현실 감각이 무뎌졌다.

밤하늘 혹은 밤하늘 영상이 더는 움직이지 않았다. 일순간 눈앞이 환해졌다. 자신을 비추고 있는 것은 카메라 한 대였다. 카메라 너머로 다시 한번 불꽃이 타오르고 있었다. 곁에서는 의자가 바닥에 끌리는 소리가 드르르륵, 하고 울려 퍼졌다. 기립박수가 어느새 사방을 뒤덮고 있었다.

놀라움보다 바야흐로 꿈에서 깨어났다는 사실이 혜화에게 안도감을 줬다. 무대 양옆을 장식한 대형 LED 화면에 혜화를 비롯한 〈갈매기〉의 출연진과 제작진이 비춰지고 있었다. 누구 한 사람도 동요하지 않았다. 무엇도 혜화를 위협하고 있지 않았다. 다만 검은 선글라스의 경호원이 붉은 꽃을 든 채 혜화 주위를 서성거릴 뿐이었다. 짧은 사이, 마치 시선 밖으로 하나의 위험한 물체 하나가 지나가버린 듯했다.

박수갈채가 파도처럼 연이어 밀려들었다. 영화 〈갈매기〉에 대한 반응은 가히 폭발적이었다. 객석에서 전해지는 환호가 무대와 내빈석을 뒤흔들었다. 슬며시 누군가 혜화 어깨 위에 손을 얹었다. 내빈석에 함께 자리했던 감독님과 동료 배우가 미소를 보내왔다. 앞쪽으로 걸음을 내딛자는, 무대 중앙으로 자리를 옮기자는 신호였다.

고개를 들자 무대 위에서 기념 상패를 든 영화제 위원장이 보였다. 머리가 어질했다. 음악 소리와 함께 영화제 특별 언급, 올해의 배우에 대한 이야기가 들려왔다. 폐막작에 주어지는 새로운 특전이 신인 배우인 혜화에게 전해지려는 듯했다.

객석뿐 아니라 인근의 수백 미터 반경의 높은 건물들, 옥상들, 멀리 떨어진 달맞이 고개 등에서도 함성이 들려왔다. 공간이 입체적으로 재구성되어가는 것처럼 바다 너머 어느 뱃전에서조차 힘찬 소리가 울려 퍼지는 중이었다.

격렬한 비명과 폭발음은 무대 효과와 불꽃놀이에 뒤따르는 자연스러운 반응에 지나지 않았다. 혜화는 눈을 질끈 감았다 떴다. 불어오는 바닷바람을 깊숙이 들이마셨다. 분명 꿈에서 깨어났다. 하지만 여전히 꿈이 이어지는 듯했다.

걸음을 내디디려는 순간 어깨 위에 손이 닿았다. 어딘가 허전했다. 한쪽 어깨를 두른 드레스의 끈이 풀려 있었다. 언제, 어느 사이의 일인지, 처음부터 그랬었는지, 단순 실수 탓인지 알 수 없었다.

진행자가 큰 목소리로 폐막작 〈갈매기〉에 대해 소개하기 시작했다. 마이크와 스피커를 통과한 메아리가 하늘 높이 솟구쳤다. 이미 무대 위에 올라선 제작자와 감독님이 다급한 시선으로 혜화를 굽어보았다.

어서 걸음을 옮겨야 했지만 이상스러운 주저가 온몸을 얼어붙게 했다. 여기까지다, 더는 앞으로 나아갈 수 없다, 그런 판단이 차올랐다. 생전 처음 맞닥뜨린 무대 공포증에 스스로조차 어안이 벙벙했다. 사방이 트인 곳에 결코 노출돼서는 안 된다는 경고 메시지가 눈앞에서 번쩍이는 것만 같았다.

얼마간의 공백이 객석의 수군거림과 웅성거림을 불러왔다. 문제는 풀린 어깨끈만이 아니었다. 귓가의 서늘한 감각이 혜화를 놓아주지 않았다. 방금 혜화, 하고 이름을 부르던 사람, 그가 바로 동화가 아니었을까.

다시 그런 생각이 들었다. 구체적인 말이 아닌 미미한 음성의 파장에 가까웠지만 어딘가에서 꼭 알람이 울린 것 같았다. 펑, 펑. 불꽃은 객석에 내려앉을 듯 낮은 위치에서만 타오르고 있었다. 가까운 곳의 경찰과 보안요원 또한 이상스레 바삐 움직이고 있었다. 마치 숨겨진 폭발물을 수색하듯 분위기가 심각했다. 중심이 흐트러졌다. 혜화는 발을 헛디디며 미끄러졌다.

반짝, 하고 검은빛이 혜화의 눈동자에 닥쳐왔다. 선글라스 경호원이 사정없이 혜화의 등을 떠밀었다. 철퍼덕, 그렇게 혜화는 엉덩방아를 찧었다. 둘러보니 수많은 보안요원 중 선글라스를 쓴 이는 단 한 명이었다. 복장 또한 미묘하게 달랐다.

일반 정장이 아닌 턱시도에 가까운 차림, 유난한 것은 그의 손에 들린 붉은 꽃 한 다발이었다. 리무진에 실려 있던 것과 크기와 모양이 똑같았다. 마치 칼자루를 쥔처럼 그 꽃을 놓지 않으려는 상황이 조금 이상했다.

그러고 보면 주위에 꽃을 든 이들이 제법 많았다. 기실 사방 천지가 꽃밭이었다. 성평등 운동의 일환으로 모두가 'With You'라는 의미를 담은 새하얀 꽃을 앞세워 폐막식을 수놓고 있었다.

생화, 조화, 화환, 옷에 새겨진 문양, 머리띠와 반지, 팔찌 등의 액세서리에 이르기까지 수많은 장식이 메시지를 대신했다. 객석과 내빈석에 자리한 이들의 옷깃에도 흰 장미가 채워져 있었다.

다시 한번 혜화가 호명됐다. 진행자의 입으로부터 배우로서 혜화가 걸어온 짧은 이력이 소개되고 있었다. 전혀 예상치 못한 일이었다. 영화제 참여 자체가 최초의 일이라며, 첫 주연 작품의 상영에 뒤따르는 불안에 대해서 공감한다는 말이었다. 극 중 니나의 복장 그대로 무대에 오르게 된, 폐막작의 무게에 그만 겁을 먹고 관객 앞에 나서기를 망설이다 엉덩방아마저 찧게 된 늦깎이 신인 배우.

혜화의 주저는 농담이 됐다. 작은 해프닝이 있었던 것처럼 응원의 박수 소리가 이어졌다. 검은 선글라스 경호원이 언제 완력을 행사했냐는 듯 곁에 바짝 붙은 채로 혜화를 안내하기 시작했다. 당장 무대에 오르라는 명령처럼 여전히 손길과 몸짓이 거칠었다.

내동댕이쳐지다시피 혜화는 자리를 옮겼다. 무대 위에 오르자 도리어 마음이 홀가분했다. 활활 타오르듯 조명이 강렬했다. 공간 전체가 눈앞에서 새하얗게 번져나갔다. 망설이는 사이 기념 상패가 주어졌다.

수상의 순간은 터무니없을 만큼 짧았다. 상패를 수여한 위원장이 뒤쪽으로 몇 걸음 물러섰다. 감독님, 동료 배우 역시 마찬가지였다. 이제 남은 것은 혜화를 향한 스포트라이트뿐이었다. 특별 언급에 대해 배우로서 화답해야 할 순간이었다.

홀로 남은 공간이 지나치게 드넓었다. 체감되는 몇 미터의 너비는 광활한 들판과 다르지 않았다. 객석 너머는 아득한 바다였다. 파도처럼 관객들의 함성이 밀려왔다. 혜화는 벽돌 반 토막 크기의 상패를 꼭 쥐어보았다.

번개 같은 어떤 생각이 떠올랐다. 분명하다. 이 순간을 기다려왔다. 지금의 환호와 박수갈채, 선망의 목소리와 응원의 눈빛, 환한 조명과 타오르는 불꽃. 며칠 사이의 일이 아니었다. 십수 년 동안, 어쩌면 하루도 한시도 빠짐없이, 잠을 자고 꿈을 꾸는 동안에도 매일 또 매일 기다려왔다.

하지만 그것이 혜화 한 사람에게만 국한된 경우가 아니라면 어떻게 되는 것일까. 마치 자신이 그랬듯이 다른 누군가가 지금의 혜화를 갈망해왔다면, 어느 무대의 절정에서만 선보일 수 있는 무언가를 차근차근 계획했다면, 정녕 하나의 사건이 벌어지기만을 고대해왔다면.

혜화는 선 자리에서 몸을 한 바퀴 돌려보았다. 걸음을 옮기기에도, 자세를 바꾸기에도 조심스러운 상태였다. 전혀 불편하지 않던 부분들에 신경이 가닿았다. 너무 높은 힐, 귀걸이와 목걸이 같은 액세서리, 이미 풀려버린 어깨끈.

새하얀 천을 이어붙인 의상은 노출이 심한 데다 흘러내릴 것처럼 헐렁했다. 뛰거나 격한 움직임을 보이기란 애초에 불가능했다. 만인이 지켜보는 이때, 스포트라이트 아래 홀로 서게 된 이 순간, 스스로의 꿈에 가까스로 다가선 지금, 마치 혼자만이 다른 중력 아래서 움직이는 듯싶었다.

객석의 소음이 가라앉고 있었다. 밤하늘은 어느 때보다 높고 또 깊었다. 어서 소감을 말해야 했다. 자연스러운 표정을 짓기 위해 혜화는 표정에 힘을 주었다. 펑, 펑. 축포가 타올랐다. 자칫 불똥이 무대와 객석 위에 떨어진다면 참사로 연결되는 것은 시간문제였다.

화약 냄새가 코안까지 스며들었지만 아무도 그 사실을 개의치 않는 듯했다. 마치 새로운 무대 효과라고 판단한 듯했다. 혜화가 마이크를 잡는 순간 객석의 반응이 열화처럼 번져나갔다. 곧바로 눈 폭풍 같은 극심한 화이트 아웃이 찾아들었다. 의식의 바깥을 더듬어 내리려는 것처럼 혜화는 먼 곳을 향해 시선을 치떴다.

아무 소리가 들리지 않았다. 고요가 혜화를 깨웠다. 시간과 공간이 흐려졌다. 누군가, 무언가가 자신을 노려보고 있었다. 하나의 예감이 어김없이 현실로 모습을 드러냈다. 이곳은 폐막식 무대가 아니었다. 오피스텔이었다. 마치 새로운 한 편의 영화가 시작되려는 듯했다. 하지만 어디까지나 끝을 내기 위한 짧은 이야기일 뿐이었다. 대단원, 결말, 정해진 파국으로만 돌입하는.

교차 편집되는 영상처럼 오피스텔의 기억과 무대 위의 현실이 뒤섞였다. 어디까지가 기억이고 또 현실인지 구분하는 게 불가능했다.

혜화, 그리고 눈앞의 기괴한 형체를 제외하면 아무것도 보이지 않았다. 무슨 일이 벌어지려는가. 상황을 가늠할 틈 없이 또 다른 그림자가 나타났다. 이번에는 정체가 확실했다. 바닷가에서 혜화를 뒤따르던 부랑자였다. 뚜벅뚜벅, 아무렇지 않은 듯 사내가 혜화 곁으로 다가섰다.

끔찍했다. 온몸이 물에 젖은 기괴한 몰골 속에서 환각처럼 동화가 모습을 드러냈다. 정적이 흘렀다. 혜화 그리고 또 다른 한 사내. 언젠가의 기억처럼 세 사람 사이의 삼각 대치가 느리고도 무겁게 이어졌다. 셋을 제외하면 누구도, 무엇도 보이지 않았다.

둘 중 한 사람이 위험하다는 사실은 자명했다. 혜화의 앞을 가로막은 새까만 얼룩의 경호원, 마치 동화일 것만 같은 기괴한 몰골의 부랑자. 파란 약이냐 빨간 약이냐. 어서 판단을 내려야 했다.

잠시 후 한쪽에서 혜화를 향해 팔을 내뻗었다. 기억과 현실이 다시 한번 뒤섞였다. 길고 흉측한 물건 하나가 툭, 하고 불거져 나왔다. 아마도 혜화가 오피스텔에서 쥐어 들었던 장검인 듯했다. 달리 보면 총기에 가까운, 권총임이 확실한 물건 같기도 했다.

칼날이 공기를 가르는 소리와 총기의 금속성 소음이 동시에 울려 퍼졌다. 긴장의 끈이 일시에 끊어졌다. 지극히 짧은 화이트 아웃, 혜화는 기억에서 깨어났다. 눈앞에서 무대가 되살아났다.

1분 혹은 2분이 지났을까. 9분 혹은 9초가 지났을까. 시야가 흔들렸다. 들숨과 날숨이 바쁘게 얽혀 들었다. 상황은 크게 달라지지 않았다. 모든 것이 조금 전과 같았다. 다만 양손이 수갑에 묶인 부랑자가 저만치에서 쓰러져 있었다.

무대 아래쪽에서 몇 명의 보안요원이 올라와 부랑자를 끌어내리는 중이었다. 혜화의 걸음이 부지불식간에 그쪽으로 향했다. 그가 정녕 동화라면 이러한 등장은 선뜻 이해하기 힘든 것이었다. 부랑자와 동화 사이를 그간 추호도 연결 짓지 못했다.

곧바로 벽처럼 단단한 무언가가 동작을 정지시켰다. 검은 선글라스의 경호원이 앞으로 몸을 들이밀었다. 혜화를 보호하려는 움직임인지, 자신의 테두리 내에 묶어두려는 위협인지 분간할 수 없었다. 내빈석과 객석의 동요는 크지 않았다. 누구의 관심도 불러일으키지 못했다.

어색한 상황을 지우듯 큰 규모의 불꽃이 타올랐다. 파파팍, 연속적인 폭발음이 터져 나왔다. 무대 바닥이 격렬하게 뒤흔들렸다.

동화! 마치 제 이름을 부르듯 혜화는 목소리를 드높여보았다.

계절이 바뀌었다. 이별이 코앞이었다. 길다면 충분히 길었던 폐막의 시간이 이렇게 끝나려는 것이 분명했다. 무대 안과 밖, 객석 곳곳에서 크고 작은 불꽃이 연속적으로 솟구쳐 올랐다.

공중에 떠다니는 드론이 레이저를 발사해 여러 겹의 화려한 이미지를 만들었다. 시선을 앗아갈 수 있는 모든 것이 혜화를 중심으로 폭발했다. 객석의 웅성거림이 서서히 커져갔다.

이제 무대 위에 남은 것은 검은 옷과 혜화, 단둘이었다. 서둘러 혜화를 대피시켜야 했지만 때는 이미 늦었다. 행사 진행요원들이 곧바로 자신에게 달려들 거란 마땅한 예측을 하지 못했다.

그것은 수상의 기회, 영광의 짧은 한때를 일방적으로 빼앗으려는 불손한 움직임에 가까웠다. 실제로 혜화에게 무슨 설명을 듣고 싶었는지도 몰랐다. 흘러내릴 듯한 새하얀 드레스 차림으로 시상대 앞에 선 혜화를 마주한 순간 갑자기 견딜 수 없어졌다. 정신을 차려 보니 이미 검은 옷, 아니 혜화 앞으로 돌진하고 있었다. 무대 위의 세 사람, 제 모습이 어떻게 비칠지에 대해서는 아무런 자각을 하지 못했다.

무엇보다 피처럼 붉은 꽃다발이 동화의 마음을 들쑤셨다. 오피스텔에서 혜화가 겪은 일, 또한 자신이 저질렀을지 모를 사고를 의식하지 않을 수 없었다.

정작 혜화 앞에 다가선 순간에는 온몸이 얼어붙고야 말았다. 숨이 가빠왔고 다리가 후들거렸다. 시선은 곧장 검은 옷에 가닿았다. 이토록 가까이에서 혜화를 마주한 것이 얼마 만의 일인지 가늠할 수 없었다.

검은 옷과 대면하기 직전, 아주 약간의 틈을 타 그녀에게 작은 메시지를 건네고 싶었는지도 몰랐다. 상황에 얼토당토않은 격한 반가움이 솟구치는 게 사실이었다. 혜화의 얼굴을 조금만 더 길게 볼 수 있길, 제발 이 순간을 놓치지 않길, 하고 실제로 소망한 것이었다. 마치 악수를 하듯 앞으로 팔을 내미는 그때야 양손에 묶인 수갑의 무게가 되살아났다. 손끝에서 권총 한 자루가 흔들리고 있었다.

머릿속의 질서와 직접 부딪치는 현실이 충돌을 일으켰다. 여기까지는 동화 혼자만이 생각하고 그려온 내면의 세계였다. 숱하게 써온 비밀 일기와 다르지 않을 철저한 자기 방식의 이야기. 결국 이 순간 주위에 위협을 가할 유일한 인물인 검은 옷은 다름 아닌 동화 자신이었다. 점점 경악으로 굳어지는 혜화의 표정이 여지없이 그 사실을 증명했다.

철퍼덕, 살갗이 찢기는 극한의 통증이 무대에서 퇴장당한 동화를 일깨웠다. 입안에서 비명이 터져 나왔다. 진행요원들이 동화를 무대 아래쪽으로 패대기쳤다. 그곳에서 대기 중이던 또 다른 인력이 동화를 포박했다.

곧이어 경찰 특공대가 등장했다. 이중, 삼중 방어막이 오직 한 사람을 두고 겹쳐 섰다.

바깥의 소리가 픽, 하고 꺼졌다. 아무렇게나 몸이 휩쓸리던 와중에 머리를 부딪친 듯했다. 제 이야기의 종료, 이 서사의 끝이 다가온 셈이었다. 서서히 눈앞이 흐려졌다. 계속해서 혜화를 지켜봐야 했지만 느린 화면처럼 상황은 왜곡돼 흘러갔다.

하지만 동화에게는 어떤 판단이 없지 않았다. 갑작스러운 난입이 무대에 일말의 도움을 주었을지 몰랐다. 위험 신호가 전해졌으니 자연스레 보안과 경비가 강화될 것이었다. 이로써 혜화의 꿈이, 지금까지 한 배우가 걸어왔던 길이, 그녀의 오늘과 내일이 안전해질 것이라는 사실에 동화는 적이 안도해보았다.

아쉬운 것은 이별이었다. 전혀 접해보지 못한 뜨겁고 격렬한 그리움이 치밀었다. 생애 최초로 누군가를 애원하게 된 이 시점에서 할 수 있는 일은 단 한 가지뿐이었다. 이제 그녀를 떠나보내는 일만이 남은 셈이었다.

혜화에게 제 마음을 미리 말했다면 어땠을까. 용기를 냈었다면. 좀 더 가까이 다가섰다면. 처음 만난 순간부터 당신에게 호감을 느껴왔다고. 앞으로 제법 긴 시간 동안 이야기를 함께 나누고 싶다고. 실은 1년 전에, 아니 10년 전에 당신을 만났어야 했다고 진실하게 고백했다면.

그 순간 다시 목소리가 들려왔다. 동화, 하고 누군가 이름을 불렀다. 포박당한 채 쓰러져 있던 동화는 벌떡 몸을 일으켰다. 바깥의 소리가 되살아나면서 눈앞이 환히 밝아졌다. 시선이 힘을 되찾았다. 무대 위의 풍경이 대형 화면을 통해 엿보였다. 시간 자체는 불과 1, 2분가량이 지났을 뿐이었다.

광활하다시피 한 무대에 서 있는 이는 혜화와 경호원, 아직 그 두 사람이 전부였다. Show must go on, 공연은 계속돼야 한다는 하나의 절대 명제가 이어지는 듯했다.

검은 선글라스 경호원의 주시 아래 혜화가 다시금 소감을 발표하려고 했다.

동화의 눈에 비친 경호원의 형상은 검은 옷도, 스토커도, 경관도 아닌, 비극의 마지막에서나 등장할 법한 최후의 악인에 가까웠다. 육체라기보다 잉크로 만든 시커먼 얼룩처럼 모습이 점차 음험하게 번져나가고 있었다. 선명한 것은 생기를 발하는 붉디붉은 꽃다발뿐이었다.

동화만을 신경 쓰느라 아무도 검은 옷에게 주목하지 않는 것이 분명했다. 마이크를 향해 혜화가 입을 여는 순간, 검은 옷의 손에 들린 꽃이 치명적인 소리를 내며 폭발했다. 불붙은 꽃송이가 곧바로 사방에 휘날렸다. 그제야 진행요원과 경찰들의 시선이 혜화를 향했다.

때는 이미 늦었다. 폭발의 기운이 무대 아래쪽까지 번져나갔다. 내빈석과 객석 가릴 것 없이 모두가 고개를 숙이고 몸을 엎드렸다. 시간과 공간을 실은 열차가 날카로운 브레이크 파열음을 일으켰다. 여타의 모든 움직임이 정지됐다.

실로 처참한 풍경이 눈앞에 펼쳐져 있으리라는 추측은 어렵지 않았다. 꽃에 가려졌던 폭탄이 혜화의 얼굴 앞에서 터진 것이 확연했다. 진하디진한 화약 냄새가 연기 속으로 퍼져나갔다. 검은 옷이 웃음을 터뜨리는 것 같았다.

고개를 들어야 했지만 무대 위 상황을 살필 자신이 없었다. 우려가 실제 위험으로, 위험이 극단적인 만행으로 표출됐다. 혜화의 얼굴 전부를 무너뜨리는 것이 검은 옷의 계획이었다. 혜화, 하고 동화는 읊조렸다. 마치 자신을 부르듯이 목소리가 간절히 떨려 나왔다.

가능한 한 천천히 대형 화면으로 시선을 되돌렸다. 다발에서 풀려나온 무수한 꽃잎이 연기와 함께 곳곳으로 흩어지고 있었다. 혜화는 허리를 꼿꼿이 세운 채 두 발로 몸을 지탱하고 있었다. 마치 아무 일 없었던 것처럼 모습이 자연스러웠다. 객석에서 한 사람, 두 사람씩 고개를 쳐들기 시작했다. 혜화는 극의 대미를 장식하듯 소감을 이어갔다.

"……한 편의 이야기가 만들어지는 꿈만 같은 과정에 많은 분의 노고와 애정이 있었습니다. 무엇보다 관객 여러분들과 영화 관계자분들께 감사드립니다. 가능하다면 알아주는 사람 하나 없어도 어딘가에서 열심히, 꿋꿋이, 혼신의 힘을 다해 내일의 꿈을 이어가고 있는 수많은 이들과 함께 이 순간의 빛남을 나눠보고 싶습니다. 그리고 또 한 사람, 저와 함께 이곳까지 동행해준 이에게……."

어느 순간 객석에 고요가 찾아들었다. 수천 쌍의 눈과 귀가 무대를 향해 활짝 열려 있었다. 검은 옷은 어떻게 됐을까. 숨었을까. 사라졌을까. 다음 순간 무대 바닥에 엎드린 형체가 눈에 선연히 들어왔다. 어쩌면 동화에게만 보이는 특수한 장면일지도 몰랐다. 곧바로 동화는 몸부림을 쳐댔다. 어서 포박을 풀어내야 했다.

"……이곳에 이르기까지 많은 일이 있었습니다. 어쩔 수 없는 사정이 있었다 고집하고 싶지만 명백한 폭력이 저 한 사람으로 인해 저질러졌을지 모른다는 고백을 이제는 여러분에게 전해야 할 차례일 듯합니다. 생각지도 못하게 일어난 그 일로 인해 지금 여기 모두의 앞에 서 있는 저는 씻을 수 없는……."

바닥으로부터 검은 옷이 빠르게 몸을 일으켰다. 말을 이어가고 있는 혜화의 등 뒤를 향해 슬그머니 걸음을 옮겼다. 폭탄이 제 얼굴에서 터진 것처럼 안면이 피범벅이 돼 허물어져 있었다. 누군가의 육체라기보다 세상의 모든 악한 것, 흉측한 것, 저주스러운 것 등이 집합된 어느 얼룩, 마치 콜타르와 고름 뭉텅이와 같은 진득한 형체가 혜화를 향해 선뜻 달려들었다.

믿기지 않은 일이 벌어진 것은 그와 동시였다. 혜화는 쓰러지거나 무너지지 않았다. 조금도 흔들리지 않았다. 몇 번의 몸짓만으로 검은 옷을 수월하게 회피했다. 마치 그럴듯한 한편의 검무가 이어지는 듯했다.

오랜 훈련과 연습이 아니고서는 결코 몸 밖으로 나올 수 없는 자연스러운 춤사위, 하나의 선처럼 지극히 부드러운 움직임이었다. 오른쪽 어깨와 왼쪽 다리가 함께 뻗어나간다. 두울 세엣, 허리 쪽으로 몸의 중심이 옮겨지고 쭉 뻗은 다리가 크게 회전된다. 네엣 다섯, 왼쪽 손목과 오른쪽 무릎이 소리 없이 교차된다. 여섯, 이마 위에 양손이 곱게 포개어진다. 일고옵, 품의 가슴이 앞쪽으로 활짝 열린다. 그리고 여더얼, 아호옵, 천의 얼굴이 드러난다.

무대 위, 드넓은 그곳은 혜화의 자리였다. 짧은 사이 빠른 정적이 뒤따랐다. 급기야 기괴한 얼룩이 혜화를 집어삼킬 것처럼 크게 확장됐다. 검은 옷은 온몸으로 혜화를 덮쳐 내렸다. 화려하고 아름다운 궤적이 편편이 이어진 후 혜화의 손에 들린 기념 상패가 검은 옷의 머리를 향해 겨눠졌다.

퍽, 퍽, 퍽, 하는 소리가 무대 위로 솟구쳤다. 검은 옷이 떨어져 나갈 때까지 혜화는 결코 손길에 사정을 두지 않으려는 것 같았다.

　무대 양옆을 채운 대형 화면에 그 장면이 여과 없이 흘러나갔다. 어느 순간 혜화의 양쪽 어깨끈이 풀어졌다. 힐이 벗겨지고, 목걸이와 귀걸이 등이 살점과 함께 공중으로 튀어 올랐다. 한 존재가 자신을 둘러싼 세계 전체와 충돌하고 있었다. 모든 상황이 실시간 영상으로 세상에 전달되고 있다는 사실을 혜화는 눈치채지 못했다.

　금방이라도 알몸이 될 것처럼 움직임은 격렬했다. 다시는 이런 일이 없어야 한다는 듯, 누군가의 소중한 기회가 짓밟혀서는 안 된다는 듯, 자신뿐 아니라 이곳에서 함께하게 된 다른 모든 이의 소망과 기대를 지키겠다는 듯.

　동화는 가까스로 포박을 풀어냈다. 겹겹이 쌓인 포위망마저 뚫어 냈다. 혜화, 하고 그녀의 이름을 불렀다. 그 순간 혜화가 동작을 멈췄다. 고개를 들어 무대 아래쪽을 바라보았다. 동화와 혜화의 시선이 빠르게 얽혀 들었다.

　언젠가의 기억을 더듬어내려는 것처럼 혜화의 눈빛이 생생히 되살아났다. 동화, 이번에는 혜화가 이름을 읊조렸다. 서로의 존재를 확인하듯 이윽고 두 사람이 모습을 맞부딪쳤다. 시간과 공간을 실은 열차가 기적 소리를 울리며 그들 방향으로 움직이기 시작했다.

　아직 그 누구도 무대 위의 상황을 실감하지 못했다. 어안이 벙벙한 듯 내빈석과 객석에서는 아무런 반응이 없었다. 공중을 오가는 드론 카메라 한 대가 가까스로 모두를 일깨웠다. 동화와 혜화를 가까이에서 촬영하기 위한 발 빠른 움직임이었다.

자리를 지키고 앉아 있던 관객들이 하나둘 일제히 몸을 일으켜 세웠다. 한 사람이 우연히 손뼉을 치자, 다른 이들의 박수갈채와 환호가 연이어 뒤따랐다. 마치 폐막식의 이름을 내건 한편의 공연이 마무리된 것 같았다.

흡, 하고 혜화는 숨을 들이쉬어야 했다. 기나긴 꿈에서 깨어난 기분이었다. 치명적인 일이 있은 직후인 것은 분명했다. 하지만 눈앞을 가득 채운 것은 동화밖에 없었다. 그의 얼굴은 상처로 가득했다.

눈은 밤송이처럼 부어올랐고, 허섭스레기 같은 옷자락에는 핏물이 흠뻑 배어 있었다. 샘솟는 걱정과 불안이 동화를 좀 더 자세히 바라보게 만들었다. 마치 거울을 통해 제 모습이 비쳐 보이는 듯했다. 제대로 서 있기에도 벅찬 몸 상태의 동화를 혜화는 어루만져보았다. 지금껏 전혀 그를 알아보지 못했다는 사실이 가슴을 들썩이게 했다.

무대 아래쪽이 파도처럼 급격하게 술렁였다. 경호 인력과 경찰 특공대가 사람들을 헤치며 혜화와 동화 쪽으로 몸체를 들이밀고 있었다. 다음부터는 홈팀의 우승으로 끝난 축구 경기장 따로 없었다. 관객들이 축제의 끝을 함께하려는 것처럼 무대 위에 난입하기 시작했다.

한편에서는 혜화를 응원하는 듯한 희디흰 꽃잎들이 무수히 휘날렸다. 'With you'라는 글귀가 쓰인 피켓이 꽃잎 사이에서 선명하게 흔들렸다. 어딘가에 숨어 있던 파파라치들이 카메라를 들이민 것도 거의 같은 때였다. 휴대전화까지 포함된 수백 수천, 그 이상의 카메라, 그리고 셀 수 없이 많은 사람이 무대를 중심으로 몰려들었다. 격렬한 플래시 세례가 혜화와 동화를 향해 마구 쏟아졌다.

거대 군중의 흐름이 사방을 압도해오는 그 순간, 동화가 양손을 내밀어 혜화의 손을 붙잡았다. 타앙, 혜화와 동화의 손에 걸쳐진 권총이 하늘을 향해 발사됐다. 손바닥이 맞부딪치기 무섭게 혜화는 알 수 없는 안도감에 젖어 들었다. 별안간 찾아드는 어떤 일체감이 정신이 아득하게 했다.

기다려왔다는 듯 두 사람이 서로를 향해 무게를 기울였다. 온기 어린 반가움의 표현일지, 상황을 모면하기 위함인지, 상대를 보호하려는 절실함인지 알 수 없었다. 어디로 어떻게 향하는지조차 모른 채 둘은 달리기 시작했다.

"꼴이 이게 뭐예요."

한참이 지나서야 혜화가 입을 열었다.

"올해의 배우를 만나느라 신경을 좀 썼죠. 하지만 당신도 만만치 않은 것 같은데요."

"어디 그쪽만 하려고요."

"그나저나 책 못 보셨나요?"

"책이라니요?"

"어느 집 현관에 그만 책을 내려놓고 깜빡 잊어버렸지 뭐예요."

"모르겠어요. 중요한 책인가요?"

"어쩌면 우리 이야기가 그 책에서부터 시작됐을 가능성이 높아요. 왜 있잖아요. 나에게도 그런 일이 있을까 싶은……."

"음, 지금쯤 누군가 읽어 내려가고 있지 않을까요. 책은 그러라고 쓰인 거니까. 그런데 우리 지금 어디로 가는 거죠."

"저기 바다 너머, 갈 수 있는 데까지 멀리요."

"눈앞에 보이는 새하얀 저곳이 바다가 맞긴 한 건가요."

"모르겠어요. 갑자기 주변의 모든 것이 흰 배경 속의 까만 글자들같이 보여요. 정말 누가 책을 읽고 있는 것처럼요. 지금 수평선 끝자락을 향해 모두가 눈을 크게 뜨고 있다고 생각해봐요. 우리가 여기서 보는 만큼 가까운 거리에서요."

"보고 싶었어요."

"어디 저만 하시려고요."

"많이 보고 싶었어요."

"알아요. 그래도 지금부터는 함께 다른 이야기를 나누고 싶어요. 이를 테면……."

어느새 파도가 철썩이는 실제 바다가 두 사람 사이에 밀려들었다. 청량하고 시원스러운 바람이 이마를 때렸다. 하늘에서부터 금빛 새 두 마리가 나타나 화려한 날갯짓을 시작했다. 달빛이 검은 바다 위에 휘황하게 내려앉아 끝없는 빛의 조각을 만들었다.

마치 영원으로 이어질 것만 같은 그 밤의 하얗고 까만 반짝임들을 두 사람은 말없이 지켜보았다. 서서히 발걸음이 느려졌지만 혜화는 이 길이 끝날 때까지 얼마든지 달려나갈 수 있으리라 기대했다.

나에게도 그런 일이 일어날 수 있을까. 별안간, 우연히, 기적적으로. 누구나 해볼 법한 상상들. 동화는 지금이야말로 제 마음을 고백해야 할 때라고 생각했다. 첫사랑이었다.

〈끝〉